Die Nähe der Sonne

Printed in Austria by Welsermühl, Wels
ISBN 3-7017-0425-2

Gernot Wolfgruber

Die Nähe der Sonne

Roman

Residenz Verlag

für Michel

1

Man wird das Haus ungern verlassen. Man ist in der Stadt bekannt. Jetzt überhaupt. Ständig werden einem Leute begegnen, denen die Neugier die Hälse verbiegt, wird man Bekannte treffen, die das ihnen Peinliche: einem über den Weg gelaufen zu sein, nur loswerden können, indem sie einem die Hand hinstrecken und ein paar Worte murmeln, einen also anstecken mit ihrer Peinlichkeit, während man ihnen schon dankbar wäre, wenn sie von nichts weiter als vom schönen Wetter, vom schönen Herbst reden würden oder wie andere plötzlich die Straßenseite gewechselt oder angelegentlich in ein Schaufenster gestarrt hätten, bis man vorbei wäre.

Es ist ganz leicht vorstellbar.

Man wird zusammensitzen, ehe man sich auf den Weg macht. Acht bis zehn Leute, die Kinder nicht gerechnet, vielleicht auch zwölf, Stefan Zell unter ihnen. Im Wohnzimmer Evas, der Schwester, wird man sich versammelt haben, um den ausziehbaren Eßtisch. Eine gute Stunde ist noch Zeit. Man hat schon gegessen. Es ist viel auf den Tellern, in den Schüsseln geblieben. Man hat gesagt, daß man überhaupt nichts essen kann. Und man hat sich gewundert, daß man konnte. Manche haben einander lange nicht gesehen. Man hätte sich einen erfreulicheren Anlaß gewünscht, sagt man, und das ist jetzt nicht einmal eine Phrase. An eine Gelegenheit, wo »wir alle« zusammengekommen sind, kann man sich kaum noch erinnern. Die Kinder sind zu laut in den angrenzenden Kinderzimmern, obwohl sie sich Mühe geben, leise zu sein: irritiert von den Erwachsenen, die auf einmal so still und nachsichtig sind, und von der ungewöhnlichen Kleidung. Im Fernsehen ist um diese Tageszeit noch kein Programm. Das erspart den Kindern die Überlegung, ob man an einem sol-

chen Tag die Frage wagen kann, den Fernseher aufzudrehen.
Die Fenster stehen offen, und man hört Vögel in der bereits kahl werdenden Kastanie vor dem Haus. Dabei ist es warm wie im Sommer. Irgend jemand wird sagen: Wie schön es sein könnte.
Einige der Männer sitzen in Hemdsärmeln. Man ist ja unter sich. Aber niemand außer Zell hat die Krawatte gelockert. Man spricht mit gedämpften Stimmen, als könnte jemand geweckt werden, wodurch die gängigsten Phrasen und plattesten Banalitäten auf einmal bedeutungsvoll scheinen. Jedes Seufzen und Räuspern bedeutungsvoll. Und an vielen Sätzen und Wörtern merkt man auf einmal eine Zweideutigkeit, die einem sonst nicht auffallen würde und die den Sprecher ins Stammeln oder jäh zum Verstummen bringt. Man bemüht sich: Man sieht darüber hinweg.
Irgendwann geht in einem der Nebenzimmer polterndes, nicht enden wollendes Gelächter los: Eines der Kinder hat einen »Lachsack«, ein kleines Tonband mit Lachstimme, unter den fremden Spielsachen gefunden und aufgezogen. Das Lachen beginnt auch das Wohnzimmer zu irritieren, Gesichter verziehen sich zu Grimassen, aber ehe ein richtiges Grinsen daraus werden kann, ist Eva schon aufgestanden. Man kann nicht hören, was sie zu den Kindern sagt, wenn sie überhaupt etwas sagt. Zell kann sich ihr Gesicht jetzt gut vorstellen. Es ist das Gesicht der Mutter, das er denkt.
Er spürt immer noch kaum Müdigkeit. Auch jetzt nicht, nachdem die beinahe ununterbrochene Bewegung vieler Stunden hier zum Stillstand gekommen ist, in seinem Kopf aber weiterhaspelt, als rauschten noch immer Leitplanken, Bäume, Autos vorbei, als zögen Lichter und Städte vorüber, als drehe sich das Land neben ihm weg. Es fällt ihm schwer, zuzuhören, den Gedanken der anderen zu folgen und nicht seine eigenen laufen zu lassen, alles verknüpft sich mit allem, ein so wirrer Strudel bisweilen, daß es wie eine Dumpfheit ist: als siede es leise in seinem Kopf. Am besten geht noch das

Reden. Er könnte jetzt, meint er, so schlagfertig sein, wie man sich nur wünschen kann. Ohne nachzudenken ist der richtige Gedanke sofort da. Der richtige, aber unpassend.
Er hat seit gestern morgen nicht geschlafen und ist, als er heute vormittag hier ankam, dreizehn Stunden fast pausenlos im Auto gesessen. Von außen ist die Heftigkeit der Bewegung, die in ihm leerläuft, nicht zu bemerken, wenn man davon absieht, daß er das Mineralwasserglas ständig zwischen den Fingern dreht. Aber das kann auch daher kommen, daß er in einem fort rauchen möchte, es sich aber verbietet: so lange, bis ein automatischer, gedankenloser Griff nach den Zigaretten das Verbot, ohne ihn zu fragen, durchbricht: Er hat über ein halbes Jahr nicht geraucht, seit gestern tut er es wieder. Und gleich so, als müsse er den Raucher von früher in den Schatten stellen. Er würde sonst einschlafen während der Fahrt, hat er gemeint, das vor sich selber entschuldigen zu können. Es ist ihm gewesen, als könne er diesen plötzlich aufgetauchten und gleich so unabweisbaren Zwang zu rauchen nicht auch noch aushalten. Dagegen hilft reden nicht, im Gegenteil.
Daß man bis zum Anruf Hannas gestern nachmittag schon alle Hoffnung aufgegeben hatte, ihn zu erreichen, wird man ihm gleich bei der Begrüßung oder knapp danach gesagt haben. Die Schwester unter Tränen. Bernhard, der Bruder, ernst, beinahe vorwurfsvoll: als könne nur ihm, Stefan Zell, einfallen, in der Weltgeschichte herumzufahren, ohne täglich wissen zu lassen, wo er sich befinde und man ihn, gegebenenfalls, jederzeit erreichen könne. Von Verantwortungslosigkeit wird man nicht gesprochen haben, aber man wird sicher noch einmal und noch einmal wiederholen, wie leicht er hätte zu spät kommen können. Er würde sich ewig Vorwürfe machen müssen.
Aber zu spät, wird Zell, ein wenig nachdenklich lächelnd, hinzufügen, zu spät sei es in einem solchen Fall ja immer. Wie die Ereignisse abgelaufen seien, könne man gar nicht so rechtzeitig eintreffen, um nicht zu spät zu kommen.

Man wird auf das Wortspiel wahrscheinlich nicht weiter eingehen. Vielleicht wird gedankenvoll genickt. Oder Zell hat das Wortspiel nur gedacht und redet von den Zufällen, reiht sie aneinander, die dazu führten, daß er nun doch rechtzeitig unter den Geschwistern und Verwandten sitzen kann. Eine Kette von Zufällen. Wenn er zum Beispiel nicht ausgerechnet gestern verschlafen hätte, wird er sagen. Er sei zwar trotzdem zum Hafen hinuntergegangen, aber die Fähre sei schon ausgelaufen gewesen. Gerade an diesem Tag einmal pünktlich, was so gut wie nie vorkomme, wie man ihm versichert habe. Zufall Nummer zwei also. Hätte er nämlich das Boot erreicht, wäre er auf die nächstgelegene Insel hinübergefahren. Und daß er von dort aus Hanna anzurufen versucht hätte, wäre sehr unwahrscheinlich gewesen. Einen dringenden Grund habe es ja für ihn nicht gegeben. Auch sei er nur zufällig am Gebäude der Hauptpost vorbeigekommen, ganz ohne Absicht. Vielmehr habe er ein Restaurant gesucht. Nicht weil er habe essen wollen. Es war erst Nachmittag. Sondern weil er es einfach wiederfinden wollte. Immer dringender, je länger er herumlief. Ein Lokal, in dem er vor Jahren unsinnigerweise auch einmal mit Lina gewesen war.
Aber von Lina wird er wahrscheinlich nicht sprechen. Ob sie da sein wird? Mit am Tisch sitzen? Kaum. Sie gehört nicht mehr zur Familie. Und das Kind? Markus? Schließlich waren es seine Großeltern. Auch wenn er sie die letzten Jahre bloß zwei- oder dreimal sah, mit ihm für einen Nachmittag zu ihnen fuhr. Aber Nachricht wird man ihnen gegeben haben. Und wenn Markus dasein wird, dann auch sie. Wenn es allein auf Eva ankäme: bestimmt. Und wenn es nach dem Bruder geht: nein. Also nein.
Er habe, wird Zell nur sagen, einfach ein Restaurant gesucht, in dem er vor Jahren oftmals und jedesmal ausgezeichnet gegessen habe. Überzeugt sei er gewesen, sich noch genau erinnern zu können, wo es war. Alle Gassen sei er in dem Viertel abgelaufen und mehrmals ganz sicher gewesen, jetzt, hinter der Ecke, in der nächsten Quergasse, nach der Straßen-

krümmung werde es auftauchen. Ganz deutlich habe er das Bild vor Augen gehabt: Eine schmale Tür mit dem bunten Namen des Restaurants im Oberlichtfenster, rosarote und silbrige Meerestiere zwischen Eis und Tang in Körben hinter der Auslagenscheibe, und beinahe habe er auf diesem Kopfbild schon den Namen des Restaurants entziffern können, den er vergessen hatte, dort drüben ist es aber jetzt, habe er gemeint, ganz sicher, gleich hinter dem Brunnen, sei aber doch immer nur vor Häuserreihen gestanden, an denen nichts darauf hinwies, daß hier je etwas anderes gewesen war als eben Wäscherei, Carabinieri, Fahrradwerkstätte, Damenfriseur. Sich dann plötzlich dem Postgebäude gegenübersehend, sei er kurzentschlossen eingetreten, obschon er gewußt habe, daß Hanna noch gar nicht daheim sein konnte. Sie war zusammen mit einer Freundin auf Urlaub gefahren, einen Tag nach ihm, und hatte erst Ende der Woche zurück sein wollen. Trotzdem. Endlos lange hat er sich angestellt, um dann, wie erwartet, nur dieses lächerliche, mit jedem weiteren Schnarren immer sinnloser werdende Freizeichen zu hören. Wieder auf der Straße, habe er sich, gegen jede Vernunft, anders besonnen und noch einmal angerufen. Und Hanna war da, gerade zur Tür hereingekommen, aber schon seit vier Tagen zurück, weil, wie sie sagte, alles nicht so gelaufen sei, wie sie es sich vorgestellt habe. Und so habe er alles erfahren. Vielleicht hätte er sie sonst erst am nächsten Tag wieder anzurufen versucht oder erst am Wochenende. Und so hätte er vielleicht noch tagelang meinen können, nirgendwo sei etwas geschehen, das ihn betreffen könnte.

Was für Zufälle es doch gibt, wird man ungläubig sagen.

Zufälle?, wird jemand lächeln. Ganz sicher Olga.

Als ob ich gewußt hätte, könnte Zell hinzufügen, daß ich anrufen *muß*. Dabei weiß er genau, daß er gar nichts geahnt hat.

Aber man würde ihm solche Ahnungen glauben. Wahrscheinlich. In einer Situation wie der, in der man sich befand. An einem solchen Tag. Hier an diesem Tisch: wo man, unter

ungläubigem Kopfschütteln, jähen Satzanfängen, versickernden Reden, leeren Pausen und hilflosem Sinkenlassen der Schultern, das im Moment noch Unbegreiflichste denken möchte wie das Alltäglichste; wo nur die Schwester und der Bruder und Ulrich, der Mann der Schwester, die schon seit Tagen und immer noch mit der Organisation des bei solchen Anlässen Nötigen beschäftigt sind, sich in die Sicherheit einfacher, klarer Überlegungen retten können: ob man diesen oder jenen nicht auch einladen und anderen vielleicht, selbst wenn man schon lange jeden Kontakt verloren hat, nicht wenigstens Nachricht geben hätte müssen; ob die Wahl des Lokales, in dem man später zusammensitzen würde, richtig gewesen sei oder ob man nicht besser überhaupt alles in kleinstem Rahmen, im Kreis der engsten Familienangehörigen hinter sich hätte bringen sollen.
An einem solchen Tag, in einer solchen Situation ist man anfällig dafür, zu glauben, daß alle diese Zufälle, die Zell vielleicht aufgezählt haben wird, *in Wirklichkeit* keine Zufälle gewesen sein können. Hat man nicht schon oft von solchen Ahnungen gehört? Natürlich hat man das nicht geglaubt. Glaubt es immer noch nicht. Aber so viele »Zufälle« auf einmal! Kann das Zufall sein?
Wenn dieser Lastwagen nicht dahergekommen wäre, wird jemand langsam sagen. Zufällig in dem Augenblick. Der Tankwagen. Und wenn sie zwei Minuten früher oder später von daheim aufgebrochen wären. Wenn eine Ampel grün gewesen wäre, die auf Rot stand, oder umgekehrt. Ja wenn sie überhaupt an diesem Tag diese *eigentlich* unnötige Fahrt nicht unternommen hätten.
Wenn. Dann. Falls. Wenn nicht. Wie anders hätte alles kommen können. Wir säßen jetzt nicht hier.
Und damit ist man wieder beim Thema. Ganz gleich, was Zell sagen wird: Alles führt darauf zu. Und man wird wieder und noch einmal damit anfangen, den Hergang des Geschehens zu zerreden, das alle hier zusammengerufen hat. Die Mutmaßungen, wie es dazu hat kommen können, laufen im Kreis:

Aber was wäre gewesen, wenn. Und ganz gleich, welche Möglichkeit man gerade bespricht, immer endet es damit, daß jemand den Kopf schüttelt und sagt: Ich kann mir das alles einfach nicht vorstellen. Mir will und will das nicht in den Kopf. Ich kann es immer noch nicht glauben.
Niemand kann sich vorstellen, daß ein Auto am hellichten Tag auf schnurgerader, trockener Straße plötzlich auf die linke Fahrbahn gerät und gegen einen entgegenkommenden Tankwagen prallt. Keiner der am Unfall Beteiligten war alkoholisiert, wie die Untersuchungen ergeben haben. Und ein anderer »vernünftiger« Grund konnte nicht gefunden werden, warum der Lenker des Unglücksfahrzeuges erst abgebremst hatte, als er den Lastwagen schon wie eine Mauer vor sich hat aufragen sehen müssen: eineinhalb Meter vor dem Zusammenprall. Das hatten die Reifenspuren auf dem Asphalt hinlänglich bewiesen. Aus ungeklärter Ursache, lautet in solchen Fällen der Polizeibericht. Und es wird nichts mehr geklärt werden: Die Schuldfrage ist klar; die Rechtsfahrregel eindeutig. Und was sich in den Köpfen der Menschen an diesem Tisch oder draußen in der Stadt seit Tagen herumdreht: die Frage nach dem »Warum«, ist für das Gesetz nicht von Belang. Der Schuldige kann ja nicht vor Gericht gestellt werden. Nur an den Pranger. Die Lokalzeitung ergeht sich in Spekulationen; unbestreitbar ist: Beide Insassen des Personenwagens müssen auf der Stelle tot gewesen sein. Der Lenker des Tankwagenzuges hingegen sei, wie bei solchen Anlässen geschrieben wird, mit dem Schrecken davongekommen.
Wir können es immer noch nicht glauben.
So wenige Fakten es gibt, so sehr wird man alles auseinanderreden. Als könnte einem dieses Unglaubbare damit greifbarer werden.
Bernhard wird das Wrack bestimmt gesehen haben. Und? Kein »Und«. Er wird darüber nicht sprechen. Verschlossen wie immer. Wie der Vater. Und nachzufragen, ihn auszufragen, wird man sich scheuen. Aber man kennt dieses Bild ja:

Wie oft ist man daran schon vorbeigefahren, vorbeigewinkt worden von der Polizei, vorüber an flatterndem Blaulicht, eine Zeitlang beklommen, weil sich in einem alles sträubt, dieses Entsetzliche zu denken, ruhig und genau: all dieses Blut und klaffende Fleisch, während man weiterfährt, als wäre man selber gerade noch davongekommen.

Daß man die Eltern mit Schweißbrennern aus dem Wrack schneiden mußte, wird in der Zeitung stehen. Zell wird sie gelesen haben. Langsam, Satz für Satz, Stehsatz für Stehsatz, als erhoffe er sich hier eine Nachricht. Und gleichzeitig wird er ganz ohne Sinn für das Geschriebene gewesen sein.

Niemand im Zimmer wird die Eltern nach dem Unfall noch sehen haben können. Bernhard wird nicht sie identifizieren haben müssen, sondern bloß Gegenstände. Eine zerbrochene Brille vielleicht, das ist das Naheliegendste, eine Armbanduhr, die keineswegs stehengeblieben ist zwischen elf Uhr zehn und elf Uhr zwanzig, eine Halskette mit einem Bernsteinanhänger und, seltsamerweise, eine runde Blechplakette mit dem Bild Elvis Presleys, die man an der Revershinterseite der Jacke gefunden haben wird, die die Tote trug.

Zum ersten Mal wird Bernhard gesehen haben, was die Mutter alles in ihrer Handtasche hatte: erstaunlich wenig, und es wird ihm wie ein Übergriff, ein Eindringen in Verbotenes gewesen sein, diese Dinge ansehen zu müssen, ohne den Kopf abzuwenden.

Aber auch das wird Bernhard nicht sagen.

Und irgendeiner der Runde wird der sein, der sie als Letzter lebend gesehen hat. Sogar am Tag des Unfalls. Man wird ihn ansehen wie einen, der beinahe Augenzeuge ist. Er hat die letzten Sätze noch im Kopf, die sie gewechselt haben. Aber eigentlich müsse er sagen, Auffälliges habe er nicht bemerken können. Sie seien gewesen wie immer.

Und er, Stefan, wann hat er die Eltern zuletzt gesehen?

Das war knapp eineinhalb Monate her, Anfang September. Knapp vor Schulbeginn. Er wisse das deshalb so genau, weil der Vater das damals erwähnt habe: Jetzt fange also das Schul-

jahr wieder an. Ein Datum, das in diesem Herbst, zum ersten Mal seit dreißig Lehrerjahren, für ihn nichts mehr bedeutet hatte.
Und wie sehr sich der Vater auf den Ruhestand gefreut, wie er ihn genossen hat, wird man wissen. Keine Rede sei bei ihm von einem Lebens*abend* gewesen. Voller Zukunftspläne habe er den Kopf gehabt. Man wird nicht wissen, welche. Nichts wird man aufzählen können, was der Vater nicht auch früher in seiner ohnedies reichlichen Freizeit hätte tun können.
Und habe die Mutter nicht immer von großen Reisen gesprochen? Dann, wenn der Vater endlich im Ruhestand sei?
Ja, einmal Amerika! Seit ewig sei das ihr Traum gewesen.
Warum sie sich eigentlich diesen Traum nicht längst erfüllt hat?
Zell selber kann vom letzten Besuch bei den Eltern nichts Besonderes berichten. Kann keinen bedeutungsvollen Satz überliefern. Und auch keinen, der damals zwar belanglos war, nun aber höchst bemerkenswert geworden wäre. Tatsächlich sind die Eltern wie sonst gewesen. Wir können es immer noch nicht glauben.
Warum hört man auf einmal die Kinder nicht mehr?
Möchte noch jemand Kaffee, fragt Eva.
Und endlich wird dann jemand sagen, daß es langsam Zeit wird, aufzubrechen.

Das kalt werdende Metall des Autos knackte manchmal, sonst war es fast völlig still. Ab und zu leises, papierenes Blätterrascheln durch den Spalt des Fensters, den er offengelassen hatte, oder das entfernte Geräusch eines Autos, drüben auf der Straße, von der er abgebogen war. Gegen halb fünf Uhr morgens war es, unweit der Grenze, und so dunkel, daß außerhalb des Autos nichts zu erkennen war. Zell hatte die Kartenlampe eingeschaltet gelassen, ein fahles, grünliches Licht vom Armaturenbrett, und die Tür hatte er verriegelt, trotzdem war ihm ein wenig unheimlich. Der Sitz, den er in die Waagrechte geklappt und zuerst so unsagbar bequem

gefunden hatte, drückte gegen seine Rippen, kühl war es und bald kalt, mit seinem Bademantel und dem Badetuch hatte er sich zugedeckt, in den Ohren rauschte es, und auf den geschlossenen Lidern zuckten Lichtspiele, als kämen ihm immer noch Scheinwerfer entgegen, leuchteten ihm in die Augen, durch sie hindurch, quer durch das Gehirn bis an die hintere Schädelwand. Als habe sein Körper viel mehr Gewicht als sonst, spürte er schmerzhaft jeden Muskel, jeden Knochen, auf dem er lag. Jede neue Lage war nur für Momente wie die endlich richtige, dann war da schon wieder der Druck gegen die Rippen, das Hüftgelenk, die Knie, lag ein Bein so schwer auf dem anderen, daß die Knöchel und Schienbeine wehtaten, er räumte die Hosentaschen aus, die Jackentaschen, zerrte am Bademantel, eine kurze Erleichterung, dann klemmte wieder irgendwo etwas, drückte, er legte sich auf den Rücken, den Bauch, auf die Seite: Längst war er überzeugt, nicht einschlafen zu können.
Als er hier stehengeblieben war, am Anfang eines schmalen Güterweges, der in den Wald hineinführte, und als er sich ausstrecken konnte, endlich, nach so vielen Stunden, in denen er sich das sehnsüchtig vorgestellt hatte, da war er sicher gewesen, jetzt nicht langsam wegzudämmern, sondern gleich so plötzlich weg zu sein, als schlüge ihm ein Beil den Kopf ab. Aber dieser Kopf war nicht zur Ruhe gekommen, war weitergehastet, Gedanken fuchtelten herum, Bilder liefen, und er hatte sich vorgestellt, wie er daliegt, und dieser Kopf steht im Heckfenster und starrt mit geröteten Augen hinaus in die Dunkelheit, und die tausend Kilometer, die in den letzten zehn Stunden vorbeigerauscht sind, laufen noch einmal ab, Straßenschilder, Mautstationen, Bodenmarkierungen, Rücklichter, Kilometerangaben, Tankstellen, Scheinwerfer, Städtenamen und Straßenschilder und Bodenmarkierungen und Bremslichter und tausend Kilometer eines schrecklichen Unfalls und diese jäh ins Bodenlose stürzenden Gedanken, selbst im stumpfsinnigsten Geradeausstarren, hinaus auf die Straße, die Autobahn, auf das Segment Welt,

das die Scheinwerfer erfaßten, selbst in diesem halben Dösen immer weiter Bilder, wie er aus dem Postamt tritt, noch immer unter jähen Lachstößen, hinaus in die Hitze, ins unverändert grelle Licht dieses südlichen Nachmittags, und die Straße hinuntergeht wie ein aufgezogenes Spielzeug, ein Schlafwandler, Hannas Stimme in seinen Ohren, es ist etwas Furchtbares passiert, Stefan, und wie er plötzlich stehenbleibt und sich an den Kopf faßt, den er sich auf einmal, ohne zu wissen warum, wie eine Höllenmaschine vorgestellt hatte, an der der Zeitzünder zu ticken angefangen hat.
Das Auto knackt, und irgendwo schreit ein Vogel, die Lippen brennen von den vielen Zigaretten, die Zunge ist pelzig, bis sieben, bis acht, vielleicht sogar bis neun könnte er schlafen, es hatte keinen Sinn, so früh zu kommen, rechtzeitig würde er jedenfalls da sein, wenn nichts Unvorhersehbares geschah, aber was sollte geschehen?, was schon?, ein Tankwagen kommt auf ihn zu, türmt sich zu einer Wand, Bremsen kreischen, ein Knall wie von einer Explosion, Glas splittert, jedenfalls war es besser, bei Tag zu fahren und nicht so übermüdet, auch wenn er nicht schlafen kann, ein wenig ausruhen wird er, wenn nur der Kopf stillstünde, man soll nichts als seinem Atem zuhören, behauptete Hanna, nichts als seinen Atem denken, einatmen, ausatmen, einatmen, ob sie sich nicht doch zurückgestoßen fühlen wird?, weil er gesagt hat, nein, es ist nicht nötig, daß sie kommt, sie hat ja die Eltern fast nicht gekannt, ist ihnen bloß dieses eine Mal begegnet, diese peinliche, verquälte halbe Stunde lang, als sie bei ihm aufgetaucht waren, unangemeldet und also unvermutet, und Hanna lag noch in seinem Bett, er hätte sie jetzt gerne dagehabt, ihren schlafwarmen Körper neben sich, er könnte sie unterwegs anrufen am Morgen, und sie nimmt den Zug, das müßte sich immer noch ausgehen, und was werden die Verwandten sagen?, wenn sie neben ihm geht, gleich hinter den Särgen, das wird nicht möglich sein, sie gehört nicht zur Familie, werden sie sagen, ganz unmöglich, und in Trauerkleidern wird sie auch nicht kommen, bestimmt nicht, also

war es besser, wenn es dabei blieb: Sie kommt nicht, und er mußte sich auch noch einen schwarzen Anzug kaufen, eine Krawatte, denn daß er schwarz gekleidet ist wie immer, wird nicht genügen, es war nicht das Schwarz, das heute nötig war, vor ein paar Jahren hätte er sich noch geweigert, in ein spezielles Trauergewand zu kriechen, und ein paar weitere Jahre zurück hatte er behauptet, er wird, wenn Vater oder Mutter einmal sterben, ganz sicher nicht auf das Begräbnis gehen, was sollten diese Konventionen, dieser Pomp in Silber und Schwarz und Tressen und Schleiern, ob er damals tatsächlich nicht gegangen wäre?, das war jetzt kaum mehr vorstellbar, Sprüche waren das gewesen, große Sprüche und kopflose dazu, weit weg von jeder konkreten Vorstellung und ohne jede Phantasie, was sein würde, wenn, aber in einen Begräbnisanzug hätte er sich wahrscheinlich nicht hineinreden lassen, er wäre in seinen üblichen Kleidern gegangen, schwarzer Cord, schwarzes Hemd, was er auch jetzt anhatte, aber die Schwester wird ihn bittend ansehen, und Bernhard wird sagen, wozu will er sich denn schon wieder außerhalb stellen?, meint er nicht, daß er das Vater und Mutter schuldig ist, wenigstens das?, natürlich wird er sich einen Anzug kaufen, nicht aus Konvention, sondern weil ihm plötzlich selber danach war, ein Bedürfnis auf einmal, und auch gegen das Begräbnisritual hatte er nichts, wie gut, daß die Menschen etwas erfunden hatten gegen dieses entsetzliche Auf-einmal-nicht-mehr-wissen-wo-man-selber-hingehört, gegen diesen verrücktmachenden Abgrund, in den das Denken jedesmal stürzt, wenn es merkt, daß da etwas nicht mehr zu denken ist, was immer das Sicherste war, wie gut, daß es in all der Verwirrung etwas gab, *das ganz einfach sein mußte,* wenn es nur kein halber Staatsakt wurde, mit Schülerchor und ehemaligen Lehrerkollegen der Mutter von der Hauptschule und denen des Vaters vom Gymnasium und Schülerabordnungen, Lokalpresse und Gemeinderat und Reden und Hatt' einen Kameraden und nochmals Letzten Grüßen, die alles in die Länge ziehen, die Toten zu leeren Formeln und die Familienangehörigen endgültig zur Staffage machen, so daß man am liebsten sagen möchte, diese Redenschwinger sollen sich ihre eigenen Leute zum Andeklamieren sterben lassen, der Friedhof ist schwarz von Menschen, den Weg entlang, den sich der Kondukt hinzieht, und zwischen den umliegenden Gräbern überall Schaulustige, so daß man Angst haben muß, sie steigen auf ein Grab, was bedeuten soll, daß man sie selber bald hinaustragen wird, natürlich ist es etwas Besonderes: zwei Särge auf einmal, in welcher Reihenfolge man sie wohl tragen wird?, sie zuerst, oder ihn?, denn um sie nebeneinander zu tragen, sind die Friedhofswege zu schmal, und auch im Grab werden sie nicht nebeneinander liegen, sondern aufeinander, ob sich die Särge in der Größe, ob sie sich überhaupt unterscheiden?, nach Maß waren sie ja längst nicht mehr, alles nur noch Supermarktnorm, von der Aufbahrungshalle zum Grab, Blasmusik, vielleicht hat man ihnen sogar eine Grabstelle im alten Teil des Friedhofs zugebilligt, dort, wo die liegen, die sich im Leben haben grüßen lassen, die Eingesessenen und Besitzer, und nicht im neuen Teil, wo die begraben sind, die haben grüßen müssen, die Eltern sind ja jemand gewesen, die immer aufs heftigste gegrüßt wurden, Grüß Gott, Herr Professor, Frau Fachlehrer, auch wenn sie Zugezogene gewesen sind, jemand ohne Familiengruft, nicht einmal mit einem Familiengrab, aber als Lehrer sind sie schnell Einheimische geworden, die jeder kannte, denen man entweder selber ausgesetzt gewesen ist oder in deren Sprechstunde man am Elternsprechtag oder vielleicht sogar aufgrund einer Vorladung mußte, Blasmusik mit Baßtuba oder Helikon, Pfarrer, Ministranten, Litaneien, Blumen, Kränze und Geläute von der Stiftskirche herauf, ein großer Auflauf, der Mutter hat sowas immer gefallen, große Menschenansammlungen, am besten gut dirigierte Musik und Reden und Fahnen und Trachtengruppen, da stand die Vergangenheit in ihr auf, daß ihre Augen glänzend wurden, während dem Vater wohl am liebsten wäre, nur die engsten Verwandten gingen hinterdrein, nie war er ein besonders geselliger Mensch, kein

Einzelgänger, aber jemand, der gerne allein war, am zufriedensten in seiner Werkstätte, die er überall , wo sie hingezogen waren, so schnell wie möglich einrichtete, und wohin er sich hatte zurückziehen können, heraus aus allem, eine Handvoll Leute hinter dem Sarg, so wird er es sich vielleicht gedacht haben, wenn er überhaupt an so etwas dachte, keine Musik, wie beim Begräbnis des Großvaters, seines Vaters, sieben oder acht muß ich gewesen sein damals und bin neben ihm gegangen, in einem neuen Anzug, der mir ein wenig zu groß ist, und die Haare haben sie mir frisch geschnitten, hinauf bis über die Ohren, wo mich friert im kalten Märzwind, und in den nassen Schuhen, und daß sie den Großvater vorne tragen, ist mir gleichgültig, immer wieder sehe ich den Vater an, sehe an ihm hinauf, in ein Gesicht, in dem sich nichts rührt, nur die Muskeln an den Kieferwinkeln treten manchmal hervor, als beiße der Vater die Zähne zusammen, und der Adamsapfel ruckt auf und ab, ständig habe ich zu ihm hinaufgeschaut und ihn die ganze Zeit gesehen, wie er unten in der Werkstatt hockt, nachdem die Nachricht vom Tod seines Vaters gekommen ist, plötzlich ist er verschwunden gewesen, und ich bin in den Keller hinunter, nichts ist zu hören, kein Arbeitsgeräusch, nichts als etwas wie Seufzen, und ich sehe zwischen den Latten hindurch, die den Keller unterteilen, sehe ihn sitzen, vor der Werkbank, nach vorne gelehnt und den Kopf auf die Arme gelegt, eine Angst in mir plötzlich, ich weiß nicht, was hier geschieht, und dann ist da ein Aufstöhnen, noch einmal, ein Schluchzen, die Schultern des Vaters zucken, ich starre hin, möchte schreien, herausbrüllen vor Entsetzen: der Vater weint!, noch nie habe ich den Vater weinen gesehen, noch nie habe ich einen Vater weinen gesehen, erst im Entsetzen über das Weinen des Vaters habe ich begriffen, was es hieß: der Großvater ist tot, ist mir dieser Tod so ungeheuerlich geworden, als wäre mir jemand Geliebter gestorben, als wäre ER mir gestorben, er, der mir erst in diesem Augenblick jemand geworden war, den ich lieb hatte, ich hätte hin mögen zu ihm, ihn halten, mich von ihm trösten lassen, aber ich bin gestanden, unfähig, mich wegzurühren, bis ich Schritte auf der Kellertreppe hörte und mich schnell verdrückt habe, versteckt unter der dunklen Schräge der Stiege, und den ganzen Tag bin ich so verstört gewesen, daß die Mutter mich immer wieder an sich gedrückt hat und sich nicht beruhigen konnte über meine Weichherzigkeit, wie sie das nannte, weil mir der Tod des Großvaters so nahegegangen war, den ich doch fast nicht kannte.

Das trockene Rascheln der Blätter nimmt immer mehr zu, Wind muß aufgekommen sein, Morgenwind, denkt er, ein Vogel schreit, noch einer, die Augen brennen und jucken, es scheint schon zu dämmern, die Fensterscheiben sind beschlagen und undurchsichtig, Tropfen rinnen herab, daß es aussieht, als regne es draußen, rund um das Auto eine dröhnende Glocke aus Vogelgeschrei, er hätte doch weiterfahren sollen, er würde nicht einschlafen bei diesem Lärm, wenn er die Macht hätte, würden all diese schreienden Federn tot aus den Zweigen fallen, eine Stille über der Welt, die endlich auch den Kopf erfaßt, durstig ist er, und die Unterlippe ist aufgesprungen, er schaltet die Kartenlampe aus, wischt über das Seitenfenster, der Himmel ist schon hell über den Wipfeln, der Wald steht nicht mehr wie eine schwarze Wand, man kann bereits die ersten Stämme vorne unterscheiden, ob die Schwester auch wach lag?, oder ob sie nicht hat schlafen können und erst jetzt, wo es hell wurde, in einen traumzerquälten, von Aufschrecken zerrissenen Schlaf fiel?, vielleicht ging sie mit ihm den Anzug kaufen, Probleme würde es dabei nicht geben, Konfektionskleider paßten ihm, und war er denn nicht überhaupt schon Konfektionsgröße geworden?, eigentlich seit damals, seit dem Absturz, und er will es nur nicht wahrhaben, tut noch immer als ob, und ist denn diese ganze Reise etwas anderes gewesen als ein einziges So-tun-als-ob?, war sie nicht schon so geplant?, so tun, als sei er nirgends daheim, oder immer gerade dort, wo er sich hinlegt, hinsetzt, die Koffer abstellt, das Vorgaukeln einer Freiheit, eines Ungebundenseins, einer Unabhängigkeit, aber hatte er sich denn nicht wohlgefühlt dabei?, war es nicht schön gewesen bis gestern?, und war nicht überhaupt jeder Vorsatz, den man faßte, eine Pose?, forderte nicht jedes Ziel, das man anging, zu Posen heraus?, man müßte nur konsequent sein, damit die Pose man selber werden könnte, konsequent, genau das, was er nicht war, er hatte sich doch vorgenommen, Hanna während der ganzen Reise kein einziges Mal anzurufen, einfach so zu tun, als gäbe es sie nicht, und dann hatte er doch gestern nachmittag diese Kreise um das Postamt gedreht, immer engere Kreise, so als sei es das absolute Zentrum der Stadt, ja der Welt, nein, er wird sie nicht anrufen, hat er sich vorgesagt und ist dabei dem Postamt schon wieder nähergekommen, und er hat gewußt, er kommt ihm näher, und hat dabei vor sich selber so getan, als sei er bloß übermütig geworden: anrufen bei ihr, wenn sie bestimmt nicht da ist, einfach des Klingelns wegen, es sich anhören wie eine umwerfende Botschaft und so ernsthaft, als würden ihm die Zehn Gebote gedonnert, und sich ausgelassen gleich noch einmal anstellen, so als sehe er nicht, was der sah, der ihm die ganze Zeit über die Schulter schaut: daß es überhaupt kein Spaß war, sonst hätte er doch auflegen müssen, als sie sich meldete, natürlich war es eine Verrücktheit zu glauben, er wird, wenn sie tatsächlich zurück sein sollte, von ihr hören, was er hören will: Ich habe es mir überlegt, Zell, es ist schon erledigt; daß sie das sagen wird, hatte er doch nicht glauben können, viel zu sehr hatte sie sich schon die Weichen gestellt, war sie, kehrteuch, umgeschwenkt und hatte sich ausgerichtet auf das neue Ziel, nicht nur im Kopf, sondern sogar in ihren bedächtig werdenden Körperbewegungen, was für ein *Sinn* in ihrem Leben auf einmal!, am Boden sitzt sie, als er kommt, in der Mitte des Zimmers auf dem Teppich, die Knie unter dem langen Rock an die Brust gezogen, sie rührt sich nicht, schaut nur auf, als er im Türrahmen erscheint, also?, fragt er gleich, ohne Begrüßung, und sie nickt!, na zum Glück, sagt er, ist das heute kein besonderes Problem mehr, sie sieht ihn ruhig an, von unten nach oben, beinahe mitleidig, er blinzelt irritiert, ich werde es bekommen, sagt sie dann, diesmal werde ich es bekommen, fast nebenhin redet sie und sitzt da wie jemand, der sich ein für allemal entschlossen hat, nicht jetzt erst, lange schon, und nicht mehr schwankt, komm, komm, sagt er, laß diese Späße, sie schaut ihn nur an, das kann sie doch nicht ernst meinen, ist sie verrückt geworden?, und langsam erhebt sie sich, so vorsichtig, als stehe ihr der Bauch schon bis zum Hals, geht zum Fenster, kehrt ihm den Rücken zu, zwei Abtreibungen, sagt sie, sind genug, jetzt muß Schluß sein, und sie wird auch nicht jünger, in ein paar Jahren ist sie zu alt dafür, er steht noch immer im Türrahmen, den Schlüssel zu ihrer Wohnung in der Hand, und warum gerade diesmal?, stößt er heraus, warum gerade bei ihm?, warum will sie gerade ein Kind von ihm?, wieder dieser mitleidige Blick, auf dich kommt es dabei gar nicht an, sagt sie und lächelt fein, hervorragend!, und den Vater soll er dann spielen, er lacht spöttisch auf, und sie lächelt weiter, darauf wird auch kein Wert gelegt, sagt sie, wenn er nicht will, er immer lauter, sie immer leiser, er läuft im Zimmer hin und her, und sie lehnt am Fensterbrett, er will einfach kein Kind mehr, will nicht, daß es noch ein Kind gibt von ihm, ein einziges vernünftiges Argument soll sie ihm bringen, warum?, warum?!, und sie in ihrer höhnischen Selbstsicherheit: weil ich es will!, eine Mauer, gegen die nicht anzukommen ist, er konnte sich gestern doch nicht eingebildet haben, daß sie plötzlich wieder zurückschwenkt, ich habe es mir überlegt, Zell, du hast ja recht, und es ist schon alles erledigt, statt dessen, gleich nach den ersten Sätzen: ich muß dir etwas sagen, Stefan, deine Eltern, hat sie wirklich »Stefan« gesagt?, sonst nannte sie ihn doch immer beim Familiennamen: als ließe sich damit die Distanz aufrechterhalten, an der ihr manchmal lag, sogar in den paar Briefen, die er von ihr hat: Seit Du weg bist, Zell, kommt mir mein Bett auf einmal wie ein Doppelbett vor, seit langem ist er daran gewöhnt, bei ihr so zu heißen, es fiel ihm nicht mehr auf, wenn sie es sagte, zu Beginn hatte es ihm sogar gefallen, das muß er zugeben, irgendwie paßt es zu ihr, schien ihm damals, und manchmal kam er sich dabei auf eine seltsame Weise plötzlich sehr ernstgenommen vor, selbst mitten in einem Herumblödeln, während er es immer ein wenig lächerlich fand, einen allzu bemühten Versuch, besonders zu erscheinen, wenn Lotte ihren Georg, mit dem sie fast zwanzig Jahre verheiratet war, Finke nannte, hat Hanna wirklich »Stefan« gesagt?, wie zärtlich ihm das jetzt vorkommt, so, wie er es denkt!, nach zwei Jahren Zell auf einmal Stefan, hat sie wirklich?, er weiß es nicht mehr, die folgenden Wörter sind wie ein glühendes Eisenstück daraufgefallen, ein jäher Schmerz, und wie ein Aufzischen im Kopf, kurz nur, einen Lidschlag lang, und dann fallen ihre Sätze weiter in seinen Kopf, aber nicht brennend und scharf, sondern weich und dicht wie Schnee, er gibt Antwort, weiß es kaum, ja, er kommt, ja, er fährt sofort, nein, ist nicht nötig, daß *sie* kommt, sie soll die Schwester anrufen, nein, es ist nichts, ist alles in Ordnung, bestimmt, ja, er ruft morgen an, übermorgen ist er bei ihr, ja, jaja, und er geht ein paar Schritte durch die Halle, steht, sieht sich um, schaut an sich hinunter, sieht die Hände an: NICHTS ist geschehen!, nichts!, nichts, wie immer ist alles, er sieht es nicht anders, als er es vor Minuten gesehen hat, und er steht da, wie er auch sonst steht, wie er dastehen würde, wenn Hanna ihm nichts weiter berichtet hätte, als daß sie am Strumpf eine Laufmasche habe, ein Lachen stößt ihn plötzlich, er kichert, lacht laut heraus, lacht, möchte nicht und lacht, wie grotesk alles ist!, wie grotesk!, diese Beamten hinter den Schaltern!, und diese Geldscheine!, und wie sich die Leute vor dem Telefon anstellen!, vor einem Telefon stellen sie sich an!, vor einem Telefon!!!, er lacht, man dreht sich nach ihm um, er steht vor dem Schalter, wo das Telefongespräch zu zahlen ist, man grinst, und er lacht wieder heraus, und plötzlich lacht jemand mit, noch jemand, ein Gelächter plötzlich in der Halle, er versucht ein ernstes Gesicht zu machen: was für ein Mißverständnis: die lachen italienisch und ich deutsch!!, und wieder stößt ihn das Gekicher, niemandem darf er das erzählen, nicht *diese* Wahrheit, niemals, wofür würde man ihn halten?, was für eine Gefühlsroheit, eine solche Nachricht, und er lacht!, anstatt betroffen zu sein, getroffen mitten ins Herz, eine unbändige Lust zu lachen, eine Übersprungshandlung vielleicht, als wäre er ein Hahn und stünde einem anderen gegenüber in unentschiedenem Kampf, und statt wieder anzugreifen, fängt er plötzlich an, auf dem Boden zu picken, eine ganz unangemessene Reaktion in dieser Lage, so als gälte es nicht, den Rivalen zu bekämpfen, sondern als fühle er sich so sicher, daß er sich ohne weiteres dem Fressen hingeben kann, ein Umspringen von einer Instinkthandlung in eine andere, um dem Konflikt auszuweichen, der Vater hatte ihm das einmal erklärt, ein Umkippen ins Gegenteil, wie damals, zehn ist er und die zweite Woche in der Klosterschule, die Klasse unbeaufsichtigt im Turnsaal, und unvermittelt sind sie über ihn hergefallen, ohne jede Vorwarnung mitten aus einer kindlichen Balgerei heraus, auf die nach Schweiß stinkende Ledermatte geworfen, er liegt und wehrt sich kaum, weiß ja noch nicht, daß er hier der ist, der noch oft zum Opfer werden wird, sie halten ihn fest, zwei sitzen auf seinen Beinen, und ein Großer, Schwerer hockt ihm mit den Knien auf den Oberarmen, »Muskelreiten«, das kennt er schon, und Brabetz, nie wird er das vergessen, Brabetz kitzelt, kitzelt überall, wo ein Mensch nur kitzlig sein kann, die ganze Klasse steht im Kreis, und er windet sich, kichert, lacht und glaubt immer noch, daß das ein Art Mutprobe ist, eine Feuertaufe, die jedem Neuen hier blüht, ein Ritual, um aufgenommen zu werden, etwas, das man aushalten muß, um endlich dazuzugehören, und die Finger kitzeln zwischen den Rippen, in den Achselhöhlen, kitzeln, auch als aus seinem Gekicher, Gelächter Schreie werden, er bäumt sich auf wie im Krampf, wird eisern festgehalten, der Turnsaal hallt von seinem gellenden Geschrei, aber kein Lehrer taucht auf, niemand, der ihm hilft, ihn rettet, rundum grinsende Fratzen, Visagen, Gejohle, und er bald nur noch ein Betteln, Jammern, Flehen und Winseln, weit hinaus über jede Scham, ein in Konvulsionen sich biegendes Bündel, der Kopf scheint zu bersten, jetzt!, jetzt!, er stirbt!, jetzt!, er STIRBT!, und da ist mit einem Mal die Qual zu Ende, Brabetz' Finger belanglos, die ihn weiter bearbeiten, er spürt sie nicht mehr als Kitzeln, nichts mehr wehrt sich in ihm, sein Körper schlaff und gleichgültig, das Entsetzen umgekippt in eine kalte Ruhe, und er hat sich auf einmal weiden können an der lächerlichen Vergeblichkeit, mit der Brabetz ihn weiter foltern wollte, er hat im Hinaufsehen auf die Visagen über ihm auf sie richtig herabsehen können, die sich da ergötzen wollten an einer Tortur, die ihm nichts mehr bedeutete, ein solches Umkippen vielleicht auch gestern im Postamt, eine *falsche* Reaktion, dieses jähe, unangemessene Lachen: aber ohne daß da ein nicht länger zu ertragender Schmerz vorausgegangen wäre, aus dem er sich nicht anders als ins Gegenteil hätte flüchten können, nein, fast sofort nur das Lachen, aber Brabetz hat sich damals keineswegs geschlagen gegeben, hat in ihm nicht jemanden sehen wollen, der nicht zu besiegen ist, Brabetz hält auf einmal inne und dann – ist da wirklich ein Aufleuchten in Brabetz' Augen gewesen?, zum ersten Mal, daß er das sah: Haß in den Augen eines Menschen? – und dann zieht er ihm mit einem Ruck die schwarze Turnhose hinunter, ein Aufjaulen noch einmal rundum, und er liegt da in seiner Blöße, noch immer festgezurrt und hilflos und so, als sei dieses Bloßlegen das Schlimmste, das einem angetan werden kann, Tränen im Hals, er schloß die Augen, drehte den Kopf zur Seite und drückte ihn ins feuchte Leder der Matte, auch das hat er niemandem erzählen können, der Mutter nicht, dem Vater schon gar nicht, und jetzt kann er ihnen nie wieder etwas sagen, auf ein Grab kann er hinunterreden, er dreht sich heftig um, stößt mit dem angewinkelten Knie gegen den rechten Vordersitz, den er nicht zurückgeklappt hat, die Vögel haben aufgehört zu schreien, nicht eine einzige Stimme mehr, ganz still ist es und schon hell, seine Hand glänzt von Schweiß, als er sie öffnet, und heiß ist ihm, er dünstet, als habe er geschlafen, aber er hat nicht geschlafen, ist er sicher, oder der Kopf ist im

Dösen genauso weitergelaufen, als wäre er wach, ein wenig noch liegen, dann fährt er, in drei Stunden ist er da, und der Countdown wird auch für ihn beginnen, bis Erde auf die Särge fällt, paß auf dich auf, hat Hanna gesagt, Zell, oder Stefan?, er wird sie anrufen und sagen: komm, und dabei haben sie gemeint, die Distanz würde ihnen gefallen, er jedenfalls hat es gemeint, den ganzen Sommer über hat er sich auf die Reise gefreut, einen Sommer, der vergangen ist ohne ihn, er hat ihn weggearbeitet, ist über dem Zeichentisch weit weg gewesen, Pinien, in denen es rauscht, und das Schrillen der Zikaden, weiße Schaumzungen, die den Strand herauflaufen, eine flirrende Luft über den Dächern, das Geschrei am Fischmarkt, und auf dem Papier vor ihm eine Industriehalle, ein phantasieloses Hinlinieren, alles ist vorgegeben, die Klimaanlage rauscht, man spricht von einem Jahrhundertsommer, und seine Haut ist blaß wie kein Jahr zuvor, an den Herbst denkt er, er wird allein fahren, ohne Ziel, nur Süden, längst glaubt er, daß es seine Idee war, getrennt in den Urlaub zu fahren, er hat nichts geplant, weil es immer noch möglich scheint, daß sie plötzlich sagt, ich habe es mir überlegt, Zell, ich möchte mit dir, fast eine Hoffnung bisweilen, selbst wenn er nicht unbedingt mit ihr wegfahren will, es sich auch öd denkt, wochenlang nur sie, aber er hätte nicht nein gesagt, und er ist überrascht, daß er sich nicht einreden muß, wie schön es ist, allein zu fahren, nein, es gefällt ihm wirklich, welche Möglichkeiten er auf einmal hat, er sitzt draußen am Ende der Mole, übernächtig, kein Stern mehr, das Meer und der Himmel gleich bleiern, ohne Horizont, Wind geht, er fröstelt, gleichmäßig schlagen die Wellen gegen die Steinmauer, rollen heran, schwappen hoch, laufen zurück, wie ein großes Atmen, in dem leere Dosen an den Steinen klickern, dahinschmirgeln, die Stadt im Rücken noch still, ausblasende Lichter die dunklen Hügel hinauf, weit draußen färbt sich das Wasser gelblich, steigt den Himmel hinauf, läuft über die Bucht auf ihn zu, rosige Ränder an der Unterseite der Wolken, die sich aus dem Himmel heben, und dann sitzt er im

Speisesaal des Hotels, der erste beim Frühstück an diesem Morgen, das Haus noch still, aber der Kellner schon eilig beim Decken, das Fenster steht einen Spalt offen, der Oleander glänzt naß, und das Sonnensegel über der Terrasse bewegt sich leicht im Wind, wie schön, hier zu sitzen und zu denken, irgendwann wird sie herunterkommen, geduscht und gekämmt, aber noch mit schläfrigen Bewegungen, Julia, denkt er, Julia, allein ihren Namen zu denken, gefällt ihm, sie wird ihn wieder ansehen mit diesem Verschwörerblick, so als sei das, was diese Nacht zwischen ihnen war, wirklich eine Verschwörung gewesen, ein Komplott gegen die Welt, neben ihrem Ohr, in dem er das Blut in der Morgensonne durchschimmern sieht, ist ein wenig Hautcreme geblieben, er tupft mit dem Finger hin, verreibt sie auf seinen Lippen, morgen, sagt er, werde ich deine Hautcreme auf Toast essen, sie macht ein enttäuschtes Gesicht, du läßt nach, sagt sie, heute nacht wolltest du viel mehr, und er beugt sich zu ihr hin, küßt ihren nackten Unterarm, faßt mit den Lippen und dann mit den Zähnen den dunklen Flaum, beißt ihn ab, sie zieht die Brauen hoch, ich grase dich ab, sagt er, eine schöne Weide, und sie bestreicht ein Brot, rupft den Rosen am Tisch ein paar Blätter aus, belegt das Brot damit, sieht sich um im Speisesaal, der längst voll mit Menschen ist, und sie steht auf, geht an einen der Tische, sagt etwas, lächelnd, aber ernsthaft, und nimmt mit spitzen Fingern ein gelbes Rosenblatt, noch eines, bedankt sich, legt die gelben Blätter zwischen die roten auf ihrem Brötchen und beißt hinein, Teerosen, sagt sie kauend, das merkt man gleich, magst du, fragt sie und hält ihm das Brot hin, natürlich mag er, mhm, das könnte man sich angewöhnen, und sie schüttelt den Kopf, siehst du, sagt sie, das bist du: aus allem will er sofort eine Gewohnheit machen, aus dir auf jeden Fall, meint er, und sie seufzt, bevor es so weit ist, will sie informiert werden, damit sie sich rechtzeitig in einen Sonnenschirm verwandeln kann, warum in einen Sonnenschirm?, möchte er vielleicht lieber ein Regenschirm sein?; jeden Tag Rosen aufs Brot!, sagt sie empört nach einer Weile und rümpft die Nase, er lächelt, nur wenn er an sie denken will, verspricht er, wird er Rosen essen, als ob das etwas mit mir zu tun hätte, sagt sie, er hat wirklich keine Ahnung von ihr, raten soll er, welche Blume sie in ihrem früheren Leben gewesen ist, schwierig, sagt er, beugt sich zu ihr und schnuppert an ihrem Hals, macht ein ratloses Gesicht, welche Farbe denn, will er wissen, na welche schon!, blau rät er, fast, lächelt sie, welche dann?, na rot natürlich, erklärt sie, oder vielleicht nicht?, wie kann er das wissen?, sie muß doch ihre Farbe kennen, Blödsinn, sagt sie, oder glaubt er vielleicht, Blumen wissen, welche Farbe sie haben?, sie ist nicht an einem Wasser gestanden, um sich spiegeln zu können, wenn sie jedoch ihn ansieht: er schon, jetzt jedenfalls spiegelt er sich, sie schaut ihn an, mit dem Gesicht ganz nahe, und er sieht sein Gesicht in ihren dunklen Augen, ich schaue nicht mich an, sagt er, sondern ich schaue das Wasser an, und dann, er faltet die Hände über dem Kopf und tut, als möchte er über den Tisch hechten, dann springe ich kopfüber hinein, soso, lächelt sie, dann warst das vielleicht *auch* du letzte Nacht, er nickt ernsthaft, der erste und der letzte, erklärt er, was dazwischen gewesen sei, wisse er nicht, sie hat auf einmal die Blumenvase in der Hand, will er auch von dieser Köstlichkeit, fragt sie, und er beeilt sich, die Hand auf seine Tasse zu legen, hatte ich schon, behauptet er, aber er könne das nur empfehlen, sie grinsen einander an, und sie nippt ein klein wenig, nun, sagt sie mit schiefem Mund, das ist auch nicht mehr, was es einmal war, Signore, ruft sie und hebt die Hand und redet dann auf den Kellner ein, in ihrem unverständlichen Neapolitanisch, und der Kellner lächelt, verbeugt sich, ist weg, sie haben noch ein paar Flaschen früherer Jahrgänge im Keller, behauptet sie ernst, es kitzelt ihn im Bauch, weil man von allen Tischen zu ihnen herschaut, tuschelt, er sieht sie an, sieht die Lachfalten in ihren Augenwinkeln, und er möchte jetzt nichts anderes, als daß das Leben hier stehenbleibt, daß dieses Gefühl in ihm stehenbleibt, und dann liegt er in der Sonne, döst, hört das Schlagen der Wellen, Geschrei von weither und dann Schritte im Sand, ihren Schritt, ihre Lippen sind kühl auf seiner Haut, du hast eine kalte Schnauze wie ein Hund, sagt er, Blödian, faucht sie empört, ich bin doch ein Hund, er will sich umdrehen, sie hindert ihn, wenn du dich jetzt umdrehst, hört er sie bittend, dann werde ich auf ewig ein Hund bleiben müssen, ja, wenn das so ist, gibt er nach, aber in welchem Märchen sind wir denn?, sie stößt ihn in die Seite, Orpheus, sagt sie, nichts weiß er, und er hört ihr leises Lachen, ein Lachen tief hinten in der Kehle, und Eurydike war auch ein Hund?, will er wissen, was heißt »auch«?, sagt sie, nur sie war einer, und ihre kalte Schnauze stöbert weiter auf seinem Rücken, in den Achselhöhlen, und ich kann kein Hund werden?, fragt er, aber sicher, sagt sie, alles kann man, wenn man es wirklich will, er zieht die Hand unter seinem Körper hervor, ohne sich umzudrehen, und krault sie im Nacken, welche Art Hund sie denn ist, möchte er hören, sonst wird er vielleicht einer, der nicht zu ihr paßt, und da schlägt sie ihm klatschend auf den Rücken, da haben wir es wieder, schimpft sie, nicht die geringste Phantasie hat er, alles will er schriftlich, er setzt sich auf, schaut sie an, sie füllt ihren Strohhut mit Sand, Augen zu, befiehlt sie, er blinzelt gegen die Sonne, und da hat sie schon den Bund seiner Badehose gefaßt und die Ladung Sand eingefüllt, was soll das jetzt darstellen, fragt er, typisch, so kann auch nur er fragen, na was denn?, sie zieht wieder an seinem Badehosenbund, guckt mit langem Hals hinein, das ist, sagt sie, das sieht man doch, Sand in einer Badehose, sie seufzt, legt sich auf den Bauch und vergräbt den Kopf in den Armen, und er läßt lächelnd den Sand aus der Badehose rinnen, Julia, denkt er, Julia, und da ist auf einmal Hundegebell, ganz in der Nähe, die Kante des Autositzes drückt gegen die Rippen, er richtet sich auf, ein wenig taumlig, horcht, aber es ist wieder still, halb sieben, sieht er, drüben auf der Straße hat der Verkehr zugenommen, Vögel zwitschern, und irgendwo ist ein Kreischen wie von einer Kreissäge, er wischt über die Scheibe und sieht, daß er kaum fünfzig Meter von einem Haus entfernt steht, das er nachts nicht gesehen hat. Langsam steigt er aus, hinaus ins taunasse Gras, und bewegt die verspannten Schultern. Über dem Wald ist es flammend rot. Er geht ein paar Schritte den leicht ansteigenden Weg hinauf, steht, streicht sich das Haar aus der feuchten Stirn und sieht gedankenlos über eine Lichtung hinweg in den Wald hinein. Zwischen den Stämmen hängt milchiger Dunst, der sich leicht bewegt. Langsam geht er zum Auto zurück und steigt ein. Er wird Hanna nicht anrufen.

Man hat ihn zu überreden versucht, als wolle mit ihm einer sein eigenes Geburtstagsfest verlassen, ehe es richtig losgeht. Und die Schwester hat wahrscheinlich gedacht, er mißbilligt es, daß man nicht mehr flüsternd über Tote sprach, sondern sich schon zu unterhalten anfing und am unteren Ende der Tafel bereits hin und wieder ein nicht schnell genug zurückgezogenes Lachen aufsprang, dort, wo die entfernteren Verwandten saßen, Cousinen und Vettern, von denen er manche zuletzt gesehen hatte, als sie alle noch Kinder waren. Aber er war weit davon entfernt, noch irgend etwas mißbilligen zu können. Und war ein Zusammensitzen und Trinken in einer solchen Situation denn nicht das Allervernünftigste und zugleich Menschengerechteste: so lange sitzen und trinken, bis sich der bestimmte Tod, den man nicht begreifen kann, endlich in etwas Allgemein-Menschliches auflöst, das man nicht mehr persönlich nehmen muß. Wenn in ihm nur eine geringe Hoffnung gewesen wäre, sich mit ein paar Gläsern noch einmal in einen Zustand der Wachheit katapultieren zu können, ohne damit gleich in einen schlimmeren als den zu geraten, in dem er sich befand, hätte er wahrscheinlich nicht lange gezögert. Aber eine Müdigkeit, die man wegputschen konnte, war das in ihm längst nicht mehr. In der Kirche, ja, während des Requiems, da war ihm zum Umfallen gewesen, war allein das Hochziehen der Augenlider eine Qual. Am liebsten hätte er sich auf der Bank mit ihren verschiedenfarbigen Sitzunterlagen aus Spannteppichresten, die offenbar den

Stammplatz der ständigen Kirchensitzer markierten, ausgestreckt oder sich in einen Beichtstuhl hinein verkrochen, alles, auch das Schlimmste, gestehend und Reue versprechend, wenn man ihn nur schlafen ließ. Aber bald hatte er diese Müdigkeit nicht mehr gespürt, so als habe sein Körper es aufgegeben, sich in Erinnerung zu bringen; er hatte funktioniert, war aufgestanden, hatte sich gesetzt, war gegangen, ganz automatisch, wie in Trance, und auch auf dem Weg durch die Stadt war dieser seltsame Zustand, in dem die Traumbilder schon über die Wachgrenze zu greifen schienen, nicht zergangen. Nur mit Mühe hatte er im Auto neben Günther, einem Vetter, den Sätzen folgen können, mit denen ihm eine Versicherungsbeamtenkarriere, Familienverhältnisse und Zukunftspläne für ihm unbekannte Kinder mitgeteilt wurden, und wenn er selber etwas erzählte, hatte er hinterher nicht gewußt, ob er das jetzt tatsächlich gesagt oder es sich nur eingebildet hatte. Und in dem niederen, drückenden Gewölbe, im Extrazimmer des »Stern«, wo das Totenmahl stattfand, war es ihm bald, obwohl er bloß ein paarmal an seinem Weinglas genippt hatte, so vorgekommen, als habe man Glaswände um ihn aufgestellt, das andere Ende der Tafel war für ihn weit, weit weg gewesen, alles um ihn herum überhaupt so, als müsse sein mit Watte zugestopfter Kopf einem komplizierten Theatergeschehen folgen, das immer unverständlicher wird, weil der Blick nur selten bis zur Bühne vordringt, vorher irgendwo hängenbleibt, sich festhakt, mit Gedanken, die von weit her und wie nicht die eigenen sind.

Er wollte nur noch, daß dieser Tag endlich vorbei war.

Daß er todmüde war, hat man ihm glauben müssen. Aber warum will er unbedingt in ein Hotel? Warum nicht zu Schwester und Schwager? Ins Kinderzimmer? Ganz für ihn allein. Man kann ihm auch im Wohnzimmer ein Bett machen, wenn ihm das lieber ist. Daß er nicht ins Haus der Eltern will, gut, das versteht man. Aber warum nicht zu Olga? Den ganzen oberen Stock kann er haben. Kein Mensch stört ihn dort. Den Beo stellt sie in den Keller. Auch zu uns kannst du kommen, Stefan, wenn du magst, Platz genug. Wir würden uns freuen. Das mache doch keine Umstände. Und wenn schon unbedingt, dann wenigstens gleich hier im »Stern«. Oder ins neue »Residence«. Fernsehen, Telefon, Zimmerbar, Sauna. Warum ausgerechnet in diese Keusche? Daß man sich nicht mehr am Brunnen waschen muß, ist dort der ganze Luxus. Seit wann hat er es denn mit dem einfachen Leben, gerade er? Er hatte nur den Kopf geschüttelt.

Man sieht sich dann also morgen. Vielleicht zum Frühstück? Jedenfalls beim Mittagessen. Es gibt so viel zu besprechen. *Wir müssen ja langsam alles regeln.*

Auch mit dem Bruder nur Händeschütteln.

Die Schwester stand in der Tür, schmal in dem schwarzen Kleid, und winkte. Er hob die Hand, als er an ihr vorüberfuhr. Der Wind drückte ihr das Kleid gegen die Beine, sie versuchte zu lächeln. Dann war ein Lastwagen zwischen ihnen. Sie versteht, hatte sie gesagt, sie versteht gut, daß er allein sein will, am liebsten möchte sie das auch. Er hatte gelächelt: Ich gedenke einen langen Schlaf zu tun, denn dieser letzten Tage Qual war groß. Er spürte noch den Geruch ihrer Haut und die Hand an seinem Arm, die langsam herabsank, als er sich abwandte: Zum ersten Mal an diesem Tag das Gefühl, sie umarmen, an sich drücken zu müssen, mit ihr irgendwo zu liegen, ganz still, und nicht den Gedanken: diese Fremde, diese fremde Frau, wie bei der wirklichen Umarmung heute bei der Ankunft und dann neben ihr in der Kirche. Seit Jahren waren sie einander immer fremder und gleichgültiger geworden, und nun auf einmal. Er hielt an der Kreuzung an und sah zurück, und es schien ihm, als stehe sie noch immer dort. Wie leicht der Gedanke, zurückzufahren, und sie steigt ein. Ob sie wohl mit anderen Männern schlief? Bei einem solchen Ärmelschoner von Ehemann! Wie recht Gottfried schon vor Jahren gehabt hatte: Mit dem kann man bestenfalls eine Pissoirtür beschriften, so eine Doppelnull ist das. Ja, sie stand noch dort, das sah er jetzt deutlich. Hinter ihm hupte es, weil die Ampel längst grün war und er nicht fuhr. Und plötzlich war ihm, als sähe er statt der Schwester die Mutter stehen, die ihm beim Wegfahren auch immer nachgeblickt hatte, bis er in der Kurve verschwand.

Er hatte nicht mehr weit zu fahren. Dreißig Kilometer Autobahn und dann noch zwanzig Minuten Landstraße, bis zu dem kleinen Dorfgasthaus, das schon einmal ein Versteck war. Ein Fluchtpunkt. Ein Zielpunkt. Ein Ausgangspunkt. Trotz der dünnen Holzwände war es ein nicht einzunehmendes Kastell gewesen. Jedes Fußbodenbrett hatte mit ihm geatmet wie ein Verbündeter. Und vor den Fenstern vibrierte die Luft über dem Stoppelfeld wie ein sichtbar gewordenes Magnetfeld. Unter dem dicken Federbett würde er versinken, aus der Welt verschwinden, sich aus ihr wegschlafen.

Langsam fuhr er durch die Stadt, über den langgestreckten Hauptplatz, wo sich der Verkehr, wie immer um diese Zeit, im Schrittempo zwischen den Halden parkender Autos, den viel zu schmalen Gehsteigen und kopflos hastenden Fußgängern hindurchzwängte und beim Salztor noch enger zusammengestaucht wurde. Dahinter, bald nach der Brücke, begann der neueste Teil der Stadt, wo damals, als sie hierher übersiedelten, noch Gärten und Wiesen gewesen waren, und wo sich nun entlang der Straße weithin LEGO-Bauten erstreckten, Wohnsiedlungen und Industriegelände einander abwechselten. Er hatte die Stadt nie besonders gemocht, von Anfang an nicht, so viele Jahre hatte er hier gewohnt, aber sich nie sonderlich zugehörig, ja nicht einmal dann betroffen gefühlt, wenn man anderswo über den angeblich wie Faschingsdienstagerbrochenes riechenden Dunst witzelte, der vom Chemiewerk kam und häufig über der ganzen Stadt hing; ewig war es nun schon her, daß er sich von hier, mit dem Gefühl, ins Freie, Große, Abenteuerliche aufzubrechen, endgültig davongemacht hatte, und doch war es jetzt eine traurige Vorstellung, daß dieses Stück Welt für ihn verloren sein würde, all die Menschen, die er hier kannte und deren Lebensgeschichten er wußte, Geschichten, die allerdings

schon seit Jahren dünner und dünner, immer mehr zu Anekdoten wurden. Und bei diesen Anekdoten würde es nun bleiben: ein allmählich ausbleichender, weiß werdender Fleck mehr auf seiner Landkarte. Hin und wieder würde er die Schwester besuchen, es sich aber bestimmt viel, viel öfter vornehmen. Ein »Elternhaus«, in das er vielleicht manchmal zurückkehren oder wohin er sich wenigstens wünschen könnte, gab es ja nicht: Das Haus der Eltern, das nun wahrscheinlich verkauft werden würde, war von ihnen erst erstanden worden, als er nur mehr an den Wochenenden und in den Ferien heimkam, darin war er nicht aufgewachsen, sondern immer nur auf Besuch gewesen.
Gedankenlos bog er zum Autobahnzubringer ab, fuhr einfach hinter den Wagen vor ihm her. In den Scheiben der entgegenkommenden Autos spiegelte sich die untergehende Sonne, und das gelbe Laub des Ahorns strahlte grell vor dem im Osten schon fahl werdenden Himmel. In einer Stunde würde es dunkel sein und er daliegen, neben dem offenen Fenster, und den Abendgeräuschen des Dorfes zuhören. Und wegtreiben. Das Haus der Eltern wird das einzige in der Straße sein, in dem kein Licht brennt. Und auf dem Friedhof keine Bewegung mehr, nichts als das Rascheln des Windes in den Kranzschleifen. Linas Bukett wird auch dort liegen. Sie mußten weit hinten im Trauerzug gegangen sein, weil niemand sie gesehen hatte, ehe sie plötzlich dastanden, sie und Markus, als sich die Leute schon zu verlaufen angefangen haben, das Beileidgemurmel endlich vorbei ist und man nur noch ums Grab steht, weil man nicht gleich weiß, was nun, stehen sie auf einmal da, vor Peinlichkeit schief werdenden Gestalten gegenüber und selber verlegen, man hat sie nicht mehr gesehen, seit er sich von ihr getrennt hat, man hat sie abgeschrieben und nicht mehr denken können wie zuvor, Lina!, stottert man, mein Gott, Lina!, wie schön, daß ihr gekommen seid, so sieht man sich also wieder, wir können es alle noch nicht fassen, so ein Schlag für uns, aber wo seid ihr denn ...?, warum seid ihr denn *hinten* gegangen?, ja warum

nicht *vorne bei uns?*, vor Verlegenheit nur noch Verlogenheit, weghuschende Augen, ein Nicht-ins-Gesicht-sehen-können, ja Markus!, so groß bist du geworden, ja sowas, kennst du uns noch?, kein Wort hatte die Schwester ihm gesagt, daß man sie eingeladen, zumindest benachrichtigt hatte, und er hatte danach zu fragen vergessen, Lina hat ihm die Hand gegeben, sagt nichts, ein angedeutetes Lächeln, das gleich wieder weg ist, ein durch und durch fremder Mensch, da war sie ihm am Telefon noch vertrauter, und wie alt sie aussieht!, nach dem Requiem sind wir im »Stern«, sagt er schnell, du kommst doch?, ihr kommt doch?, verbessert er sich, aber sie schüttelt den Kopf, leider, sagt sie, es geht nicht, mehr zu den anderen redet sie als zu ihm, sie müssen dringend zurück, mit dem Zug um halb fünf, leider, und sie legt ihr Bukett zu den Kränzen. Er ist ihr fast dankbar gewesen, daß es nichts Großes, Protziges war, sondern nur ein paar Zweige und trokkene Gräser. So als könnte ihm ihr Geschmack womöglich noch immer zur Last gelegt werden. Beinahe zärtlich kam ihm der Strauß vor, wie er dort unter all dem aufgeplusterten Blumenüberfluß lag. Ob sie noch wußte, wie sehr der Vater diese unscheinbaren Sträuße gemocht hatte? Oder ob es Zufall war? Wie oft hatte der Vater solche Zweige von seinen Spaziergängen mit nach Hause gebracht. Und als Markus ihm die Hand gibt, eine kalte, feuchte, drucklose Hand, und dasteht, dünn, hochaufgeschossen, ganz verbogen vor Verlegenheit, da ist ihm, als sehen ihn jetzt alle an: Vater und Sohn, was haben sie wohl für ein Verhältnis zueinander?, und er hastet Sätze heraus, die alle nach Entschuldigung klingen, ich wollte dich sowieso anrufen morgen, ich bin selber erst seit heute aus Italien zurück, wann seid ihr denn gekommen?, nutzloses Geplapper, aber etwas anderes ist plötzlich nicht in seinem Kopf gewesen. Daß sie Markus in einen schwarzen Anzug gesteckt hatte, war ihm ein wenig übertrieben vorgekommen. Hatte sie demonstrieren wollen: Er gehört dazu!? Es sind auch *seine* Großeltern gewesen! Das bestritt ihr ohnedies keiner. Hatten sie sich vielleicht für die Erbschaft in

Erinnerung bringen wollen? Vielleicht deshalb dieser Strauß aus Zweigen und Gräsern? Um darauf hinzuweisen, wie nahe man den Toten stand, so nahe, daß man sogar deren *Lieblingsgebinde* aufs Grab legen konnte? Aber damit tat er ihr wahrscheinlich unrecht: *So* berechnend war sie nie gewesen. Nur rechnen hatte sie immer müssen. Und bei ihm mit allem möglichen rechnen. Leicht war das bestimmt nicht: Sie tat ihr Bestes: das, was sie *konnte.* Aber sie war auch nie ganz so, wie sie da vor ihm stand: Chanel-Kostüm, lose geschlungenes Halstuch mit aufgedruckten Roßköpfen und Zaumzeug, Krokodilledertasche: für ihn auf einmal wie ein Beweis, daß sie sich immer nur verstellt hatte, all die Jahre, in denen sie zusammen waren.
Er fuhr an den Rand der Straße und hielt: Er war falsch gefahren. Er hätte nicht auf den Autobahnzubringer abbiegen dürfen. Das war die Route, die er nahm, wenn er die Eltern besuchte und wieder nach Hause unterwegs war. Wenn er hier weiterfuhr, war das ein Umweg von mindestens dreißig, vierzig Kilometern. Aber bei der Südausfahrt wieder von der Autobahn hinunterfahren, herumfädeln und zurückfahren und die Stadt wieder auf sich zukommen sehen müssen, das wollte er jetzt auch nicht. Es reichte, wenn er morgen hin mußte. *Wir müssen ja langsam alles regeln.* Das war keine schöne Vorstellung: Ins Haus der Eltern gehen und sehen müssen, wie die Dinge verlassen herumstanden, wie da vielleicht eine angefangene Arbeit, eine Strickerei der Mutter, irgend etwas in der Werkstatt des Vaters auf die Fertigstellung *wartete.* Herumgehen in den Räumen, die ihm zwar immer sehr verwechselbar mit anderen Wohnungen vorgekommen, die nun aber voll mit Dingen waren, die als Hinterlassenschaft auf einmal zu etwas ganz Persönlichem geworden sind. Und vielleicht in diesen Dingen kramen! Sie möglicherweise sogar schon aufteilen! Das konnten die Geschwister ruhig ohne ihn tun. Das überließ er ihnen gerne. Da habt ihr völlig freie Hand, würde er sagen, er stellt keine Ansprüche. Er konnte sich ohnedies an nichts erinnern, das er gerne gehabt

hätte. Vielleicht ein paar Fotos. Die Pistole des Vaters. Aber auch das mußte nicht sein. Er würde sich keinen Reliquienschrein bauen. Sein Kopf war sowieso einer. Wenn es Fetische wären, an die man glauben könnte, ja. Aber keine Devotionalien. Mit dem Werkzeug des Vaters zu arbeiten, wäre vielleicht schön. Wenn man damit umgehen könnte. Und darauf aus wäre, Barockmöbel nachzubauen wie der Vater. Sonst waren sie nutzlos. Es wunderte ihn auf einmal, daß er nie den Versuch gemacht hatte, das vom Vater zu lernen. Ihm *im Weg gestanden* zu sein, unten in der Werkstatt, daran konnte er sich gut erinnern. Obwohl er sich immer gerade zu Menschen hingezogen gefühlt hatte, die etwas mit Händen erschaffen konnten. Er knüpfte die Krawatte auf und zog sie aus dem Kragen. Ein kurzes Lachen stieß ihn, weil ihm der Gedanke gekommen war, sie an die Autoantenne zu binden wie bei Hochzeitsautos ein Stück weißen Schleiers.

Als er die ansteigende Kurve zur Autobahn hinauffuhr, drückte er die Kassette in den Recorder, die noch darin stak, und die Stones brüllten dort weiter, wo er sie am Vormittag unterbrochen hatte, the flood is threat'ning my very life today, ein paar hundert Kilometer hatte er die Kassette laufen lassen, ohne zu wechseln, kein Motorgeräusch, kein rauschender Fahrtwind, keine eigene Stimme beim Mitsingen, nur die Stones, gimmie, gimmie shelter or I'm gonna fade away, bis er die Stadt auftauchen gesehen und auf einmal abgedreht hatte, als habe ihn erst ihr Anblick daran erinnert, daß jetzt ganz anderes am Platz war: Trauer, die sich jedoch in der plötzlichen Stille auch nicht einstellte, sondern nur eine schale, rauschende Leere, wie ein ohne Programm kribbelnder Fernsehapparat.

Zwischen den Büschen, die die Autobahn teilten, leuchteten schon manchmal Scheinwerfer herüber, und der Fahrtwind war kalt. Wenn die Sonne weg war, merkte man den Herbst. Er kurbelte das Fenster hinauf und schaltete die Heizung ein: eine wohltuende Gänsehaut, als es warm wurde. Ohne es zu merken, sang er ein bißchen mit, klopfte den Takt, und es schien ihm, als fange sein Körper an, im Rhythmus der Musik mitzuschwingen, obwohl er, bequem zurückgelehnt, bewegungslos dasaß. Zu spät fiel ihm auf, daß er dort, wo die Autobahn nach dem Waldstück bergab ging, anhalten hatte wollen, um hinüberzusehen auf die Straße, wo der Unfall passiert war. Aber die Senke lag ohnedies schon im Dunst: verschwimmende Grautöne mit Scheinwerferfingern darin. Und was wäre zu sehen gewesen?

Als der kleine Lastwagen vor ihm auf einen Parkplatz abbog, merkte er, daß er die längste Zeit hinter ihm hergeschlichen war, ohne zu überholen, und daß das Geschwindigkeitsgefühl in seinem Körper nicht von außen kam, von der vorbeiziehenden, immer düsterer und formloser werdenden Landschaft und den entgegenkommenden Scheinwerfern, sondern von der Musik, die ihn nach vorne, wie in einen Trichter hineinstieß. Er drehte sie ab, bog auf die Überholspur und zündete eine Zigarette an. Wenn er mit hundertfünfzig fuhr, würden ihn die nötigen Reaktionen zur Aufmerksamkeit zwingen. Und die Abzweigung, die er nehmen mußte, war ohnedies nicht mehr weit. Zuerst kam die Raststation und dann bald die Ausfahrt, und nach der nächsten Kreuzung ging es nach rechts, und ab da war es leicht, sich den Weg hinzudenken, die Ortschaften, sicher hat vieles sich verändert, seit er zum letzten Mal auf dieser Straße fuhr, aber Straßen waren noch am ehesten das, was blieb, die konnte man nicht so leicht aus der Erde reißen wie Häuser, man ließ sie einfach achtlos liegen, diese Straßen, auf denen sie sich die Welt in rasenden, dröhnenden Kilometern in den Kopf und den Körper hineinerobert hatten, zu sechst, zu siebent im Auto, nachts in die Dörfer einbrechend, rastlos von einem Dorf ins andere, als könnte immer erst dort, wo sie sich noch hindenken konnten, diese *Ankunfts*sehnsucht gestillt werden, auf den schmalen, sich über Hügel und durch Wald schlingenden Straßen, volles Rohr, selbstverständlich, was denn?, und oft und oft die unübersichtlichsten Kurven ganz links schneidend, grölend vor Lust und dem Kitzel, ob ihnen dahinter nicht Scheinwerfer entgegenstechen würden, und mit unbändigem Lachen, weil es, na klar, wieder gutgegangen war. Nur noch undeutlich war das Land rundum zu erkennen, die Augen wurden schon blind von den immer greller strahlenden Lichtern auf der Straße, und wenn er ankommt, wird es dunkel sein, ein rotes, erleuchtetes Bierreklameschild am Haus, ein paar Autos stehen davor, aber ihres ist nicht dabei, laute Stimmen schlagen ihm entgegen, als er eintritt, nur zwei der fünf Tische sind besetzt, er grüßt, man grüßt zurück und mustert ihn, unverhohlen, wie Kinder es tun, er stellt den Koffer ab, Wirtschaft, schreit einer der Männer, Gäste sind da, und die Wirtin taucht aus der Küche auf, zwei Teller in den Händen, und sie streckt ihm den Ellbogen zur Begrüßung hin, lange, sagt sie fast vorwurfsvoll, sei er jetzt nicht da gewesen, sie hat schon gemeint, er sei ihnen untreu geworden, ihr Haar, das sie zu einem Kranz aufgesteckt hat, scheint ihm weißer als zuletzt, was nicht sein kann, sie bewegt sich leicht und flink wie jemand Junger, das Doppelzimmer nach hinten, lächeln ihre strahlenförmig um den Mund stehenden Falten, als sie wieder zu ihm tritt, und sie nimmt den Zimmerschlüssel aus ihrer Schürzentasche, als habe sie ihn bei sich getragen, weil sie ihn erwartet hat, nein, essen will er jetzt nichts mehr, und auch morgen früh soll man ihn nicht stören, er möchte ausschlafen, und sie nickt, ich weiß, ich weiß schon, und sie zwinkert ihm zu, und dann geht er über den dunklen Hof, hört Ketten im Stall klirren, es riecht süßlich wie von faulendem Obst, überall riecht es so, die Treppe hinauf, den Gang entlang, nur im Zimmer ist auf einmal ein ganz anderer Geruch, das Bett ist schon aufgedeckt, Blumen stehen auf dem Tisch, blauer Rittersporn in einem Einsiedeglas, und als er den Koffer auf den Sessel stellen will, steht da schon einer. Und in einem der Zahnputzbecher steckt eine rote Zahnbürste. Er öffnet den Schrank, ein paar Kleider, ein bißchen Wäsche, und zwei, vier, fünf, sechs Paar Schuhe, er müßte nicht an den Kleidern riechen, um ganz sicher zu sein, eigentlich hat er es ja schon beim

Eintreten gewußt, bereits beim Augenzwinkern der Wirtin, grinsend beugt er sich hinunter und vertauscht die Schuhe, so daß nur ungleiche in Paaren stehen, durchs Fenster kommt das Lärmen der Frösche vom Teich herüber, er lehnt sich hinaus, eine warme, dunkle Nacht, man kann nicht einmal erkennen, wo der Wald beginnt, um die Lampe schwirrt es gleich von Insekten, er löscht das Licht, zieht nur die Schuhe aus und legt sich aufs Bett, immer wieder hört er Schritte unten, aber nicht die Treppe herauf, wo sie wohl hingegangen war?, wenn sie kommt, wird er sich schlafend stellen, und sie wird ihn wieder wachkitzeln mit ihrer Zunge, vielleicht schläft er wirklich ein, ehe sie kommt, aber das ist jetzt gleichgültig, wie schön allein der Gedanke, sie kommt dann, sie wird neben ihm liegen nachts und morgen beim Aufwachen dasein – es ist, als könnte er jetzt nichts mehr versäumen.
Er kann gerade noch rechtzeitig abbremsen, so jäh sind die Rücklichter vor ihm auf ihn zugeschossen, ich fahre zu schnell, sagt er laut und wechselt auf die rechte Spur hinüber. Und plötzlich merkt er, daß er gar nicht weiß, wo er ist. Ist er an der Ausfahrt vorbeigefahren, ohne es zu bemerken? Aber da sieht er schon die Lichter der Raststation vor sich auftauchen. Er könnte stehenbleiben, einen Kaffee trinken. Und vielleicht Hanna anrufen: Ich bin es, Stefan, genannt Zell. Hast du gemerkt, daß ich dir nähergerückt bin? Nur noch, ich weiß nicht, wie viele Kilometer. Du kannst die Erddrehung abwarten, mit der komme ich. Und er stellt sich vor, daß er jetzt gleich abbiegt, auf dem Parkplatz unter den grellen Bogenlampen hält und aussteigt, während er geradeaus weiterfährt. Und bald, so als wäre inzwischen kaum Zeit vergangen, wischen auch die Schilder vorbei, die die Ausfahrt anzeigen, bei der er abzweigen müßte, tausend Meter, fünfhundert Meter noch, dann rutscht der Bogen der wegscherenden Straße aus seinen Augenwinkeln, bleibt im Dunkel zurück, *wie etwas, das nicht mehr gilt*. Er lächelt, weil dieser Entschluß so leicht war und weil ihm ist, als habe er sich jetzt endlich über etwas hinweggesetzt, das ihm irgend jemand

immer schon zur Pflicht gemacht, die er immerzu getreulich erfüllt hat. Morgen wird er die Schwester anrufen: Ihr könnt alles ohne mich regeln. Bin mit allem einverstanden. In zwei Stunden konnte er daheim sein. Oder bei Hanna. Einfach auf dem Gaspedal stehenbleiben und die Straße unter sich durchrauschen lassen. Er ist ja wieder ganz wach und überhaupt nicht müde, leicht fühlt er sich, er könnte sich recken und strecken und laut aufstöhnen vor Behagen, und er tut es auch. Aber nur in seinem Kopf.
Auf einer langen Geraden ist es, als würde er immer wieder kurz einnicken: Die Leitschienen ziehen ihn ständig an. Er setzt sich aufrecht und starrt konzentriert durch die Scheibe. Aber er kann die Gedanken nicht festhalten. Sie laufen ihm einfach weg. Und er ist schon wieder halb auf dem Pannenstreifen. Beim nächsten Rastplatz hält er. Vielleicht hätte er doch nicht weiterfahren sollen. Warum war er nicht überhaupt bei der Schwester geblieben? Bei irgendwem, egal. Rauchend geht er auf und ab. Die kühle Luft ist gut, aber die Watte im Kopf löst sich nicht auf. Und das seltsame Unwirklichkeitsgefühl auch nicht. Er hat das ja schon öfter erlebt, wenn er zu lange gefahren ist. Aber so eben doch noch nicht. Als befinde er sich in einem langsamen Traum. Der aber nicht nur aus ihm kommt, sondern zu dem auch die Wirklichkeit rundum gehört. Auch das Gehen hier. Erst vor kurzem hat er gelesen, daß bei zu langem Autofahren sogar Halluzinationen auftreten können: Da könne es geschehen, daß man jäh vor Hindernissen abbremst, die gar nicht da sind. Er sieht im Licht der Scheinwerfer, daß ein Weg in den Wald hineinführt, er schnippt die Zigarette weg, fängt zu laufen an, läuft in den Wald hinein, durch den er gleich hindurch ist, undeutlich ein Weg zwischen Feldern, und er läuft und läuft, bis die Lungen stechen und er stolpert. Der Himmel ist kaum mehr heller als das hingebuckelte Land, in dem sich der Weg ins Tintige auflöst. Ein paar blasse, verschwimmende Sterne. Wind geht. Ein Flattern in der Luft, als zerrten Blätter an schon nackt werdenden Zweigen. Keuchend steht er da und sieht sich um:

Diesen träumerischen Zustand scheint er aus sich herausgelaufen zu haben: Außer daß er jetzt auf einmal hier steht, im Dunkeln, zwischen Feldern, ist nichts mehr seltsam. Und im Traum hat er nie laufen können. Langsam geht er zurück, und als er zwischen den Bäumen die Scheinwerfer auf der Autobahn und dann sein eigenes Auto auftauchen sieht, ist ihm das fast wie eine Beruhigung: als habe er doch nicht ganz sicher damit rechnen können.

Dann fährt er wieder. Er wird das Fenster offenlassen, auch wenn ihn ein bißchen friert. Was er sieht, die Lichter, die Leitschienen, die Buschreihen dahinter, die Leitlinien auf dem Beton und die Betonfugen, der plattgewalzte Igel, die Nummerntafeln, der gelbliche Widerschein einer Stadt am Himmel, kommt ihm so klar vor, als wäre die Scheibe jetzt viel durchsichtiger. Die Autos vor und hinter und neben ihm sind ihm nicht mehr bloß Anlaß für automatische Reaktionen: Er kann sich Menschen darin vorstellen. Alles, was er tut, versucht er zu denken. Ein paar Überholmanöver weit. Es geschieht ohnedies, auch wenn er es nicht denkt. Schließlich fährt er schon das halbe Leben Auto. Und er denkt sich ja auch beim Gehen nicht vor, wie er die Beine zu bewegen hat. Bald kurbelt er das Fenster wieder hinauf und schaltet die Heizung ein. Nur kurz, sagt er sich, bis ihm wieder warm ist. Die Abgeschlossenheit ist beinahe eine Geborgenheit. Als könnte ihm jetzt nichts mehr geschehen. Wie schön all diese bewegten Lichter, die Sicherheit dieser hellen Schneise durch die Nacht. Und wie schön die Vorstellung: Sie ist hinten im Auto. Wenn er will, kann er das spüren. Mit angezogenen Knien liegt sie auf dem Rücksitz und schläft. Ganz deutlich kann er sich ihr entspanntes Gesicht vorstellen, den Schatten der Wimpern auf der vom Schlaf erhitzten, wie nachgedunkelten Haut über den Backenknochen und die in einem Winkel offenen Lippen, aus denen ein feiner Speichelfaden sikkert, wie bei einem Kind. Und er kann ihren Atem im Nacken fühlen. Er seufzt ein bißchen und überholt wieder. Ganz automatisch. Er weiß nicht, was es ist, aber er spürt es: Da vorne, wohin er fährt, scheint das zu liegen, wohin er sich wünscht. Wenn er darüber nachdenken will, verschwindet es. Und er möchte nicht, daß es verschwindet.

Ein zögerndes Bremsen, dann steht er: irgendwo, wo er nicht sein dürfte: nicht mehr auf der Autobahn. Auf einer leicht ansteigenden schmalen Straße. Eine steile Böschung neben ihm, aus der Fels heraussteht, von dem es tropft, oben Wald, und links von ihm, die Straßenbiegung entlang, Strauchwerk, dürre Bäume, und außerhalb der Scheinwerfer tiefe Dunkelheit. Es ist nicht einmal ein Erschrecken. Nur ein ungläubiges Staunen. Wie in einem Traum, in dem man zwar etwas ein wenig seltsam findet, sich aber nicht wundert. Er lehnt sich aus dem Fenster. Kalt ist es und still. Wo ist er hier eigentlich? Wie kommt er hier her? Warum ist er von der Autobahn abgebogen? Wo wollte er hin? Er kann sich nicht entsinnen. Die Autobahnschilder, die in seinem Kopf auftauchen, sagen nichts. Es könnten auch Bilder der letzten Nacht sein. Woran er sich erinnert: Bevor er angehalten hat, war ihm, als versuche er angestrengt über etwas nachzudenken, ohne zu wissen worüber. Es war doch nicht möglich, daß man die Autobahn verließ, ohne es zu merken!? Und auf eine so kleine Nebenstraße, wie die hier, geriet man nicht zufällig. Was war die Absicht? Das ist ihm noch nie passiert. Aber so übermüdet, redet er sich ein, ist er wahrscheinlich auch noch nie gewesen. Er würde jetzt gerne rauchen. Natürlich hat er gestern und heute geraucht, es ist keine Einbildung. Er dreht alle Taschen um, sucht unter den Sitzen. Wahrscheinlich hat er die Zigaretten verloren, als er in den Wald hinein und über die Felder lief. Daß er das wirklich getan hat, kommt ihm fast wie eine falsche Erinnerung vor. Kurz nach neun ist es. Um diese Zeit wollte er schon bei Hanna sein. Anrufen muß er und sagen, daß es später wird. Ob sie ihm glaubt, wenn er ihr diese Geschichte erzählt? Stell dir vor, was mir Blödes passiert ist. Aber sie weiß ja gar nicht, fällt ihm ein, daß er heute schon kommen wollte.

Als er startet und weiterfährt, ist er so müde, daß jede kleine

Bewegung, jeder Handgriff zur Anstrengung wird. Sogar das Dasitzen. Als schiebe er selber das Auto die Steigung hinan. Und sein Atem ist so heiß. Eine Erschöpfung ist das, sagt er sich. Selbst wenn er tief aufseufzt, ist es, als bekomme er nicht genügend Luft. Aber schon wieder im Auto schlafen? Zumindest will er wissen, wo er überhaupt ist. Er muß es einfach wissen. Fast im Schrittempo fährt er. So vorsichtig, als könnte die Straße vor ihm jeden Moment ins Bodenlose abbrechen. Ständig blendet er die Scheinwerfer auf und ab: junge Fichten draußen bis an die Straße, die kurvig dahingeht, ein verfilztes Gewirr, darüber Hochwald wie eine Wand. Ein leiser Schrecken, als er sieht, daß die Benzinuhr beinahe auf Null steht. Aber er ist nicht in Hänsel und Gretel, meint er sich einreden zu müssen. Was soll ihm geschehen? Mindestens zwanzig, dreißig Kilometer weit kann er noch fahren, wenn die Tankuhr »leer« zeigt: Er kennt sie. Und in einer Einöde, wo man stundenlang herumirren kann, ohne auf eine Ortschaft zu stoßen, ist er nicht. Oder sollte er besser umkehren? Hinter der nächsten Kurve tritt der Wald schon zurück: eine auf einer Seite kahlgeschlagene Anhöhe mit kreuz und quer liegenden Stämmen, Himmel vor ihm, nur mehr Himmel, in den die Scheinwerfer hineinstehen, und drunten, im Dunkel, Lichter.

Die Ortstafel ist eine der alten Art, wie man sie selten mehr sieht: Klein-Guben. Er hat den Namen schon einmal gehört, scheint ihm, aber es fällt ihm nichts dazu ein. Er könnte auf der Karte nachsehen, die er im Handschuhfach hat. Wenn der Ort überhaupt verzeichnet war. Er kann ja auch fragen. Niemand ist auf der Straße, die zwischen ebenerdigen, alten Häusern dahingeht, vorbei an einem schäbigen Volksschulgebäude mit herausgebrochenen Fenstern und dem Spritzenhaus der Feuerwehr, vorbei an Limonade- und Düngemittelreklameschildern, und sich zu einem kleinen, offenen Platz ausbaucht, wo das beleuchtete Schild eines Gasthauses zwischen den fast kahlen Ästen eines breitkronigen Baumes hängt. Sonst ist die Ortschaft wie ausgestorben. Neben dem

Kriegerdenkmal, auf dem ein riesiger Adler mit ausgebreiteten Schwingen thront, stellt er das Auto ab. Der gelbe Schein der Gasthausfenster kommt ihm so freundlich vor und der knirschende Kies unter den Sohlen so beruhigend sicher, daß er tief aufatmet. Als er sich zum Gehen wendet, schreit ganz in der Nähe irgendein Nachtvogel. Zell stockt, dreht sich um, weil ihm ist, als habe er gerade noch gesehen, wie der Adler den Schnabel aufreißt.

Das Gelächter und die Stimmen, die er vor der Tür gehört hat, brechen jäh ab, als er eintritt. Nur der Fernseher ist zu hören, der hoch oben auf einer Konsole steht und grelle Rot-Grün-Bilder in den Raum herunterzischelt. Alle Gesichter sehen ihn an. Fünf Männer, an zwei Tischen, in Arbeitskluft, Hüte auf den Köpfen, und hinter dem Schanktisch einer in Jägerkleidung, der ein junges Mädchen, fast ein Kind, um die Hüfte gefaßt hat und ihren abwehrenden Arm festhält und sie plötzlich wie ertappt losläßt. Zell stockt einen Moment, wie gegen eine Wand gelaufen. Waagrechter Rauch im Raum und ein Geruch wie von übergekochter Milch, ein abgetretener Fußboden, Kunststofftischplatten, braungewordenes Holz und die Wände übersät mit Sprüchen auf ovalen Birkenholzscheiben. Gemurmel antwortet seinem Gruß. Das Mädchen fängt verlegen zu hantieren an, halb abgewandt und mit schnellen Blicken aus den Augenwinkeln, und der Mann im Jagdanzug greift nach seinem Bierglas, sieht Zell ruhig an, als sei nichts gewesen. Und vielleicht ist auch nichts gewesen. Und was geht es mich an, denkt Zell. Haben Sie Zimmer, fragt er. Das Mädchen ist vielleicht vierzehn, höchstens fünfzehn. Es räumt Flaschen in eine Kiste und antwortet nicht. Als es sich bückt, sieht er die Brüste einer Frau im Ausschnitt der verrutschten Bluse, deren obere Knöpfe offen sind. Kann ich ein Zimmer haben, fragt er nachdrücklich, haben Sie eines frei? Fernsehton und plötzliches Gekicher von hinten. Er dreht sich um, die Männer grinsen, schauen weg, aber doch wie aus den Augenwinkeln zu ihm hin. Anni, sagt der Grüne neben ihm, habt ihr Zimmer frei? Wieder Gekicher von hinten, Gemurmel. Ich weiß es ja nicht, sagt das Mädchen leise, nach unten gebückt, ohne aufzusehen, er ist ja nicht da. Der Wirt, erklärt der Grüne, sei im Moment außer Haus. Wann er komme? Das Mädchen zuckt die Schultern. Bald. Ob es in der Nähe ein Hotel oder so etwas gäbe? Der Jäger lächelt. In der Nähe? Von hinten wieder Gekicher, ein unverständlicher Satz und dann Gelächter. Wir sind hier weit hinter den Brettern, sagt der Jäger grinsend. Gelächter. Getuschel. Mit denen die Welt vernagelt ist, erklärt er. Fragt sich nur, sagt eine Stimme in Zells Rücken, auf welcher Seite vorn und auf welcher hinten ist. Ein bartstoppeliges Gesicht, in dem alle Linien schräg nach unten laufen, und dazwischen bewegliche, herumspringende Augen. Anni, grinst der Jäger, gelt, du weißt schon, wo vorn und wo hinten ist. Gelächter der Männer, ein Gluckern, Husten und Belfern, hast es ihr doch grad gezeigt, kann Zell dazwischen verstehen. Und: Das braucht ihr schon lang keiner mehr zeigen. Das Mädchen wischt durch die Tür neben dem Schanktisch, Gelächter hinter ihr her. Ein wenig betreten steht Zell da, lächelt, ohne es zu wissen, schaut von einem der Männer zum anderen, alle sind im gleichen kaum schätzbaren Alter, um die fünfzig vielleicht, mit Gesichtern, die ihn an alte Lederhosen erinnern, und Arbeitshänden wie Wurzelstöcken. Nur der Jäger ist jünger, ein schwer zu durchschauender Mensch, im nächsten Moment gleich das eigene Gegenteil, ganz ernst auf einmal, beruhigend: Der Wirt muß jeden Moment kommen, und dann fast devot: Will der Herr etwas trinken einstweilen?, wenn der Wirt irgendwo einen anderen austrinkt, erklärt er großspurig, bedienen wir uns alle selber. Ein Film fällt Zell ein, in dem ein Schauspieler innerhalb von Sekunden mit dem Wechseln der Kleider jedesmal ein anderer Mensch wurde. Ja, gern, sagt er und versucht auf den Ton einzugehen, und er weiß, es gelingt nicht, einen Kaffee, wenn ich haben könnte? Und Zigaretten, irgendwelche. Hahnenfeder, denkt er, hat er keine am Hut. Nur ein paar blaue Häherfederchen. Der Grüne greift die Kaffeemaschine an, kalt, leider, lächelt er, oder grinst er?, und wirft einen schnellen Blick zu den Männern hin, die leise reden und in sich hineinlachen. Und war das jetzt bloß ein Zucken an seinem Auge, wie vorhin schon, oder ein Zwinkern? Zell lächelt vage, hilflos, er weiß jetzt nicht einmal gewiß, ob man sich hier über ihn lustig machen will oder nicht. Er kann das auf einmal überhaupt nicht einschätzen. Seine Augen treffen die des Grünen, und er sieht als erster weg. Schlapp fühlt er sich. Angreifbar. Aber der Jäger hat ihm schon Zigaretten hingeschoben und die Weinflasche gefaßt, ein Glas vielleicht?, lächelt er freundlich, Meßwein, brennt einem zwar die Magenwände durch, aber in Kreuzform. Zell zögert ein wenig, das ist einfach ein Witzbold, denkt er und nickt, ich habe mich nämlich verfahren, sagt er, ich weiß überhaupt nicht, wo ich bin. Er zündet eine Zigarette an und hat, als er tief einatmet, das Gefühl, als lege sich der Rauch von innen weich gegen seine Rippen und um sein flattriges Herz. Noch ein paar hastige Züge. Und der Grüne schiebt ein randvolles Viertelglas über das Blech, ich habe mich ohnedies schon gewundert, sagt er, aber so sei das eben in dieser Gegend: Der ganze Fremdenverkehr bestehe darin, daß sich ab und an jemand hierher verirre. Er macht eine geringschätzige Geste durch den Raum, er sage es ja immer wieder: Hier hätten die Arbeiter keine Chance und die Bauern keine Chance, darum solle man am besten alles mit Fichten zupflanzen, vielleicht hätten die Fichten eine Chance. Zell lacht ein bißchen, und wo bin ich hier? Klein-Guben, sagt der Grüne und hebt sein Glas, Prost. Zum Wohl, sagt Zell, Prost, und wo ist das? Lautes Gezeter, eine kreischende Frauenstimme durch die angelehnte Tür neben dem Schanktisch, und der Kopf des Mädchens erscheint, grinsend und doch wie voll Angst, verschwindet sofort wieder, wie zurückgerissen, und abermals das Gekreische, ein sich höherschraubender Ton, und ein Bild ist in Zells Kopf, wieder einmal, er sieht den Hohlwangigen mit einem gewaltigen, unmenschlichen Schrei die Maschen zerfetzen und herausstürzen, auf ihn zu, und hinter der Tür plötzlich Geklirr, als schlage ein Blechtopf zu Boden, scheppere dahin, und dann Stille, Fernsehton im Raum, Gekicher von hinten, und wieder das Schreien, und der Grüne stellt sein Glas weg, grinst, deutet den Männern mit dem Kopf zur Tür, und er öffnet sie, eine Küche dahinter, eine alte Frau, verbogen, humpelnd mit drohend gerecktem Arm, zeternd, und sie wendet den Kopf, um den strähnig das Haar hängt, starrt, auf einmal mit tonlos sich öffnendem Mund, und ihre Augen weiten sich noch mehr, abwehrend hebt sich eine Hand, und sie weicht zurück, stößt gegen einen Tisch, und dann schwingt die Tür hinter dem Jäger zu, ein Geheul auf einmal wie von Klageweibern und dumpf die Männerstimme, und ein Jammern, und dann ist es still, ganz still, nur der Fernsehton im Raum, der plötzlich anschwillt, dramatische Musik, Zell dreht den Kopf, aber zu sehen ist nichts, Nacht auf der Mattscheibe, eine dunkle Fläche, aus der rote Punkte sprühen, und als sich der Fernseher wieder beruhigt, kommt auch aus der Küche kein Laut mehr. Zell steht da und schaut die Tür an. Ein bißchen schwindlig ist ihm im Kopf, er möchte ihn schütteln und schütteln, so unwirklich kommt ihm das alles vor. Oder so wirklich wie Theater wirklich ist. Er spürt die Blicke der Männer im Rücken, sie reden und lachen, für sie scheint nichts gewesen zu sein, nichts Besonderes, nichts, was nicht jeden Tag geschieht. Und war denn wirklich etwas? Oder ist das nur für ihn so? Genau wie im Wald, der doch gewiß ein ganz gewöhnlicher Wald war. Also was war? Nichts, sagt er sich. Und trotzdem möchte er am liebsten hinaus und weg. Fahren. Aber wohin? Die Männer zu fragen, scheint ihm das Allerverkehrteste, Unsinnigste zu sein. Absichtlich, fühlt er, würden sie ihn in die Irre schicken. Überhaupt: In seinem Zustand fahren? Vielleicht in den Tod fahren? Damit die ganze Familie ausgerottet wird? Bernhard hängt sich mittlerweile an einen Dachsparren im Haus der Eltern. Und Eva? Und die Kinder? Und er selber hat ja auch ein Kind. Und bald noch eines. Er nimmt sein Glas und setzt sich an den Tisch beim Eingang. Und er hat schon im Hinsetzen das Gefühl, vor Müdigkeit nicht wieder aufstehen zu können. Nichts rührt sich hinter der Küchentür, die ihm gegenüberliegt. Und wenn er leicht den Kopf dreht, kann er die Männer drüben aus den Augenwinkeln sehen: Jedesmal scheinen sie gerade in dem Moment, wo er sie anblickt, schnell wegzuschauen. Und wenn er den Kopf abwendet, spürt er sofort wieder ihre Blicke. Ganz sicher reden sie über ihn, was sonst? Und für Momente hat er den seltsamen Eindruck, als wüßten sie genau, wer er ist. Obwohl sie keineswegs leise reden und er sich angestrengt bemüht, ihnen zuzuhören, kann er kaum etwas verstehen. Er kann sich einfach nicht darauf konzentrieren, rutscht ständig in den Fernsehton ab: eine Diskussionsrunde in Ledersesseln, unter gelben Lampenschirmen. Und er vergißt auch immer wieder darauf, so heftig driften die Gedanken weg. Ausstrecken möchte er sich und die brennenden Augen schließen, die Sonne scheint ins Zimmer, er hört die Dusche rauschen, ihr Bett, in das er hinübergreift, ist noch warm, es riecht nach Kaffee und frischem Brot, Gassenjungen, und hinter dem geriffelten Glas der Badezimmertür sieht er verschwommen die Umrisse ihres Körpers, und ihr durchsichtiges rotes Kleid, das sie gestern getragen hat, hängt noch über der Stehlampe, er hebt den Kopf, weil da Schritte sind, einer der Männer hat die Weinflasche vom Schanktisch genommen und gießt den anderen ein. Er hebt fragend die Flasche: Ob er auch will? Zell schüttelt den Kopf. Er hat ja ohnedies ein Gefühl, als wäre er schwer betrunken. Das Licht scheint ihm gelber und dunkler zu werden, so als ziehe sich eine Nickhaut über die Augäpfel wie bei einem Vogel. Dabei ist sein Glas noch halb voll. Oder ist es gar nicht mehr das erste? Haben sie ihm heimlich nachgegossen? Aber wozu denn? Ganz langsam, als dürfe er sie das nicht merken lassen, dreht er den Kopf. Und sofort, ist ihm, schauen sie wieder weg. Und die Küchentür, merkt er auf einmal, steht jetzt eine Handbreit offen. Irgend etwas bewegt sich dahinter, irgend jemand, er kann nicht erkennen, wer es ist, er will den Kopf schon abwenden und reißt ihn mit einem Ruck wieder zurück, starrt hin: undeutlich ein nackter Schenkel, ein Fuß und etwas Dunkles, um das das Bein sich klammernd schlingt, eine schwingende Bewegung, der Grüne und das Mädchen!, fährt es ihm durch den Kopf, er spürt sein Herz den Hals heraufhämmern, fast meint er ein Keuchen zu hören, aber das Rauschen, das plötzlich in seinen Ohren zischt, deckt alles zu, und in den Augenwinkeln ist ein Ziehen, das ihm den Blick wegdrehen will, er blinzelt, schaut hin, schaut weg, sieht die Männer an, die nichts bemerkt haben können, den offenen Spalt der Tür ja gar nicht sehen können und für ihn trotzdem so dasitzen, als wüßten sie ganz genau, was in der Küche geschieht. Er blickt wieder zur Tür: Aber da ist auf einmal nichts mehr. Keine Bewegung. Die Kante und das Bein eines Tisches sieht er und einen Topf, aus dem es dampft, sonst nichts. Er nestelt eine Zigarette heraus, hat er sich getäuscht?, war da gar nichts?, eine Einbildung? Und dann geht die Tür auf, und das Mädchen tritt hinter den Schanktisch, ihr Blick wischt durch den Raum, ein lauernder Blick, kommt ihm vor, zu merken ist nichts an ihr, aber was soll zu bemerken sein?, nur kindlich erscheint sie ihm jetzt überhaupt nicht mehr, im Gegenteil, ein irritierendes, fast spöttisches Lächeln ist um ihren Mund, und unter den halbgeschlossenen Lidern blitzen Blicke hervor, die er im Bauch spürt. Verwirrt schaut er zur Seite und merkt, wie ihm das Blut zu Kopf steigt. Von draußen ist das Schlagen von Autotüren zu hören, der Wirt, denkt er erleichtert, hoffentlich der Wirt. Und im selben Moment erscheint der Jäger in der Eingangstür, geht mit gleichmütiger Miene zum Schanktisch, trinkt von seinem Bier, zündet sich eine Zigarette an, und als die Tür abermals aufgeht, treten drei Männer ein: Der Wirt ist nicht dabei, sieht Zell sofort. Ist das hier ein Schickeria-Treff, wo die drei passend wären? Unmöglich. Die können sich auch nur verirrt haben. Aber der Jäger lüftet schon sehr höflich den Hut, und das Mädchen ist eilig, beflissen, und wie zurückgefallen in eine harmlose Kindlichkeit, man kennt sich, die Stimmen der drei Männer füllen den Raum, laut, großspurig, vielleicht ein bißchen betrunken, und der Jäger spricht auf einmal Hochdeutsch, und die fünf Einheimischen drüben, die Zell gerade noch als eine Verschwörung gesehen hat, sind jetzt wie geduckt, kein Laut mehr von dort, abholen kommen die drei Männer etwas, ein Karton mit drei Doppelliterflaschen steht für sie bereit, eilfertig öffnet das Mädchen eine davon, gießt ein, Schnaps offenbar, auch dem Jäger ein Glas, der sich mit einer Verbeugung bedankt, Kennermienen um den Schanktisch, das ist noch Charakter, eine solche Milde und trotzdem Feuer, nun, habe ich übertrieben, ganz hervorragend, wo, sage mir, kriegst du einen wirklich echten Vogelbeer noch?, und dann wendet einer der drei sich um, seine Augen treffen Zell, er stockt, ein Mensch mit einem dunklen, grau durchzogenen Vollbart, Verwunderung auf einmal im Gesicht, Stefan?, sagt er, Stefan?, und tritt näher, ja, was machst du denn hier?, ja ist denn das die Möglichkeit?, und er streckt ihm lächelnd die Hand entgegen. Hallo, sagt Zell und versucht zurückzulächeln. Er hat keine Ahnung, wen er da vor sich hat. Er kennt den Menschen nicht. Aber der deckt ihn gleich mit einem Wortschwall zu, ja, wenn ich alles erwartet hätte, aber dich hier zu treffen?, wirklich, also nie im Leben, noch ein Glas, Anni, befiehlt er über die Schulter, wie lange hat man sich nicht gesehen?, vor ein paar Tagen hat man erst von ihm geredet, was treibst du denn immer?, man hört ja gar nichts mehr von dir, groß im Geschäft?, hat es dich gefressen?, und was macht die Kunst? Zell lächelt, sagt nichts, ein wenig bekannt kommt ihm der Mensch ja langsam vor, diese Stimme, aber sich das Gesicht unter dem dichten Bart vorzustellen gelingt nicht, und es muß doch mindestens ein guter Bekannter sein, so überschwenglich ist die Begrüßung, die offensichtliche Freude, komm, du trinkst doch einen mit uns, der phänomenalste Vogelbeer, den du je erlebt hast, ein Geheimtip, sowas gibts ja heute nicht mehr zu kaufen, für Geld allein nicht, aber der Heinrich ist ein alter Freund von mir, und ausgerechnet da treffen wir uns, kennst du den Heinrich vielleicht auch?, wie schade, daß er nicht da ist, na komm schon, wenn das kein Zufall ist. Langsam steht Zell auf, ein bißchen benommen, fast ohne eigenes Zutun steht er, läßt sich hinüberreden an den Schanktisch, schüttelt zwei Hände, lächelt, sagt automatische Sätze, spürt die Hand des Bärtigen freundschaftlich auf der Schulter, der ihn als »mein alter Freund Stefan« vorstellt, ihn Stefan Zell nennt, also keine Verwechslung, denkt er, doch warum weiß er selber nicht, wer der andere ist?, der schon wieder redet, über den Vogelbeerschnaps und über das Echte, das es nur noch am Land gibt, und Zell hält das Glas in der Hand, hebt es, als die anderen es heben, ja, auf uns, sagt er, auf damals, und er weiß überhaupt nichts von diesem Damals, kann doch jetzt auch nicht mehr fragen, mit wem er das Vergnügen hat, er spürt den laugigen Schnapsgeschmack im Mund und eine Hitze im Bauch, die unter die Kopfhaut fährt, und einen Moment ist da der Gedanke, daß er doch sonst nicht trinkt, schon ewig nicht mehr, und warum er es jetzt tut, weiß er nicht, rund um ihn sind Kennersätze über Vorlauf und Nachlauf und Fuselalkohole und Zweifachbrennen und echte Geheimtips, und der Jäger weiß auch eine Quelle, eine Direttissima zu Blindenbrillen, aber erzähl doch endlich, Stefan, erteilt ihm der Bärtige das Wort, und Zell zuckt die Schultern, da ist nicht viel zu sagen, lächelt er, zufällig sei er hier, weil er sich verfahren hat und auf den Wirt wartet, ein Zimmer möchte er, ein Bett braucht er, unbedingt, hat seit zwei Tagen nicht geschlafen, also schön langsam dringend. Und wie wäre es, fragt der Bärtige, wenn du mit uns kommst? Ein paar Kilometer weit nur, erklärt er, ein kleines Fest, ein Haufen interessanter Leute, wird ihm gefallen. Und anschauen kann er sich, was man aus einem alten verkommenen Stall machen kann, sollte ihn interessieren, Jahrhunderte alte Bausubstanz, letzten Monat haben einander die Fotografen von ein paar Zeitschriften die Klinken in die Hand gegeben. Nein, lieber nicht, schüttelt Zell den Kopf, mir ist schon zum Umfallen. Nun, umfallen, lacht man, kann man überall. Das muß ja nicht ausgerechnet hier sein. Und dort würde er

sicher bequemer fallen. Wenn es sein muß, wird sich auch ein Bett finden. Der Jäger mischt sich grinsend ein: Hier gibt es sowieso keines, behauptet er, noch nie hat es hier Betten gegeben. Zell hebt unschlüssig die Schultern, in dem Augenblick, wo er mitfährt, ist er sicher, wird der Wirt auftauchen. Ich weiß nicht, lächelt er, ob es ohne Tragbahre noch gehen wird. Ja, wenn das so ist, grinst der mit dem weißen Seidenschal, der neben ihm steht, wenn das so ist, muß ich Ihnen noch ein paar Kreislauftropfen verordnen, und er deutet dem Mädchen, daß es eingießen soll. Seine Honorarnote, lacht der Bärtige, wird er dir zuschicken. Der mit dem Schal hebt abwehrend die Hand, aber nein, sagt er, Erste-Hilfe-Leistungen sind natürlich gratis. Man lacht, und einen Moment ist es Zell, als wolle da eine Erinnerung in seinem Kopf entstehen, aber mit den nächsten Worten ist wieder alles wie zugenebelt. Und selbst als er hört, daß der Bärtige Hans genannt wird, fällt ihm nichts dazu ein. Aber eigentlich ist ihm das auch gleichgültig. Irgendwie wird er schon heißen, denkt er und muß ein bißchen grinsen.
Dann fährt man einen schmalen, staubenden Feldweg, durch lichtloses, von den Scheinwerfern betastetes Land, kurvig durch Wald, eine Abkürzung zwischen Feldern und Buschwerk, das übers Auto schleift, auf einer Sandstraße mit herausragendem Fels und springenden Schottersteinen, der Motor des Jeeps dröhnt, man kann sein eigenes Wort kaum verstehen, Hans, der den Wagen lenkt, scheint den Weg gut zu kennen, aber es ist nicht sein Haus, zu dem man unterwegs ist, er hat nur den Umbau gemacht, für einen alten Freund, wie er sagt, anscheinend hat er ausschließlich alte Freunde. Wahrscheinlich, denkt Zell, sind wir zusammen auf der Hochschule gesessen. Er klammert sich an den Sitz, grinst ein bißchen, wenn der Wagen über die Schlaglöcher springt, und bald lacht er mit den anderen mit: Jetzt hier zu fahren, unter ihm eigentlich Fremden in diesem bockspringenden Auto zu sitzen und im Kurvenschleudern gegen den Menschen neben sich wie an etwas beinahe Vertrautes gedrückt zu werden, das

kommt ihm absurd und gleichzeitig wie das Selbstverständlichste auf der Welt vor, viel selbstverständlicher jedenfalls als alles den ganzen Tag. Er spürt deutlich den Schnaps, etwas wie ein Knistern im Kopf und ein Gefühl immer wieder wie ein Schaudern den Körper hindurch, als komme er, der schon am Stehenbleiben war, ruckweise wieder in Gang: eine Bewegung nach vorn und nicht mehr dieses kaum aufzuhaltende, träumerische Wegdämmern: Noch nie, scheint ihm, hat er so körperlich deutlich die Redensart *verstanden:* Einen auf die Lampe gießen. Aber die paar Gläser Schnaps, ist er sicher, sind es nicht allein. Für Momente hat er das ihn belustigende Gefühl, die drei Männer haben ihn abgeholt: In diesem Wirtshaus haben sie einander getroffen, weil sie es irgendwann vereinbart hatten. Natürlich weiß er, daß dieser Gedanke grotesk ist. Aber sein Gefühl ist es überhaupt nicht. Und ob es so oder anders ist, denkt er und grinst ins Dunkel hinaus, was macht das schon für einen Unterschied. Eigentlich, schreit er nach vorn, hättest du ein bißchen früher kommen können, um mich abzuholen.
Dann ist man auf glatter, frisch asphaltierter Straße, die schwarz glänzt wie gewaschen, extra für ihren Empfang, das Gesinde, nein, die Untertanen sind auf den Knien gelegen, mit Reibbürsten in der scharfen Lauge, die fünf Geduckten aus dem Wirtshaus unten und das Mädchen mit geschürztem Rock und leuchtenden Schenkeln neben den Stiefeln des Grünen, wie die Juden am Tag nach der Heimholung ins Reich, sicher, *das* ist nicht recht gewesen, sagt die Mutter, *das* hätte nicht sein müssen, ein zu langer Gedanke, um ihn ins Dröhnen zu schreien, und eigentlich auch nicht witzig, und ganz unpassend, steil geht es hinauf, rechts und links alte Bäume, vielleicht eine Allee, und dann steht unvermittelt das Haus da, wie hingestellt plötzlich, wo vorher nichts war als von den Scheinwerfern durchfuchtelte Schwärze und Stämme und Herbstlaub und wirres Geäst, ah, sagt man, ah, toll, breit steht es da, beinahe schloßartig und wie draufhockend auf der verwachsenen Kuppe, flach und mit winzigen Fenstern,

denkmalgeschützt, garantiert, außen jedenfalls, und wie's drinnen ausschaut, geht keinen was an, oder, Herr Architekt?, weiß strahlen die Mauern, und die Katzenaugen der Rücklichter einer Reihe davor parkender Autos blinzeln in glitzerndem Rot, nun, Stefan, habe ich übertrieben?, und erst bei Tag, bei Tag mußt du das einmal sehen, sehr dümmlich der Seufzer des Seidenschals: Wie kommt man bloß zu so einem Ding?, und dabei hätte ich dem zugetraut, daß er sowas schon weiß, so kann man sich täuschen, mächtige, steinerne Fenstersturze werfen Schatten über den rauhen Putz, bevor der Motor stillsteht und die Mauer erlischt und aus der Blindheit ein paar Fenstervierecke wachsen, in einem seltsamen, dumpf glühenden Rot, nicht ein einziger Jaguar steht da, nicht einer, wenn ich schon alles erfunden hätte hier, so wie du tust, Herr Kollege, auch die alten Bäume und den Himmel, hätte ich auch einen Jaguar hererfunden, der gehört sich einfach, der fehlt mir, ehrlich, ein kalter Wind geht, aber ihm ist heiß, auf einer Infrarotaufnahme würde man ihn glühen sehen, und die drei anderen wären nur ein schwaches Glimmen, wenn überhaupt, war nicht leicht durchzusetzen, das Dach Mönch-Nonne zu decken, kannst du dir wohl vorstellen, Stefan, bloß weil es in dieser Gegend nicht üblich ist, kennst du den Witz, wie ein Burgenländer einen Rolls Royce kauft, ja, kenn ich, natürlich: als Sonderausstattung die Wetterseite in Eternit, im Hof, der nach einer Seite hin offen zu sein scheint, sich hinter Bäumen in den senkrecht stehenden Himmel auflöst, dasselbe dumpfe Rot auf schimmerndem Autoblech, sich bewegende Gestalten hinter den Fenstern, wird doch kein Puff sein?, ein Hund schlägt an mit heiserem Laut, ist aber nicht zu sehen, Zell stockt, aber es ist nur wie ein falscher Reflex, er hat ja jetzt gar keine Angst vor Hunden, hat überhaupt keine Angst, das wundert ihn nicht einmal, so gespannt ist die Haut, sind die Muskeln, und doch von geschmeidiger Lokkerheit, aus dem Stimmengesumme, das aus einem offenen Fenster kommt, steigt das Lachen einer Frau, Hanna, wie sie einmal gelacht hat, einmal, once upon a time, vielleicht bildet sie sich jetzt ein, ein so hemmungsloses Lachen könnte der Leibesfrucht schaden, paß auf, sagt Hans, du trittst der Hausfrau in ihre blöden Blumen, während Zell auf einmal einfällt, daß er auch heuer nicht zum Maturatreffen gefahren ist, kein einziges Mal ist er dabei gewesen, noch nie, das versteht er jetzt nicht mehr, was für eine Dummheit, aber warum fällt mir das jetzt ein?, wenn sie da drinnen säßen, alle, die ganze Klasse, der Lehrkörper vorn, der Lehr*körper,* er grinst in sich hinein, wie auf dem Klassenfoto, und wenn man einen trifft, klappt er nach hinten wie bei alten Schießbudenautomaten, aber bitte, nach Ihnen, ein wenig erleuchteter, langer Gang, spiegelnder Steinboden aus alten Platten, eine klare, gerade Achse, die das Haus so spürbar teilt, als gehe der Schnitt mitten durch einen selber hindurch, gekonnt, aber bestimmt nicht von dir, mein Lieber, das war schon so, ein Gewirr von Stimmen, eine rötliche Düsternis im Türrahmen, so daß er sich beinahe duckt, als er eintritt neben Hans, einen Moment steht er vor Schreck, und da steigt es wie perlende Luftblasen vom Bauch in die Kehle, will zu einem Lachen zerplatzen, gerade kann er noch schlucken: rote Wände!, der Raum, von filigranen Dingern indirekt beleuchtet, hat rote Wände!, mein Gott, und der Haring steht und schnaubt, aber bei mir machts ihr sowas nicht, schreit er, von mir aus in Rußland, aber in meinem Haus nicht, als er sich endlich herausgestottert hat aus einer Atemnot, als habe man ihn gewürgt, und dagestanden ist und die rote Wand anstarrt wie das Böse, das in seiner Wohnung aufgeblüht ist, ihm vielleicht bald das Haus frißt, heute noch verschwindet mir das, oder ihr könnts verschwinden, Kündigung, auf der Stelle, wenn ihr nicht!, bloß wegen dieser einen Untermietswand, die er und Meinrad mit gut deckender Dispersion überrollt haben, weil der diagonal über die ganze Wand ragende Schwanz mit dem dornenkronenbehaarten Sack und der ejakulierten Sprechblase: »Ecce homo« schon langweilig geworden ist und diese beiden Wörter schon mehrmals Anlaß waren, ihre Heterosexualität zu bezweifeln, was sie beim Hinmalen nicht bedacht hatten, ihre eine revolutionsrote Wand hat sie das Zimmer gekostet, günstig gelegen, gleich neben der TH, war schade drum, aber Ehrensache, sich nicht zu beugen vor einem Scheißkapitalisten, und hier donnert sich einer selber seine Wände an mit unserem Rot, ziehender Rauch, zehn, zwölf Leute im Raum, zusammenstehend und um einen flachen Tisch am anderen Ende, Hallo!, Hans hebt die Arme über den Kopf, in einer Hand einen Doppelliter des phänomenalen Schnapses, wie ein Fußballkapitän den Siegespokal, alles wendet sich ihnen zu, und Zell spürt die Blicke, alle auf sich, nicht nur die Blicke, scheint ihm, sondern überhaupt die Menschen, als wäre er eine Parabolantenne, genau ausgerichtet und empfindlich eingestellt auf die richtige Wellenlänge, ein Auftritt ist sein Eintritt hier, ganz deutlich, das spürt er, eigentlich hat *er* die anderen mitgebracht, kommt ihm vor, ein paar Nebendarsteller, Hans als den, der ihn zu melden hat, darf ich bekanntmachen?, der Hausherr, der Bauherr, ein unscheinbarer Mensch, schütteres, farbloses Haar, Goldrandbrille, Trachtenleinen, was hat Hans erzählt?, Großdruckerei, oder Junior davon, du hast doch nichts dagegen, daß ich einen alten Freund?, aber er *muß* das Haus einfach sehen, das Vergnügen ist ganz auf meiner Seite, guten Abend, grüß Gott, ungefähr unsere Generation, hat Hans im Wirtshaus die Leute hier beschrieben, schön schauen wir aus, dauerurlaubsbraune Gesichter, durch das Licht noch dunkler und rötlich überhaucht, alle wie leicht erregt, es ist ja schon spät, Gläser und Flaschen genug, aber bestimmt kein Besäufnis, hier doch nicht, oder?, im Rahmen bleiben, ist alles, guten Abend, so gönnerhaft die Hand reichen kann er noch lang, und er faßt die Hand mit den langen roten Nägeln fester, hält sie, sieht lächelnd in die Augen, bis die Wimpern klappern, grüß Gott, freut mich, Hans wie ein Zeremonienmeister, nennt immer die Titel mit den Namen, meldet die Berufe der Männer, wie im Ostfernsehen, Oberarzt, Rechtsanwalt, ihn hat er ja auch als Diplomingenieur ausgeschrien, Architekt, alter Freund, Kollege, was aus unserer Generation alles geworden ist!, My Generation, das war *der* Hit von den Who, People try to put us down/Just because we get around/Things they do look awful cold/Hope I die before I get old, alle haben wir überlebt, einen schönen guten Abend, eine Journalistin, ein so wabbelnder Busen, daß ihm die Hand kribbelt, welches Blatt?, freischaffend, aha, laß doch endlich die Vorstellerei, ich führe mich schon selber ein, eine strahlende Blond-braun-Gestreifte, hi, sagt sie und blickt ihn an wie einen Retter, schon ziemlich hinüber, sich verheddernde Zunge, haben wir uns schon irgendwo?, lauter Corbusiersessel, hat er schon in der Tür bemerkt, schwer, daraus aufzustehen, wenn man einmal sitzt, nicht wahr?, die Höflichkeitsfloskeln scheinen ihm beinahe tatsächlich gemeint, neben dem Durchgang zum nächsten Raum steht eine Gruppe zusammen wie ausgeschnitten aus einem italienischen Modejournal, in der »Wunderwelt« gab es solche Ausschneidebögen, Mädchen und Bübchen und Kleidchen und Höschen, für Evi hat er sie herausgeschnipselt, auf dem Boden hocken sie und ziehen den Papierfiguren die Papierkleider an und aus, Garderobe für vielfältige Gelegenheiten, und der Vater steht plötzlich da und schaut ihn an, schaut, daß er gar nichts mehr zu sagen braucht, und als er sich wegdreht, ist sein Gesicht wie gequält, Marion, darf ich dir?, die Frau des Hauses, Hanna ein bißchen ähnlich, aber mehr auf seriös, betreibt nebenbei eine kleine Galerie, sagt Hans, aber machst du eigentlich noch Kunst?, der Seidenschal küßt die Hand, soll ich auch?, hab ich noch nie, aber einmal kurz durch die Gegend jodeln könnte ich vielleicht, kann ich etwas von Ihnen kennen, fragt sie, ich weiß nicht?, Ihr Name ist mir schon einmal, wo hat er ausgestellt?, wenn ich dir meinen Schwanz zeige, dann kennst du was von mir, er lächelt verbindlich, wenn Sie mich so direkt fragen, sagt er, gebe ich gleich alles zu, und er zählt auf, ist ja alles leider schon einige Zeit her, und was haben Sie so in der Galerie?, Avantgarde, hauptsächlich, interessant, er kennt keinen einzigen der hingeworfenen Namen, irgendwie hält er plötzlich ein Glas in der Hand, woher eigentlich?, vielleicht sollte ich nicht weiter?, aber was solls?, warum nicht?, leicht fühlt er sich, fast schwebend, und eigentlich sind es lauter nette Leute, er redet und lacht und weiß ganz genau, wie amüsant er ist, wie von selber kommen die Sätze aus ihm heraus, geistesgegenwärtig und mit treffsicherem Witz, und sein Gedächtnis, in dem sonst Namen so schwer haften, steht sperrangelweit offen, unangestrengt blitzen die Namen auf, die er braucht, keine Ahnung hat er gehabt, daß er überhaupt weiß, worüber er jetzt kenntnisreich redet: alles ist wunderbar einfach, kann ich noch einen Schluck?, Hans muß ihn richtig losreißen, das Haus besichtigen?, ach ja, bis später, bin gleich wieder da, die beiden, mit denen Hans im Wirtshaus aufgetaucht ist, scharren schon mit den Maßschuhen, durch zwei weitere Räume geht es, etwas kleiner als der erste und gar nicht mehr in Rot!, gedämpfte indirekte Beleuchtung, in der die Menschen und Dinge überplastisch herumstehen, als hätte er 3-D-Brillen auf, er schaut die Leute an, taxiert die Frauen, keiner ist Hans mehr eines Wortes wert, keiner wird mehr vorgestellt, vielleicht ist das nur im Roten Salon nötig, nur dort ist die Crème, Hans deutet herum, fuchtelt Linien und Achsen in den Raum, er ist ganz auf der Höhe der Zeit, fraglos, samt Säulen, Einzügen und Durchblicken, nur modernes Material selbstverständlich, Metall, Stein, Holz, Glas, auch in die Privatkemenate muß man hinein, also bitte, vielleicht auch noch in den Keller hinunter, den Lattenrost in der Sauna und die Heizungsrohre begaffen?, daß der Hausherr Geld hat, hat er schon gesehen, und alle die hervorragenden architektonischen Lösungen auch, geglückte Lösungen bis ins Detail, Lösungen von Problemen, die es hier nie gegeben hat, nie im Leben: zweifellos: Hans muß die »Casa Vogue« abonniert haben, und »Ambiente« sicher auch, der Seidenschal und der andere jedenfalls sind begeistert, kommen aus dem bewundernden Nicken und Phantastisch-Sagen nicht heraus, und dabei, denkt Zell seufzend, kann man noch ein bißchen sehen, daß das einmal ein schönes Haus war, Hans stockt mitten im Wort, dreht sich um und schaut ihn irritiert an, als hätte er hören können, was Zell eben dachte, Vorsicht, Vorsicht, denkt Zell und lächelt freundlich, mein Kopf ist nicht dicht, die Gedanken sind anscheinend so intensiv, daß er damit schon wieder Löcher in ein Blatt brennen könnte, hat er zuerst bei der schmalen Dunklen schon gemerkt, er sollte einen Helm aufsetzen, Spitzenideen, Hans, Spitzenideen, er klopft ihm auf die Schulter, aber ich muß einmal, wo gerade einer herausgekommen ist mit wäßrigen Augen und kalkweißem Gesicht, und in dem Moment, als die Tür hinter ihm einschnappt, weiß er es: Er weiß, wer Hans ist: Johnny!, darf nicht wahr sein, dear mama, Hochwasserhosen in Rot, ein schwarzer, ein gelber Schuh, ein Zopf wie Frank Zappa, für die TH, wo nach wie vor die Aktenkoffer herumrennen, schon eine Erscheinung, ist etliche Male aufgetaucht in der Bude in der Steingasse, als das Ding langsam heiß wurde und der harte Kern der Architekturgruppe PreludynamoCo schon steht, hat mitmachen wollen, auf dem irren Tonband mit ihrem Programm ist Johnny auch mit drauf, der, der da unentwegt kichert, total zugeraucht, und man erzählte sich, Max schwört, er hats gesehen, daß er mit einem aus einem Karner geklauten Totenschädel neben sich schläft, die amerikanische Fahne um den Leib gewickelt, und frühmorgens soll er tote Tauben in den Parks sammeln, angeblich, keiner weiß warum und wofür, aber jeder traut es ihm zu, das genügt, irgendwann hat man sich aus den Augen verloren, gefehlt hat er keinem, war keine Zeit dafür, die Preludynamo war zentral, hat nicht irgendwer?, ja, genau, Wolfgang hat ihn doch unlängst, ist schon einige Zeit her, hat ihn getroffen, ihn fast nicht erkannt, eine gepunktete Fliege um den Hals und näselndes Hochdeutsch, angeblich dick im Geschäft, mit einem Architekturbüro irgendwo in der Provinz, was für eine Metamorphose!, ein karierter Flatterer hat sich zurückverpuppt zur Made, lacht Wolfgang, zurückentpuppt eigentlich, könnte man sagen, oh Lord, und Elvis mußte sterben, nun, was sagst du dazu, fragt Hans, der vor der Tür gewartet hat, und Zell grinst, scheiß mich an, kann ich nur sagen, Johnny, scheiß mich an, in ehrlich bewunderndem Ton, hätte ich dir nicht zugetraut eine solche Entwicklung, er faßt ihn am Arm, darauf müssen wir einen, einen von deinem Phänomenalen, Hans blinzelt unsicher, nein, im Ernst, sagt er, aber klar, im Ernst, Johnny, ehrlich, du bist bestimmt ein kommender Mann, also come on, man muß doch dem Bauherrn gratulieren, ist mir ein echtes Anliegen, ein Herzensbedürfnis, zu so einem Architekten muß man ihm gratulieren, zu so einem Haus, er steuert quer durch das Rotlicht, Sie entschuldigen, aber ich muß Ihnen einfach, bin echt beeindruckt, diese Synthese!, alles in allem, ein Meilenstein zeitgenössischer Architektur, sage ich Ihnen als Fachmann, ohne Übertreibung, aber das hat man Ihnen sicher schon oft?, nein, Johnny, du brauchst dein Licht wirklich nicht unter den Scheffel, im Gegenteil, blinken und flimmern lassen, das muß einfach gesagt werden, neidlos muß man eine solche Leistung anerkennen, er deutet über die Wände, ehrlich, ich bewundere Ihren Mut, was sage ich?, eine Kühnheit kann man das schon nennen, allein dieses Rot!, der Hausherr lächelt, gleich wird es ihm die Brille beschlagen, er lächelt und sagt, wissen Sie, daß ich ihn, er deutet auf Hans, erst mühsam dazu habe überreden müssen?, eine zu gewagte Idee ist ihm das gewesen, nicht wahr, Hans?, aber hier heroben ist fast acht Monate Winter, Schnee, Schnee und nochmals Schnee, alles so weiß!, Sie verstehen?, und da will man nicht auch noch überall weiße Wände, das ganze Wochenende, wenn man heraufkommt, nicht wahr?, ja, versteht sich, verstehe ich gut, nickt Zell, und er fängt an, von der roten Wand in der Studentenbude zu erzählen, ein Stimmenimitator, läßt den Haring wieder einmal Schweinereien schreien, alles rundum hört ihm zu, das spürt er und stockt kurz, als er zum Grund für die rote Übertünchung kommt, sieht die Damen an und lächelt und sagt ohne weiteres: Schwanz, sagt: Eier, und er sieht, da wird nicht gezuckt, ihr Lächeln bleibt, wächst fest, und er ist schon wieder in der nächsten Tonart, ganz und gar ernsthafte Architekturkapazität, jammerschade, daß Lina das nicht mehr erleben kann, nicht neben mir steht in ihrem blöden Chanel-Kostüm, und sich, wie sie nachher wieder behaupten könnte, genieren muß für mich, wie oft und oft, wenn nach ein paar Gläsern der Treibsatz in ihm gegen solche Geschmacks-Existenzen scharf wurde, durchdringende Blicke versucht sie ihm zuzuwerfen, hypnotisieren möchte sie ihn können, am Ärmel zupft sie ihn, stößt ihn unter dem Tisch, und er kommt immer mehr in Fahrt, gerade deswegen, und sie versucht lächerliche Ablenkungsmanöver, die jetzt tatsächlich peinlich sind, und er redet und redet und lacht, geh, Johnny, sei so gut, ich möchte gerne einen ganz speziellen Toast auf diese so glückhafte Ergänzung von Architekt und Bauherr, und der Seidenschal und der andere Mitläufer wollen immer wieder vergeblich ihre Lobsprüche auf das Haus loswerden, schwächliche Imitationen meiner profunden Laudatio, werden einfach nicht erhört: Er ist hier der Hauptakteur, das spürt er deutlich, im ganzen Körper spürt er es, er, um den sich alles dreht: Überhaupt scheint hier alles nur zu sein, weil *er* ist, weil *er hier* ist, das ganze Haus samt Schnürboden und Komparserie nur eine Möglichkeit seines Auftritts, Leben bringt er auf die Bühne, allein durch seine Existenz, erweckt auch die Figuren zu Leben, lauter wird es überall, fast turbulent, Gelächter, Gekicher und Bewegung, und die Frauen sind auf einmal viel schöner, sind überhaupt jetzt deutlich Frauen, female vibrations, beyond doubt, nicht mehr Kleiderpuppen mit nur sekundären Geschlechtsmerkmalen: Man muß ihnen nur ein Beispiel geben, und er fängt an, in den Räumen herumzutreiben, als würde er suchen und weiß noch nicht was, da zu stehen und dort und überall Zentrum, überall willkommen, tritt zu ein paar Zusammenstehenden, ganz recht, sagt er ernsthaft, schlecht schlafen können ist eine Lebensaufgabe, aber, aber wurde eigentlich schon geredet?, Festrede, Eröffnungsrede?, werde ich doch nicht versäumt haben, gerne hätte er die Rede gehört, sei so geil auf Reden wie auf scharfrasierte oder neuerdings punkig gefärbte

Schamhügel, beinahe noch mehr, er faßt ans Jackenrevers seines Gegenübers, Ermenegildo Zegna, nicht wahr?, sagt er mit prüfenden Fingern, wurde geredet, bevor er kam?, wie schade!, er sackt in sich zusammen, vielleicht könnte ich, fragt er mit bittendem Blick, ein paar Sätze nur, unbedeutende Gedanken, nein?, ich habe nämlich, das hat man mir immer wieder bestätigt, eine sehr sonore Stimme, er sieht herausfordernd in die Runde, oder spielt jemand Schach?, er wartet die Antwort nicht ab, zur Tür treibt es ihn, wo die schmale Dunkle jetzt steht, seltsamerweise nicht aufgeblüht, sondern ein wenig verblichen, muß von dem Typ abfärben, an den sie sich lehnt, Entschuldigung, sagt er, wo ist hier bitte der Ausgang, immer wieder stehe er nämlich vor dem Eingang, das sei im Allgemeinen zwar nicht so bedeutsam, aber wenn man es genau bedenke, nicht wahr?!, grinsend macht er kehrt, ah, endlich, stöhnt er auf und setzt sich auf die Armlehne eines Corbusiers, Ihnen kann ich mich anvertrauen, einem John-Players-Special-Raucher fühlt er sich sofort verbunden, Sie gestatten, sagt er und läßt neben dem Flämmchen eines eleganten Gasfeuerzeugs, mit dem der Sesselsitzer seiner Nachbarin Feuer geben will, seinen Zippo-Flammenwerfer aufzischen, daß die Dame erschreckt zurückzuckt, keine Angst, sagt er und redet eine Weile über richtige Feuerzeuge, neunundfünfzig Arten gebe es, ein Zippo anzuwerfen, er kann das noch immer, selbstverständlich, und er führt etliche vor, und dann sieht er im Nebenraum, am anderen Ende, eine Frau an der Wand sitzen, allein, und es ist ihm, als könne er ihren Blick auf sich spüren, die längste Zeit schon, weiß er plötzlich, und als er hinüber will, faßt ihn jemand am Arm, hält ihn fest, Johnny, nein, Hans, möchte ihn unbedingt bekanntmachen mit einer prallen, glänzenden Lederhose und weiter, vielversprechender Seidenbluse, ganz in Schwarz, ich habe schon viel von Ihnen gehört, sagt Zell sofort, wie?, tatsächlich?, er grinst, möchten Sie vielleicht rauchen, fragt er und läßt sein Zippo wieder aufflammen, aber sie raucht nicht, Nichtraucherin, das ist gescheit, lobt er, aber was tut sie, wenn ihr in bestimmten Situationen immer wieder eine Hand übrigbleibt?, nutzlos, absolut nutzlos, tatsächlich von der allergräßlichsten Nutzlosigkeit, er läßt den Arm nach unten hängen und schlenkert ihn im Gelenk, sie kann sich ja nicht einmal am Sack kratzen wie unsereins, manchmal, sagt er und faßt sich an die Jackentaschen, liest er in solchen Situationen ein paar Zeilen Pascal, aber wann, frage ich Sie, hat man schon seinen Pascal dabei?, jetzt zum Beispiel schon wieder nicht, Hans bietet ihm eine Zigarette an, ich bin so frei, sagt Zell und steckt die ganze Schachtel ein, nicht einmal deutlich versehentlich, und er dreht sich um, weil er den Blick wieder spürt, sieht zu der Frau hinüber, die allein an der Wand sitzt, den Mantel, einen hellen Trenchcoat, hat sie nicht ausgezogen, hält ihn über der Brust zusammen, als würde sie frieren, in einen Wassili, wird er gleich sagen und ans Rohrgestänge klopfen, würde ich mich an Ihrer Stelle wirklich nicht setzen, warum?, das ist kein passender Rahmen für Sie, weil heutzutage schon jedes Arschloch auf einem herumsitzt, eine seltsame Bewegung auf einmal im Raum, eh, hallo, schreit jemand: in der Tür steht ein Mann, betrunken offenbar, ein wenig schwankend, hält etwas unter den Arm geklemmt, etwas wie eine große Puppe, lebensgroß, die Reden und das Gelächter ersterben, ein bißchen Gekicher, Getuschel, nur in den Kulissen geht es weiter, eine aufblasbare, aufgeblasene Sexpuppe!, na der hat uns gerade noch gefehlt, sagt Hans, deutlich Ärger im Gesicht, und der in der Tür hat den Hausherrn entdeckt, hallo, Alter, bin ein bißchen spät, konnte nicht früher, hab mich verfahren, er grinst in die Gegend, 'n Abend allerseits, ein gekonnter Auftritt, könnte von mir sein, und als falle ihm erst jetzt auf, was er unterm Arm hat, zieht er die Puppe hervor, hält sie mit ausgestrecktem Arm vor sich hin, nickt ihr zufrieden zu, war nicht leicht, was Passendes zu finden für dieses Tabernakel hier, er deutet im Rotlicht herum, aber ich glaub, ich habs getroffen, oder?, schwere Zunge, Stolperdrähte im Mund, hält dem Hausherrn die Puppe hin, drängt sie ihm auf, aber der will nicht, biegt den

Oberkörper zurück, hat ein Durcheinander in der Physiognomie, möchte vielleicht streng blicken, durch die Gläser funkeln, kann nicht, ein witziger Einfall, mein lieber Staudacher, springt die Hausfrau ein, wie schön, daß Sie sich den weiten Weg heraus gemacht haben, ja, nicht wahr, schön von mir, aber gibts hier irgendwo ein Bier?, und neben Zell zischelt es, was ist denn das für ein Mensch?, pah, das ist eine Zierde der Zunft, ein größenwahnsinniger Versager, hätte den Umbau hier machen sollen, bevor ich ihn in die Hand genommen habe, was der sich eingebildet hat, kann man sich ja vorstellen, ohne Zögern hat die Hausfrau die Puppe gefaßt, mit festem Griff ohne Ekel, aber die ist *nicht* für die Galerie, erklärt der Spender, und sie lacht herzlich, Sie sind doch immer wieder für Überraschungen gut, mein Lieber, und er auf einmal drohend: nichts »mein Lieber«, meine Liebe, eh!, ein Ruck geht durch ihn, ein Grinsen läuft über sein Gesicht, und er zeigt mit langem Finger herüber, ah, ah, da haben wir ja den Herrn Kollegen, wunderbar, er driftet her, wirklich toll, was du hier gemacht hast, eine Geisterbahn ist nichts dagegen, Hans versucht verachtend zu schauen, ist erhaben über jede Anpöbelei, redest wohl nicht mehr mit jedem, was?, der Mann glotzt in die Runde, und Zell lächelt ihm freundlich entgegen und sagt Hallo und sieht ruhig in das bartstoppelige, betrunkene Gesicht, das auf einmal ratlos wird, als wolle da eine Erinnerung, ein Wiedererkennen aufstehen und kann nicht, Zell weiß das ganz genau, es ist ihm, als wäre er jetzt selber in diesem Kopf, würde sich ansehen mit diesen verschwimmenden Augen, einen Mundwinkel langsam zu einem schiefen Grinsen verziehen und Hallo murmeln, unser Bier, Herr Staudacher, die Hausfrau zieht ihn am Arm, kommen Sie, unser Bier?, mein Bier!, aber kalt, wenn ich bitten darf, er dreht sich abrupt weg, läßt sich abführen, man hört ihn im Nebenzimmer, rundum steigt der Geräuschpegel steil an, das Gesumme und Gelächter, als habe eine große Hand den Regler nach rechts gedreht, eine kleine Einlage zur Aufmunterung, erklärt der Hausherr, anscheinend wieder ganz im Sattel, kennst du den Staudacher, fragt Hans, erstaunt und empört zugleich, und Zell grinst, kennen, Johnny, ist nicht der richtige Ausdruck, er sieht ihm in die Augen, ich habe ihn doch gerade erfunden, sagt er langsam, wie?, was?, ist mir doch nicht schlecht gelungen, oder?, und wenn nicht, macht auch nichts, radieren wir einfach wieder alles weg, wirst doch einen Gummi dabeihaben, Johnny, nein?, oder ist alles schon in Tusche gezeichnet?, 1 : 1, wasserunlöslich, kopierfähig?, Hans glotzt, und der heiße Lederschenkel, der sich die ganze Zeit so vertrauensvoll hergedrängt hat, rückt ein wenig ab, macht nichts, möchte sowieso nicht sehen, was zum Vorschein kommt, wenn man diese Haut abzieht, im Vorübergehen greift er sich ein Glas und eine halbvolle Weinflasche, und dann sitzt er neben dem Wassili auf dem Fußboden, neben braunen, im Licht glänzenden Beinen, die aus dem eng zusammengehaltenen Trenchcoat ragen, neben nackten schmalen Füßen in Riemensandalen, Entschuldigung, wurde aufgehalten, habe den Funkspruch aber gut empfangen, und jetzt bin ich ja da, Zigaretten, Zippo, das beste Feuerzeug der Welt, ob sie wohl allein da ist oder zu irgend jemandem gehört, kann man nicht so leicht sagen zu so fortgeschrittener Stunde, er redet zu ihr hinauf, ein Bein aufgestellt und mit den Armen umschlungen, er redet und redet, und sie scheint amüsiert, und plötzlich legt sie den Kopf schief, auch schon einmal witziger gewesen, oder?, sagt sie, und er grinst, man tut, was man kann, und sie zieht die Augenbrauen hoch und schüttelt leicht den Kopf, das reicht aber gar nicht, erklärt sie, aber schon gar nicht, nein?, mehr war aber bis jetzt hier nicht nötig, er macht eine entschuldigende Handbewegung durch den Raum, und sie meint, dann soll er am besten wieder hinübergehen und noch einmal hereinkommen, neuer Auftritt!, okay, okay, sagt er und bleibt sitzen, grinst und schaut sie ausführlich an, irgendwoher kennt er sie, oder sie sieht jemandem sehr ähnlich, aber wem nur?, nun?, fragt sie, was »nun«?, na was ist?, war ja schon draußen, behauptet er, bin schon wieder da, bereits eine halbe Stunde, glänzend haben wir uns seither unterhalten, sind mittlerweile sogar per Du, sie lächelt, hab ich nicht bemerkt, ein guter Trick, soll er gleich noch einmal machen, wirklich?, samt Kuß?, wir haben uns auch geküßt, beteuert er, so?, sagt sie, na gut, aber für ein zweites Mal gibts keinen Anlaß, sie lehnt sich zurück, und er redet zu ihr hinauf, und sie lächelt, mit diesem seltsamen Blick, mit diesen seltsamen Augen, als stehe die Iris zu hoch, als seien die Pupillen bis zur Hälfte unter die Lider gerutscht, ein Blick, der über ihn hinweggeht und doch genau trifft, als schwebe er ein bißchen oberhalb von sich selber, ein Blick, der einem überall hin folgt, wie die Augen auf manchen Bildern, egal wo man steht, er trinkt ihr zu, und sie nippt von seinem Glas, und er redet dahin, höchst geistesgegenwärtig und gleichzeitig mit dem Gefühl, als rede nicht er selber, als rede irgend jemand durch ihn hindurch, wie durch ein spiritistisches Medium, vielleicht bin ich eins, medium dry, Medium Navy Cut, oder als sauge dieser Blick an ihm, sauge ihm die Sätze und Wörter heraus wie einen endlosen, sanften Samenerguß, er denkt sich nicht vor, was er sagt, denkt nicht einmal, sagt es einfach, und der plötzliche Gedanke, daß er sich dieses Reden vielleicht nur einbildet, ist überhaupt nicht absurd, ist ein schöner, lächelnder Gedanke: vielleicht sitzen sie in Wirklichkeit nur da und sehen einander an, und die Sätze gehen ohne Umweg von seinem Kopf direkt in ihren Kopf, wenn es überhaupt der Kopf ist, der redet, immer mehr scheint die Umgebung weggeblendet, die Bühne dunkler, nur ein Spot auf dem Punkt, wo sie sitzen, er kann die Menschen zwar hören, kann sie auch spüren, kann sich anlehnen an dieses Gesumme, und trotzdem sind sie wie nicht wirklich da, oder er ist es nicht, samt ihr neben ihm nicht, für die anderen steht hier vielleicht ein leerer Sessel, und auf dem Fußboden ist nicht einmal sein Schatten, warum nicht?, so heftig und drängend steigt immer wieder die Ahnung auf, sie zu kennen, *als liege sie ihm auf der Zunge,* dringend muß er etwas zu trinken holen, irgend so ein großspuriger Typ hat sich *seine* Flasche »ausgeborgt«, ein

Glas hätte ich noch gerne, du auch?, sie nickt, werden wir gleich haben, bin sofort wieder da, nein, *den* Trick, mit der Flasche schon wieder zurück zu sein, beherrscht er leider noch nicht, aber er kann es sich vorstellen, überhaupt ist es ganz leicht, sich etwas vorzustellen, sich mit ihr etwas vorzustellen, geht ganz von selbst, und als er ins rote Zimmer tritt, hat er den Eindruck, als gehe er in ein Bild hinein, in ein Hologramm vielleicht, das zwar dreidimensional ist, aber wie von einer ganz anderen als seiner Wirklichkeit, vielleicht ist sein Kopf ein Laser, der dieses Bild erschafft, oder es läuft ein Bühnenstück hier, läuft weiter, *obwohl* er jetzt aufgetreten ist und überhaupt nicht in dieses Stück gehört, es würde ihn nicht wundern, wenn er tatsächlich unsichtbar wäre für die anderen, was wird hier gespielt?, Bewegung zur Tür hin, Händeschütteln, Wangenküsse, Abschiedsszene, kein allgemeiner Aufbruch, aber ein Abbröckeln, die Blond-braun-Gestreifte hat Schwierigkeiten mit dem Stehen, möchte auch nicht gehen, satt, satt, satt, schreit sie den Oberarzt an, der sie abführt, satt hat sie diese Bevormundung, abhauen soll er, sie in Ruhe lassen, sie hängt sich an die Schulter des Seidenschals, der sich nicht recht zuzugreifen traut, sich nur wünscht, ihr Mann würde wirklich allein verschwinden, Zell spürt das, *sieht* es, auch wenn ihm der Seidenschal den Rücken zukehrt, noch von draußen hört man ihr Aufbegehren, ist hier schon Schluß, Johnny?, geht doch nicht, wo ist der Bauherr?, brauch was zu trinken, die Gastgeber haben sich formlos zurückgezogen, sind schon weg, wichtige Verpflichtungen morgen, aber wir bleiben doch noch?!, oder?, und wo ist das Bett, das man ihm versprochen hat?, tja, wo ist es, Johnny grinst in die Runde, wird sich doch eines finden, wird doch jemand ein Bett für dich haben, Zell schaut die Frauen an, soll er jetzt Räder schlagen, damit irgendeine meint, sie muß ihn unbedingt sich dazulegen lassen?, gerade noch wäre ihm fast jede hier recht gewesen, die schwarzen Katzen der Nacht, aber jetzt nicht mehr, jetzt gibt es *sie* drüben im Sessel an der Wand, Bett später, wehrt er ab, wenns recht ist, jetzt nur etwas zu trinken, die schwarze Nappalederhose schiebt ihm ihr Glas hin, er nippt, von irgendwoher hört man die Stimme des Staudacher, ruckweises Bellen, das in lautes Gelächter übergeht, ist der denn noch immer da?!, ärgert sich Johnny, du solltest ihn hinauswerfen, schlägt er der Lederhose vor, sie ist die Schwägerin des Hausherrn, die Schwester der Galeristin, vielleicht, lächelt sie Zell zu, läßt sich mit den Gästezimmern etwas umarrangieren, ich schlafe gern in einem Doppelbett, sagt er, wenn ich das bemerken darf, er spürt wieder die Hitze, die von ihrem Körper ausgeht, diese Frau muß eine Heizung sein, wenn man die hat, kann man sich den Ofen ersparen, und unvermittelt fängt er darüber zu reden an, wie während seiner Kindheit im Spätherbst immer das Kanonenöfchen aufgestellt wurde, immer erst, nachdem schon wochenlang die Kälte durch die Fugen der Barackenwände gekrochen war, und er hockt vor dem Ofen auf dem Fußboden, starrt mit heißem Gesicht in das zuckend Grelle, das hinter den Ritzen umspringt, und diese Wärme, sagt er, diese Wärme am Tag, an dem der Ofen aufgestellt wurde, kommt mir immer noch wie der Inbegriff von Glück vor, ein Glück, das nie mehr eingeholt worden ist, so unspektakulär und leise wie es war, er bricht ab, weil er den Blick wieder so drängend an sich zerren fühlt, trautes Heim, Glück allein, sagt jemand, und er sieht durch das Türviereck ins Nebenzimmer: Der Sessel an der Wand ist leer!, mit ein paar hastigen Schritten ist er drüben, das Chromgestänge blinkt, und das glatte, schwarze Leder glänzt matt, und einen Moment ist da der Gedanke, daß er sich diese Frau im Trenchcoat nur eingebildet hat, ihr zentimeterkurz geschnittenes, dichtes, dunkles Haar und diesen Blick, in dem er sich bewegen, in dem er sich treiben lassen konnte wie in einer weichen, warmen Flüssigkeit, aber neben dem Sessel steht noch sein leeres Glas, sie war keine Einbildung!, und überhaupt ist der Sessel nicht einfach ein leerer Sessel, sondern deutlich einer, in dem sie nicht mehr sitzt, im Zimmer ist sie nicht, auch im nächsten nicht, angestrengt muß er sich konzentrieren, um die Menschen rundum richtig wahrzunehmen in diesem Halbdunkel, sie als Menschen zu sehen und nicht als ein bizarres, weiß mit Augen blitzendes Muster vor den Wänden, über die einander schneidende Schatten laufen, die von den wie Zigarettenglut glimmenden Lampen ausgehen, vor denen der Rauch treibt, Menschen mit Gläsern in den Händen, lässig herumstehend, wie eingeschlafen in Stühlen lehnend, gestikulierend, Gelächter, Gemurmel, bewegungsloses Aneinanderlehnen, Frauenlachen, eine Hand auf einem nackten Knie, Flüstern, ineinandergeschlungene Hände, heimliche Blicke hinter einem Rükken, schimmernde Haut und über Wölbungen gespanntes seidiges Glänzen und wie von Alkohol oder Gier gerötete, ins Dunkel zerfließende Gesichter, und nirgendwo ist sie, doch er weiß, sie ist da, versteckt sich vielleicht vor ihm, ein paarmal dreht er sich jäh um, weil er meint, sie ist hinter ihm, immer wieder hört er ihr Lachen, aber nie ist sie es, im Näherkommen, Sich-Umwenden jedesmal ein sich veränderndes und plötzlich unbekanntes Gesicht, kurz der Gedanke, daß die anderen sie vor ihm verbergen, daß das immer wieder aufspringende Gelächter ihm gilt, ein Auslachen ist, wie er da suchend herumtreibt, sie nicht findet, sie, die alle anderen sehen, seltsamerweise kein unangenehmer, sondern ein lustiger Gedanke, vielleicht ist es ein Spiel, das sie da mit ihm treibt, ein Spiel, dessen Regeln er noch nicht kennt, auf das er sich aber gedankenlos einlassen kann, lächelnd, ihm kann ja nichts geschehen, letztendlich wird es *sein* Spiel sein, jedes wird seines sein, und dann steht er im Flur, der leer ist und dunkel, Licht nur aus den Türöffnungen und ein zuckendes Geflacker weiter vorne, in der Nische der Wand, Kerzen vor der Heiligenfigur, er stockt, starrt hin, blinzelt, fängt zu grinsen an: In der Nische lehnt die aufgeblasene Sexpuppe, mit stierem, schielendem Blick, glänzenden Plastikfalten, mauloffen wie ein Karpfen, von den Schatten der im Luftzug blakenden Kerzen überlaufen, als bewege sie sich, als schauderten die Plastikwülste, er kichert, es wundert ihn überhaupt nicht, daß jetzt die Puppe dasteht, daß die

Steinfigur verschwunden ist, die er bestimmt hier stehen gesehen hat, und die doch schwer sein muß, tonnenschwer, wie hat man sie abtransportiert?, und wer? und so unauffällig lautlos?, vielleicht war es bloß eine Imitation aus Kunststoff, sowas gibts, vielleicht gibts sogar schon aufblasbare Heilige, wer weiß?, hab ja keine Ahnung vom modernen Devotionaliengeschäft, Osterhasen kennt er, als Luftballon an einer Schnur, kennt er gut, der Kleine, Bernhard, hat ihn von den Eltern geschenkt bekommen, und er, Zell, hat ihm die Luft ausgelassen, senkrecht steigt Bernhards Geheul zur Zimmerdecke, entsetzt hält er den schlaffen Gummilappen in der weggestreckten Hand, entsetzt wie über einen Tod, Tränen tropft er drauf, ist nicht zu beruhigen, auch von Evi nicht, schau, ich blase ihn dir wieder auf, mit angehaltenem Schluchzen schaut der Kleine auf den sich vergrößernden Ballon, aber er hat ja nur ein richtiges Ohr!, brüllt er wieder los, tatsächlich hat sich nur ein Ohr gefüllt, das andere steht wie ein mickriges Würstchen daneben, und dann hat Zell es probiert und später der Vater, immer wieder nur ein richtig gefülltes Ohr, einmal das rechte, dann das andere, nie haben sich beide aufblasen lassen, und als er wußte, wie das wirklich funktioniert: aufblasen, gefülltes Ohr abklemmen und weiterblasen, bis sich auch das zweite füllt, dann zubinden und abgeklemmtes Ohr auslassen, als er das erklärt bekommen hatte, war Bernhards Osterhase nur noch eine mit Fusseln und Haaren und innen mit Speichel verklebte unappetitliche Gummihaut, die sich keine Luft mehr einblasen, kein Leben mehr einhauchen ließ, sicher hat dieser Staudacher die Figuren ausgewechselt, bestimmt, wer sonst?, irgendwie, hat dem Haus gegeben, was ihm noch fehlte, hat das Haus *begriffen,* so wie er selber es begriffen hat, hat ihm den Inbegriff ins Entree gestellt: aufgeblasen!, Zell löscht eine der Kerzen und schiebt sie grinsend zwischen die unförmigen Säulenbeine in das rosa klaffende Loch, leicht rutscht sie hinein, wie geschmiert, er faßt an die glänzende Öffnung, hat etwas klebrig Feuchtes an den Fingerspitzen, riecht, tatsächlich!, jemand hat sie benutzt!, kaum steht sie da, macht sich schon einer über sie her, der Staudacher?, glaub ich nicht, trau ich ihm nicht zu, und wer sonst?, aber eigentlich trau ich dem ja alles zu, was für grandiose Idee, dem Hausherrn das Geschenk vorher noch zu vögeln, er steht vor der Waschmuschel im kleinen Vorraum der Toilette, will den Wasserhahn aufdrehen, stockt, ein Geräusch war da, hinter der Tür, ein Seufzen, verhaltenes Stöhnen vielleicht, angestrengt lauscht er, atmet da jemand?, zieht die Luft ein mit weit offenem Mund?, nur ein, immer nur ein?, er legt das Ohr an die Tür, hört sein Herz überlaut pochen und das Blut rauschen, ist sie da drin?, und mit wem?, die Klinke sieht ihn an, wie augenzwinkernd, wie eine Aufforderung, langsam hebt er die Hand, will hingreifen, schüttelt den Kopf, lächelt, wozu braucht er Beweise?, den lächerlichen Augenschein?, er weiß doch, ob sie drinnen ist, wenn er sich konzentriert, einen Moment steht er still da, den Kopf zurückgelegt, mit geschlossenen Lidern, nein, sie ist es nicht, er dreht den Wasserhahn auf, sieht sich im Spiegel, geht nahe ans Glas heran, schaut sich in die Augen, und ihm scheint, als sei der, der da heraussieht aus seinen Augen, nicht so weit in ihm drinnen wie sonst, als sei er vorgerückt bis an die äußerste Augenhaut und könnte mit dem nächsten Lidschlag, während er hier unverändert stehenbleibt, heraustreten, sich neben ihn stellen, neben sich, weggehen, er weiß genau, daß dieser Zustand, in dem er sich jetzt befindet, seltsam ist, nicht wie ein Alkoholrausch, sein Kopf ist klar, er könnte gegen alle Großmeister en bloc simultan Schach spielen, der kurze Gedanke, daß man ihm etwas *eingegeben* hat, macht ihm überhaupt keine Angst, er ist kein Getriebener, nichts geschieht, was er nicht will, im Flur flackern die Kerzen, mit einem Ruck öffnet er eine Tür, in der jähen Gewißheit, dahinter ist sie, ein aneinandergedrängtes Paar fährt auseinander, weiße, fliesen- und messingspiegelnde Küche, Gesichter wie verschoben, wirres Haar, ein wie aufgeschwollener Mund, eine offene Hosentür, irgendeine Frau, nicht sie, und der, den Hans als Anwalt vorgestellt hat, ein Glück, daß nur ich es bin, grinst Zell, und ich bin ja eigentlich auch gar nicht da, er zieht die Tür wieder zu, muß wohl sehr dringend sein zwischen den beiden, kein Aufschub mehr möglich, kein Gedanke, sich einen besseren Platz für Heimlichkeiten zu suchen als die grell ausgeleuchtete Küche, die geschlossene Tür schon als die Sicherheit, abgeschieden zu sein, weg von den anderen, kilometerweit weg von daheim, er und Dorli aus der Nebenbaracke, droben beim großen Stein, die Sonne lehnt sich an die Böschung, Wind streicht durchs trockene, braune Gras, von weit her das wummernde Geräusch der Gattersäge des Sägewerks, einlullend wie das Fliegengesumm, ein Tönen, das nicht von draußen kommt, sondern in einem selber schwingt, ich zeig ihn dir, wenn du sie mir, etwas ganz anderes ist es, sich jetzt anzuschauen, was Dorli verschämt und dann, als es an der Luft ist, wie freudig entblößt und ihm hinzeigt, etwas ganz anderes, als es bei der kleinen Schwester beim Baden zu sehen, ein wohliges Ziehen zwischen den Beinen, hinter dem Säckchen, und der als nichts als Haut aus dem Lederhosenschlitz gezerrte Vogel streckt sich in den kühlen Wind, leicht zuckend mit dem Herzschlag, jetzt *weiß* er, warum das verboten ist, aber was jetzt ist, muß sein, muß!, *ist* einfach, und die Welt rundum ausgeblaßt wie ein Traum im hellen Tag, und das Daheim und Mutter und Vater, die Großen, sind nur ein leichtes Spannen der Haut am Hinterkopf, weltvergessen tasten sie herum an dem, was sie jetzt sind, schauen und möchten irgend etwas, das noch mehr ist als Schauen und Gefühl auf den Fingerspitzen, so abgeschieden, so aus der Welt wähnen sie sich, daß niemand sie mehr sehen kann, und hatten nur die Entfernung überschätzt, vielleicht in ihren kleinen Kinderschritten gerechnet, oder die Büsche und Gartenzäune hatten die Sicht aus ihrer geringen Körperhöhe verstellt, so daß sie nicht merken konnten, daß sie in Rufweite der Baracken waren und ohne weiteres beobachtet werden konnten und beobachtet worden sind, denn als er heimkommt, der Mutter *unter die Augen*, sag, was habt ihr denn da oben getan?, du?, ha?, ist Gerichtstag, nie wieder, Mama, ich versprechs, nie wieder, er mustert die Menschen im Rotlicht, auch hier ist sie nicht, jemand will sie sprechen, sagt er nebenbei zu dem, der da trotz der Hitze noch immer den Seidenschal um den Hals geschlungen hat, wer? wo?, eine Frau, draußen im Flur, wo die Kerzen brennen, Johnny redet mit grandiosen Gesten auf die freischaffende Journalistin ein, die ihm mit funkelnden Kontaktlinsen an den Lippen hängt, schüttelt Wörter wie in einem Cocktail-Shaker, Gestaltungswillen, Erotik der Linien und Prüderie und Mut zur Form und Purismus und Feigheit vor der Fläche, standgerichtlich, tönt er, müßte man sie aburteilen lassen, erfolglose Querulanten, Zell unterbricht, hast du die Frau im Trenchcoat gesehen, Johnny?, Trenchcoat?, ja, heller Trenchcoat und ganz kurz geschnittenes Haar, keine Ahnung, ist ihm keine untergekommen, aber irgend jemand muß sie doch gesehen haben, muß sie kennen, die Lederhose vielleicht?, müßte wissen, wer sich hier herumtreibt, wo ist die Lederhose, ist auch nicht da, der Wassili steht leer wie zuvor, als habe niemand sich hineinzusetzen gewagt, weil sie *eigentlich* noch immer hier sitzt, er lehnt sich zurück, streckt die Beine aus, unbequem ist der Sessel nicht, er legt den Kopf gegen die Wand, müde ist er nicht, es ist nur gut, hier zu sitzen, in ihrem Sessel, sie neigt den Kopf zur Schulter und sieht ihn spöttisch an, auch schon einmal witziger gewesen, sagt sie, er versucht ihr Gesicht festzuhalten, sie zu denken, nur sie, nichts sonst, diesem Gesicht in die Augen zu sehen, so konzentriert, daß sie es merken muß, wo immer sie jetzt ist, blicklos schaut er über die Nasenspitze, das rote Türviereck glüht, und die Menschen sind zerfließende Schatten an den Wänden mit stumpf leuchtenden Rändern, und das Reden und Lachen schwillt an und ab, rhythmisch, wie streng komponiert, und den Bewegungen im Raum scheint eine Choreographie zugrunde zu liegen, er sieht es, ohne genau hinzusehen, ohne den Blick scharfzustellen, jäh richtet er sich auf, weil ihm ist, als sei gerade alles stillgestanden, in der Bewegung erstarrt, wie fotografiert, und jetzt läuft der Film weiter und die Stimmen rundum und von nebenan, so als habe er, indem er sie nicht mehr dachte, die Welt angehalten, er weiß nicht wie lange, Sekunden oder Jahre, er sieht die Zigarette in seiner Hand, die noch immer glimmt, aber das ist kein Beweis, denn natürlich wäre, wenn die Welt stillsteht, auch die Zigarette nicht weiter abgebrannt, eine laute Stimme von hinten, wo ist er?, wo ist er?, Staudacher wankt ins Zimmer, glotzt, Zell lächelt ihn an, hebt ein wenig die Hand, und Staudacher schwingt sich um eine imaginäre Ecke, rempelt gegen den Sessel, grinst, Schweiß steht ihm auf der Stirn, werde mich jetzt entschuldigen, lallt er heraus, so dicht an Zells Gesicht, daß er den Atem spürt, werde sagen, hab mich geirrt, keine Geisterbahn!, genau!, keine!, sag ich, hab mich geirrt, werd ich sagen, hab nicht gleich gemerkt, was er hier wollte, er macht eine weitausholende Armbewegung durch den Raum, die ihn fast umreißt, hab mir eingebildet, werd ich sagen, er zwinkert wie verschwörerisch, hab mir eingebildet, daß er das wirklich ernst meint, wer »er«?, fragt Zell, na er da, wird der Staudacher laut, und deutet wieder heftig die Wände an, also Johnny, Staudacher grinst mit großen gelben Zähnen, hab den doppelten Boden vorher nicht gesehen, werd ich sagen, das Hintergründige, den feinen Zynismus überall, und, und, seine Augen blitzen, hat der Mildau eigentlich gemerkt, werd ich ihn fragen, hat er gemerkt, was für eine Zitatensammlung du ihm da hergeknallt hast?, nein, nicht du, er!, er deutet mit dem Daumen über die Schulter ins Rotlicht, was für ein Schatzkästlein?, hat er dein Motto begriffen, frag ich ihn, »bunt postmodern gemischt«?, post mortem, oder »Gartenzwerge aller Geschmäcker, vereinigt euch«, hat er das verstanden?, frag ich, er schlägt sich plötzlich mit der flachen Hand auf die Stirn, habs ja selber nicht gleich kapiert, werd ich sagen, grinst er und richtet sich plötzlich auf, schaut rundum, und die sehr verehrten Anwesenden, wird er wieder lauter, haben Sie das kapiert?, haben Sie schon einmal was?, niemand beachtet ihn recht, man schaut ihn kurz an, sieht wieder weg, ich fürchte, nur wir zwei können hier grinsen, sagt Zell, und Staudacher macht eine wegwerfende Handbewegung, deren Schwung ihn wegdreht, er taumelt zur Tür, prallt gegen den Rahmen, ein guter Text, ruft Zell ihm nach, vergiß ihn nur nicht, Staudacher stolpert hinüber ins Rote, undeutlich seine Stimme und ein gereiztes Bellen darauf, wahrscheinlich Johnny, so sehr erinnert Staudacher ihn an Max, daß für ihn jetzt Max drüben steht und vor und zurück schwankt, wie auf den Ballen wippend, und Johnny anvisiert, Max, Max Umgelter, den hat er lange nicht gesehen, niemand weiß, was aus ihm geworden ist, oder vielleicht wüßte es jemand, doch er, Zell, fragt nicht mehr, fragt schon lange nicht mehr nach ihm, warum eigentlich?, Max, Wolfgang, Meinrad und Zell: die PreludynamoCo, Max und er selber die Motoren, die alles hochdrehten, sich selber hochdrehten, bis zum Ausklinken, das ebenerdige Zimmer in der Steingasse dröhnt und vibriert von den Stones, umgekippte Flaschen, Zigarettenstummel, Entwürfe, Zeichnungen, Schallplatten, Socken, ein dreiviertel Doppelliter Rot, und er und Max wälzen sich auf dem speckigen Linoleum, zucken unter den Trommelschlägen, von denen jeder Schlag die Magengrube trifft, und das Gitarrenjaulen zieht die Haut ab bei lebendigem Leib, I look inside myself and see my heart is black, plärren sie mit Jagger mit, I see my red door and I want it painted black, plärrt jeder in ein Stück flexiblen Kabelschlauchs als Mikrophon, zusammen unter dem Bett, nebeneinander, und jeder in sich und sein Grauen vor dieser Welt eingeschlossen, das sie jetzt sehen, und so hoffnungslos allein, wie man nur je allein sein kann, schreien sie sich die Seele aus dem Leib, das tonnenschwere Entsetzen, krümmen sich unter Weinkrämpfen, die die Brust erdrücken, so leergefegt ist die Welt, menschenleer gefegt, nur dieses Zimmer ist übrig und sie und das Gedröhn der Musik und das Schreien, nichts sonst, wie auf der dunklen Seite des Mondes, sie reißen am Gitter, an den Gitarresaiten, dem Maschendraht des Betteinsatzes über sich, und heulen, I wanna see your face painted black, black as the night, when I was born, die Gesichter verschmiert von Rotz und Tränen, I wanna see the sun flyin' high in the sky, Max, wenn der jetzt da wäre!, und wie ein grelles Aufleuchten fährt ein Gedanke durch den Kopf, der den Schädel erhellt und mit einem Schaudern über den Rükken läuft, bis in die Zehenspitzen: vielleicht ist es Max!, tritt nur auf als Staudacher!, ist als Max verschwunden und als Staudacher wiedererstanden!, woher denn sonst sofort diese Vertrautheit?, und diese Vertraulichkeit, mit der er sich an ihn gewandt hat, gerade an ihn, und sein Verschwörerzwinkern, das ist kein Zufall, und überhaupt!, Johnny ein Zufall?, Klein-Guben ein Zufall?, und ausgerechnet dieses Wirtshaus, Zufall?, und der Wirt angeblich nicht da, kein Zimmer, bis Johnny kommt und ihn mitnimmt, und daß er von der Autobahn abgebogen ist und nicht weiß warum!, Zufall?, in einem einzigen, gleißenden Aufblitzen schießen die Bruchstücke zu einem Muster zusammen, er kann das Knacken im Kopf spüren, mit dem die Verbindungen einrasten: ein Plan steckt dahinter!, irgendein geheimnisvoller Plan, ein geheimer Sinn, ein Zusammenhang!, und dieses Haus hier ist der Knotenpunkt, in dem alles sich kreuzt!, er ist nicht zufällig hier!, schon auf dieser schmalen Straße im Wald, als er hielt und nicht wußte, wo er war, ist da eine Ahnung gewesen, eine Ahnung, so vage noch wie die Erinnerung an einen Traum, und jetzt hat er ein paar der sich kreuzenden Fäden gesehen, ein Stück des Musters der Welt, wie sie wirklich ist, und gleich wird *alles* sich entwirren, er seufzt tief auf, ein so pochendes Gefühl der Freude ist in ihm, daß er das gleich sehen wird, lautes Gelächter von nebenan und Johnnys aufgebrachte Stimme, Bewegung rundum und zum roten Zimmer hin, überall scheint es lauter zu werden, Max hat sich an die rote Wand gelehnt, läßt sich daran zu Boden rutschen, hockt da mit gespreizten Knien, grinst, schießt aus den Augenwinkeln Blicke zu Johnny hin, die überhaupt nicht die Blicke eines Betrunkenen sind, wirft wieder ein paar treffsichere Wörter hinüber, und Johnnys Hände krampfen sich ins

Leder des Corbusiers, Zell sitzt da, schaut ins Leere und lächelt, deutlich sieht er, was Max jetzt tut, einfach tut, was hier zu tun ist, drüben, auf der anderen Seite der Wand, sitzen der Herr sehr bequem auf meinem Sessel?, sagt eine Frauenstimme, sie!, sie hockt auf dem Boden, dicht hinter ihm, an die Wand gelehnt und die Knie, die sie mit den Armen umfaßt, unter dem weiten Mantel an die Brust gezogen, sie lächelt mit ihrem seltsamen Blick, und er hat das Gefühl, auf der Stelle auf sie hingreifen zu müssen, ihre Hand unter seiner, ein Gefühl, das vom Magen ausstrahlt und ihn warm überläuft, wie lange sie schon hier ist?, ungläubig schüttelt sie den Kopf, aber sie ist doch die ganze Zeit hier gesessen!, nein, sagt er, das ist nicht möglich, doch, sie hat ihm zugesehen, die ganze Zeit hat er gelächelt, sagt sie, wie ein Hund im Schlaf, der vom Kraulen träumt, lächeln, meint er, kann stimmen, und der Traum vom Kraulen vielleicht auch, aber Hund nicht, er mag nämlich Hunde nicht, er hat Angst vor ihnen, normalerweise, sagt er, vielleicht mag er sich nur selber nicht?, kann sein, gibt er zu, aber jetzt schon, wenn ich dich ansehe, lächelt er, mag ich mich, er beugt sich zu ihr, hebt die Hand, darf ich, fragt er und streicht sachte über ihr stacheliges, dichtes Haar, nicht gerade originell, findet sie, das will jeder, aber bevor er die Hand wegziehen kann, hat sie ihre darauf gelegt, lehnt den Kopf dagegen, die Wange, hält still, so selbstverständlich, daß es ihn nicht einmal überrascht, ganz vorsichtig atmet er die angehaltene Luft aus, sieht sie an, lächelt, schließt die Augen, wie ein Davontreiben ist das und gleichzeitig wie ein Ankommen, wie die endliche Ankunft an einem Ziel, hinter dem kein anderes, kein neues mehr kommt, ihre Wimpern auf der Hand und ihre Lippen am Daumen, eine Wärme, die von ihr zu ihm läuft oder von ihm zu ihr, die einfach ineinanderfließt wie nasse Farbe, und gedankenlos weiß er auf einmal, es ist Julia, sie küßt ihn zwischen Daumen und Zeigefinger, mein Gott, Julia!, ein fassungsloses Staunen, warum hat er sie nicht erkannt?, nicht sofort erkannt?, sie hat ihr hüftlanges Haar abgeschnitten, aber sie deswegen nicht erkennen?, fast ohne die Augen zu öffnen, sieht er sie durch den flimmernden Schleier seiner Wimpern von der Seite an, irgend etwas ist anders an ihr, aber was?, irgendwie hat sie sich verändert, wie das möglich ist, weiß er nicht, aber daß es möglich ist, sieht er, und er weiß es, wenn er die Augen schließt, wie ist sie hier hergekommen?, woher hat sie gewußt, daß er hier sein wird?, ist sie hinter ihm hergefahren heute?, gestern schon?, oder er hinter ihr?, von ihr angezogen, von ihrem Blick, warum hat er den Blick nicht erkannt?, und dann von der Autobahn hinuntergezogen wie im Traum?, vielleicht ist sie wirklich auf dem Rücksitz seines Autos gelegen?!, er hat sie doch gespürt, und nachgesehen hat er nicht, also möglich, doch warum das alles?, warum hat sie sich nicht zu erkennen gegeben?, warum spielt sie ihm eine Fremde vor, verkleidet und maskiert?, wozu dieses Versteckspiel?, und wie ein Tropfen im Kopf, der Wellen schlägt, plötzlich wieder der Gedanke: dieser Plan!, sie gehört zu diesem Plan!, Johnny, Max und jetzt auch noch sie!, und er hat das Gefühl, als weite sich seine Schädelkapsel, trete zurück, eine solche Klarheit auf einmal: *sie* hat alles inszeniert!, und er ist ihr Zentrum!, was hat sie vor mit ihm?, ein bißchen ist sie ihm unheimlich, aber ihr Lächeln ist so weich, und ihre Haut und ihr Atem, nein, keine Angst, es ist nicht gegen ihn, diese Verschwörung der Welt ist für ihn, kein Verbergen, sondern ein Entschleiern, sie will ihn herauslokken aus seiner ängstlichen Distanz, ganz herauslocken, aus seinem Kopf, der immer nur kalkuliert, ob er sich einlassen soll oder lieber doch nicht, der jeden Fingerzeig, jedes Augenzwinkern von drüben sonst abprallen läßt wie an einem Harnisch, nein, Julia, heute nicht, heute ist er auf der Autobahn nicht weitergedonnert, ohne den Zug zu spüren, der da mit dem Näherkommen der Abzweigung nach ihm greift, sein Kopf hat diese seltsame Irritation nicht kalt und hart zurechtgebogen mit einer vernünftigen Erklärung, damit das andere nicht mehr gilt, das schon herüberschaut, nein, heute hat er losgelassen, nein, er wird sich nicht sträuben, wird sich hineingleiten lassen, ohne Gedanken, was kommt, und die Welt wird sich wieder öffnen, er spürt schon ihr Gleißen auf den Lidern, eine romantische Vorstellung, Zell, hört er jemanden sagen, sich selber, als würde er mit verstellter Stimme reden, aber zu einem solchen, wieder nur banal vernünftigen Einwand kann er nur bedauernd lächeln, he, Stefan, sagt Johnny, der mit einem Mal vor ihm steht, wir fahren, in einem fast wütenden, befehlenden Ton, Zell blinzelt, komm, für uns ist es Zeit, wir fahren, wiederholt Johnny, wir sind hier fehl am Platz, und Zell spürt den Druck ihrer Hand, sieht ihr Lächeln und schüttelt leicht den Kopf, wie du willst, sagte Johnny barsch und dreht auf dem Absatz um, verschwindet, er hat seinen Part gespielt, denkt Zell, und jetzt tritt er ab, ob er überhaupt gewußt hat, daß er im Spiel war?, er spürt ihre Zungenspitze zwischen den Fingern, und dann sitzen sie da, nebeneinander auf dem Boden, fast ohne sich zu bewegen, niemand sonst scheint im Raum zu sein, ziemlich dunkel ist es, irgend jemand muß das Licht der Lampen zurückgedreht haben, nur ein schwaches, orangegelbes Glimmen an den Wänden und das dumpfe Rot des Türvierecks gegenüber, still ist es, auch kein Türenschlagen und Motorengeräusch mehr, leise Stimmen aus dem Nebenzimmer wie von weit her, und von irgendwo ein Rascheln, manchmal ein Flüstern und Atmen, sie hat den Kopf an seine Schulter gelehnt, hält seine Hand oder er ihre, er spürt ihren Atem an seinem Hals und dann ihre Lippen, er fährt mit den Fingerspitzen sachte die Linien ihrer geöffneten Hand nach, hält ihr Handgelenk und streicht unter dem Ärmel über ihren Unterarm, so zärtlich, als könnte jeder stärkere Druck sie verletzen, und wenn sie ihn ansieht und lächelt, dann ist ihm, als wolle sie fragen, nun, erkennst du mich jetzt?, und auf einmal merkt er, wie sie starr wird und ein wenig abrückt, er sieht sie an, sie lacht in sich hinein und deutet mit dem Kinn hinüber in die hintere Ecke des Raumes, ein paar Polstersessel, undeutlich die Umrisse eines Menschen, und jetzt hört er es auch, hastiges Atmen, und wie mit einem Ruck scheint dieses Bild schärfer zu werden, entblößte Brüste und ein nach hinten gerecktes Gesicht, und jemand kniet auf dem Boden, Hände sind in einen Kopf verkrallt, zwischen einem weiten Winkel ins Dunkel verschwimmender Schenkel, die bemerken uns gar nicht, flüstert Zell, vielleicht sind wir unsichtbar, das verstehe ich, daß die nichts merken, kichert sie, sie sehen einander lange an, und mit einem Mal weiß er, daß sie unter dem Trenchcoat nackt ist, und er sieht, daß sie jetzt weiß, daß er das nun weiß, die scharfe Kante ihres Schienbeins unter seinen Fingern, die Wölbung der Knie, Julia, flüstert er, Julia, und sie legt den Kopf schief, hebt ein wenig die Brauen, ich heiße nicht Julia, sagt sie, und er lächelt, gut, denkt er, spielen wir das Spiel weiter, soll sie ruhig glauben, sie kann ihn noch immer täuschen, aber er weiß, daß da ein Plan ist, denn daß sie sich weiter vor ihm verbergen möchte, ist nur ein weiterer Beweis dafür!, überhaupt scheint alles, was ist, ein Beweis zu sein: das Paar da drüben, das rote Zimmer, der jetzt leere Wassili neben ihm, ja sogar die Art, wie sich seine Hand auf den Boden stützt, alles auf eine seltsame Weise ein Beweis, irgendwie fügt es sich ineinander und in den Plan, ohne daß er sagen könnte wie, aber er weiß es einfach, dann ist ihr Gesicht dicht vor seinem, und mit geschlossenen Augen ist ihm, als öffne sich die Zimmerdecke und die Wände weichen zurück, und der Boden, auf dem sie sitzen, ist der verlassene Tanzboden irgendeines Sommerfestes im Freien, des Feuerwehrfestes im Sparkassa-Park, ja natürlich!, und was er dort nie erlebt hat, ist jetzt wirklich, alles, was er sich bei jedem dieser Feste gewünscht hat, wozu es aber nie gekommen ist vor lauter Bier, weit nach dem Schluß des Feuerwerks ist es, der Park leer, außer den in den Büschen, im Dunkeln verborgenen Paaren, der leise Luftzug einer lauen Nacht streicht über sein heißes Gesicht, und er merkt, wie seine Hand zwischen den gerade noch eng zusammengepreßten Schenkeln auf einmal Platz hat, unendlich langsam läßt er seine Hand höherwandern, jeden Millimeter dieser weichen Haut will er auskosten, sich unauslöschlich einprägen, ein ganzes Leben, fühlt er, haben sie jetzt Zeit, nichts anderes wird je mehr sein als er und sie, hier auf diesem Fußboden, und daß seine Hand auf das leichte Hindernis eines Slips stößt, ist für ihn überhaupt kein Widerspruch zu seinem Bewußtsein, zu seinem Wissen, daß sie *ganz* nackt ist unter dem Trenchcoat, und als müsse er sich noch einmal und noch einmal vergewissern, daß sie es wirklich ist, sieht er sie lächelnd an und merkt auf einmal, daß ein paar Schritte weiter ein Mann steht, im Türrahmen lehnt in einer komisch angespannten Haltung: den Kopf vorgereckt wie ein Vogel starrt er zu dem Paar hinüber, das drüben in der Ecke ineinander versunken ist, schau dir den an, flüstert Zell, und sie lacht leise und nickt, als habe sie den Mann längst gesehen, der da eine Hand in der Hosentasche hat und darin unzweideutige Bewegungen macht, heute muß Vollmond sein, sagt sie, und ein unterdrücktes Lachen stößt sie, und sie rekelt sich mit vorgeschobenem Unterleib unter seinen Fingern, komm, gehen wir woanders hin, flüstert er, und sie: aber warum denn?, und dann stehen sie aneinandergelehnt draußen im Flur, tasten aneinander herum, er hat seine Hand unter ihrem seidigen Rock, den sie unter dem immer noch zugeknöpften Mantel trägt, zwischen ihren Beinen, immer noch, und er fängt plötzlich zu grinsen an und sinkt mit einem theatralischen Kniefall zu Boden, reckt die freie Hand mit den Schwurfingern hoch, oh so erlaubet, teure Heil'ge, nun, deklamiert er, den Lippen, was die Hände tun, wie?, Romeo und Julia, sagt er, kann er das auswendig?, bloß diesen einen Vers, gibt er zu, ach, sei nicht blöd, lächelt sie, dafür bist du ein bißchen zu alt, Romeo war höchstens fünfzehn, sie zieht ihn hoch und hinter sich her, zielstrebig den Gang entlang, als wisse sie genau, wo sie sich verkriechen können, eine steile Holztreppe hinauf, »sei nicht blöd«, hat sie gesagt, ein typischer Julia-Satz, ein weiterer Beweis!, genauso wie die Tatsache, daß man jetzt in einem Dachboden steht, unter mächtigen alten Balken der Dachkonstruktion, und linker Hand öffnet sich eine Tür zu einem Verschlag, hinter dem er Gerümpel erwartet, alte Matratzen vielleicht, ein kreischendes Eisenbett, und sofort selbstverständlich findet, daß da ein Wohnraum sich auftut, ein Zimmer, das wie eine Schachtel in den Dachboden gestellt ist, mit einer Decke, die pyramidenförmig nach oben zusammenläuft, schwarzer Boden, schwarze Möbel, schwarze Wände, über die rundum in etwas über Augenhöhe eine zentimeterdünne Neonröhre läuft, so als habe jemand mit zittriger Hand einen leuchtenden Strich gezogen, der sich wie ein heißes Stirnband um den Kopf legt und den Raum in ein seltsames Licht taucht, in dem alles, was man genau anschaut, zu verschwimmen beginnt, selbstverständlich hat Johnny ihm dieses Zimmer verheimlicht, natürlich!, eine Tapetentür, ein mit Silberkandelabern umstellter Katafalk dahinter?, nein, nur ein Bett, warmes Licht, zerwühlte Kissen und Laken, Frauenkleider darüber verstreut, hier heroben ist sie gewesen, darum habe ich sie nicht finden können, hier, hier vor dem Spiegel hat sie sich ausgezogen, wie von selbst rutscht der Trenchcoat über ihre Schultern, gleitet zu Boden, als streife sein Blick ihn ab, und noch ohne sie zu berühren, spürt er die Wölbungen und Flächen und Senken und die Glätte und den schauernden Grieß ihrer Haut, sie drängt sich an ihn, und ihre Augen treffen sich im Spiegel, rucken den Bewegungen der Spiegelbilder hinterher, stoßen sie an, Bewegungen, so träge, als wolle die Zeit stehenbleiben, unendlich langsam kommt sie wieder in Gang, wird immer schneller, ein immer fahrigeres Zerren an den Kleidern, an den Reißverschlüssen, ein hastiges Aufknöpfen und Hineinschlüpfen und Betasten und Ergreifen und Festhalten, wie ein großer Blutfleck liegt ihr endlich abgestreiftes Kleid auf dem Boden, dann ist das Bett unter ihm und sie über ihm, ein Sich-Wälzen und Loslösen und Zusammenwachsen und Geschlinge, Fußsohlen und Brüste und Achselhöhlen und Finger und Kniekehlen und knisterndes Schamhaar und Feuchtes und Hitze und ein mit großen Hutnadeln besteckter, schwarzsamtener Perückenkopf neben der Lampe, mit unheimlich lebendigen Glasaugen, aus denen ihr verschwimmender Blick ihn trifft, drängendes Gestammel, und im Eindringen ist ihm noch, als stoße er von unten bis oben durch ihren Körper hindurch, bis in den Mund, wo ihn Zunge und Lippen liebkosen, dann zerstiebt sein Kopf in ein Kaleidoskop von Bildern, die zusammenrücken, auseinanderfahren und wieder zusammenklicken, die er festhalten und sich verändern lassen kann, so wie er *sie* festhält und verwandelt, zu jeder Frau, die er nur will, in einem göttlichen Schöpfungsakt: ein Glücksgefühl, das seine Körperoberfläche ins Grenzenlose dehnt, und überall sie, überall, als wäre sie nicht mehr außerhalb von ihm, sie ist er, und er ist sie, sie ist in ihn eingedrungen, tief innen in sich fühlt er sie, so fühlen Frauen also das, staunt er, ein brennender Gedanke durch den Kopf: ist das der Plan?, ihm das zu zeigen?, und das drängende Ziehen in ihm schwillt an zu einem glühenden Schmerz, Julia, stöhnt er, und er hört dieses Wort gurgelnd zerdehnt, wie in einem Traum, in dem man schreit als ein Stummer und in höchster Not mit zugeschnürtem Hals, und das, was sonst als Wegschnellen von schwirrender Bogensehne durch den Körper läuft, ist zerstreckt zu einer endlos sich dehnenden Qual, als bahne sich jeder Tropfen unendlich langsam den Weg durch sein Fleisch wie flüssiges Eisen, und er weiß plötzlich, warum die Menschen stöhnen in diesem Moment, sie stöhnen vor Schmerz, die Lust ist nichts anderes als ein so schnell durch den Körper huschender Schmerz, so schnell, daß man ihn nicht mehr fühlt als das, was er ist, so wie er das jetzt spürt in dieser stehenden Zeit, als ineinander verschlungene Kalmare sieht er sie beide treiben in luftperlendem Wasser, widerstandslos hingegeben dieser unendlichen Qual und vom Wasser gewiegt wie von einer Hoffnung auf Tod, so läßt er sich treiben mit ihr durchs Lichtdurchflirrte, von dem er ein nicht mehr zu unterscheidender Tropfen ist, und dann wieder ihre stacheligen Haare an seiner Wange, ihre im Schweiß an seiner Brust festgesaugten Brüste, und die Vorstellung, daß dieser Raum, daß diese in den Dachboden gestellte Schachtel längst nicht mehr in diesem Haus steht, das er mit Johnny betreten hat, die Vorstellung, diese Schachtel mit dem Pyramidendeckel habe sich mit ihm und ihr und Bett und Boden befreit von allem umgebenden Raum oder stehe längst anderswo, ist ihm so selbstverständlich, daß er jetzt schon weiß, es wird ihn nicht wundern, sich nicht in diesem Dachboden wiederzufinden, wenn er dann, später, irgendwann einmal aus der Tür des Zimmers tritt, Julia, flüstert er, sie scheint überhaupt kein Gewicht mehr zu haben, seine Hände, seine Arme, seine Haut spüren ihren Körper, aber kein Gewicht, keinen Druck, jäh reißt er die Augen auf, weil da plötzlich die Vorstellung ist, Max' aufgeblasene Puppe in den Armen zu halten, sie habe sie ihm unterschoben, gegen sich selber ausgetauscht: quer liegt er über dem Bett, und seine Arme halten den eigenen Körper umschlungen, die eigenen Schultern, und ein Zipfel der Bettdecke ist zwischen seinen Beinen, und sie hockt oben am Kopfende des Bettes, die Knie mit den Armen umfaßt und das Kinn darauf gestützt, die Zeit hat einen Sprung gemacht, weiß er sofort, vielleicht ist es Stunden später, Tage, und sie hockt schon lange so dort und sieht ihn unausgesetzt an, er lächelt und streckt die Hand nach ihr aus, Julia, flüstert er wieder, noch nie hat er etwas Zärtlicheres zu einem Menschen gesagt, und sie bewegt unwillig den Kopf, ich bin nicht Julia, sagt sie, in einem fast drohenden Ton, und er seufzt, also soll das Spiel noch immer weitergehen, sie will es immer noch weiterspielen, er schiebt die Hand näher zu ihr hin, ein Zucken ihrer Augen, eine jähe Bewegung, und ein scharfer Schmerz in seiner Hand: eine Nadel steckt in der Haut zwischen Daumen und Zeigefinger!, eine lange Hutnadel mit Perlmutterkopf, tief hineingerammt, die Hand festgenagelt an der Matratze, und ehe er die Hand wegreißen kann, weiß er schon: auch das gehört zu diesem Plan!, und sie sieht ihn an mit unverwandtem Blick und hat schon wieder eine Nadel aus dem schwarzen Perückenkopf neben sich gezogen, er lächelt, es tut ja schon gar nicht mehr weh, sie sieht in seine Augen und wie durch ihn hindurch, und seine zusammengepreßten Finger öffnen sich von selber, er schaut seine Hand nicht an, sieht nur das schwarze Loch ihrer Pupillen, die sich bis an den Rand der Iris weiten, und das Zucken plötzlich in den Lidwinkeln: genau in der Haut zwischen kleinem Finger und Ringfinger steckt die Nadel mit schwarzem, schillerndem Kopf, seine Hand zittert einen Moment, doch er wird sich nicht wehren, auf alles wird er sich einlassen, auf alles, mitgehen wird er bis ans Ende, er will nur endlich den Plan verstehen, seinen *Sinn,* ins Zentrum dieses Planes will er endlich, wo dieses unfaßbar Ungeheure wartet, und wenn es sein Tod sein sollte, er wird sich nicht wehren, er dreht den Kopf zur Seite und spreizt die Finger auseinander, sie weiß jetzt, er ist bereit, bereit zum Letzten, ich werde den Stich nicht spüren, sagt er sich, und er sieht sich im Spiegel neben dem Bett, und der im Spiegel ist nicht er, es ist einfach ein Bild, das er anschaut, kein Spiegelbild, und da huscht ein Gedanke durch seinen Kopf: hinter dem Spiegel ist jemand!, das ist ein Ein-Weg-Spiegel, durch den man von der anderen Seite sehen kann, eine Kamera vielleicht dahinter!, und der Plan vielleicht doch eine Verschwörung *gegen* ihn!, er richtet sich ein wenig auf, lächelt aber schon wieder: wenn er will, wird er nicht auf dem Film sein!, nichts wird man auf der Leinwand sehen als lichtflimmerndes Weiß, als Nichts!, wenn er es will, es ist zwar banal, sagt er, es tut mir leid, aber ich hätte jetzt wirklich gerne eine Zigarette, sie kratzt sich mit einer Hutnadel am Kopf, mein Gott, seufzt sie, du gehörst also auch zu der Sorte, denen hinterher rauchende Männer im Kino ein Vorbild fürs Leben sind, ja, nickt er, hat mir immer sehr imponiert, er merkt plötzlich, warum das Licht so rot ist: ihr Kleid hängt über der Lampe, eine ganze Generation, meint sie, ist von ein paar phantasielosen Regisseuren verdorben worden, sie zuckt geringschätzig die Schultern, Regisseure, denkt er, sie sagt Regisseure, wird hier also doch ein Film gedreht?, und dann steht er am Fenster, durch das er irgendwann die Zigarette hinausgeschnippt hat, still ist es, das Rauschen der Dusche und das Rumoren hinter ihm hat lange schon aufgehört, wahrscheinlich schläft sie längst, aber er ist immer noch nicht müde, sein Mund ist trocken, wie ausgedörrt, das Geräusch seiner ledern über den Gaumen fahrenden Zunge schabt in seinen Ohren, als habe er, besoffen, mit offenem Mund geschlafen, ich müßte etwas trinken, sagt er sich immer wieder und vergißt es Augenblicke später, er kann sich nicht losreißen von diesem Blick da hinaus: so als wäre ihm das hier anzuschauen bestimmt: hell ist es schon, aber nichts zu sehen, nichts als ein konturloses Grau-in-Grau, wie spät es ist, weiß er nicht, er kann sich nicht entschließen, den einen Arm vom anderen zu heben, um auf die Uhr zu sehen, außerdem ist das so gleichgültig, unbeweglich schaut er hinaus und hinunter in den langsam milchig werdenden Nebel, aus dem sich allmählich, als tauche der Rückenpanzer einer Schildkröte auf, eine Insel hebt, weiter weg noch eine, und die zusammenwachsende Gruppe rechts davon?, kann das Capo Miseno sein?, es wundert ihn ein wenig, daß er das alles *von oben* sehen kann, so als schwebe er hoch über dem Golf, von irgendwo aus dem Dunst kommt das Tuckern eines Motors, wahrscheinlich eines dieser breiten, dickbohligen Fischerboote, wie das, auf dem er mit ihr zusammen nachts zum Fang mit hinausgefahren ist, als hingen sie in der Luft, so schwimmen die Inseln da unten, und so unwirklich ist alles wie in Halbschlafbildern, obwohl er ganz wach ist: Er könnte es wegdenken, weiß er, und etwas anderes *hinschauen*, ganz unangestrengt, von einem Gedanken zum nächsten gleiten, und vor ihm würde sich alles verändern. Aber er tut es nicht. Er hat doch diese Buschgruppen so schön in die Niederung hinuntergedacht, aus der sich jetzt schräg über den Hang ein Traktor hinanstottert. Und darüber schon eine Ahnung der Sonne. Er könnte es nicht schöner denken. Überhaupt wäre ihm jetzt ein Anders-denken ein In-die-Schöpfung-pfuschen. Ohne Lidschlag schaut er, obwohl das Licht jetzt so grell wird, als strahle der Nebel, als leuchte die Welt vor ihm von innen heraus, so sehr, daß die Augäpfel schmerzen: Wenn er den Kopf wendet, ist er gewiß, wird alles verschwunden sein.

Nichts mehr wird dort sein, nicht diese auf einmal fuchsig werdenden Lärchen im graugrünen Waldstreifen, der die Hügel nach oben streckt, je mehr der Dunst sich hebt, in glitzernden, durchsichtigen Schwaden schnell höhertreibt und sich auflöst im warmen Licht wie aufgesogen, nichts wird sein als eine weiße Fläche, ein senkrecht stehendes Blatt Papier, ein Zeichenblatt, auf das er noch nichts gezeichnet hat. Ein Ruck schreckt ihn auf. Er weiß nicht, wie lange er so gesessen ist. Erstaunt sieht er sich um. Weiß nicht einmal, daß er hierher gefahren ist. Wie ist er überhaupt in sein Auto gekommen? Hat sie ihn hergebracht? Er spürt deutlich, daß er es *eigentlich* ja weiß, aber kein Bild will auftauchen. Statt dessen ein augenzwinkerndes Gefühl der Hinterhältigkeit: als müsse er dieses Geheimnis vor sich selber bewahren. Um es nicht verraten zu können. Vor ihm ein Feldweg, tief eingeschnitten in einen Hang mit nassem, verfilztem Gras, ein Weg, gerade breit genug für einen Wagen, eine schmale, lehmige Schlucht, die ein paar Meter weiter auseinandertritt, sanfte Hügel hinunter in die Niederung, in der Buschinseln im Morgendunst stehen, wahrscheinlich einen Bach entlanglaufen, ins hinlaviert Milchige hinein. Er sieht auf die Uhr. Kurz vor neun. Freitag. Gut, Freitag. Ja, aber was für ein Freitag? Irgendeiner wird es schon sein, sagt er laut. Daß seine Uhr Datum und Wochentag anzeigt, kommt ihm ziemlich absurd vor. Wozu? Man kann die Ziffern umspringen lassen, wenn man will. An langen Winterabenden zur Unterhaltung vielleicht, wenn einem nichts Besseres einfällt. Lange kann er jedenfalls noch nicht hier sein. Sonst müßte er doch zu frieren angefangen haben. Aber ihm ist warm, fast heiß. Obwohl das Seitenfenster offen ist und er nichts als seinen üblichen schwarzen Cordanzug anhat und das übliche schwarze Hemd. Wie ist er aus dem Haus zum Auto gekommen? Und warum ist er hier hergefahren? Was wollte er hier? Wo wollte er hin? Was wollte er überhaupt? Er lehnt sich plötzlich zurück und fängt zu lachen an: Was sollen diese Fragen? Wie lächerlich, sich hier Fragen zu stellen wie ein

Untersuchungsrichter. Ein Ankläger. Wie lachhaft, sich hier einen Prozeß zu machen. Am frühen Morgen. An einem so schönen frühen Morgen. Er sieht, wie sein Lachen den Weg hinunterhüpft, über den Abhang rollt und auf dem Dunst der Senke dahinperlt wie Blasen, wie durchsichtige elastische Kugeln. Er kann sie anhalten, dahinblitzen lassen, und in jeder der Kugeln ist er: Es ist ja schließlich *sein* Lachen.
Er steigt aus und reckt sich. Mehr aus Gewohnheit. Er fühlt sich überhaupt nicht müde. Gespannt und frisch ist sein Körper. Und es ist schön, wie er im Strecken in die kühle Luft hinaufwächst. Und die Haut an der Stirn ist so straff, als fange sein Kopf sich zu dehnen an. Als sei der Ring um den Schädel geborsten. Irgendwo in den umliegenden Hügeln muß das Haus sein, in dem er die Nacht über war. Zu sehen ist es nicht. Aber er hat deutlich das Gefühl, daß es dort liegen muß, wo die Sonne hochsteigt. So gewiß weiß er das, wie er als Kind gewußt hat, daß dort ein Schatz vergraben liegt, wo der Regenbogen die Erde berührt. Jede Einzelheit dieser Nacht ist in seinem Kopf. Unauslöschlich. Und er weiß, daß das Haus jetzt still in der Sonne liegt, keine Bewegung rundum. Hinfahren? Er ist schon dort. Im Hof hört man leises Geklapper von Geschirr aus der Küche und dann das Surren einer Kaffeemühle. Das Fahrrad der Aufräumefrau lehnt an der Wand, und der Hund, ein Irish-Setter mit glänzendem Fell, streckt sich und gähnt. Herbstastern blühen die Mauern entlang, und an einem Judenkirschenstrauch zittern die lackroten Lampions an den Zweigen. Alle Fenster stehen offen. Gleich wird der Staubsauger aufheulen. Aber ihn wird man auch durchs offenste Fenster nicht hinauslüften können. Mitten auf dem Hof steht ein einziges Auto. Und auf der noch immer nebelnassen Windschutzscheibe ist der Name Julia in herabrinnenden Tropfen zerlaufen. Von der Heckscheibe, die schon in der Sonne glänzt, wird sein Name, wird seine Telefonnummer in ein paar Minuten weggetrocknet sein. Aber das tut nichts. Wenn sie will, wird sie ihn finden. So wie sie ihn gestern gefunden hat. Ein Telefon haben sie ja

gar nicht nötig. Was zwischen ihnen ist, braucht kein Telefon mehr. Er spreizt die Finger und betrachtet seine linke Hand. Es wundert ihn nicht, daß von den Nadelstichen nichts zu sehen ist. Nichts als drei winzige, rosig glänzende Punkte auf der braunen Haut, so als wären die Stiche nicht gerade eben, sondern schon vor langem verheilt. So, wie sich sein Körper jetzt fühlt: jeder Muskelfaser, jedes Haares, jeder Zelle gewiß, würde sich, das weiß er, ein quer über die Handfläche klaffender Rasiermesserschnitt in der zusammengeballten Faust gleich wieder zu schließen beginnen, würde verheilen, und wenn er die Hand öffnete, wäre da nichts weiter als eine zusätzliche Lebenslinie auf der Haut. Genauso wie ihm die Lungenentzündung nichts hat anhaben können, obwohl er nicht im Bett blieb und jede Nacht herumzog, bloß einen Mantel über dem Pyjama. Da war sein Körper selbstgewiß wie jetzt und hat die Krankheit in sich ausgebrannt, ausgekocht, wie man Operationsbesteck sterilisiert. Er macht plötzlich einen Handstand und läuft, allen Tascheninhalt verstreuend, ein paar Meter den Weg auf Händen hinunter, bis ihn der Schwung umkippt. Es ist kein Versuch, ob er es immer noch kann. Er hat es gewußt. Es ist ja auch nicht so, *als ob* er der Zwanzigjährige *wäre,* der vom betonharten Strand bis hinauf zum Campingplatz neben ihr auf Händen herliefe, sondern er *ist* dieser Zwanzigjährige. Umstandslos. Der Schwindel mit der Zeit hat sich aufgehört, lächelt er. Alles ist jetzt. Und obwohl die gespannte Haut den Körper dicht und fest zusammenhält, fühlt er, wie er sich fortsetzt in alles rundherum, in die weichen Kuppen der Hänge und die hingestreckt offene Niederung. Und er weiß nicht nur, wie das Gras da unten sich anfühlt, sondern wie es sich selber fühlt, dampfend unter der Sonne. Er ist zurückgekehrt, *zurückgekehrt.* Es geht dort weiter, wo es unterbrochen wurde. Die Welt ist wie damals. Nur ist das Damals *jetzt.* Alles ist jetzt. Und das ist ein solches Gefühl, daß er nahe daran ist, nach ein paar federnden Schritten, die schon in den Muskeln vibrieren, abzustoßen und wegzusegeln. Er legt die Hände um den

Mund wie einen Schalltrichter, um hinunterzuschreien, wie das jetzt ist. Aber während sein Kopf noch nach Wörtern sucht, reckt er die Arme in die Höhe, reckt und reckt sich und seufzt auf vor Glück: Genau so, genau so.
Mitten ins Land, scheint ihm, fährt er hinein, auf den Horizont zu, auf diese leuchtende Linie, die er so gewiß erreichen wird, wie er einst in einer Abenddämmerung gewußt hat, er wird diesen Rand einmal erreichen und sehen, was dahinter ist. So schön, sagt er immer wieder, so schön. Ein Staunen, das den Blick weitet und weitet und keinen Stein unbeachtet läßt. Was er anschaut, wächst seinem Blick entgegen. Er darf ja nicht den geringsten Hinweis übersehen. Die Dinge sind schließlich nicht einfach mehr Dinge, die zusammenhanglos in der Welt stehen. Alles kann Zeichen sein: daß sich da in dem Dorf, durch das er fährt, eine Toreinfahrt plötzlich schließt! Und daß da ein rotes und ein gelbes Auto *nebeneinander* stehen! Und die Flicken der Straße! Wie Zärtlichkeit kommt es ihm vor, mit welcher Sorgfalt man sie gestückelt hat. Diese kleine, schmale Straße, die sich reckt und reckt. Er denkt sie hin, immer und immer ein Stück weiter: dächte er sie nicht, sie würde wie abgehauen da vorn im Acker enden, vor dem Bach hier, und es wäre auch keine Brücke. Selbstverständlich könnte er weiterfahren, auch wenn die Benzinuhr auf Null ist. Aber die Zapfsäulen der Tankstelle da vorne sind rot-gelb! Genau das gleiche Rot und Gelb wie die beiden Autos vorhin! Er ist also auf dem richtigen Weg. Der Tankwart tut, als merke er nichts, aber der Ton seiner Frage, ob er Öl und Kühlwasser nachsehen soll, zeigt deutlich, daß er Bescheid weiß. Es scheint ihm wirklich Freude zu machen, Benzin ins Auto zu füllen und die Scheiben zu waschen, so genau und sorgfältig sind seine Handgriffe. Sie haben die schönsten Zapfsäulen, die ich je gesehen habe, sagt Zell, ehe er schnell wegfährt. Noch Kilometer später lächelt er: So sehr freut er sich, mit ein paar Wörtern jemandem Freude gemacht zu haben. Die vielleicht nachglänzen wird, den ganzen Tag über, und die Welt färbt. Wie einfach alles ist, wie einfach.

Schon von weitem springt eine Telefonzelle ins Auge. Gleich wird es klingeln, weiß er. Er hält, will schon aussteigen, da wird im Haus gegenüber ein Fenster geschlossen, und das Telefon bleibt stumm. Mit dröhnendem Motor stiebt er davon: Beinahe wäre er in die Falle gelaufen! Aber man hat ihn noch rechtzeitig gewarnt. Hat, um ihn zu warnen, mit ihm Verbindung aufgenommen. Glaubt man denn, er ist allein? Daß man sich nur nicht täuscht. Ihm wird nichts geschehen. Da muß man schon ein wenig früher aufstehen. Aber ein bißchen vorsichtiger sollte er doch sein. Und die Eltern muß er ja nicht unbedingt jetzt, die kann er auch später anrufen. Um ihnen zu sagen, was für ein wunderbarer Tag ist. Ein Tag, alles zu verzeihen.

Selbstverständlich ist nicht einfach Blasendrang der Grund, der ihn vor einer Ortseinfahrt aus dem Auto steigen läßt. Das ist nichts als ein unauffälliger Vorwand. Tarnen und Täuschen. Schließlich zieht ihn ja der sandige Weg regelrecht bergauf, bis er über die Häuser des Städtchens hinsehen kann. Die Struktur der ineinandergeschachtelten Dächer ist so klar, daß er sie als mathematische Formel in den Himmel schreiben könnte. Er ist hier schon einmal gestanden, weiß er, und hat auch genau das gedacht. Beglückt sieht er dem Harnstrahl zu, der in der Sonne glitzert und funkelt und Grus aus den Spalten zwischen den Steinen spült. Eine alte Stadtmauer offenbar, er beugt sich darüber und sieht auf den Platz hinunter, den eine mächtige Kirche mit viereckigem Turm abschließt. Und was der Erbauer dieser Kirche damit hat ausdrücken wollen, das spürt er so deutlich, daß seine Brust und der rechtwinklig weggereckte Arm zur Reißschiene werden, die er gegen den Himmel anlegt: ein paar kühne Striche, und die Grundidee ist aufskizziert. Drunten auf dem Platz gehen Menschen mit langen Schatten. Und in ihm ist auf einmal ein tiefer Ernst: Er ist verantwortlich für alles, was da ist. Er weiß, es ist seine Aufgabe, die Welt zu denken. Sonst ist sie nicht. Alle Menschen da unten denkt er, alle Dinge, *für* sie, damit sie sein können. Immer, ist ihm klar, hat es jemanden gegeben, der die Welt gedacht, der sie mit seinem Denken erschaffen hat. Und jetzt ist er es, der diese Aufgabe übernommen hat. Ein Glücksgefühl ist das, das die Kristalle des Steinblocks unter seinen Handflächen zum Klingen bringt. Und eine ungeheure Verantwortung: all diese vielfältigst verflochtenen Zusammenhänge muß er denken, damit sie sind, jedes Staubkorn, jede Begegnung, jeden Harntropfen, der irgendwo fließt, jeden Satz. Nur die geringste Gedankenlosigkeit, sagt er laut auf den Platz hinunter, und ihr seid geliefert. Aber daß er dieser wunderbaren Aufgabe jetzt gewachsen ist, weiß er bestimmt. So wie er weiß, daß jetzt ein anderes Zeitalter eingeläutet wird. Die Dunkelheit ist vorüber. The times they are a' changing. Er hat die Tonbandkassette im Auto. Und wer Ohren hat zu hören, höre! Volle Lautstärke spielt er, singt mit, hobelt die Mundharmonikasoli, und die Autobahn, zu der er sich mit jaulenden Reifen hinaufdreht, ist wie ein Strom, in den alles mündet, ein Puls, in dem er selber dahinpocht, so kräftig und stark, daß er bald auf dem Highway ist, in einem ständigen Überholen, Einfädeln, Davonbrausen, und er hat mit dem leicht auf dem Gaspedal vibrierenden Fuß das Gefühl, den Motor immer weiter und weiter hinaufjagen zu können, hinauf und hinauf, die Geschwindigkeit aufschaukeln bis über jede Grenze, bis die Autos neben ihm nur so wegplatzen und die Welt durch ihn hindurchrauscht wie ein Orgel-Tedeum mit allen Registern, und er reckt sich im Sitz, bewegt die Finger auf dem Lenkrad, als könne er, als einer, der lange gelähmt war, ihre Beweglichkeit nicht glauben, und will sie zeigen und sein Glück zeigen und die Freude darüber, daß die Welt wieder ganz ist: sie, die so in Dinge und Unzusammenhängendes auseinandergefallen gewesen ist, in eine tonnenschwere Vergangenheit und dünne Gegenwart, sie ist endlich geheilt und wieder ganz, und er versteht auf einmal, warum in seinen Bildern und Objekten immer und immer Autos und Motoren wucherten: Er hat doch diesen Autounfall gehabt, ist mit seinem Porsche 505 Spider auf dem Highway gegen einen

Tankwagen gedonnert, unterwegs zu einem Rennen, gleich nach Drehschluß von »Giganten«, seinem letzten Film, was für ein wunderbares Gefühl jetzt, unverletzbar eingeschlossen zu sein in dieses dröhnende Gehäuse, nichts da draußen kann ihm etwas anhaben, der Tod liegt hinter ihm, und ihm ist nichts geschehen, was da hinten auf dem Highway, was hinter ihm liegt, ist ja längst Vergangenes, und die Vergangenheit ist nur das, was sich nicht mehr bewegt, was liegen geblieben ist als aufgerissener, zerquetschter Blechknäuel, während er sich in Wirklichkeit weiterbewegt, nichts ist verlierbar, und ihm ist, als sei er jetzt selber diese Bewegung, die ganze Maschinerie des Porsche um ihn herum nur eine Ausstülpung seines Körpers, Motor, Räder und die silbergraue Karosserie mit der an die Türen gemalten Schicksalsnummer 130, die jetzt draußen als Verkehrszeichen vorbeiwischt, wenn er will, kann er bewegungslos dasitzen und mit dem Kopf allein die Richtung steuern, ein kleiner Gedanke, und er wird nach rechts, nach links biegen, das Tempo erhöhen, auf der Stelle halten, so, wie er es denkt, mit geschlossenen Augen kann er dahinrauschen, er spürt ja die Straße unter sich, die leichte Neigung in den langen Kurven, und er kann die Autos vor und hinter und neben sich fühlen. Mit aufjaulendem Motor schert er jäh nach rechts hinüber, lacht laut hinein ins Kreischen der Reifen, die er fettschwarze, rauchende Spuren auf den Beton schreiben sieht, ohne daß er sich umdrehen müßte, und er hält zentimetergenau vor einem Lampenmast, nicht einmal die Hand kannst du da dazwischenschieben, grinst er und geht ins Rasthaus hinüber, mit lockerem Schritt und von der nachwirkenden Beschleunigung zurückgedrückten Schultern, stromlinienförmig, wie ihm vorkommt, Maserati-Lamborghini, aber multipliziert mit einer Harley-Davidson, Zigaretten will er und einen Schluck trinken, vorgeblich selbstverständlich nur, nein, essen nichts, sieht man das denn nicht?, zu essen braucht er doch nichts mehr, überhaupt scheint ihm, wenn er diese Speisen anschaut, die rundum verschlungen werden, als würde ihn essen innerlich beschmutzen. Daß die Menschen ihm nachsehen, heimlich zu ihm hinschauen, ist nur selbstverständlich, er hat ja das klare Gefühl, daß er sie sehen machen kann, wer sie sind: erstarrte Figuren, die herumtappen in unendlicher Mühsal wie in einem Zeitlupentraum, jede Bewegung schon im Anlauf zurücknehmend, und indem sie sehen, wie leicht er sich bewegt, wie eins aus dem anderen fließt und ins nächste wächst, allein wie er das Glas von der Theke nimmt und zum Mund führt und zwischen den Fingern dreht!, wenn sie sehen, wie er durch den Raum gleitet, als sei es ein Tanz, müssen sie sehen, wie sie selber sind. Schon einmal hat er gewußt, daß das sein Auftrag ist. Er braucht nichts mehr in Bildern zu verschlüsseln, mit Zeichnungen und Objekten anzudeuten, um den Menschen etwas zeigen zu können. Um ihnen die Augen zu öffnen. Er selber ist das Bild: Wer ihn sieht, wird wissen. Immer wieder sind Propheten aufgetaucht in der Welt. Nur: Er hat nichts zu verkünden. Er predigt nicht. Er ist die fleischgewordene Aufforderung: Schau! Sieh mich an, schau dich an, blick dich um. Und wer es getan hat, wird nicht mehr sein können wie zuvor. Die Kellnerin weiß schon Bescheid. Die Sätze, die er zu ihr sagt und zum Sitznachbarn, der ihm Feuer gibt, sind ja allesamt Botschaften. Und überall hinterläßt er Spuren: die leere Zigarettenpakkung, in ganz eindeutiger Weise gefaltet, einen geknickten Bierdeckel, einen Kratzer auf dem Händetrockner in der Toilette: deutliche Hinweise für die, die wie er *wissen*. Daß die Kellnerin erwartet, er wird sie abholen nach Dienstschluß, wird ausharren draußen im Auto, bis sie kommt, das hat er längst an ihren Augen gesehen, die den seinen nicht ausweichen. Aber in ihm ist ein Drang, unter Menschen zu kommen, die er kennt, ein unwiderstehlicher Zug, der ihn hinauszerrt ins Auto und die Autobahn entlang. Er wird die PreludynamoCo wieder zusammentrommeln. Er wird sie wieder einberufen. Hat man sich eingebildet, daß es mit ihnen vorbei ist? Er hat nur den richtigen Augenblick abgewartet. Ihre Stunde. Der Knoten wird dort geknüpft, wo es abgeris-

sen ist. Was dazwischen ist, war Inkubationszeit. Wir sind wieder am Zug. Wir werden das machen. Unauffällig wird er das Potential von damals sammeln. Ganz einfach. Und wer soll ihnen widerstehen können? Und zu Hanna muß er, sie einweihen in all die Geheimnisse, damit sie nicht draußen bleibt. Er wird ins Zimmer treten, und sie werden einander ansehen. Sie werden nicht reden müssen. Dann werden sie sich auf den Weg machen.
Als er in der Stadt ankam, hatte es leicht zu regnen begonnen. Die Lichter spiegelten auf dem Pflaster, dem Blech der Autos, den Windschutzscheiben, und ihm schien, als habe sich damit die Schönheit der Welt verdoppelt. Im Gewühl des Stoßverkehrs steckend, war da aber bald eine zunehmende Irritation: als würden seiner in ihm drehenden Bewegung absichtlich Hindernisse in den Weg gelegt, und mehrmals wäre er beinahe der Versuchung erlegen, auszubrechen und eine andere Route zu nehmen, von der er gewiß war, sie würde ihn vom Ziel abbringen. Er hatte das deutliche Gefühl, sich vorsehen zu müssen. Hier waren nicht alle auf seiner Seite. Trotz des Drängens in ihm fuhr er vorsichtig und beobachtete scharf aus den Augenwinkeln. Natürlich hatte er alles unter Kontrolle, das schon, aber er mußte aufpassen. Und das mußte so geschehen, als merke er nichts. Immer nur meterweise ist es zur Kreuzung vorwärtsgegangen, von wo aus er das Haus schon sehen konnte, in dem Hanna wohnte. Er ist vor dem Zebrastreifen gestanden, über den die Menschen hasteten, und hat zur Ampel hinaufgesehen. Als sie grün wurde, ist er nicht weitergefahren. Es war ihm klar, daß es jetzt seine Pflicht war, die Ampel zu schalten. Alles hing davon ab. Er hat sie angesehen und mit dem Kopf exakt schalten können. Das Hupen, die auf der Kreuzung sich verkeilenden Wagen und die gestikulierenden Menschen draußen um sein Auto haben ihn nicht im geringsten gestört. Auch das Blaulicht nicht, das sich zuckend auf dem Pflaster und in den Fenstern der Häuser brach, dazwischen hin und her sprang wie in einer Galerie von Spiegeln.

2

Sie habe ihn gefragt, ob er ihr denn nicht sagen könne, wie ihm sei.

Und? Habe er es gekonnt?

Nachdenklich sieht sie vor sich hin und nickt langsam. Er habe mit der Mineralwasserflasche in der Hand, aus der er sich gerade habe nachgießen wollen, innegehalten, habe sie weggestellt, erzählt sie und macht eine Handbewegung zum Tisch hin, wo auch jetzt eine Flasche Mineralwasser steht, und es sei gewesen, als horche er in sich hinein, und dann habe er die Knie zusammengepreßt, sagt sie und preßt die Knie zusammen, beugt den Oberkörper nach vorn und klemmt die angewinkelten Arme vor die Brust, und ihr Kopf duckt sich, die Schultern krümmen sich zusammen, und seine vor Anspannung vibrierenden Hände hätten sich zu Fäusten geballt, so!, sagt sie, und ihre Finger schließen sich zu Fäusten, lassen aber einen Spalt offen, als umgriffen sie etwas, und sie preßt die Fäuste an die Augen, verrenkt den Kopf und sieht, als würde sie durch den Spalt ihrer Fäuste wie durch ein Fernglas sehen, herüber. Dann, sagt sie und richtet sich wieder auf, habe er plötzlich die Arme sinken lassen und eine vage wegwerfende Handbewegung gemacht, und als er sie angeschaut habe, sei in seinem Gesicht wieder dieser traurige und gleichzeitig wie gehetzte Ausdruck gewesen, so als habe er gemeint, daß es ihm nicht gelungen sei, sich verständlich zu machen, oder als sei das überhaupt unmöglich.

Und?

Natürlich habe sie begriffen. Deutlicher gehe es doch nicht mehr. Wahrscheinlich habe er ihre Betroffenheit nur als ein Nicht-verstehen mißverstanden. Vielleicht aber habe sie seinen Gesichtsausdruck nur auf sich bezogen, und er habe damit gar nichts sagen wollen, auf seinem Gesicht habe sich nur sein allgemeines Entsetzen, das ja, soviel sei ihr klar gewesen, immer aufs Ganze gegangen sei, sein Entsetzen also vor der Welt gespiegelt. Und er habe, sagt sie, fahrig eine Zigarette aus der Packung genestelt, sie angeraucht, geraucht habe er ja in einem fort, und die Augen, die Augen, habe er gesagt, das drückt so auf die Augen. Sie preßt die Finger auf die Lider und betastet die schon ein wenig papierene Haut unter ihren Augen, das drückt so, habe er gesagt, das drückt immer so auf die Augen, daß du glaubst, du siehst unter den Augen, unterhalb der Augen hinaus. Und mit den Fäusten, sagt sie, habe er eine seltsame Geste gemacht, und ihre wieder bis auf einen Spalt geschlossenen Fäuste rucken neben den Schläfen in einer krampfigen Bewegung, als umklammere sie die Augäpfel, müsse sie gewaltsam von innen nach außen kehren und durch die Haut der Tränensäcke drücken, um sie heraus auf die Welt richten zu können. So ungefähr, sagt sie und wirft mit einer schnellen Kopfbewegung das Haar nach hinten, faßt es im Nacken zusammen und schüttelt es mit zurückgeneigtem Kopf aus.

Im Traum brennt die Stehlampe neben dem Bett, ein so schwaches Licht, daß die Strahlen eine Handbreit weg von der Lampe schon versickern, und er drängt sich ins Bettzeug, als könne er sich darin verbergen, wickelt es so dicht um den Körper, daß es zu einer zweiten Haut wird, die aber wieder schutzlos ist und bedeckt werden müßte, während ohne Unterlaß ein Satzanfang durch den Kopf stammelt, sich darin dreht, ohne an ein Ende zu kommen, bis er auf einmal merkt, daß er gar nicht mehr schläft und träumt, sondern wach ist und denkt, und es schon Tag wird: Dieses Bewußtsein, aufgetaucht als Verwunderung, füllt jäh den Kopf und reißt alles auseinander.

Bewegungslos liegt er, die Augen geschlossen, ein zusammengekauerter Körper, Knie an der Brust: niedergedrückt von dem Tonnengewicht, das sich da mit dem Gedanken, daß schon wieder ein Tag anfängt, auf ihn wälzte, ihn unter sich

begrub, aber nur soviel, daß er darunter noch hervorstarren, auf den nächsten Augenblick starren kann, der ihn endgültig zermalmen wird.
Liegen und sich ducken. Nichts denken wollen. Stillhalten.
Die Minuten nach dem Erwachen, wenn das Läuten des Weckers jeden Moment bevorstand oder es draußen schon hell war, waren die schlimmsten. Das Grauen, noch immer zu leben. Mit der absoluten Gewißheit, nichts dagegen tun zu können. Allein der Versuch zu denken, er könnte etwas dagegen tun, ließ die Welt in Hohngelächter ausbrechen. Ein Entsetzen, daß es den Körper auseinanderreißt, daß der Kopf birst. Und man ist nicht tot. Man wird auseinandergerissen und auseinandergerissen, immer und immer, zerstreut in der Kälte des Alls, und jede Partikel spürt sich als Auseinandergerissenes, in Ewigkeit.
So war es gewesen. Schon einmal. Monate hindurch. Und nun wochenlang. Sich am Abend einzugestehen, daß das Pendel diesmal doch nicht so weit ausschlug wie damals, half nicht gegen den Morgen. Auch nicht die Erfahrung, daß die Wucht seit einigen Tagen merklich geringer geworden zu sein schien. Er wagte das kaum zu denken. Nicht zu glauben. Als würde das Grauen, wenn es bemerkt, daß es ihn nicht mehr an den alleräußersten Rand bringt, sofort mit wütendster Gewalt über ihn kommen.
Liegen. Sich ducken. Nicht denken. Eben auch nicht, daß er jetzt nicht mehr so tief fiel.
Wenn nur nicht schon Tag wäre. Die Sonne ist ein Mühlstein um den Hals.
Er merkte, daß es im Zimmer wieder fast ganz dunkel war. Offenbar war der neue Tag, den er durch die zugezogenen Lamellen der Jalousien hatte greifen sehen, nur das automatische Ganglicht des im Innenhof gegenüberliegenden Hauses gewesen. Er streckte sich aus, drehte sich ein, er durfte noch schlafen, erst um neun mußte er bei Hanna sein. Wie hatte er sich überhaupt gestern von Eva überreden lassen können zu kommen? Er würde nicht fahren, konnte doch nicht. Schla-

fen würde er. Dahindämmern. Bewußtlos sein. Das einzige, das gut war. So lange gut, als er wußte, noch lange schlafen zu können. Zu dürfen.
Sich abends den Wecker stellen und jede Stunde dann eine Stunde weiter, um stündlich geweckt zu werden und sich sagen zu können, ah, noch fünf Stunden, ah, noch vier Stunden, um dieses Schöne, das es einzig für ihn gab: das Bewußtsein, noch schlafen zu dürfen, nicht zu verschlafen. Am schönsten wäre es, es käme jemand und rüttelte ihn wach und sagte sofort, ehe er in ein Entsetzen hinein auffahren muß, du kannst noch viele, viele Stunden schlafen. Denn eine Stunde, ehe der Wecker wirklich schrillte am Morgen, kehrte sich ja alles schlagartig um. Kein Sich-rekeln mehr mit dem Bewußtsein, wieder wegtauchen zu dürfen, sondern ein immer entsetzteres Minutenzählen, Licht-an-Licht-aus, Den-Wecker-anstarren, kein »Ah, *noch* eine Stunde«, sondern »*Nur* mehr eine!«, nur mehr fünfzig Minuten, vierzig, ein immer fiebrigeres Warten aufs Weckerläuten, bis er es dann schon herbeizusehnen begann, weil das Warten auf dieses Kopfabhacken bald schlimmer wurde als die Vorstellung, es sei endlich geschehen.
Die Stehlampe aus dem Traum, merkte er, stand nicht neben ihm. Natürlich nicht. Sie stand in Hannas Schlafzimmer. Weit weg. Er schlief ja wieder in seiner Wohnung. Seit beinahe zwei Wochen.
Hanna hatte ihn nur mehr halbherzig zurückzuhalten versucht. Ach, Stefan, du verkriechst dich dann nur noch mehr. Das hat doch gar keinen Sinn. Er hatte aus dem Fenster gesehen, wo über den Dächern Vögel im Wind auf und ab trieben, so daß es aussah, als tanzten verkohlte Papierfetzen über einem unsichtbaren Feuer in der aufsteigenden warmen Luft. Er hatte nichts als das gedacht. Hatte Hanna auch keine Antwort gegeben. Nicht einmal gesagt, daß es sinnlos war, ihm zu sagen, daß etwas keinen Sinn hatte. Wo dieses Wort so gar nichts bedeutete. Nicht mehr vorstellbar war. Wozu also, Stefan, wozu? Ja, wozu? Am selben Abend dann, allein im

Bett, als er schon spürte, wie der Schlaf kam, da hatte er für Momente gewußt, daß es richtig gewesen war, hierher zu gehen. Am Morgen nicht mehr. Tage hatte es gedauert, bis er sich endlich entschließen konnte, sein Bett, das mitten im Raum stand, in die Ecke zu rücken, wo es nun wie eingezwängt war zwischen den Mauern und der Seitenwand des Kleiderschrankes. Alle Gegenstände, Stuhl, Bett, Schrank, in diesem einen Winkel. Wie in die Enge getrieben, sagte Hanna. Er sah es selber. Nur war es für ihn keine Metapher.
Rundum war das Zimmer völlig leer. Fünfunddreißig Quadratmeter. Geholfen hatte dieses Zusammenrücken ohnedies nichts. Es war kein Versteck geworden, in dem er sich hätte geborgen fühlen können. Das Bett war ihm viel zu breit. Manchmal wünschte er sich, es wäre schmal wie ein Bügelbrett. Und mit geschlossenen Augen hatte er in der einen Stunde vor dem Weckerläuten oft das Gefühl, als sei rundherum überhaupt nichts mehr. Wie ein durch die Leere des Kosmos taumelnder Brocken Materie. Tagsüber allerdings war dieser Winkel der Wohnung das einzige Ziel: im Dunkel liegen können und warten, bis dieses Sehnsuchtsgefühl, daß der Schlaf schon ganz nahe ist, weich und warm in ihm anschwillt und sich selber und alles löscht. Die einzige Hoffnung, die er, gedankenlos, zustande brachte und die auch hielt.
Er hörte den alten Lift im Innenhof rumpeln, und ein paar Minuten lang war wieder Licht im Zimmer. Er wußte, daß jetzt die bunten Jugendstilfenster des Treppenhauses bizarr in den Hof leuchteten. Einmal hatte er das schön gefunden. Jetzt war das eine Vorstellung, die ihm das Herz zusammenzog: Für jeden konnte das schön sein, nur für ihn nicht mehr. Nie mehr. Irgendwo rauschte eine Klosettspülung. Dann hustete es in der Wohnung unter ihm. So überdeutlich war in diesen Stunden zwischen Nacht und Morgen alles zu hören, als wären die dicken Wände und Decken dieses alten Hauses porös geworden, würden erst mit dem Tageslicht wieder zusammensintern. Aber bis dahin war es hoffentlich noch

weit. Er machte Licht: halb sieben. Aber er würde ohnedies nicht fahren. Es wäre nutzlos und sinnlos wie alles. Nur dazu noch Mauern und Wände, über die er nicht kommen würde. Voll von Angst. Voller Welt.
Setz dich ins Auto, Steff, und komm. Oder vielleicht besser in den Zug. Ich hole dich vom Bahnhof ab. Wir haben schon Schnee. Alles ist weiß.
Steff. Seit Jahren hatte ihn niemand mehr so genannt. Auch sie nicht. Eigentlich seit ihrer Jugend nicht mehr. Oder erst, seit sie verheiratet war?
Ach komm, Steff, das sind doch alles nur Ausreden. Du schaffst es schon. Nur mir zuliebe. Es sind ja ohnedies so schwere Weihnachten heuer. Wenn die Kinder nicht wären, ich wüßte nicht, wie ich drüberkommen soll.
Mehrmals hatte die Schwester in den letzten Tagen angerufen. Immer erst knapp nach sechs, wenn es billiger war. Jedesmal hatte er das Gefühl, sein Schwager stehe neben ihr. Gestern abend nicht.
Steff, nur mir zuliebe. Wenn wenigstens du da bist, ist alles schon viel leichter. Sie hatte nicht locker gelassen. Überhaupt als er sagte, nein, Hanna werde auch nicht da sein am Heiligabend, müsse zu ihrer Mutter fahren, der gehe es schlecht. Er hörte, daß sie meinte, was sie sagte: Es dreht sich mir alles um, wenn ich weiß, daß du dann allein sein wirst. Sie meinte es ja gut.
Aber ich kann nicht, Eva, wirklich nicht. Und ich würde euch nur alles verderben.
Wie kann er so etwas sagen?! Und das sind ja sowieso keine Weihnachten heuer. Aber wenn wir alle zusammen sind, Steff.
Er hatte ja gesagt, obwohl er wußte, daß dieser kleine Mut des Abends ihm am Morgen als Äußeres entgegenstehen, ihn nur noch mehr einzäunen würde. Ja, ich versprechs.
Er würde sie anrufen. Dann, wenn es schon zu spät war, ihn noch einmal zu überreden. Sagen, er kann wirklich nicht. Trotzdem: Schöne Weihnachten, Eva. Dir und den Kindern

und Ulrich und Bernhard und allen. Und Hanna anrufen und ihr dasselbe sagen.
Schöne Weihnachten. Schreien möchte er am liebsten, durchs Zimmer heulen. Und er möchte, daß sein Geheul eine der Posaunen von Jericho wäre, in das die anderen einstimmten, und die Apokalypse über die Erde fegte und alles zerschlüge.
Er liegt ganz still.

Warum er? Warum wieder? Warum überhaupt?
Wenn er Hanna nicht angerufen hätte. Wenn er sie nicht erreicht hätte. Wenn sie nicht vorzeitig aus dem Urlaub zurückgekommen wäre. Wenn er selber weitergefahren wäre und den Eltern Ansichtskarten geschrieben hätte, die schon ins Leere gegangen wären. Wenn er es also erst erfahren hätte, als die Eltern schon wochenlang tot waren.
Wenn er nicht Hals über Kopf nach Hause hätte rasen müssen, ständig nur das eine im Kopf, das eine. Wenn die Rückfahrt gewesen wäre wie das Wegfahren. Wenn er vier schöne Wochen hinter sich gehabt hätte. Und vor sich vielleicht nur eine leise Angst wegen Hanna und dem Kind in ihrem Bauch und wie es mit ihnen weitergehen soll. Aber vielleicht hätte er dann auch schon gewußt, daß es nicht weitergehen wird, daß es vorbei ist.
Wenn er nicht in diesen Zustand der Erschöpfung geraten wäre. Ob ihn da der Tod der Eltern so hinauskatapultiert hätte? Und wenn es diesen Unfall überhaupt nicht gegeben hätte? Wäre dieser Mechanismus auf jeden Fall wieder in Gang gekommen? War das ein programmierter Ablauf, ein biologischer Text?
Warum ist das so gelaufen, warum wieder, und warum bei mir. War das festgeschrieben in ihm? Oder nur eine Reaktion, eine Überreaktion auf ihren Tod. Und es wäre alles ganz anders gekommen, wenn er Hanna nicht angerufen hätte.
Habe ich sie wirklich anrufen müssen? Warum habe ich geglaubt, sie anrufen zu müssen? Hat es da schon begonnen? Hat alles wirklich so kommen müssen, vielleicht doch?

Und wenn er sie nicht erreicht hätte.

Er wäre jetzt wahrscheinlich schon bei den Eltern. Wäre bereits gestern abend gefahren. Würde am Nachmittag als Onkel mit den Kindern Evas spazierengehen, sich mit Schneebällen bewerfen lassen und selber nicht treffen und wahrscheinlich wieder ein bißchen wehmütig daran denken, wie er früher mit dem eigenen Kind hier gegangen ist, Markus' kleine Hand in seiner, oder ihn dick vermummt auf dem Schlitten hinter sich her gezogen hat. Währenddessen würde der Vater den Weihnachtsbaum, für den seit je er zuständig war, schmücken, sorgsam wie immer, in einem den halben Tag währenden Ritual, das am Vormittag mit dem Einpassen des Baumes ins Christbaumkreuz begann, mit dem Auslichten und Versetzen von Ästen, und mit dem Satz, ich glaube, er ist wieder ganz schön geworden, endete, spät nachmittags, wenn der Baum tatsächlich wieder aussah wie alle Jahre, mit dem Glockenspiel an der Spitze, das in der Kerzenwärme zu klingeln beginnen würde, und den sorgsam bewahrten Glaskugeln aus Gablonz, »aus dem früheren Protektorat Böhmen und Mähren«, diesen Silberkugeln, in denen er, Zell, sich schon als Kind gespiegelt hatte. Und die Mutter wäre am Vormittag noch beim Friseur gewesen, um sich nach der tagelangen Hektik vor dem Fest schnell eine Stunde Entspannung unter warmem Wasser, sanften Händen und dem gleichmäßigen Surren von Trockenhauben zu verschaffen, wovon sie dann redete, als seien Friseurläden die wunderbarste Erfindung der Menschen, einfach dazu da, um sich unverbindlich streicheln lassen zu können. Und im Haus hinge der säuerliche Geruch der Fischbeuschelsuppe, die man zu Mittag essen würde, und überdeckte den Gewürzduft des Backwerks, das ihm wieder schachtelweise eingepackt werden würde, so als lebte er nicht schon so viele Jahre allein, sondern hätte noch immer eine *komplette Familie.* Wenn er die Kinder abgeliefert haben würde und die Straße zum Haus der Eltern hinaufführe, wären die elektrischen Christbaumkerzen auf

den Blaufichten vor den Häusern überall eingeschaltet, was allein der Vater, auch gegen den Wunsch der Mutter, nicht mitmachen wollte, worauf er jedes Jahr aufs neue ein wenig stolz war. Dann säße man beim Abendessen, der Vater mit der Krawatte von letzten Weihnachten und die Mutter in einem seideglänzenden Trachtenkleid, und man redete über die Jahre, als die Kinder noch Kinder waren und die Zeiten schlecht und die Kinderaugen unter dem Christbaum angeblich so strahlend wie *heutzutage* überhaupt nicht mehr, würde man Vergangenheit zitieren, um die Gegenwart zu schmücken, so wie die finnische Importtanne mit dem alten Glas. Dann kämen Eva und Bernhard mit ihren Familien, zwei Stunden Durcheinander von Kindern und Geschenken und Hinundher zwischen den Zimmern, bis es gegen zehn wieder still würde, trotz laufendem Fernsehapparat, und man noch zusammensäße, heuer zum ersten Mal nicht um einen von Schülereltern geschenkten Wein, und dann ginge er rechtzeitig schlafen: bevor der Vater zu viel getrunken hätte, zu viel, um die Waffenstillstandslinie nicht doch noch zu überschreiten, hinter die sie sich im Lauf der letzten Jahre allmählich zurückgezogen hatten und die im Vorjahr zu Weihnachten zum ersten Mal hielt.
Jahrelang war es ja gerade dieses immer verrückter, immer wahnwitziger werdende Christbaumabziehbild, das die Annäherung zwischen ihm und dem Vater abrupt in Frage stellte, jäh zu einer lächerlichen Illusion zu machen schien. Ein Achselzucken sonst das Jahr über, ja sogar schon am Tag danach, war ihm am Heiligen Abend der Anblick des Baumes und viel mehr noch das bedächtige Bemühen des Vaters um eine vollkommene Kopie des vorjährigen, dieses nach jeder aufgehängten Kugel prüfende Zurücktreten und Dem-Baum-zunicken des Vaters wie ein höhnischer Versuch, ihm zu zeigen, wer also letztendlich gesiegt hatte: die Generation der Väter wieder einmal über die der Söhne. Als genüge es dem Vater nicht, daß rundum die alte Ruhe war, der Aufruhr des Sohnes in einem solchen Sturz geendet hatte, daß er, der die

»Ordnung« lachend in die Luft sprengen wollte, im Haus herumschlich, ständig in diesem Daheim, das er mit in Trümmer legen wollte, auftauchte, hinter Lina herstolpernd, die ihn auf die Beine gestellt hatte und sagte, mach dies und mach das. Als reiche ihm dieses kindliche Daheim-unterkriechen noch nicht als Unterwerfung, schien der Vater, als Zell wieder halbwegs und dann schon sicherer auf eigenen Beinen stehen konnte, ihm mit der Siegesfeier seines Weihnachtsbaumes noch einmal und noch einmal beweisen zu wollen, daß die »umstürzlerischen« Ideen, die der Sohn durchs Haus gelacht hatte, nicht das geringste hatten bewirken können, daß sie nichts weiter gewesen waren als »jugendliche Dummheit«, die überwunden werden muß und überwunden worden ist, nachdem sich der Sohn, der nicht hatte glauben wollen, daß er *auch noch draufkommen* werde, eben den Kopf angestoßen, ihn fast entzweigestoßen hatte. Und wenn die Geschwister mit ihrem Anhang verschwunden waren und auch Markus schon schlief, war es Zell, je wohlwollender der Vater mit jedem Glas wurde, immer schwerer geworden, diesen mit Silberkugeln und Lamettafäden funkelnden Inbegriff väterlichen Rechthabens zu ignorieren, ihn einfach als eine Marotte des Vaters zu nehmen und nicht als ein leise, aber beständig mit der Stimme des Vaters aus der Ecke herüberredendes Sinnbild, was es wahrscheinlich für den Vater gar nicht war, wie Zell am nächsten Tag, wenn der Vater verkatert herumschlich und nicht an die Auseinandersetzung erinnert werden mochte, gerne glauben wollte.
Genauso, wie er sich Jahr um Jahr schwor, nächste Weihnachten keinesfalls nach Hause zu fahren, genauso sicher war er, solange er mit Lina zusammen war, am Heiligen Abend dort wieder gelandet. Erst nach der Trennung von ihr hatte er Weihnachten abgeschafft. Wenn auch gar nicht mehr so sehr aus Überzeugung, sondern eher weil er fürchtete, die Schwerkraft der Eltern und Geschwister mit ihren Familien inmitten des erinnerungsgeladenen Weihnachtsrituals werde ihn herausziehen aus seinem noch so hinfälligen neuen Selbst-

gefühl und ihn sehnsüchtig machen nach Vergangenheit und Geborgensein. Und auf Lanzarote, diesem von morgens bis abends unter einem gleichmäßig blauen Himmel liegenden Ferien-Sommer-Sonne-Meer-Glanzprospekt, einem nicht extremer zu denkenden Gegenbild zum Winterweihnachtsklischee, war immer wieder ein längst abgetan geglaubtes Weihnachtsgefühl so heftig in ihm hochgeschwappt, daß er bisweilen die Wirklichkeit rundum für die reinste Einbildung hielt. Und bald war es ihm ziemlich grotesk erschienen, ausgerechnet zu Weihnachten, wenn er ein paar Tage frei hatte und ohnedies nicht so recht wußte, wohin damit, die Eltern nicht besuchen zu dürfen, so wie es bis dahin ausgerechnet zu Weihnachten hatte sein müssen. Seltsamerweise hatte ja mit Lina dieses Besuchen-*müssen* langsam aufgehört, obwohl er genau das Gegenteil befürchtet hatte. Nichts werde, bildete er sich ein, für die Mutter jetzt selbstverständlicher sein als der Glaube, er werde nun kommen, so oft er könne, sie werde ihn als *Alleinstehenden* sehen, als ihr Kind, das, indem es das Ehemann-Sein abgelegt hat, jetzt eben nur noch ihr Kind ist, dessen natürlicher Platz daheim in der Familie der Eltern zu sein hat, als jemanden jedenfalls werde sie ihn sehen, der zumindest an den hohen Feiertagen nach Hause kommen *muß*. Aber das war dann gar nicht so sehr der Fall gewesen. Und daß es nicht der Fall war, war für ihn fast eine Kränkung. Die Mutter glaubte ihm zwar nie, wenn er ihr ankündigte, Weihnachten nicht zu kommen, ach sei nicht dumm, Stefan, lachte sie, du wirst dir das doch nicht entgehen lassen, und haben wir es denn nicht immer schön gehabt?, und beim nächsten Telefonat wollte sie wissen, wann er also jetzt genau komme, aber wenn er dann tatsächlich nicht kam, ignorierte sie es einfach, wie sie ja immer alles, was sie nicht anerkennen wollte, einfach ignorierte. Und während er sich noch einbildete, sie werde unter seiner, für ihn demonstrativen Abwesenheit leiden, schien umgekehrt er ihr leid zu tun, weil er nicht mit ihnen zusammensein konnte. Alle vier, fünf Wochen, öfter sahen sie einander nicht. Dabei wäre er gerne

häufiger gefahren. Wenn da nicht Hanna aufgetaucht wäre und die Wochenenden bald zur rituellen Gemeinsamkeit geworden wären. Und wenn er nicht in die lächerliche Situation geraten wäre, sich für die »häufigen« Elternbesuche rechtfertigen, fast entschuldigen zu müssen. Nicht nur Hanna schien ihn im Verdacht zu haben, daß diese Besuche keineswegs so *freiwillig* waren. Selbst wenn sie sagte, sie wünsche sich ein so »geklärtes Verhältnis« auch zwischen sich und ihrer Mutter, die allerdings nie damit aufhören werde, sich »so ein Leben«, wie sie es führe, kopfschüttelnd nicht »vorstellen« zu können, schon allein weil sie nicht geheiratet habe wie die Schwester und das »angeblich« auch nicht wolle, selbst wenn Hanna ihn anscheinend beneidete, schüttelte sie doch ein wenig ironisch den Kopf und sagte, schon wieder?, wenn er ankündigte, zu den Eltern zu fahren. Und wenn er diese Absicht vor Freunden äußerte, dann hieß es sehr oft dazu, ach ja, ich müßte auch längst wieder einmal, so als sei es das einzig Natürliche, Elternbesuche nur als Zwang, als lästige Pflicht zu sehen, so daß er sich immer dazu bemüßigt fühlte, zu beteuern, er fahre gerne und freue sich darauf. Wobei ihm gerade diese Versicherung, dieser Zwang, sich zu rechtfertigen, das Gefühl gab, als würde er für die anderen genau das Gegenteil zugeben.
Erst im nachhinein hatte er gesehen, daß diese frühere Besuchsverpflichtung gar nicht so sehr von den Eltern ausgegangen war, wie ihm vorkam, sondern ständig von Lina geschürt wurde. Zu Weihnachten erst recht. Als hätte sie Angst gehabt, daß man ihr die Schuld gäbe, wenn er nicht kam. Oder vielleicht auch Angst, er könnte, wenn da nicht das Gatter seiner Eltern rundum war, dem Kind die Weihnachtsfreude, wenn nicht überhaupt die Unschuld der Kindheit zerstören, wo er doch, seit es ihm wieder halbwegs ging, neuerlich mit Weihnachten nichts zu tun haben wollte. Als fürchtete sie, daß er plötzlich wieder mit einem Projekt für eine »Merry-Christmas-Aktion« daherkommen und alles über den Haufen werfen könnte, was sie, solange er nicht

widersprechen konnte, aufgemauert hatte. Ihr den Christbaum, wenn sie einen anschleppen sollte, ausschließlich mit leeren, zerknautschten Cola-Dosen und mit Sheriffsternen zu behängen, die sie als PreludynamoCo auf den Lederwesten trugen, hatte er ihr damals angekündigt, als langsam sein Höhenflug anfing, um bald darauf überhaupt vom Tannenbaum abzukommen und einen Baum aus Motorteilen, Auspuffrohren, Polsterhaar von Autositzen, beleuchtet mit blinkenden Armaturenlichtern ins Wohnzimmer oder das der Eltern zu phantasieren, samt Stille Nacht, unterlegt mit Motorradgedröhn, Ambulanzsirene und Jumpin' Jack Flash. Aber irgendwie war es Lina damals doch gelungen, daß diese ernstgemeinten Absichten bloß wuchernde, metastasierende Phantasie blieben, nichts weiter als gerade noch eine Provokation des Vaters, dem er diese Absichten bilderreich über den elterlichen Weihnachtstisch redete, an dem sie dann doch unvermeidlich gelandet waren, mit Grinsen und Handbewegungen zum Baum des Vaters hin redete er sein Projekt »jedenfalls für nächste Weihnachten« dem Vater ins Gesicht, als beide gegen Mitternacht nach etlichen Gläsern jeden Vorsatz, den anderen in Frieden zu lassen, längst vergessen hatten, wobei die Mutter wie stets bei solchen Auseinandersetzungen nur lachte und dem Vater zuredete, doch nicht immer gleich ernst zu nehmen, was Stefan, nicht wahr?, doch sicher nicht ernst gemeint habe, während Lina kopfschüttelnd Blicke warf und von etwas anderem zu reden anfangen wollte, am liebsten von ihrem Kind.
Letztes Jahr war zwar der Christbaum des Vaters genau wie immer gewesen, aber das hatte ihm auf einmal nichts mehr getan. Plötzlich war da nur der *altvertraute* Christbaum dagestanden, der ihn nicht an *Absichten* des Vaters erinnerte, sondern an die Kindheit. Und die war ja, war er sicher, einfach schön gewesen. Und er mußte sich zugeben, daß das schon vergangene Weihnachten fast so gewesen war, nur hatte er sich das damals nicht erlauben wollen, weil ihm schien, damit auch einzugestehen, sich selber untreu gewor-

den zu sein, und einzusehen, daß sich nie etwas ändern werde: anzuerkennen also, daß der Vater wirklich gesiegt hatte. Aber letztes Jahr zu Weihnachten hatte er das auf einmal nicht mehr so sehen können. Er kann, Gott sei Dank, hatte er sich gesagt, eben nicht mehr in so ausschließlichen Kategorien denken.
Er wäre jetzt schon bei den Eltern. Bei denen des Vorjahrs. Und ihr Zusammensein würde genauso unproblematisch sein wie damals. Er hätte sich ja wieder vorgenommen, *ihn* zu lassen, wie er war. So hätte sich alles wiederholt.
Wäre. Hätte. Würde.

Er wußte nicht, hatte ihn der Schrecken des Traumes geweckt oder das Knarren des Fußbodens. Mitten im Zimmer stand Hanna. Waschbärmantel, großes Fransentuch um die Schultern, die Haare, zu einem Roßschwanz gebunden, fallen über den halben Rücken. Ich habe es mir gedacht, sagte sie. Dabei hat er ihr doch versprochen, das Telefon nicht wieder auszustecken.
Sie hatte ihm schon mehrmals gesagt, wie unangenehm es ihr war, wenn sie anrief und anrief, und es meldete sich niemand. Unangenehm, sagte sie und meinte: Angst.
Weißt du überhaupt, wie spät es schon ist? Dabei wollte er um neun bei ihr sein. Gemeinsam frühstücken, dann geht sie mit ihm schnell Geschenke für die Kinder kaufen und setzt ihn in den Zug. Und jetzt ist es schon nach halb zehn. Und ihre Mutter wird, obwohl sie ihr gesagt hat, sie wird erst gegen drei kommen, sowieso wieder mit dem Mittagessen auf sie warten.
Es klang nicht einmal vorwurfsvoll, eher als müsse sie ihm in Erinnerung rufen, was sie gestern vereinbart hatten. Natürlich wußte er alles noch ganz genau. Sie zog geräuschvoll eine der Jalousien auf, es sei wärmer als gestern, erklärte sie, Ostern komme. Sie setzte sich zu ihm aufs Bett, und er sah an ihr vorbei auf den Fleck, wo sie gestanden war, als er erwachte, und wo jetzt ihr großer, abgewetzter Lederbeutel

stand. Es wäre ihm lieber, sie selber stünde noch dort. Und ginge, wie man einen Film zurücklaufen läßt, wieder aus dem Zimmer. Ihr Pelz war kalt und roch süßlich. Wie nach einem Kleiderschrank. Nicht einmal nach ihrem. Es war irgendeine fremde Frau. Er möchte sich gerne zur Wand drehen. Wieder wegtauchen. Nur nicht mehr in diesen Traum.

Was ist denn los, fragte sie. Sie schob eine kalte Hand auf seinen Arm, und ihre Armreifen klirrten leise. Er hatte sie ihr letztes Jahr zu Weihnachten geschenkt, alte, silberne Beduinenarmreifen, an manchen Stellen schon dünngeschliffen vom langen Gebrauch, in Ägypten gekauft, für irgend jemanden, für irgendeine Frau, die sie einmal *wert* sein würde. Heuer hatte er nichts für sie. Sie hatten vereinbart, einander nichts zu schenken. Warum denn ausgerechnet zu Weihnachten? Aber vielleicht hatte sie das nur gesagt, weil sie wußte, wie hoffnungslos es ihn überforderte, Geschenke zu kaufen. Er horchte dem Gluckern der Zentralheizung nach. Aber ich kann nicht bei dir bleiben, sagte sie, das weißt du doch. Und gestern war er noch so zuversichtlich.

Gestern. Wann war gestern? War das im selben Leben? In derselben Welt? Er räusperte sich und redete auf einen Zipfel ihres Schultertuches hin, ich brauche ja niemanden, Hanna, wirklich nicht.

In ihrem Gesicht war sofort wieder dieser müde Ausdruck, wie so oft in den letzten Wochen. Müde vor Ratlosigkeit. Er wußte es.

Du solltest trotzdem fahren, sagte sie. Mit einem Ruck stand sie auf und zog den Mantel aus. Sie mache jetzt Frühstück, und er beeilt sich im Bad, ja? Sie wartete seine Antwort nicht ab. Die Absätze ihrer Stiefel dröhnten auf dem schwingenden Parkett. Dann hörte er sie draußen in der Küche hantieren. Zögernd schob er seine Hand in den Nacken, der wirre Traum steckte noch immer in seinem Körper, er wußte nur mehr den Schluß: Er hatte sich vor dem Spiegel gekämmt, büschelweise waren die Haare im Kamm geblieben, entsetzt hatte er hingestarrt und sofort gewußt, daß da jetzt eine

glatte, kahle Stelle auf seinem Kopf war, ein nackter Streifen ungefähr die Knochennaht von der Hinterhaupts- zur Stirnfontanelle entlang, tatsächlich hatte er zwar die nackte Zeile etwas daneben gesehen, aber gespürt, daß sie genau auf der Knochennaht lag, *genau auf der Knochennaht*!, schreiend vor Entsetzen ist er aus dem Zimmer gestürzt, und die Mutter war auf einmal da, er sieht ihr betrübtes Gesicht, und sie nickt, sie habe plötzlich auch kahle Stellen auf dem Kopf, sagt sie und zeigt sie ihm, münzgroße, schuppige Inseln in ihrem graublonden Haar, und sie sieht sich den nackten Streifen auf seinem Kopf genauer an, wir werden das diesmal nicht verheimlichen können, klagt sie, und plötzlich hat sich seine Kopfhaut abzulösen begonnen, entsetzt hat er sie wieder festgedrückt und auf einmal gemerkt, daß der ganze Hinterkopf kahl war und sich bis zum Hals hinunter dicke, aufstehende Querfalten erhoben, kahle, glatte, glänzende Wülste, und auf einmal hatte er gewußt, daß da hinten eine Tapete angeklebt war, deutlich hatte er das Muster gesehen, obwohl es in seinem Nacken war, dasselbe irritierende Muster wie auf Hannas Schlafzimmerschrank, er wird es Dr. Illich sagen müssen, ist ihm durch den Kopf gefahren, bei der nächsten Sitzung, wie aber, um Himmels willen, Mama, soll er dem erklären, *weshalb* er da hinten jetzt eine Tapete hat.
Im Badezimmer waberte die Luft vor Hitze, der Heizstrahler glühte, er mußte ihn gestern auszuschalten vergessen haben. Das wäre nicht schlimm, wenn er nicht dauernd etwas vergessen würde, so daß ihm jedes Vergessen zum *Beweis* wird. So oft mußte er sich überführen! Selbst wenn da nichts ist, was er vergessen hätte zu tun, ist da ständig das Gefühl, es sei etwas gewesen, das er hatte tun wollen, ja sogar tun müssen, ein Gewicht auf den Schultern, das sich erst mit dem Einschlafen hebt. Und immer wieder läßt er seine brennenden Zigaretten irgendwo liegen, raucht im Wohnzimmer, geht hinüber in die Küche, um sich etwas zu holen, dort aber fällt ihm anderes ein, und wenn er ins Wohnzimmer zurückkommt, ohne dieses Etwas, weswegen er in die Küche gegangen ist, dann ist

die Zigarette längst aus dem Aschenbecher gekippt und hat ein Loch in die Tischplatte gebrannt. Die Löcher, die er in den vergangenen Wochen gebrannt hatte, wollte er sich gar nicht alle aufzählen. Zum Glück gab es bei ihm keine Tischtücher. Aber er rauchte ja auch im Bett. Jedenfalls hatte das dazu geführt, daß er manchmal voller Panik herumlief, von Zimmer zu Zimmer, weil er meinte, er könnte irgendwo eine Zigarette liegengelassen haben, die jetzt vor sich hinschwelte und gerade dann, wenn die Abenddosis der Tabletten seinen Kopf langsam unter Wasser drückte, die Wohnung in Brand stecken würde.

Er faßte in seine Haare, sie hielten. Vielleicht würde er diesen Traum wirklich Dr. Illich erzählen, er wußte ohnedies nie, was er bei dem reden sollte. Meist bestand die Stunde nur aus kurz unterbrochenen Pausen, in denen er überm Nachdenken-wollen vergaß, was Illich ihn gefragt hatte oder was er selber angefangen hatte zu erzählen. Es war alles so belanglos, jede Frage Illichs weit weg von ihm, keine kam ihm in die Nähe, oft verstand er sie nicht, oder er konnte sich nicht vorstellen, welche Antwort Illich jetzt erwartete. Was er während des langen Schweigens empfinde, wollte Illich wissen. Nichts, eigentlich nichts. Ob es ihm unangenehm sei? Nein. Was er dabei gedacht habe? Nichts. Aber irgend etwas müsse er gedacht haben, man denke immer etwas. Ich habe die Bücher in ihrem Regal angeschaut, sagte Zell. Und? Was habe er dabei gedacht? Ich habe gedacht, Zell zögerte, ich habe gedacht: Wenn das alles ist?! Was er damit meine? Aus. Und die ganze Zeit fraß Illich Käsegebäck in sich hinein. Wie sollte man sich da überhaupt ernstgenommen vorkommen. Doch vielleicht waren diese Sitzungen überhaupt keine Therapie, sondern nur Kontrolle: Ob man ihn zu Recht gleich wieder entlassen hatte. Manchmal kam es ihm so vor. Und trotzdem wartete er den nächsten Termin manchmal schon fast dringend herbei, als würde er tatsächlich erhoffen, daß ihm die knappe Stunde Herumsitzen vor einem Schreibtisch und einem knabbernden, knuspernden Menschen hilft. Als könnte er überhaupt Hoffnung haben, daß es etwas gibt, das hilft. Als könnte Illich sagen, Jüngling, ich sage dir, steh auf, und er könnte aufstehen und wieder atmen. Und trotzdem schien es nicht nur eine Einbildung zu sein: Wenn er mit dem neuen Rezept in der Tasche aus dem überheizten Zimmer trat, hinaus in die kalte Luft und durch die parkähnliche Anlage zum Tor ging, war ihm, als sei zwischen ihm und der Welt auf einmal ein bißchen Abstand, so daß er fast schon den Arm ausstrecken könnte, ohne sich zu stoßen. Nur hielt das nicht. Er bemerkte plötzlich sein Gesicht im Spiegel. Ein Hundegesicht mit fetten Haaren. Alle Linien nach unten. Wie jemand am äußersten Rand der Erschöpfung. Und der, der aus den Augen schaut, so weit hinten, als verschwinde er gleich. Unter dem Entsetzen auf dem Grund der Augen. Und zieht ihn mit sich. Er drehte sich schnell weg, der Boden geriet aus der Waagrechten. Unter der Dusche verschwand das wieder. Aber kalt duschen, mein Lieber, hatte Margret ihm geraten. Wie ich meine Depression gehabt habe, sagte sie. Sie dusche heute noch täglich kalt. So lebendig und lustig, wie sie das erzählte, schien es ihr wirklich geholfen zu haben. Allerdings war »ihre Depression« zehn Jahre her. Der bitterste Neid würgte ihn, so daß der Speichel tatsächlich nach Galle schmeckte, wenn er ihre Stimme am Telefon hörte. Im nachhinein hätte er am liebsten immer gesagt gehabt, nein, Hanna sei verreist, ohne Adresse, komme nie mehr zurück. Für ihn war ja kaltes Wasser jetzt das Unangenehmste. Nichts als eine Tortur, die die Haut vom Fleisch riß, einmal hatte er es versucht, und sein Körper schien hinterher nur noch kleiner zusammenzuschrumpeln, als reiche die Haut, die noch etwas spürte, jetzt überhaupt nicht mehr aus für ihn. Warmes Wasser hingegen war gut. Sich darin ausstrecken und liegen, nichts weiter. Das war fast wie Schlafen. Hannas Badewanne ging ihm ab. Eine Dusche war ja etwas ganz anderes. Aber gesagt hatte er ihr das noch nicht. Trotzdem: wenn das warme Wasser über die Augen und den Mund läuft, ist eine Weile sonst gar nichts.

Im Vorzimmer lag Hannas Pelz auf seiner über einen Sessel geworfenen Lederjacke: ein lebendiges Tier, das über die Haut eines toten kroch. Kaffeegeruch und Musik aus der Küche, muntere Stimmen, Werbung. Na endlich, sagte Hanna, sie sind schon fast kalt. Sie ließ Spiegeleier aus der Pfanne auf den Teller gleiten, so übertrieben schwungvoll, daß ihm vorkam, sie spiele ihm das nur vor. Aber das war auch früher so gewesen: Wenn er sie in Hausarbeiten verwikkelt sah, schien ihm immer, als täte sie da etwas, was sie eigentlich gar nicht konnte. Mit scheinbar ganz ungeschickten Handgriffen, so daß man sich dann übers durchaus geglückte Resultat nur wundern konnte. Weißt du überhaupt, bemerkte sie, was für eine tolle Sammlung du in deinem Kühlschrank hast? Er sollte wegwerfen, was er nicht ißt. Und nicht mit dem neuen Zeug das alte nach hinten stopfen. Was sie ihm vor zwei Wochen mitgegeben habe, sei da noch genauso drinnen gelegen wie die Erdbeeren vom letzten Wochenende, nicht einmal ausgepackt. Es tut mir leid, sagte er, aber ich habe sie einfach vergessen. So habe ich das nicht gemeint, erklärte sie. Sie hatte sie für ihn gekauft. Vielleicht um ihm eine Freude zu machen. Entschuldige, sagte sie, weil sie seinen Blick zum Radio sah, und wollte abdrehen. Eine Gedankenlosigkeit von mir. Laß nur, sagte er. Die Stimme des Nachrichtensprechers kam. Will er das wirklich hören? Sie schien sich zu wundern, daß ihn das interessierte. Schon, sagte er vage. Meist war ihm ja das, was verlesen wurde, völlig gleichgültig. Und von einer entnervenden Sinnlosigkeit. Zu hören, daß die Welt schön sei, wenn man sich entschließe, sie schön zu sehen, hätte für ihn nicht sinnloser sein können. Nur auf bestimmte Nachrichten reagierte er hellhörig, ja voller Gier: auf Berichte von Naturkatastrophen, von Hungersnöten, Hochhausbränden, Mordserien. Genauso, wie ihm in den Zeitungen, die er durchblätterte, besonders die Selbstmordnotizen in die Augen sprangen. Diese meist nur ein paar Zeilen langen Nachrichten von Menschen, die den *Frei*tod *gewählt* hatten, waren für ihn Mitteilungen von denen, die es geschafft hatten. Und die ihm die Nachricht zukommen ließen, daß es zu schaffen war. Und wie es gemacht werden konnte. Er hob plötzlich den Kopf: Die zwischen den Bürgerkriegsparteien im Libanon ausgehandelte Weihnachtswaffenruhe, war verlesen worden, werde nirgendwo eingehalten. Er hatte ja gewußt, daß so etwas kommen würde! Es war *die* Nachricht. Die, um die es ging. Alles andere nur Verzierung, damit nichts auffiel. Er sah schnell auf den Teller, damit Hanna nicht merkte, daß seine Augen jetzt *aufgeblitzt* hatten. Er hatte es deutlich gespürt. Kriegsnachrichten, Hanna wußte das nicht, waren für ihn ja das Größte: Als würde ihm mitgeteilt, daß die Apokalypse endlich ihren für andere noch unerkennbaren Anfang genommen habe. Ein Wahnsinn, der überspringt von einem Punkt der Erde zum anderen. Ein paar leichte Gedanken, und schon schwoll es an, und endlich dröhnt das Ende rot über den krachenden Dächern. Endlich ist Schluß. Nichts mehr, was der Kopf denken muß und nicht kann, alles verdampft. Der lakonische Wetterbericht kam ihm vor wie das beabsichtigte Herunterspielen dieser Hauptnachricht, damit sich alle weiterhin in Sicherheit wiegen konnten. Daß die Kriegs- und Katastrophenmeldungen der letzten Wochen noch nicht zu diesem Ende geführt hatten, sagte eigentlich gar nichts. Zumindest nichts dagegen, daß die heutige Nachricht nicht die Nachricht von diesem ersehnten Trompetensignal war.

Es scheint dir wirklich egal zu sein, was du ißt, sagte Hanna. Er fühlte mit der Zunge im Zerkauten herum, sah sie an, schaute auf den Teller, schluckte. Weiß er überhaupt, was er ißt? Natürlich, sagte er, aber es ist nicht so wichtig. Nur, verbesserte er sich, wenn es gut ist, ist es mir recht. Sie soll nicht glauben, daß er nicht schätzt, wenn sie etwas für ihn macht. Aber so habe ich das doch nicht gemeint, sagte sie. Sie drehte das Radio ab, aus dem Musik kam. Er konnte Musik nicht aushalten, das wußte sie. Musik war ihm der hörbare Beweis, daß es die andere Welt, die von *vorher,* tatsächlich und noch immer gab, nur ihn nicht mehr darin. Musik war der Prüfstein. Er hatte ein paarmal, am späten Abend, probiert, ob es wieder geht, ob es mit ihm tatsächlich schon anders geworden ist, und er war immer gescheitert. So habe ich das nicht gemeint, hatte Hanna gerade gesagt. Wie denn? Und wie hatte sie gemeint, daß er es meint? Sie redete längst über etwas anderes. Konnte man überhaupt wissen, was ein anderer meinte? Vielleicht war es auch nur eine Einbildung, daß sie seine Hände dauernd ansah. Diese fahrigen, zittrigen Hände. Sie kamen ihm jetzt vor als etwas, zu dem er wirklich sagen könnte: Ja, das bin ich. Aber was hieß das schon. Jeden Moment habe man das Gefühl, hatte sie unlängst gemeint, daß deinen Händen gleich alles entfallen wird, daß sie etwas umstoßen, nichts zum Mund bringen werden, alles verschütten. Und die das dann doch nicht taten. Manchmal, besonders am Zeichentisch im Büro, wunderte er sich selber, daß mit solchen Händen alles funktionierte. Und Granzinger hatte gewitzelt, es sei phänomenal, wie er sich mit dem Rapidographen so haargenau an den Punkt hinzittern könne, wo der Strich anzusetzen sei, so genau hinzittern, wie man es mit ruhigen Händen nie schaffen würde. Über diesen Satz hatte er lange nachgedacht. Und war zum Schluß gekommen, daß das eigentlich ein versteckter Hinweis war, wie genau man ihn im Auge hatte. Vielleicht nicht einmal ein versteckter. Heute geht es dir überhaupt nicht gut, nicht wahr?, sagte Hanna. Er hob ein wenig die Schultern. Ja sagen. Nein sagen. Rot sagen. Grün sagen. Es war alles so nutzlos.

Soll ich, fragte sie, als das Telefon läutete. Es schien für sie zu sein, er hörte ihre Stimme undeutlich aus dem Nebenzimmer, dann erschien ihr Kopf in der Tür. Es ist Eva, sagte sie, was soll ich ihr sagen?

Er ging selber zum Telefon. Machte keinen Versuch zu widersprechen. Du kommst jetzt einfach und Schluß, sagte Eva.

Und?, Hanna sah ihn fragend an. Ich fahre mit dem Auto, sagte er. Selber? Sie zog die Augenbrauen hoch. Ich glaube, sagte er, ich halte Zugfahren nicht aus. Wenn man nur sitzen kann und hoffen. Warten, meine ich, verbesserte er sich.

Aber er soll nicht autofahren, das weiß er doch. Sie schüttelte nachdrücklich den Kopf. Vielleicht besorgt. Sie schien die Beipackzettel seiner Tabletten auswendig zu können. Überhaupt in dieser Dosierung könnten die Medikamente die Fahrtüchtigkeit beeinträchtigen. Ich fahre doch sonst auch, sagte er. Aber nicht so weit, und sie selber würde viel lieber mit der Bahn fahren. Man steige ein, gehe später in den Speisewagen, und beim Aussteigen sei es, als sei man nur eine Weile im Kaffeehaus gewesen.
Möglich, sagte er, daß es das gibt.
Und warum will er unbedingt mit dem Auto? Es schien ihr Mühe zu machen, seine Antwort abzuwarten. Da kann ich mich wenigstens am Lenkrad festhalten, meinte er. Außerdem kann er jederzeit umkehren. Und von Eva heimfahren, wann immer er will.
Aber gerade das solltest du nicht.
Er versuchte zu lächeln, schaute zur Seite. Sollen. Das hieß es ständig. Die Umschreibung von Müssen. Nicht-Dürfen. Die ihm scheinbar irgendeine Verantwortung ließ. An eine Einsicht appellierte, die man ihm andererseits wieder nicht zutraute. Einsehen soll er, daß sie recht hat. Es ja gut mit ihm meint. Alle Welt meinte es gut. Vielleicht wirklich. Aber wer konnte wissen, was gut war.
Margret sagt, redete er auf den Teller hinunter, ich soll kalt duschen. Wie? Was meint er? Was hat er gesagt? Kalt duschen? Warum kommt er jetzt aufs Kalt-duschen?
Er sah aus dem Fenster. Auf dem kleinen Klopfbalkon gegenüber, im letzten Stock, stand ein zusammengebundener Christbaum. Daneben hingen zwei tote Feldhasen am Geländer. Waren gestern nicht Fasanen dort gehangen?
Was meinst du jetzt mit kalt duschen?
Er hob ein wenig die Schultern.

Er sei, habe ihm damals geschienen, von allem Normalen so weit entfernt, daß es keinen Weg zurück gebe, so wie es für einen Mörder keinen zurück gibt. Oft habe er gedacht, über den Beginn, verrückt zu werden, längst hinaus zu sein. Da habe er sich dann damit zu beruhigen versucht, daß auch Menschen, die ein KZ überlebt und dort das Entsetzlichste erlebt hatten, nachher wieder ein »normales« Leben führen konnten, wieder ins Alltägliche fanden – also nicht *jede* weitere Minute ihres Lebens umgeben von diesem Grauen fortexistierten. Und gleichzeitig habe er gedacht, was diesen Menschen widerfuhr, wurde ihnen angetan, kam also von außen und nicht aus ihrem Inneren, so daß sie vielleicht dieses Außen allmählich vergessen konnten, verdrängen wenigstens, und so also dem KZ, dem ihr Körper entkommen war, auch nach und nach als Seele entkommen konnten, während er dem Grauen nicht werde entfliehen können, weil er ja immer bei sich sei, nicht als etwas Äußeres hinter sich liegen könne und so auch das Entsetzliche der Gegenwart immer bei ihm sein werde.

Es war viel weniger Verkehr als erwartet. Als befürchtet. Kein Stau vor den Kreuzungen mit wütendem Hupen und ausbrechenden Wagen, keine wild hastenden, mit Paketen und Christbäumen kopflos über die Straßen rennenden Menschen. Eher, als bliebe alles stehen. Draußen hinter den Autofenstern. Vielleicht war alles längst anders geworden, und es war ihm nur nie aufgefallen. Als er die Hauptgeschäftsstraße des Bezirkes mit ihren Lichtgirlanden und Sternen hinter sich hatte, war kaum noch zu merken, was für ein Tag war. In ihm war kein Weihnachtsgefühl. Aber irgendein Tag war es auch nicht. Weil er es wußte. Und er hatte das leise Gefühl, plötzlich, wenn er draußen ist aus der Stadt, könnte alles wieder gut werden. Er wußte selbst nicht, was es war, das ihn auf einmal so dringend sich hinauswünschen ließ. Vielleicht nichts weiter als der Wunsch, nicht hier zu sein. Nicht zu sein. Der alte Wunsch. Aber daß er sich das Aus-der-Stadt-draußen-sein überhaupt als gut vorstellen konnte, war das nicht schon etwas? War das nicht schon viel mehr, als in letzter Zeit möglich war? Er fuhr hinter Hanna her. Selbstverständlich, dachte er. Als müßte man ihn auf der Straße wie ein Kind an die Hand nehmen. Früher war *immer* er vorausgefahren. Aber eigentlich war das gleichgültig. Jaja. Er war sehr unruhig. Der Gasfuß ständig auf dem Sprung zur Bremse. Daß die anderen, aus den Seitengassen kommenden Autos rechtzeitig halten, die Vorrangregeln beachten werden, war ihm nichts, was er mit Sicherheit meinte erwarten zu können. Trotzdem war es eine halbe Geborgenheit, im Auto zu sitzen. Nicht da draußen gehen zu müssen, ohne abschließendes, abwehrendes Blech rundum und Türen und Schlösser. Sich nicht als so leicht Verletzbares durch die Welt bewegen zu müssen, als Mensch. So war es nur ein Auto. Für alle nur ein Auto. Ein Ding von A nach B. Und für ihn das Lenkrad deutlich etwas, woran man sich wirklich festhalten konnte. Überhaupt gehörte, trotz aller Unsicherheit, Autofahren noch zum Einfachsten: Als würde nicht er das Nötige tun, sondern die Verkehrszeichen, die Ampeln, die Bremslichter an Hannas Wagen spielten auf ihm wie auf einem Klavier. Auf einem, das ein bißchen verstimmt war. Ziemlich verstimmt. Der reaktionsschnelle, sichere Fahrer, der er bestimmt gewesen war, war er jetzt gewiß nicht mehr. Am deutlichsten merkte er das immer beim Einparken, keine Parklücke schien groß genug, daß er nicht ängstlich hineinruckte, ständig krachendes Splittern im Ohr, verbeultes, aufgerissenes Blech vor Augen und die Folgen, die drohenden Folgen!, als krampfiges Ziehen in den steinhart verspannten Bauchmuskeln. Er bog hinter Hanna auf den Autobahnzubringer. Sie hatten ein paar Kilometer gemeinsamen Weg, ehe sie geradeaus weiterfahren würde, vier Stunden in den Süden, und er nach Westen. Er hätte sich auf die Spur neben sie setzen können, neben ihr herfahren, hinüberwinken, doch warum und wozu. Früher hätte er das wahrscheinlich getan. Jetzt mußte er sich immer wieder in Erinnerung rufen, daß sie in diesem Auto saß, daß er hinter *ihr* herfuhr und nicht bloß hinter einem Wagen mit verbeulter Stoßstange und einem gelben Aufkleber, den er fixierte wie eine sich bewegende

Zielscheibe, als etwas, das allein gilt, ganz anders gilt als die Welt rechts und links, als der weiße Dampf der ihm kulissenhaft scheinenden Kraftwerke vor dem dunklen Himmel.
Er blinkte mit der Lichthupe zum Abschied und bog auf die Abbiegespur. Ob Hanna noch winkte, konnte er nicht sehen, ein paar Autos hatten sich schon dazwischengeschoben. Und es war ja auch egal. Aus und vorbei, dachte er, für immer aus und vorbei. Und es tat nichts. Es war ja auch nicht wahr. Er sah auf das Industriegelände rechter Hand hinunter, dachte es menschenleer, *ausgestorben*, obwohl es viel zu weit weg war, um das erkennen zu können. Er kannte die Strecke auswendig, las nicht einmal die vielen Schilder, oder er las sie, und sie gingen nicht in seinen Kopf. Aber irgend etwas, meinte er, ist anders als sonst. Vielleicht nur, weil es heute so gut wie keine Lastwagen gab. Oder weil er so langsam fuhr, rechts auf der Kriechspur, die *früher* für ihn einfach nicht existierte. Früher immer Überholspur, dachte er, und jetzt! Immer weiß er, wie es gewesen ist, und er weiß, daß es jetzt anders ist, und immer ist das ein Beweis für seinen Zustand, und daß er nicht kann, was er sonst konnte und alle anderen können. Jede Erinnerung ist ein Gerichtsprozeß gegen ihn. Er versuchte darüber nachzudenken, wie er dieses Prozeßführen gegen sich selbst verhindern könnte, und ob nicht gerade dieses Prozeßführen es war, das seinen Zustand so qualvoll machte, ja ihn vielleicht ständig hervorrief, ihm zu Bewußtsein brachte, und plötzlich merkte er an der Bodenmarkierung, daß er schon wieder auf einer Abbiegespur war, möchte nach links hinüber, aber im Rückspiegel rast ein schnell größer werdender Wagen heran, dahinter noch einer, wie Verfolgter und Verfolger, so daß er nicht ausbiegen kann, nicht einmal blinkt, den entscheidenden Moment zu lange auf der Abbiegespur bleibt, die ihn gleich nach rechts in den Bogen zwingt, ihn hinuntersaugt in die andere Richtung. Er ließ den Wagen rollen. Achselzucken. Wo eine Abfahrt ist, wird auch eine Auffahrt sein. Er hatte nichts zu versäumen. Er sah den Richtungsweiser auftauchen, der auf ein Einkaufszentrum hinwies, auf

diese Einkaufsstadt, wo es alles gab, alle Geschäfte unter einem Dach, und er nahm es als Fingerzeig: so also würde er doch noch zu Geschenken für die Kinder kommen. Das kam ihm auf einmal so einfach vor, ein wenig herumgehen und schauen. Und kaufen. Oder auch nicht. Unbedingt mußte es nicht sein.

Und wenn ich den Kindern nichts bringe?, hatte er zu Hanna gesagt, die schon in den Mantel schlüpfen wollte, während er noch immer saß, wenn er keine Geschenke mitbringt, ob das schlimm ist? Hanna hatte gestockt, geseufzt, als sei sie es viel zu müde, ihn immer wieder zu allem zu überreden, schlimm, mein Gott, schlimm ist es sicher nicht. Aber. Er weiß ja, wie Kinder sind. Mit einer plötzlich heftigen Bewegung schüttelte er eine Zigarette aus der Packung, zündete sie an, sie haben alles, sagte er, was man nie wieder haben wird. Und er schon gar nicht. Er verstummte plötzlich, rückte den Aschenbecher hin und her. Aber das klingt ja, sagte Hanna verwundert, als ob er auch auf Kinder neidisch wäre. Er nickte langsam, ja, sagte er leise, alle beneide ich, alle, alle. Hanna lächelte, und deswegen will er nichts für sie kaufen? Er sah vor sich hin, wie sollte er das wieder erklären?, es war alles so nutzlos. Wenn man nicht einmal weiß, was kaufen, sagte er, was denn, Hanna, was? Sie seufzte wieder, aber sie werden es dir nie vergessen, meinte sie, sie weiß das. Als sie selber noch ein Kind war. Verwandte, die keine Geschenke bringen, sind für Kinder nur unnütz. Bin ich denn etwas anderes, fragte er. Hanna sah ihn eine Weile an, wenn du es dir einredest, meinte sie und zog mit einem Ruck den Mantel an, griff nach ihrem Beutel, zögerte, aber du hast dich ja bereits entschlossen, sagte sie. Wie? Er sitzt da und raucht schon wieder, will ja gar nicht, sie schüttelte den Kopf, langsam und wie für sich selber, ich meine, sagte sie, wenn du nichts kaufen willst?! Ihretwegen muß es nicht sein. So ein Vergnügen ist das für sie auch wieder nicht. Drängen wird sie ihn nicht. Und sich aufdrängen schon gar nicht. Und spät ist es auch.

Wahrscheinlich hätte er sich überreden lassen. Bestimmt.

Wäre mitgegangen, wenn sie gesagt hätte, also komm jetzt. Aber sie sagte es nicht. Und er wollte nur mehr sitzen und rauchen. Nur als das Qualvollste war es ihm vorstellbar gewesen, von Geschäft zu Geschäft zu laufen, nicht zu wissen was und wo, und immer wieder Parkplatz zu suchen, im Trubel vor Ladenschluß, er hinter Hanna, hinter ihr hertrottend, und sie wird es sein, die schauen wird und zeigen, und sie wird fragen, was er dazu meint, und er wird gar nichts meinen, ja sagen wird er, ja, wenn du meinst, Hanna, ganz ohne Vorstellung, und eigentlich könnte sie auch gleich alleine gehen, so wie sie die Gitarre für Markus alleine kaufen war, nachdem er es aufgeschoben und aufgeschoben hatte, bis ihm bereits die Vorstellung, in eine Musikalienhandlung zu gehen und eine Gitarre unter den sicher Dutzenden von Möglichkeiten auswählen zu müssen, so über den Kopf wuchs, daß er schon erwog, ihm seine eigene zu geben, die er ja doch nie mehr spielen würde, oder Lina anzurufen, mit der er sich abgesprochen hatte wegen des Geschenks und die ihm gesagt hatte, was Markus sich wünschte, Lina anzurufen und sie zu fragen, ob es ihr etwas ausmacht, wenn er Markus einfach das Geld für eine Gitarre gibt, etwas, das ihr ganz sicher als *unmöglich* erschienen wäre.
Gestern war Markus dann bei ihm gewesen. Ein kurzer Besuch, eigentlich nur ein Geschenkabholen. Erhitzt, außer Atem, eine Stunde später als vereinbart, stand er vor der Tür, die Eislaufschuhe um den Hals. Entschuldigung, keuchte er, die Zeit ganz vergessen. Längst waren die Bratäpfel kalt, die Hanna zu Hause vorbereitet und dann bei ihm ins Backrohr geschoben hatte. Er hatte sie gebeten zu bleiben. Damit jemand da ist, der von ihm ablenkt, der reden wird und nicht nur krampfhaft nach Fragen sucht, die Markus mit Ja oder Nein beantworten kann. Seit dem Zusammentreffen auf dem Friedhof hatte er ihn nicht mehr gesehen. Und je näher die vereinbarte Stunde kam, um so mehr nahm seine Angst zu, trotz einer Doppeldosis Tabletten, und diese ganz unkonkrete Angst hat sich bald auf Markus verschoben: Markus

habe *Angst vor ihm,* mußte er ständig denken, habe Angst, *diesem* Vater zu begegnen. Unsinnige Gedanken, denn Markus *wußte ja nicht Bescheid.* Lina hatte ihm nicht die Wahrheit gesagt, weshalb der Vater weder besucht noch angerufen werden konnte, sondern: infektiöse Gelbsucht. Ich finde, es ist besser für ihn; alle, sagte sie, finden das. Ein Kind versteht das ja noch nicht. Und wer weiß, was in ihm da wieder wach wird. Oder bildet er sich ein, für Markus ist das damals »so ohne« gewesen?! Während er auf das Schrillen der Türklingel wartete, drehten sich ohne Unterlaß Linas Sätze in seinem Kopf: Ob es ihm überhaupt schon so gehe, daß sie Markus schicken könne! Ob er sicher sei, daß Markus gewiß nichts merken werde. Sonst würde sie *vielleicht lieber doch* das Geschenk selber bei ihm abholen. Und zwischen diesen Sätzen versuchte er sich mögliche Antworten auf Markus' mögliche Fragen nach seinem Gesundheitszustand und dem Krankenhausaufenthalt zurechtzulegen, ein Gewirr von Sätzen, hinter denen Hanna neben ihm ins Leere redete. Zum Glück war dann für nichts Zeit. Und Markus von einer so gesunden Oberflächlichkeit, daß er gar nicht auf die Idee zu kommen schien, den Vater zu fragen, wie es ihm gehe. Er gab eine Serie von stereotypen Begeisterungsformeln von sich, Super, Spitze, pah toll, echt Spitze, und dahinter stand eine leichte Enttäuschung in der Frage, ob man mit *so einer* Gitarre denn auch »modern« spielen könne, so wie er, der Vater, früher auf seiner, und ein bißchen Unglaube, daß es mit einer klassischen, einfach gelben und braunen Gitarre wirklich möglich sei, weil der Vater es offenbar auf einmal selber nicht konnte: Zell hatte ein wenig darauf herumgeklimpert, jeder Griff war noch in seinen Fingern gewesen, aber keine Musik in ihm. Und ganz ohne Absicht waren es Moll-Akkorde geworden. Dann schon bald Markus' verlegene Frage, ob der Vater ihn nicht mit dem Auto heimbringen könne, die Mutter warte, wolle mit ihm ins Theater. Auch das hatte Hanna erledigt: Angeblich mußte sie ohnedies in seine Richtung.

Er kurvte auf dem riesigen Parkplatz zwischen den abgestellten Wagen herum, und einen kurzen Moment kam die Sonne zwischen den tiefhängenden Wolken hervor, leuchtete auf dem nassen Asphalt und den Autos grell auf und blendete ihn. Dann war es noch dunkler als zuvor. Verregnete Weihnachten, sagte er. Aber er spürte nichts dabei. Ein wenig unschlüssig stieg er aus, und als er das Auto absperrte, dachte er, daß er genausogut wieder aufsperren, sich hineinsetzen und weiterfahren könnte. Neben ihm räumte ein Mann die aufgetürmte Ladung eines Einkaufswagens in den Kofferraum, schichtete alles so ordentlich hinein, als müsse er es da für ewig griffbereit haben und transportiere es nicht bloß nach Hause, große Schachteln mit Knäckebrot und Crackers, nichts sonst, Knäckebrot, Salzgebäck und Keksschachteln. Zell sah ihm einen Moment zu, aber ihm fiel nichts dazu ein. Erst als er schon weggegangen war, mußte er an Dr. Illich denken, vielleicht war er es, er hatte den Mann nur von hinten gesehen und nicht einmal richtig angeschaut. Windig war es, vor dem flach hingestreckten riesigen Betonbunker mit seinen vorspringenden Bastionen, die die Eingänge waren, knallten Fahnen, und die Drähte, an denen sie befestigt waren, schlugen klirrend gegen die Rohrmasten. Zell fröstelte und zog den Hals in den Kragen, die Haare wehten ihm ins Gesicht, und als er sie zurückstrich, spreizten sich die Finger beklommen auseinander: Noch immer war dieses Traumgefühl deutlich in seiner Kopfhaut, von der die Haare in Büscheln ausgegangen waren. Ob mir jemals noch die Erinnerung an *etwas Schönes* so deutlich bleiben wird?, dachte er. Aber dazu müßte es das erst geben. Einen Augenblick lang hatte er das Gefühl, daß das doch noch einmal möglich sein würde, und er drehte sich um und sah in den Himmel, ob nicht die Sonne wieder herauskäme.

Die automatische Tür wich scharrend zur Seite, der Warmluftvorhang blies an ihm hoch, er mußte sich einen Ruck geben, um weiterzugehen, so jäh und heftig drängt sich alles her, ein Durcheinander von wimmelnden Menschen, Geräuschen, Leuchtschriften, Farben, Gesichtern, Sonderangeboten, Hinweisschildern, ein wirres, durcheinandergeschrieenes Außen, das gegen ihn prallt, um ihn steht und hergreift und nach einigen seiner zögernden Schritte hinter ihm zusammenschlägt und vorne und rechts und links mit scheppernden Einkaufswagen, Musik, Menschengeknäuel, Lautsprecherdurchsagen und schreienden Schriften sich nachdrängt, seine Hände ballen sich in den Jackentaschen und die Arme pressen sich unter den starren Schultern an den Körper, und obwohl er nur weg möchte von hier, hinaus und weg, geht er weiter, läßt sich die Gasse entlangtreiben, auf der scheinbar ohne Zwischenwände die Läden aufgereiht sind, ohne Türen und Schaufensterglas ineinander übergehen. Die Augen auf Unendlich gestellt und alles Neben-Sich nur wie aus den Augenwinkeln sehend, versucht er den Ansturm abzuwehren, mit Schulterrucken von sich zu schütteln, wie eine Prüfung kommt es ihm vor, hier zu gehen, wie ein Sich-auf-die-Probe-stellen, doch daß er es nicht müßte, nicht muß, daß er augenblicklich umkehren und hinaus kann, ist ihm eine leichte Beruhigung, wie der freundlich glatte Handlauf eines Treppengeländers in einem dunklen Stiegenhaus. Disco-Musik aus einem Hi-Fi-Laden, und gegenüber läuft das Geräusch eines Indianerfilmes aus Dutzenden von übereinandergetürmten Fernsehern, eine ganze Wand breit, Geruch von Backwerk ist in der Luft, unbestimmbar welches, Krapfen sieht er an einem Stand, zehn Stück im Sonderangebot, aber der Geruch ist eher der von gebrannten Mandeln, ein Spielzeuggeschäft muß er finden, irgendwas kaufen, irgendwas, für drei Kinder, wie alt sind sie jetzt?, warum ist er nicht mit Hanna gegangen?, eine Verrücktheit zu glauben, hier sei es einfacher, wie ein ungeheurer Bauch kommt ihm der Bau vor, der seinen Inhalt auf die Durchgänge, in seine Kanäle hinein erbricht, und im Gehen ist ihm, als müsse er sich den Weg zwischen den Menschen krampfhaft hindurchdenken, so viele Menschen jetzt noch um diese Zeit hat er nicht erwartet, als ein starrer, sperriger Fremdkörper fühlt er sich zwischen ihnen, er ist es, der ausweicht, und wiche er nicht aus, man würde ihn niederrempeln, ist er gewiß, durch ihn hindurchgehen, so, wie die Menschen sich hier drängen, herumstehen, dahinschlendern, sind sie deutlich die Anderen, die, die einfach dahinleben, niemand wie er, auf seinem abgezirkelten Weg zwischen ihnen hindurch, die sich anscheinend mit Vergnügen treiben lassen im Trubel, Plastiksäcke schleppen, Einkaufswagen schieben, Arm in Arm dahinlachen und mit Fingern zeigen, mit vollen Backen kauen und Getränke in sich hineingießen, sich drängeln um das gestikulierende Marktschreien eines Sonderangebotsverkäufers, die Hälse recken, Zell steht am Rande, schaut herum mit rutschendem Blick, wird gestoßen, Schüttelbörse – Brieftasche – Führerscheinetui – Dokumentenmappe – Aktenkoffer, hört er, und alles nicht um tausend nicht um achthundert sondern sage und schreibe um siebenhundertfünfzig meine Damen und Herren, von irgendwo kommt Pizzageruch, Zell fängt an, wie unter Zwang alles zu lesen, alle Schilder und Reklamen, als sei nicht sicher, daß er den Spielzeugladen erkennt, den es hier doch irgendwo geben muß, mindestens einen, er schaut die vorne ausgestellten Gegenstände an, sieht weiter hinein in diesen Wust aus aufgetürmten, in Regale gestapelten, aus Körben quellenden, durch die Luft gespannten und von der Decke hängenden Dingen, so als könnte er weder dem Ausgestellten noch den Schildern glauben, daß das hier *wirklich* verkauft wird, so sehr beginnen sich die Grenzen zwischen Waren und Dekoration und Reklame für ihn zu verwischen, ein anderer Marktschreier türmt Schachteln aufeinander, alle kostbar gefüllt, schreit er, obwohl niemand um ihn steht, unbeirrt leiert er wie ein Tonband, das nur einen einzigen, sich wiederholenden Text kann, fast schlagartig ballt sich ein Menschenknäuel, Zell drückt sich daran herum, mit ruckenden, herumspringenden Augen, murmelt Entschuldigung, wenn er angestoßen wird, noch immer die Stimme des Schreiers im Ohr, in wenigen Minuten meine Damen und Herren wird das Spitzensonderangebot des heutigen Tages im Rahmen unserer Werbeaktion verlost, dann tritt der Raum auseinander, rücken die Geschäfte an die Wand, aber ohne daß es um ihn herum weiter wird, immer mehr scheint ihm alles auf den Leib zu rücken, scheinen die *Durchgänge* sich zu verengen, er ist auf dem »Hauptplatz«, weiß er, in den die Gassen sternförmig münden und wo die Rolltreppen nach oben führen, er ist schon ein paarmal hier gewesen in den letzten Jahren, aber das Damals der Erinnerung ist nicht jetzt, gleicht sich nicht, das Jetzt ist *nur* anders, Brunnen sprudeln und plätschern, und die hinaufgerückte Decke ist voll mit violett-silbrigen Bäumchen und violett-silbrigen Girlanden, die wie zerrissenes, mit Kanten, Spitzen und Schneiden ausfahrendes Blech oben hängen und herabstechen, um eine Säule herum ist ein mit rohen Rindenbrettern verkleideter Stand mit Christbaumschmuck aufgebaut, wie auf einem ländlichen Weihnachtsmarkt, und er bemerkt plötzlich fassungslos, daß hier wirklich etwas verkauft wird, daß das also nicht nur Dekoration ist, er biegt in eine Gasse ein und weiß, daß er längst nicht mehr weiß, auf welcher er hergekommen ist, wo es zum Ausgang geht, Durchsagen hallen in die Musik, irgend jemand soll sich beim Informationsschalter einfinden, dann steht er in einem Laden mit Videospielen, hört das elektronische Dudeln, Orgeln und Krachen und die Stimme eines Verkäufers, der auf jemanden einredet, zwei Kinder hocken vor einem Gerät, vorgebeugt mit zuckenden Armen, ein Labyrinth auf dem Bildschirm, wandernde, hüpfende, zerplatzende Männchen, und sein Gedanke, daß er etwas kaufen soll, vielleicht so etwas hier, kommt wie aus großer Ferne, als rede es in ihm nur mehr mit einer Stimme, die schon lange her, längst Vergangenheit ist, ein Stand mit Zuckerwatte, der Weihnachtsmann mit schwarz-weißem Pony, das Scheppern der Einkaufswagen, Kinderweinen, und dann ist es auf einmal still, keine Musik, keine Durchsagen, ein Rauschen in der Luft, das Trappeln und Schleifen von Füßen, bis White Christmas wieder einsetzt und gleich daneben ein Rock'n'Roll, er läuft eine Gasse hinunter, zurück, Sonderangebotsschilder, Automatensalon, er steht, dreht sich herum, schaut mit ruckendem Kopf und weiß nicht mehr, ob er überhaupt nach einem Spielwarenladen Ausschau gehalten hat, vielleicht ist er längst an einem vorbeigegangen, auch warum er jetzt mit der Rolltreppe nach unten fährt, weiß er auf einmal nicht, weiß nicht einmal bestimmt, daß er heraufgefahren ist, nirgends können die Augen sich festhalten, kein einziges Fenster gibt es, durch das man nach draußen sehen könnte, nur Neon, nicht grell, nicht Tag, nicht Nacht, und plötzlich steht er vor einem Spielzeuggeschäft, es muß gehen, sagt er sich vor, es muß, aber er hört sich kaum, so sehr steht alles in den Kopf herein, so daß er sich nach ein paar Schritten nur mehr hilflos herumdreht in diesem gräßlichen Durcheinander aus Plüschtieren, Puppen, Plastikgewehren, Holzenten, bunten Schachteln, sich drehenden Baukastenkarussells, und mit einem Mal schwappt eine heiße Angst durch ihn, er wird den Ausgang nicht mehr finden!, nie wieder!, und sofort engt sich sein Gesichtsfeld so ein, als würde er durch eine dunkel gläserne, verzerrende Röhre laufen, und so schwer läuft es sich, schreien möchte er, um Hilfe schreien, und er weiß, das wird nicht gehört hier in diesem Dröhnen und Getöse, das ihm die Augen aus den Höhlen quetscht. Die hinter ihm zuschwingende Tür zur Toilette hackt den Ansturm des Außen jäh ab. In ihm brüllt es weiter, schlägt es herum. Er lehnt an der Wand mit vibrierendem Körper, duckt sich in sich hinein mit zusammengekrümmten Schultern, hält still. Duckt und duckt sich, um nicht gemeint zu sein. Wenn jetzt nur niemand hereinkommt. Jetzt noch nicht. Noch nicht. Stehen und sich auslaufen lassen. So, wie sein Wasser aus ihm läuft, was er kaum spürt. Und die Tür geht, jemand tritt neben ihn, und er weiß nicht, schwankt er selber oder der andere, taumlig stützt er sich mit der Hand ab, ein Gesicht dreht sich ihm zu, ein Grinsen mit Alkoholatem, na, Chef, hast auch zu viel erwischt?, Zell starrt ihn an, als die Ohren verschlagende Hitze wabert die Angst in seinem Kopf, jäh dreht er sich vorbei, sieht einen

kurzen Moment sein Gesicht im Spiegel, in Todesangst geweitete Augen, und er reißt die Tür auf, stürzt hinaus, als könnte er ins Freie, und prallt gegen die Wucht aus Farbengeschrei, Menschen und Musikgehämmer, aus herausquellenden, alles verstopfenden Schaufensterdingen, die ihn einzwängen von allen Seiten, den Körper herumstoßen von Wand zu Wand, diesen eckig starren Körper, den er spürt als Zusammengepreßtes, Eingeklemmtes, als mit Atemnot und zischender, aufbrodelnder Angst vorwärtsstolpernde Klappermechanik, die als kraftloses, unkoordinierbares Gestell unter dem sich größer und größer pochenden, dröhnenden Kopf hängt, den Licht und Farben und Flächen und Bewegungsschatten rammen, nur als ein von Widerstand zu Widerstand taumelnder Automat setzt er Schritt vor Schritt, mit dem brüllenden Bewußtsein, gleich zu stürzen, jetzt!, jetzt!, hinzuschlagen auf den Boden, und die Füße werden über ihn hinwegtrampeln, hinter ihm türmt sich alles auf, wächst über Rücken und Schultern an ihm hoch, schiebt sich an den Seiten dunkel nach vorne ins Gesichtsfeld, das schmäler und schmäler wird, mit Gesichtern, Augen, Grimassen und drohenden Schatten an den Rändern, sein Kopf pendelt hin und her, um die Breite der Gasse zu erfassen, den Durchschlupf zwischen den Menschen, so als fuchtle sein Blick als dünner Taschenlampenstrahl in vernebeltem Halbdunkel, in den das Außen mit Gesichtern, Körpern und sperrigen Dingen hereingreift, als Rücken, gegen den er stößt, ihm einen Block entgegenstellt, mit ungeheurer Anstrengung wirft er den Oberkörper nach vorn, rennt in einen mit Drahtbügeln scheppernden Kleiderhaufen, unvermutet weicht die Glaswand zur Seite, gibt einen Spalt frei, durch den er sich hinauszwängt ins Freie, im allerletzten Moment, während die Tür wie eine hydraulische Presse, alles Getöse mit einem Schlag zurücksperrend, sich seufzend hinter ihm schließt.
Kalte Luft. Wind. Tageslicht. Das Auto!, wo ist das Auto?, er wird das Auto nicht finden. Mit wie im Schüttelfrost herumfahrenden Fingern sperrt er es auf, zerrt am Reißverschluß

der Tasche, drückt eine Tablette aus der Packung, sie klebt am Gaumen fest, der Hals würgt wie eine Schlange, die angstgedörrte Zunge schmirgelt in den Ohren.
Mit zurückgelehntem Kopf und geschlossenen Augen saß er da. Nichts denken. Nichts denken wollen. Stillhalten. Als Nuß überleben. Während die Hölle rundum alles wegreißt.
Als das Auto neben ihm gestartet wurde und wegfuhr, merkte er, daß er schon die längste Zeit den Himmel ansah. Keine Farben. Nichts als sich verformende, nach links treibende Wolken. Es wunderte ihn, daß es ihm gelungen war, das Auto zu finden. Er wußte noch, plötzlich stand er davor. Als hätte es ein anderer für ihn im Kopf behalten.

Es soll gesagt haben, er sei schuld am Tod der Eltern.
Ob er meine, daß er sich jetzt schuldig fühle?
Nein, er sei schuld. Daß er zum Zeitpunkt ihres Todes tausend Kilometer weit weg gewesen sei, spiele keine Rolle. Entfernung spiele überhaupt keine Rolle. Selbst wenn er auf dem Mond gewesen wäre. Auf der Rückseite des Mondes. Und die sei bekanntlich erdabgewandt.
Wie das zu verstehen sei?
Ganz einfach. Es habe fast überhaupt keine Bremsspur gegeben. Eigentlich kaum die Spur einer Bremsspur. Darüber habe er plötzlich gelacht, und man habe ihn aufgefordert, es näher zu erklären.
Daraufhin soll er in hastigen Worten ein wildes Gedankengebäude errichtet haben, das, wenn man ihn recht verstanden habe, darauf hinauslief, daß jeder an jedermanns Tod schuld sei, es komme nur darauf an, all die komplexen, die, wie er gesagt habe, zugegeben komplexesten Zusammenhänge zu sehen, ja, er sehe sie, oder vielmehr, soll er sich verbessert haben, er habe sie gesehen, sonst würde er nicht wagen, das hier zu behaupten, das einem einzigen Menschen gegenüber zu behaupten. Wie gesagt, ein wildes Gedankenkonstrukt, ziemlich verstiegen, gewiß, aber doch von einer inneren Logik.

Ob er also sagen wolle, sei er gefragt worden, daß er sich am Tod jedes einzelnen Menschen mitschuldig fühle.
Wenn er wolle schon, habe er gesagt. Aber natürlich sei das zuviel verlangt. Pro Minute stürben soundsoviele Kinder an Hunger auf der Welt, gebe es soundsoviele Verkehrstote, massenweise Kriegsopfer zuzeiten, da sei es etwas viel verlangt, nicht wahr, habe er gesagt, da komme man ja zu nichts anderem mehr. Nicht einmal dazu, jetzt hier zu reden.
Dabei habe er wieder gelacht, als nähme er sich selber nicht ernst. Und er habe hinzugefügt, daß es ja andererseits überhaupt keinen Tod gebe, nein, im Grunde gebe es ihn nicht, nichts sei je verlierbar. So, wie er ja auch alles, was seit Anbeginn gewesen sei, in seinem Kopf habe, alles jetzt sei, Zeit und Raum nichts als ein gewaltiger Schwindel und damit der Tod natürlich auch.
Jedenfalls sei er zu diesem Zeitpunkt ziemlich aufgedreht gewesen, ruhelos, guter Dinge, manisch eben, deutlich manisch, habe stark konfabuliert, sei aber voll ansprechbar gewesen und sowohl zeitlich als auch örtlich durchaus orientiert. Auch über seinen Zustand sei er sich anscheinend völlig im klaren gewesen.
Nach viermaliger Gabe von Haloperidol sei er jedenfalls deutlich ruhiger gewesen, so daß gegen eine Entlassung vom psychiatrischen Standpunkt aus nichts einzuwenden gewesen sei. Allerdings mit der Auflage, sich innerhalb der nächsten Tage an der für seinen Wohnbezirk zuständigen Ambulanz zur Kontrolle respektive Therapie einzufinden, was er augenblicklich als selbstverständlich, als ganz in seinem Sinne akzeptiert habe. Überhaupt müsse gesagt werden, daß man von einer klinischen Aufnahme bei ihm durchaus hätte absehen können, wenn nicht die amtsärztliche Einweisung vorgelegen wäre, die völlig zu umgehen nicht möglich sei, die man aber am nächsten Tag mit seiner Zustimmung in eine freiwillige Aufnahme umgewandelt habe, um den Rattenschwanz rechtlicher Folgen, wie Führerscheinentzug, Aufnahme in die Geisteskrankenkartei, abzuwenden.

Wenn er nicht selber diesen Jahre zurückliegenden Aufenthalt in einem psychiatrischen Krankenhaus zugegeben hätte, wäre man wahrscheinlich gar nicht gleich auf den Gedanken gekommen, seinen Zustand als etwas anderes als die Reaktion auf den Tod der Eltern zu sehen, den er sofort berichtet habe. Der Tod der Eltern, so plötzlich, dazu noch die nicht zu unterschätzende körperliche und psychische Belastung der langen Autofahrt und der Schlafentzug: Da könne das ohnedies immer prekäre psychische Gleichgewicht schon einmal durcheinandergeraten.

Warm war es im Auto, der Motor lief ruhig, Verkehr war fast keiner. Langsam fuhr Zell dahin, kaum über achtzig, immer wieder sah er in den Rückspiegel, tastete sein Blick die Armaturen ab, als warte er ständig darauf, daß das Unvorhergesehene passiert, daß ein ins Rot springender Zeiger den gleichmäßigen Lauf des Motors jeden Moment Lügen straft. Vertrauen konnte er auf nichts, auch nicht darauf, daß die Straße ohne jäh entgegenstehende Wand weiterläuft. Die Ruhe, mit der er zurückgelehnt dasaß, war wie eine mit waghalsigen Verstrebungen verspannte Starrheit. Eine gepölzte Bruchbude, hatte er vor ein paar Jahren einmal gelacht, als er Wolfgang diesen Zustand erzählte, der damals schon weit zurücklag. Und er hatte gesagt, die Leute, die im Haus gewohnt haben, haben sicher nichts gemerkt, für die sind wir bestimmt die normalste, biederste Familie gewesen, war er wohl ein »braver Mann«, endlich brav geworden, nachdem er sich die Hörner abgestoßen hat, einer, der morgens ins Büro geht, abends heimkommt und dann sieht und hört man nichts mehr von ihm, nicht einmal mehr Musik, wegen der man sich doch früher dauernd beschweren mußte. Nach außen also, hatte er gesagt, die wohlgeordnetste Idylle. Und innen, innen Hiroshima. So hatte er damals schon wieder darüber reden können. Davon war er jetzt weit entfernt. Eine Zigarette nach der anderen. Jeder Handgriff fahrig. Von diesem Entsetzlichen, das ihn in der Einkaufsstadt zusammengepreßt hatte, war ein dumpfes Gefühl geblieben, wie ein im Hinterkopf lauernder Gedanke, der jederzeit wieder aufspringen und sich ihm wandbreit entgegenstellen kann. Vor ihm war ein graues Bild, grau in grau, aber das war jetzt gut. So schrie wenigstens nichts herein. Stumm lag alles draußen. War, was es war. Kam näher, zog vorbei und verschwand. War weg. War nicht gewesen. Langsam stieg die Straße an. Lange Geraden. Lange Kurven. Die Waldberge südwestlich der Stadt. Ein wenig Schnee. Bald die Hänge zugeschneit. Schneematsch am Straßenrand. Die Straße naß. Schneestangen. Ein paarmal der Streudienst. Jedes Auto, das ihn überholte, wirbelte schmutzigen Sprühnebel über die Scheibe. Bald bekam er Angst, das Wasser in der Scheibenwaschanlage könnte ihm ausgehen. Und er werde, nichts mehr sehend, gegen das Unvorstellbare donnern. Er fuhr schneller, um nicht von jedem überholt werden zu können. Aber die nun nicht mehr gleichgültig vorüberziehende, sondern heranspringende und vorbeiwischende Welt zu beiden Seiten machte ihn so unruhig, daß sich der Fuß von selber vom Gaspedal hob. Allmählich merkte er, daß es stiller wurde in ihm, daß die Wände, zwischen denen er fuhr, ein wenig wegrückten. Wahrscheinlich lag das an der Tablette. Aber das Warum war gleichgültig. Fahren. Sich festhalten am Lenkrad, an der Straße, an den Leitlinien. Warum die Ausfahrtsschilder immer so überdeutlich in den Blick sprangen, konnte er sich nicht erklären. Es lag ihm nichts daran, von der Autobahn hinunterzufahren. Warum denn und wohin? Geradeaus weiterfahren. Auch wenn er nicht ankommen möchte. Nicht dort, wohin er ja doch fuhr. Irgendwann umzukehren war genauso wahrscheinlich. Und dann? Zurück in seine Wohnung?

Hanna, ich brauche ja niemanden, hatte er gesagt. Das war leicht zu sagen gewesen, solange sie da war. Wie hätte er sie bitten sollen? Welchen Satz sagen? Einen Satz festhalten, bis er sich von selber sagt und nicht in einer Gleichgültigkeit verrinnt, die längst vergessen hat, worum es geht, und sich nichts mehr vorstellen kann. Und wenn sie »von sich aus«

dageblieben wäre? Es wäre ihm recht gewesen. Und im Handumdrehen gleichgültig, weil es nicht schlecht war, nicht schmerzte. Genauso war es, wenn er an Eva dachte. Ein Ja und ein Nein, die sich verflüchtigten mit der nächsten Kopfbewegung. Fahren war noch die beste Art, dem Abend ohne Entscheidung näherzurücken, den Tag hinter sich zu bringen und sich selber. Die Straße ist da, geht irgendwie auf ein Ziel zu, aber man muß nicht aussteigen wie im Zug. Es gab keinen einzigen Ort auf der Welt, wo er sich hingewünscht hätte, wohin er sein Herz hätte vorauswerfen können, um ihm nachzufahren.

Ich kann mir schon vorstellen, wie es dir geht, hatte Lina vor ein paar Tagen zu ihm gesagt, als sie ihn wegen des Geschenks für Markus anrief. Schließlich habe sie das damals *zur Genüge* mitgemacht. Aber, sagte sie, er kann nicht erwarten, daß sie sich *jetzt* darauf einläßt. Warum sie das gesagt hatte, wußte er nicht. Warum sie meinte, das sagen zu müssen. Er hatte sie um nichts gebeten. Und auch nicht gesagt, was da einige Tage zuvor plötzlich für ihn aufgetaucht war; vielleicht hatte er daran gedacht: Er war neben Hanna im Auto gesessen, vor einer Ampel, und draußen auf dem Gehsteig, gleich neben ihm, wartete ein junges Paar, und er hatte gesehen, wie sich die Hand der Frau auf der Griffstange des Kinderwagens zur Hand des Mannes hinschob, so daß sie sich berührt haben mußten, unabsichtlich vielleicht oder gleichgültig, doch in ihm, wie er dasaß und zusah in seiner eben noch so dumpfen Hoffnungslosigkeit, hatte das jäh eine so heftige Sehnsucht ausgelöst, wieder bei Lina und dem Kind zu sein, daß er Hanna nicht mehr ansehen konnte, sie ihm nur noch *nutzlos* vorgekommen war. Wenn er bei Lina wäre, hatte er plötzlich gewußt, alles wäre wieder gut. Sie wäre die Rettung. Wieder. Als wäre sie das damals tatsächlich gewesen. Eine solche Rettung, daß er dann nur noch auf und davon wollte. Jedenfalls feierte sie heute Weihnachten mit diesem Polizistenarsch, mit dem sie seit zwei Jahren zusammen war und dessen Sportlichkeit Markus bewunderte. Frohe Weihnachten.

Schnurgerade ging die Straße, Zell drehte den Kopf ein wenig zur Seite, sah hinüber auf ein Feld, wo vor einem riesigen Klosterbau Reihen von Einfamilienhäusern standen, kleine Schächtelchen und Klötzchen, wie die Spielfiguren im DKT, und er merkte, wie auf einmal seine Unterlippe zu zittern begann, spürte das Würgen, und er dachte das Weinen schon als Erleichterung voraus, als ein doch noch erreichtes Endlich, aber es wurde nur ein Gähnen.
Dann schien plötzlich die Sonne warm herein, unversehens war aus einem Loch in den Wolken, das er nicht glauben wollte, ein blauer Himmel geworden, ein blasser, blauer Himmel. Gleich war die Straße trocken, und die Landschaft wurde unklar, milchig und wie weggeklappt. Wind mußte gehen, steif stand ein Windsack über einer Brücke. Nur noch die Schattseite war mit Schnee bestäubt, und es sah aus, als wäre Meerwasser aufgetrocknet und ein wenig Salz auf der Erde liegengeblieben. Jedesmal war es ihm eine kurze Erleichterung, wenn die Sonne hinter einer Wolke verschwand. Nicht nur, weil sie ihn blendete. Beim Wegfahren hatte er heute gedacht: Wenn wenigstens die Sonne schiene. Jetzt schien sie. Und?
Bei der nächsten Autobahnstation ließ er volltanken. Er sah dem Tankwart zu, der ein paar Wagen auf einmal bediente, und in ihm war eine neidische Bewunderung, wie leicht von der Hand dem Mann alles ging, und eine große Verwunderung zugleich, daß die Menschen *weiterhin* einfach so leben, einfach alles erledigen konnten, überall gleichzeitig sein, rechnen, Geld kassieren, Scheiben waschen, Benzin abfüllen, Ölstände kontrollieren und sich daneben noch lachend mit jemandem unterhalten. Er sah zu aus den Augenwinkeln und wünschte sich heftig, der Mann möge im nächsten Moment merken, daß das eigentlich gar nicht so selbstverständlich war, was er tat, er möge von einem Augenblick zum anderen daraus herausfallen und plötzlich nicht mehr wissen, wie er weitermachen soll.
Er fuhr zum Parkplatz hinüber, wo nur wenige Autos stan-

den: nicht verstreut über das weite Betonfeld, sondern eines neben dem anderen, als müßten sie sich zusammendrängen. Wer setzte sich denn heute schon in ein Rasthaus, wo man ja nicht hineinging, um sich zu betrinken, vielleicht eine Weihnachtseinsamkeit weg-, oder erst recht herbeizutrinken, sondern nur um kurz Pause zu machen? Jeder sah heute wohl zu, daß er nach Hause kam. Hier zu sein galt nicht. War das nicht genau das Richtige für ihn? Rasthäuser waren ja wie exterritorial, genau wie die Autobahnen, an denen sie lagen, sie schienen mit dem Land ringsum und seinen Menschen nicht das geringste zu tun zu haben. Genau wie er selber. Wie er. Mit ruckhaften Bewegungen, als müsse er sich zu jedem Schritt antreiben, ging er durch das Lokal, drückte sich an einen Tisch, wo er hinter sich nur die Wand, links die Fensterreihe, rechts unbesetzte Tische und alles andere vor sich hatte. Er bestellte Toast und Cola und wunderte sich, wie selbstverständlich und routiniert seine Stimme klang. Er war zum ersten Mal wieder allein in einem Lokal. Wenn ich vorher gemerkt hätte, dachte er, daß es das erste Mal ist, wäre ich sicher umgedreht. Daß er auch damals hier gewesen war, wußte er genau. Damals. An diesem Tag. Nur war jetzt alles wie in einer anderen Welt. Und es war, als sei nicht die Vergangenheit in der Erinnerung ausgeblaßt, sondern die Gegenwart eine flache, angestrengte Erinnerung. Der ganze Raum schien kleiner, niedriger, drückender geworden. Nur ein paar Männer saßen da. Konnten hier überhaupt so viele Menschen gewesen sein, wie er in Erinnerung hatte? Hier, wußte er, war er herumgegangen, hatte er mit allen, mit allem und jedem Verbindung aufgenommen, ganz einfach. Hatte er ihnen die Welt vorgetanzt. Es war herrlich gewesen. Er wußte es. Und spürte nichts. Nichts davon, sondern nur den Druck auf der Brust, den er ständig hatte: Nie wieder. Vielleicht war die Serviererin dieselbe wie damals. Er konnte sich an ihr Gesicht nicht erinnern. Ob sie sich an ihn erinnern konnte? Wenn er damals überhaupt etwas *getan* hatte, das ihn in ihrer Erinnerung bewahrt haben konnte. Sie war sehr freundlich.

Von einer etwas unbeholfenen Freundlichkeit, so als sei sie den ersten Tag im Geschäft und habe die hier nötigen Vokabeln erst vor kurzem erlernt. Vielleicht war sie eine Weihnachtsvertretung für eine Frau, die Kinder hatte. Vielleicht für die, von der er sich damals eingebildet hatte, sie will, daß er sie mitnimmt. Nur eingebildet? Er hatte es deutlich gemerkt. Und das war genauso wirklich gewesen, wie er jetzt nichts merkte. Und wenn sein konnte, was jetzt mit ihm war, und daran war nicht zu zweifeln, dann war auch gewesen, was er von damals wußte. Das eine und das andere. Rot und schwarz. Leben und nicht leben. Nur noch nicht tot. Er biß in den Toast und verbrannte sich die Zunge. Der geschmolzene Käse tropfte aufs Tischtuch. Überhaupt war der Toast halb verbrannt. So etwas mußte man zurückschicken. Er sah zur Serviererin hin, überlegte, ob er die Hand heben sollte, von selber hob sie sich nicht. Dann dachte er, daß heute das Personal hier vielleicht ausschließlich aus Weihnachtsvertretungen bestand, und grübelte eine Weile, was es hieß, daß er selber vielleicht seine eigene Weihnachtsvertretung war, und aß dabei den Toast gleichgültig auf. Am Tisch vor ihm saßen zwei Männer und redeten leise, er konnte sie kaum verstehen, anscheinend ging es um Geschäfte, »totes Kapital« hörte er immer wieder. Geschäfte! Wie gut es einem gehen mußte, wenn man Geschäfte machen konnte. Nie im Leben könnte er das: pausenlos strampeln, keinen Vorteil außer acht lassen, jedem Groschen nachrennen, Leute herumschieben, abkassieren, antreiben, befehlen. Er funktionierte noch am besten, wenn ihm etwas angeschafft wurde. Auch wenn er dabei ununterbrochen das Gefühl hatte, überhaupt nichts mehr funktioniere mit ihm. Ein Wunder, daß sich im Büro noch niemand beklagt hatte. Auch damals, beim ersten Mal, bei Theires & Hoffmann nicht, obwohl es da noch viel schlimmer mit ihm gewesen war und er ständig erwartete, daß man ihm sagen wird, lieber Zell, es tut uns leid, aber eine »geschützte Werkstatt« sind wir nun einmal nicht. Jeder Strich, den er tun mußte, war eine hoffnungslose Überforderung voller Angst, alles nur falsch machen zu können. Aber wenn er eine Arbeit beendet hatte, mußte er überrascht feststellen, daß sie gelungen war, fehlerlos, daß er also irgendwie doch funktionierte. Eine kurze Verwunderung, aus der sofort wieder ein gleichgültiges Achselzucken wurde, in dem schon die nächste Angst lauerte: Einmal noch ist es gut gegangen, aber morgen!? Während die anderen fröhlich aufatmeten und ihre frisch gelegten Eier begackerten.

Draußen vor dem Fenster stand eine Reihe von neuen Einfamilienhäusern einen noch nicht asphaltierten Weg entlang. Lächerliche Traurigkeiten. Das Übliche. Dagegen, schien ihm, waren ja die hohen Peitschenlampen, die in einem weiten Bogen aufgefädelt wegliefen, die wunderbarste Architektur. Das ihm zunächst liegende Haus war außen noch im Rohbau, aber anscheinend schon bewohnt: ein Christbaum mit eingeschalteter elektrischer Beleuchtung stand neben einer Wassertonne und der Betonmischmaschine. Er wäre gerne einer von den Bewohnern gewesen. Eine vage Sehnsucht: Da drinnen ist alles gut. Und wenn es ihm schon wieder so ginge wie denen, daß er daran denken könnte, sich mit nichts als zwei Händen, eingedeckt mit Schulden bis ans Lebensende, ein Haus zu bauen, wenn es ihm schon wieder so gut ginge, daß er an so etwas überhaupt denken könnte, er nähme einen Benzinkanister und würde zusehen, wie es brennt.

Er bestellte noch einen Tee mit Zitrone, weil ihn ein wenig fror. Von der Kachelofenimitation, die nichts als der verflieste Träger der Decke war, ging ja nicht einmal die Vorstellung von Wärme aus. Und wenn er die staubigen Binsen des Gesteckes an der Wand ansah, die sich im Luftzug der Klimaanlage leise bewegten, stellten sich ihm die Haare auf dem Handrücken auf. Er wäre gerne auf dem Schanktisch gelegen, über dem eine dumpfglühende Infrarotlampe von der Decke hing und irgend etwas wärmte. Er drückte sich ein wenig mehr in die Ecke, so als könnte er damit beides gleichzeitig haben: weg sein und nicht gehen müssen. Es war erst halb zwei. Dann kam ein Rudel Holländer herein, laut und lustig. Nicht zu übersehen, nicht zu überhören. Er konnte diese Lustigkeit nicht lange ertragen, so sehr stieß sie ihn auf sich selber. Er nahm den Rechnungszettel und ging zur Kasse und lobte sich, daß er *immer noch* wußte, daß hierzulande in Rasthäusern nicht bei der Serviererin, sondern beim Ausgang zu zahlen war.

Wenn da nicht Wegweiser gewesen wären, er hätte nicht einmal die Richtung gewußt, in die er zu fahren hatte. Aber vielleicht war das normal, und es kam jedem mit dem Bogen der Abfahrt und den Gängen des Rasthauses die Orientierung durcheinander. Milchig war es, wo die Autobahn hineinlief, wohin er fuhr, kein Nebel, Dunst vielleicht, alles verlor sich im Ausgeblaßten. Das Land flach und voller Hochspannungsmasten. Er war sicher, daß er längst umgekehrt sein würde, ehe sich ernsthaft die Frage stellt, ob er jetzt wirklich ankommen soll. Bei Eva in einem Zimmer zu liegen, in das die Sonne scheint, in einem stillen Haus, mit einer weichen Decke, während sie irgendwo hantiert, vielleicht gerade Tee für ihn macht, er sieht sie nicht, aber sie ist da, und er müßte, wenn er möchte, daß sie sich zu ihm setzt, nicht einmal rufen, müßte nur leise ihren Namen sagen, nicht »Eva«, sondern vielleicht sogar »Evi«, wie früher: das hätte er gerne gehabt. Doch so würde es nicht sein. Da war Ulrich, da waren die Kinder. Da würde alles *nur anders* sein. Und er stellte sich vor, zu fahren und zu fahren, und die Straße geht hinunter bis an die Spitze Afrikas, Tage und Tage wird er fahren durch sonnenwarmes Land, um ganz unten am Kontinent, am Ende, an einer Steilküste zu stehen, die natürlich Kap der Guten Hoffnung heißt, dort wäre er am Ziel, wäre alles wieder gut. Daß es eine solche Straße nicht gab und daß das Mittelmeer dazwischenlag, zählte dabei nicht, galt einfach nicht. So wenig, wie das galt, was draußen lag, neben der Autobahn. Es war nicht fremd, sah aus wie immer und war doch, als wäre es anderswo als er selber oder in einer anderen Zeit: Wenn er halten würde und auf die Bauminseln inmitten der Felder zugehen, er würde sie nie erreichen, und selbst wenn er seine Hand auf die Rinde eines dieser Bäume legen könnte, er wäre nicht dort. Es war ein trauriges Gefühl, aber keines, das drückte. Fast schon eines, mit dem man leben, mit dem man sich abfinden könnte: Aus der Welt und noch da, aber schmerzlos. Den Kopf wegdrehen, und es ist vorbei. Manchmal griff mit einem Ruck etwas herein, das stach: Ein großer, alter Vierkanthof unten neben der Autobahn, eingerüstet zum Renovieren, und er mußte sofort denken: Wie man nur solche Hoffnungen für die Zukunft haben kann! Und eine zehnstöckige Wohnhausanlage mitten auf einer Wiese, wo sonst weit und breit nichts war, war vielleicht auch *die Zukunft:* Vielleicht hatte man eingeplant, daß die Provinzhauptstadt, die noch nicht zu sehen war, sich aber mit dem zunehmenden Verkehr schon ankündigte, einmal bis hier heraus wuchern würde, so daß die Bewohner dieser jetzt wie in der Wüste liegenden Termitensiedlung einmal am Stadtrand, »im Grünen« wohnen würden. Aber vielleicht, dachte er, sind hier nur die Baugründe billig gewesen. Billig für jemanden, der gegen Provision von einem Politikerspezi erfahren hat, daß die nahezu wertlosen Felder in Bauland umgewidmet werden würden, in ein nettes Vermögen, wie das so üblich war. Ihm schien, als hätte er das schon einmal gedacht. Vielleicht jedesmal, wenn er hier fuhr. Es wunderte ihn, daß er so etwas wieder denken konnte. Daß überhaupt Gedanken ohne weiteres durch den Kopf laufen konnten, kamen und sich verliefen, fast *wie früher.* Kam das wirklich nur von den Tabletten? Unter der Sonne, die durch die Windschutzscheibe blendete, war das Land nur eine schwarze Silhouette. Ausfahrtsschilder. Wegscherende Abfahrten. Danach wieder wenig Verkehr. Die nächste oder die übernächste Ausfahrt mußte er nehmen. Unzählige Male war er hier gefahren. Allein. Mit Lina und dem Kind. Dann wieder allein. Aber so hoffnungslos wie jetzt und gleichzeitig allein, schien ihm, noch nie. Immer hatte er sich vorstellen können, was sein wird, wenn er ankommt. Und was sein wird, wenn er zurückfährt. Lauter Idyllen, von jetzt aus gesehen. Nicht bloß die Vorstellung, daß es *wahrscheinlich* irgendwie weitergehen wird. Würde man, dachte er dann und blinzelte in die schrägstehende Sonne, zu einem solchen Tag nicht sagen: ein blaßgoldener Nachmittag? Wahrscheinlich. Es kam ihm seltsam vor, daß er immer noch wußte, was die Wörter *für die anderen* bedeuteten. Auch wenn sie für ihn nicht galten. Für ihn waren sie wie ohne Fleisch. Genau wie seine Erinnerung. Wie alles da draußen. Langsam fing es an, hügelig zu werden, der Himmel wurde schlierig und die Sonne verschwand oft hinter den Bäumen. Auf einem Baggersee, unten neben der Straße, schwammen Enten, Menschen spazierten herum, große und kleine Gestalten, und er dachte sie sofort als Männer, die ihre Kinder ausführten, während daheim der Baum geputzt wurde. Er drehte den Kopf ein wenig zur Seite, und es war wie ein kurzes Atemanhalten, bis das Bild in den Augenwinkeln verschwand. Aber das Wegsehen half nicht viel. Jedenfalls würde es nicht noch ein Kind von ihm geben. Was soll das Herumreden? Was fragst du nicht gerade heraus! Wer hat es dir erzählt? Tu doch nicht so! Hannas Stimme am Telefon, vor vier oder fünf Wochen, ungewöhnlich heftig. Er hatte überhaupt nicht verstanden, was sie meinte, wessen sie ihn beschuldigte. Was sollte ihm wer erzählt haben? Er hatte irgend etwas über das Kind gesagt, das da, wie er glaubte, noch immer in ihr wuchs. Doch sie hatte das anscheinend für einen ironischen Seitenhieb gehalten. Und bis sie merkte, daß er tatsächlich ahnungslos war, hatte sie schon herausgeredet, was sie seit Wochen nicht über sich gebracht hatte, ihm zu sagen. Sofort in Verteidigungsstellung, hatte sie sich endlich *verraten,* obwohl er sie gar nicht angegriffen hatte, weit davon entfernt gewesen war, sie angreifen zu können. In eine einzige Richtung waren seine Gedanken gelaufen: Sie will kein Kind von *mir!* Sie hat eines gewollt, aber jetzt will sie *natürlich* keines mehr. Sie will kein Kind in die Welt setzen, das einen wie ihn zum Vater hat! Angst hat sie gehabt, das Kind könnte *das* erben! So als schlage Hanna endgültig vor ihm die Tür zu, die in die Welt *zurück* führte: Ein Aussätziger ist er, eine Mißgeburt. Er hatte ihr ja früher nie erzählt, daß da schon einmal *etwas* mit ihm gewesen war. Als Hanna am Abend nach diesem Telefongespräch nach Hause gekommen war, hatte sie darüber nicht mehr reden wollen. Was denn auch? Es war etwas, das abgetan war. Trotzdem schien kein anderes Thema möglich zu sein. Und daß er im Sessel saß und ins Leere starrte und sie herumkramte und tun wollte, als wäre alles wie gestern, war auch nur ein Schweigen *darüber* gewesen. Bis sie dann endlich anfing, wie schon am Telefon: Du tust jetzt so, als wärest du nicht die ganze Zeit strikt dagegen gewesen. Als wäre nicht er es gewesen, der es weghaben wollte. Der das gefordert hat. Täglich. Tagtäglich. Und gedroht hat. »Ein einziges Argument dafür, bitte.« Hat das nicht er gesagt? Und meint er, es ist ihr leichtgefallen? Sich einzugestehen, daß sie sich verrannt hat in etwas? Gemeint hat, die Verantwortung für etwas übernehmen zu können, wofür sich keine Verantwortung übernehmen läßt? Letztendlich nicht? Letztendlich bestimme man über einen künftigen Jemand, der sich nicht wehren kann. Hat er nicht gesagt, nichts weiter laufe da ab in ihr als ein Computerprogramm, unabsichtlich in Gang gesetzt, aber zu stoppen. Hat er nicht gesagt: Muttertick, Mutterwahn, Mutterkuh? Er hatte keine Antwort gegeben. Was denn auch für eine? Wie ihr denn sagen, daß es ihm gar nicht um das Kind ging, das er sich ohnedies nur als Katastrophe, die noch bevorstand, hatte denken können. Ihr waren bald die Sätze ausgegangen, weil er sich nicht wehrte. Und irgendwann hat sie sich neben ihn auf die Armlehne gesetzt, hat über sein Haar gestrichen und gesagt, ach, Stefan. Er hätte gerne, für sie, getröstet sein wollen. Und nach einer Weile hatte er gesagt, leise und auf den Teppich hinunter, zu einem wie mir kann man wohl nicht mehr Zell sagen. Ihre streichelnde Hand ist stehengeblieben. Und dann ist sie aus dem Zimmer gegangen.

Das Knacken des plötzlich herausspringenden Zigarettenanzünders schreckte ihn aus dem Dösen. Ungläubig sah er die glühende Spirale an. Wochenlang hatte das Ding jetzt nicht funktioniert. Und war für ihn, wie alles, was kaputtging, gleich ein weiterer Beweis gewesen, wie rund um ihn alles zusammenbrach. Und es hatte ihn bei jeder Zigarette im Auto eine Weile derart irritiert, daß er den Wagen am liebsten in eine Werkstatt gestellt hätte, wenn das nicht zu lächerlich und noch dazu ein solcher Aufwand gewesen wäre. Sein Zippo hatte er verschenkt, und die Wegwerffeuerzeuge, die er seit Wochen benutzte, kamen ihm sehr bezeichnend für ihn vor, auch deshalb, weil er sie ständig irgendwo liegen ließ, ja keines als sein eigenes identifizieren konnte. Eigentlich leid war es ihm um sein Zippo aber nicht. Irgendwie *stimmte* es für ihn immer noch, daß er es Gustav gegeben hatte: Sie waren einander auf dem Krankenhauskorridor begegnet, hatten sich noch nicht gekannt, waren aufeinander zugegangen, und in einer jähen *Eingebung* hatte er Gustav das Feuerzeug hingestreckt, da, das gehört dir, das schenk ich dir, so deutlich hatte er gespürt, daß sein Feuerzeug zu diesem Menschen paßte, zu ihm wie zu keinem sonst. Und Gustav hatte ihn freudestrahlend in den Schlafsaal gezogen, in dem sein Bett war, und hatte ihm seine »Luwa-Lady« geschenkt, die er unter dem Kopfpolster verborgen hatte: eine aus einer Illustrierten gerissene Unterwäschereklame, eine Frau mit weißem Büstenhalter. Unwillkürlich hatte Hanna die Augenbrauen ein wenig hochgezogen, als sie ihn wieder besuchen kam, und er ihr als erstes dieses Geschenk zeigte, als Beweis dafür, in welchem Einverständnis er hier mit allen war. Abends allerdings hatte Gustav sich das Bild wieder geholt, sie gehört eh dir, hatte er beteuert, ist eh geschenkt, er borgt sie sich nur aus. Zum Zurückgeben war es dann nicht mehr gekommen, weil Hanna ihn schon am übernächsten Tag abholte. Er drückte den Zigarettenanzünder wieder hinein, wenn er noch einmal funktioniert!, dachte er. Er hätte es gerne als Omen genommen, daß es dann wieder bergauf ging. Aber wahrscheinlich war es nur ein Wackelkontakt, und was hieß das schon. Er versuchte, nicht hinzusehen. Als er das

Knacken hörte und feststellte, daß der Zigarettenanzünder tatsächlich wieder herausgesprungen war, war das, nach einem leichten Kopfnicken, schon wieder selbstverständlich.
Er nahm die erste Ausfahrt. Weiterfahren würde er ja doch nicht mehr. Und er wollte auch nicht mehr fahren. Nur noch, weil es auf dieser Route ein Umweg war, die Ankunft ein wenig hinauszögern, dieses Plötzlich-etwas-müssen, Irgendwie-sein-müssen. Und wenn er aus dieser Richtung kam, würde er, um zur Schwester zu gelangen, nicht am Haus der Eltern vorbei müssen. Er fuhr sehr langsam auf einer schmalen Straße über die Dörfer, ein wenig Schnee lag, bald auch glattgewalzt auf der Fahrbahn, und obwohl er sich einredete, immer noch umkehren zu können, nahm die Unruhe wieder zu, und daß er sich gewaltsam ruhig halten wollte, half nicht: Die Hand auf dem Lenkrad, die die Zigarette hielt, ließ sich nichts einreden. Überall waren Häuser in die Äcker gestreut, die alle in den letzten zehn Jahren entstanden waren, und selbst in den kleinsten Dörfern waren an den Ortseingängen Herzlich-Willkommen-Schilder, als könnte man so jemanden zum Bleiben überreden. Auch wenn er sie noch nicht sah, fühlte er die Stadt deutlich näherrücken, und dann ragten, so als wäre das nicht wirklich zu erwarten gewesen, über dem gezackten Kamm des die Senke abriegelnden Waldes die beiden Türme des Stiftes auf, der Klotz des Genossenschaftssilos daneben. Er hielt kurz und sah hinüber, und plötzlich fiel ihm ein, daß es im Schreibtisch der Eltern einen alten, vergilbenden Zeitungsausschnitt gegeben hatte, mit einem Aufsatz des Vaters, in dem die Türme *herübergegrüßt* hatten. Vielleicht war der Vater an genau dieser Stelle gestanden und hatte es so gesehen. Dabei standen sie einfach nur da. Wie der Silo dastand und der Wald. Draußen.
Unten in der Senke, wo er vor den geschlossenen Bahnschranken warten mußte, schien es schon Abend zu werden, so grau und kalt war alles, während das Stift oben noch in der vollen Sonne lag, von dieser Seite aus wirklich *beherrschend*

auf der Anhöhe hockte, die zum Fluß hin fast senkrecht als nackter Felsen abbrach. Vor ihm warteten ein paar Autos, Leute gingen vorbei, er hielt den Kopf gerade, sah sie nicht an und hoffte, daß das niemand war, der ihn kannte. Und ohne daß er daran gedacht hätte, wußte er plötzlich genau, in welcher Richtung das Haus der Eltern lag. Und wo der Friedhof war. Er schloß die Augen und versuchte, alle Gedanken aus dem Kopf zu drängen, damit nichts mehr da wäre als das Geräusch des langsam aus dem Bahnhof heranrollenden Zuges.

Es sei ihm schlimm, das zu sagen, immer noch, aber es sei wirklich keine Trauer in ihm gewesen über den Tod der Eltern. Obwohl er wisse, daß in ihm zwischen all dem Entsetzlichen einfach kein Platz gewesen sei für Trauer, für das Begreifen auch noch dieses Unbegreiflichsten, obwohl er wisse, daß das die Wahrheit sei, komme es ihm selber manchmal nur wie eine Ausrede vor. Auch die ihm von allen möglichen Seiten, vor allem von Dr. Illich vorgeschlagene Interpretation, *alles,* was ihm von ihrem Tod an widerfahren sei, *einfach* als einen über jedes Maß gehenden Versuch zu sehen, eben diesen Tod nicht wahrhaben zu müssen, weil doch der Tod für alles Lebendige im Grunde inakzeptabel sei, sage nichts dazu, daß er so etwas, wie er sich Trauer vorstelle, nicht habe spüren können. Nichts als bisweilen etwas wie das unwillkürliche Zucken eines Muskels, das gleich wieder vorbei war. Kein Schmerz, der *jetzt* gewesen wäre. Sondern wie eine Erinnerung. Wie die Erinnerung an eine Erinnerung. Und manchmal habe er ein paradoxes Gefühl gehabt: als könnte er die taube Stelle in sich spüren, wo eigentlich diese Trauer hätte sein müssen. Als fühlte die Umgebung diese taube Stelle wie einen Einschluß, einen Fremdkörper, etwas Totes. Einen eingekapselten, verkalkten Tuberkuloseherd. Und es sei eine reine Kopfhoffnung gewesen, kein Gefühl, daß er sich manchmal gewünscht habe, dieser Einschluß bräche auf. Damit endlich Ruhe werden könnte.

Manchmal habe er gedacht, daß er sich um diese Trauer betrogen habe. Und manchmal sei ihm, als hätte er sie, weil er um sie nicht habe trauern können, nie geliebt. Und darüber, nicht über ihren Tod, hätte er schreien mögen vor Entsetzen. Und habe es doch nicht gekonnt.

Immer wieder seien ihm dieselben Fragen aufgetaucht: Wie lange es dauere, bis man *auf der Stelle tot* sei. So, könne er sich erinnern, sei es in der Zeitung gestanden: Auf der Stelle tot. Wie lange dauert dieser letzte Augenblick, habe er sich immer wieder fragen müssen. Haben sie noch geschrien?

Und natürlich habe er manchmal daran gedacht, es könnte vielleicht gar kein Unfall, sondern Selbstmord gewesen sein. Doppelselbstmord. Oder Mord und Selbstmord zugleich. Diese letzte Minute in ihrem Leben habe er sich oft vorzustellen versucht. Und obwohl ihm sonst das Schlimmste das am leichtesten Vorstellbare gewesen sei, habe er sie jedesmal ganz ruhig im Auto sitzen gesehen, genauso, als dächten sie schon ans Mittagessen daheim.

Warum er sich wünsche, es wäre Selbstmord gewesen, wisse er selber nicht. Vielleicht weil dieser Tod dann wenigstens für sie einen Sinn gehabt hätte. Allerdings spreche nichts dafür. Beim Vater könne er sich das noch vorstellen. Er müsse zugeben, daß er nie, auch zuletzt nicht, als sie einander schon »verstanden«, gewußt habe, was in seinem Vater eigentlich vorging. Bei der Mutter jedenfalls habe er Selbstmord immer für das Ausgeschlossenste gehalten.

Nein, er meine nicht, daß es helfe, darüber zu reden. Aber er sei froh, es wenigstens schon denken zu können, ohne sofort an den Rand zu geraten. Damals hingegen sei ihm sein Kopf oft wie ein »Schwarzes Loch« vorgekommen: Als sei die Galaxie seines Bewußtseins zusammengestürzt, in sich hinein, als sei in seiner Schädelkapsel alles so dicht gepackt, daß sich kein Gedanke mehr regen könne. Schon gar nicht der Gedanke an den Tod der Eltern.

Ja, selber habe er ständig an Selbstmord gedacht. Das sei sozusagen der Bordunton gewesen. Aber gerade dann, wenn es am schlimmsten gewesen sei, habe er das nicht als Ausweg sehen können. Das äußerste Entsetzen sei ja gerade gewesen, daß es diesen letzten Ausweg dann für ihn nicht gegeben habe. Da habe er nämlich das deutliche Bewußtsein gehabt, daß es mit dem Tod nicht zu Ende sei, sondern in Ewigkeit so weitergehen werde. Der Tod sei ihm als nichts anderes erschienen, als dieses alleräußerste Entsetzen, aber in Ewigkeit. Und in den schlimmsten Momenten sei ihm immer der Gedanke durch den Kopf gefahren, nicht nur durch den Kopf, er sei vielleicht längst tot, und das Entsetzen, das ihn niederdrücke, sei bereits nach seinem Tode, und werde, weil er ja nicht noch einmal sterben könne, eben in Ewigkeit so weitergehen.

Daß nach soundsovielen Minuten der Hirntod eintrete, er sich dann auch nicht mehr selber denken könne, sei ein Gedanke, der nichts zu diesem Entsetzen zu sagen gehabt habe. Das sei nämlich einer, den man nur habe, wenn es schon nicht mehr so schlimm sei.

Natürlich habe es kein bißchen helfen können, sich zu sagen, daß er ja auch zuletzt, als er meinte, auf der Stelle verrückt werden zu müssen, es nicht geworden war und daß die Vorstellung, er sei vielleicht bereits tot und die entsetzliche Gegenwart gehe ewig weiter und werde nie zur Vergangenheit werden, nur eine falsche Vorstellung gewesen sei. Sich das zu sagen, habe nicht helfen können. Garantien habe er nicht gehabt. Und mit Wahrscheinlichkeiten gebe sich Angst, gebe sich Entsetzen nicht ab. Die gingen aufs Ganze. Außerdem lasse sich ja nicht einmal mit der kältesten Logik, der er naturgemäß gar nicht fähig gewesen sei, dagegen anreden: Mathematisch gesehen, sei das ja wie beim Würfeln: Wenn etwa dreimal hintereinander die Sechs gekommen sei, dann heiße das weder, daß beim nächsten Mal sechs nun nicht kommen könne, noch heiße es, daß es kommen werde. Auch nach der zehnten Sechs nicht. Mit jedem Wurf fange alles von neuem an. Und wenn bei ihm der Würfel auf der Kante stand, raste die Angst los, als sei nie zuvor einer gefallen.

Er stand vor dem Fenster, vor dem Gitter des Netzvorhanges und sah hinaus, die Straße hinunter, wo zu beiden Seiten lauter gleiche, einstöckige, ziemlich abgewohnte Siedlungshäuser aufgereiht waren, graue, mit Eternit gedeckte Satteldächer, die sich bis zum ehemaligen Stadtrand erstreckten, wo Industriegelände anschloß, flache Hallen, Lagerplätze, aufgestellte und querliegende Quader, Kranarme und Rohrleitungen dazwischen, ein wildwüchsiges Durcheinander, bis an den nahen, farblosen Himmel. Er schaute hinaus, ohne irgend etwas genau anzusehen, stand da, eigentlich schon seit Micki die Tür so leise hinter sich geschlossen hatte, als dürfe man seinetwegen keine Geräusche machen.
Er war da und auf dem Sprung. Reglos. Gehen oder bleiben. So als käme es bei dieser Entscheidung gar nicht auf ihn an. Das Tapetenmuster abzählen als Orakel. Eine gerade Anzahl von Blumen soll gehen heißen. Oder die ungerade?
Das Zimmer war peinlich aufgeräumt, nur ein paar alte Stofftiere und aufgestapelte Spieleschachteln in einem Regal erinnerten daran, daß es ein Kinderzimmer war und kein billiges Hotelzimmer, wo die gerahmten Kleinkinderzeichnungen und das Plakat mit den geschützten Alpenblumen genausogut hätten hängen können. War es hier immer so? Oder nur, weil gerade Weihnachtsputz gemacht worden war? Oder wegen ihm? Hatte Micki vielleicht alles, woran ihr lag, zu Peter ins Zimmer geräumt, vor ihm weggeräumt? Seine Reisetasche, die auf dem Bett stand, wie er sie beim Hineinkommen hingestellt hatte, kam ihm fast schon als Unordnung vor. Er hatte den Reißverschluß aufgezogen, aber nichts ausgepackt. Und seither stand er, sah die Straße entlang, drehte sich ein wenig herum auf den paar Quadratmetern, schaute die Dinge an, ohne sie anzugreifen, und stellte sich wieder ans Fenster. Er wollte sich nicht einmal niedersetzen. Wohin denn? Auf den Sessel vor der schmalen Schreibplatte, wo eine Glasschüssel mit Backwerk stand? Aufs Bett? Und dann? Natürlich könnte er wieder ins Wohnzimmer hinübergehen, wo Ulrich mit den Kindern den Baum schmückte und von wo man leise

den Fernseher durch die dünnen Heraklithwände hörte. Aber was sollte er dort? Und was sollten sie mit ihm? Er legte die Hände auf die Rippen des Heizkörpers und fröstelte, obwohl das Zimmer überheizt war.
Wenn er sich überhaupt etwas vorgestellt hatte, das jedenfalls nicht.
Niemand war vor dem Haus gestanden und hatte gesagt: Endlich bist du da. Auch wenn es nichts geholfen hätte, es wäre gut gewesen. Und gut, sagen zu können: Ach, Evi. Selbst wenn er es nicht gesagt hätte. Die Straße war völlig leer gewesen, und hinter den Fenstern, zu denen er hinaufsah, war kein Gesicht aufgetaucht. Auch das Stiegenhaus leer, niemand beugte sich oben übers Treppengeländer. Seine Schritte hatten in den Ohren gehallt, und die Klingel war so schrill gewesen, daß seine Hand zurückzuckte. Und die Tür war nicht aufgegangen, sondern eine Kinderstimme fragte: Wer ist da? Einen Moment hatte er nicht gewußt, was er sagen sollte. Noch nie hatte er sich *Onkel* Stefan genannt. Wie zögernd hatte sich die Tür einen Spalt breit geöffnet, und Peter hatte zu ihm hinaufgesehen, aber ehe er etwas sagen konnte, rannte der Kleine weg. Er hatte sich einen Ruck geben müssen, um nicht auf der Matte stehenzubleiben, sondern die Tür aufzustoßen und ein paar Schritte ins Vorzimmer hineinzugehen, wo ihm Ulrich entgegenkam: Ach da bist du ja; grüß dich; war irgendwas auf der Fahrt? Ein Lächeln, das gleich wieder verschwand, und ernste Vateraugen: Wo bist du denn so lange gewesen? Eva hat sogar ein paarmal bei dir anzurufen versucht. Jetzt sei sie schnell auf einen Sprung zu Bernhard hinüber, müßte aber gleich, eigentlich längst hier sein.
Am liebsten wäre er da schon wieder auf der Treppe gewesen, hinter sich den Satz: Ich komme dann später noch einmal vorbei. Aber Ulrich deutete, da kann er seine Jacke aufhängen, komm, stell doch die Tasche ab, warte, da ist ein Kleiderbügel. Und hinter Ulrich standen die Kinder, rührten sich nicht, schauten nur, als stünden sie vor einem Fremden. Er

hatte zu lächeln versucht und sich sagen gehört, na, ihr zwei, seid ihr schon aufgeregt? Nur Micki hatte ein wenig zurückgelächelt und ihn schnell auf die Wange geküßt. So, komm, wies Ulrich ins Wohnzimmer hinüber, komm bitte weiter. Mit einer Stimme wie eine Krankenschwester. Dann Platzanweisung. Erklärung, was nicht zu übersehen war: Wir sind gerade beim Christbaumputzen. Es stört ihn doch nicht, wenn sie weitermachen? Aber sie sind schon spät dran. Bring einen Aschenbecher, Michaela. Will er etwas essen? Hat er Hunger? Eva wird ja sowieso gleich da sein.
Dann war er gesessen, eingesunken in den weichen Sessel und eingesunken in sich selber, so als sitze nur sein Körper da draußen, und er hatte sich gewundert, mit welcher Selbstverständlichkeit Konversationssätze aus ihm herauskamen, und gleichzeitig war es gewesen, als bilde er sich alles nur ein, weil man überhaupt nicht reagierte auf den, der da saß und redete, sondern wie auf den, der sich verkrochen hatte in sich selber und von weit hinten hinaussah. Seine Sätze blieben in der Luft stehen, bis sie von den Stimmen der Comic-Figuren, die einander über den Bildschirm jagten, weggequakt wurden. Und die Kinder hatten nicht den Fernseher, sondern seine zitternden Hände angesehen. Waren dagehockt auf der Polsterbank, ihm gegenüber, wie hingesetzt, und hatten ihn unentwegt angeschaut, bis Ulrich ihnen ihm zu helfen befahl. Ulrich war mit bedächtigen Bewegungen um den Baum gegangen, hatte Strohsterne an die Zweige gehängt, den Kindern gesagt, was ihm gereicht werden sollte, und korrigiert, wenn sie selber etwas irgendwo hinhängten, wo es *nicht hingehörte*. Dazwischen ab und zu Sätze zu ihm hin: Habt ihr auch schon Schnee?, aha, eine Unverschämtheit, wieviel die Christbäume heutzutage kosten, was glaubst du, was der gekostet hat? Sätze über die Schulter, so als nehme ihn seine Arbeit völlig in Anspruch. Und bald schien er ihn überhaupt vergessen zu haben. Nur die Kinder, die still waren, wie er sie sonst nicht kannte, sahen immer wieder mit schnell weghuschenden Blicken zu ihm hin. Da hatte er dann selber nichts

mehr sagen können, war nur noch dagesessen und hatte das Bild an der Wand angesehen, eine seiner früheren Zeichnungen, und das Bild hatte ihm leid getan, daß es hier hängen mußte, in dieser feindseligen Umgebung. Wenn er will, hatte Ulrich dann gemeint, kann er sich auch ein wenig hinlegen, Micki zeigt ihm das Zimmer. Und da war er sofort aufgestanden und mitgegangen.

Er sah aus dem Fenster. Überall in den Häusern, stellte er sich vor, in den Wohnungen geschah jetzt das gleiche: Christbaumputzen, Fernsehen. Die Dächer starrten vor Antennen. Einmal hatte er ein Objekt gebaut, im Garten der Eltern, ein wildes Durcheinander aus alten Antennen, aufgerissenen Autoreifen, Rasenstücken und einem Heiligenbild. Und der Vater, wußte er, als sehe er ihn jetzt, hatte dazu nur den Kopf geschüttelt mit traurigen Augen, immer wieder den Kopf geschüttelt, war vom Haus zu ihm hinübergegangen, gestanden und hatte den Kopf geschüttelt. Und trotzdem hatte der Vater das Objekt in seinem Garten liegengelassen, in dem, ohne daß es danach aussah, kein Halm ohne sein Wissen und gegen seinen Willen wuchs. Auch als die Mutter, die zuerst darüber nur lachte, schon nachdrücklich die Beseitigung dieses Gerümpels verlangt hatte, das doch dem Sohn bestimmt nicht mehr wichtig sei, hatte er es liegengelassen, bis er selber zum Vater gesagt hatte, entweder du baust mir ein Haus drumherum, am besten eines mit Glaswänden, aber ohne Dach, damit es nicht einfach nur weiter verkommt, sondern das Verkommen noch darstellt, entweder das, oder wir schmeißen es auf den Hauptplatz.

Er drehte sich weg und fuhr sich mit der Hand über die Augen. Ein Satz war in seinem Kopf, ein Klingen in den Ohren: Stefan, das geht in die Bäume!

Wie oft hatte er das gehört. Auch damals, als er das Antennenobjekt begann. Wenn der Vater etwas nicht mehr anders hatte mißbilligen können, kam dieser Satz. Ruhig. Kopfschüttelnd. Traurig. Diese Katastrophenweissagung. Nicht einmal als er es noch gekonnt hätte, hatte der Vater etwas dezidiert verboten. Die Augenbrauen hatte er hochgezogen. Geseufzt. Den Kopf geschüttelt. Manchmal, aber überhaupt nicht als Predigt, sondern wie für sich selber, seine Einwände neben einen hingeredet. Und immer hinzugefügt: Aber wie du dich entscheidest, mußt du selber wissen; das ist deine Sache. Und später, als Zell immer öfter und entschiedener die Grenze überschritt, hinter der für den Vater offenbar nur noch das Chaos lauerte, war dieser Satz gekommen: Stefan, das geht in die Bäume. Ein Satz, bei dem man das Gefühl hatte, das Rückgrat gibt auf der Stelle nach. Und weswegen er dann umso mehr auf seiner Absicht beharrt hatte, die zuerst vielleicht gar nicht so ernst gewesen war. Stefan, das geht in die Bäume. Eine Zeitlang war ihm vorgekommen, als sei sein Leben ein ununterbrochenes Angehen gegen diesen Satz, der zwar vielleicht eine entscheidende Lebenserfahrung des Vaters resümierte, die man sich aber als Sohn schon allein deshalb nicht umhängen lassen konnte, weil man jung war und in allem gegen die Welt der Alten. Und daß der Vater als junger Mensch *glühender* Nationalsozialist gewesen war, Lehrer an einer NAPOLA, was ihm nach dem *Umbruch* jahrelanges Berufsverbot *eintrug*, so daß er sich für sein weiteres Leben jeder Stellungnahme enthielt, hatte doch nicht bedeuten können, daß man sich als Sohn eines derart *gebrannten Kindes*, für das der Vater sich hielt, nun auch nicht über die eigenen vier Wände und den Gartenzaun hinauswagen und öffentlich seine Überzeugung kundtun durfte. Die Lebensmaxime des Vaters: unauffällig sein, war Zell ja damals, als er Künstler hatte werden wollen und sich längst als einer gefühlt hatte, ganz entgegen gewesen. Bis es ihn hinaufgedreht hatte und er abgestürzt war, so tief, daß der Vater seinen Satz nie wieder sagen mußte. Manchmal hatte er schon daran gedacht, ob es mit ihm je so weit gekommen wäre, wenn er sich vom Vater hätte zurückhalten lassen, wenn er gesagt hätte: Dein Wille geschehe. Wenn er das hätte sagen können. Eine müßige Frage. Wie all die Fragen die letzten Monate. Was wäre, wenn. Wenn der Lastwagen nicht gerade in dem

Augenblick undsoweiter. Er würde dem Vater jetzt beim Christbaumschmücken zusehen. Vielleicht sogar helfen. Und sich nicht in einem Zimmer herumdrehen und den Tisch und den Sessel um die Selbstverständlichkeit beneiden müssen, mit der sie dastanden.
Trotzdem, dachte er und setzte sich neben seine Tasche aufs Bett, recht wäre es mir nicht, wenn Ulrich den Schmuck des Vaters an seinen Baum gehängt hätte. Sofort, als er ins Wohnzimmer getreten war, hatte er, trotz aller Verwirrung, mit Genugtuung festgestellt, daß da nicht ein einziges Stück davon hing. Ein Sakrileg wäre es ihm gewesen, obwohl es auch der Baum der Schwester war. Man müßte das alles zerschlagen, dachte er, alles zerschlagen. Doch vielleicht war das längst geschehen.
Gerade als er sich auf dem Bett ausstrecken wollte, hörte er, wie draußen ein Schlüssel ins Schloß fuhr und die Tür ging. Wie ertappt setzte er sich auf. Unschlüssig, ob er hinausgehen oder hier warten sollte, bis Eva hereinkam. Bis Ulrich Zeit genug gehabt haben würde, seinen Bericht zu rapportieren. Einen Krankenbericht. Aber da war sie schon im Zimmer. Hallo, sagte er. Er sah, wie sie ein wenig erschrak vor ihm. Aber sie lächelte gleich wieder. Wir haben uns schon Sorgen gemacht, sagte sie. Sie umarmte ihn flüchtig. Hinter ihr tauchte Ulrich im Türrahmen auf, wo sie denn so lange gewesen sei, wollte er wissen. Bernhard sei gar nicht daheim gewesen, berichtete Eva, knapp bevor sie kam, sei er weggegangen, obwohl er doch wußte, sie kommt jetzt. Der werde immer sonderbarer. Und warum, fragte Ulrich, habe sie dann so lange gebraucht? Warum ist sie dann nicht gleich wieder gekommen? Eva sah ihn kurz an, man wird doch noch einen Kaffee trinken dürfen. Aber so habe ich es ja nicht gemeint, sagte Ulrich. Eva machte eine wegwerfende Handbewegung, und du, sagte sie zu Zell, seit wann bist du da? Warum hat er sie nicht gleich bei Bernhard angerufen, er hätte ja auch hinüberkommen können. Du weißt genau, sagte Ulrich, daß ich es nicht so gemeint habe. Jaja, sagte Eva. Jedenfalls müsse

sie jetzt noch schnell auf den Friedhof. Sie hatte den Mantel gar nicht abgelegt. Du kommst doch mit, Stefan, sagte sie, oder? Sie habe extra auf ihn gewartet, weil sie gemeint habe, er werde auch hin wollen. Zell hob ein wenig die Schultern. Eigentlich wollte er überhaupt nicht hin. Aber wie sollte er nein sagen. Und vielleicht wollte Eva einfach allein mit ihm reden.

Die Straßenbeleuchtung war schon eingeschaltet, obwohl es noch ganz hell war, und vom Fluß begann der Nebel herauf und in die Gassen zu kriechen. Nur wenige Menschen waren unterwegs, Eva zeigte manchmal auf jemanden hin und nannte einen Namen, und Zell nickte automatisch, ohne daß er wirklich hingesehen oder wenigstens die beschlagene Scheibe an seiner Seite freigewischt hätte. Nichts, was da draußen war, schien mit ihm etwas zu tun haben zu können. Wie etwas Totes war es für ihn, eine Fotografie, vor langer Zeit aufgenommen, und daß sich darauf noch etwas bewegte, war, als bewege sich bloß die Erinnerung. Eva redete in einem fort, während sie fuhr. Hektische Sätze mit herumruckendem Kopf. So als habe sie Angst, es könnte ein Moment Stille eintreten, nach der sie nicht mehr weiterwissen würde. Von den Manschettenknöpfen erzählte sie, dem Geschenk für Ulrich, die nicht fertig gewesen seien, als sie sie abholen wollte, so daß sie neuerlich in den Nachbarort hinüberfahren und den Goldschmied persönlich habe bitten müssen, daß er ihr Ulrichs Monogramm doch noch schnell graviert, während sich Ulrich eingebildet habe, sie tratsche irgendwo in der Gegend herum, und zu Mittag sei auch noch Tante Olga aufgetaucht und nicht und nicht hinauszubringen gewesen, zum Glück sei dann der Campari ausgegangen. Sie nahm sich kaum Zeit, Zells langsame Antworten abzuwarten. Wie es ihm gehe, hatte sie kurz wissen wollen, und sein Achselzukken und der Satz: Sieht man das nicht?, hatten ihr anscheinend völlig genügt. So robust und oberflächlich »realistisch« kam sie ihm vor, daß ihm die Sätze, die sie gestern am Telefon zu ihm gesagt hatte und die ihn letztendlich überredet hatten herzukommen, wie eine falsche Erinnerung schienen. Als sie die steil ansteigende Gasse zum Friedhof hinauffuhren, fragte er unvermittelt in einen ihrer Sätze hinein: Glaubst du eigentlich, Eva, daß unsere Eltern glücklich miteinander gewesen sind? Es war einen Moment still, die Räder zischten im Schneematsch, was?, sagte Eva erschrocken, wie meinst du das? Er sah geradeaus, wußte es selber nicht. Aber sicher, sagte Eva überzeugt, oder etwa nicht? Er gab keine Antwort, wußte nicht einmal, warum er das auf einmal gefragt hatte. Eva hielt und stellte den Motor ab, aber sie machte keine Anstalten auszusteigen. Ich weiß es ja eigentlich auch nicht, sagte sie dann leise. Eine harmonische Ehe wie selten eine, das war es doch, oder? Sie haben sich überhaupt nie gestritten, das muß er doch wissen. Ich weiß eigentlich gar nichts, sagte er. Je mehr er darüber nachzudenken versuche, umso weniger. Und manchmal denke er, sie hätten sich vielleicht nicht einmal gestritten, nicht einmal das. Aber das stimmt ja gar nicht, fuhr Eva auf, das bildet er sich ein, oder habe er nie bemerkt, wie eifersüchtig die Mutter gewesen sei? Für sie sei der Vater der Größte gewesen. Am liebsten hätte sie ihn ganz für sich allein gehabt. Wenn sie irgendwo eingeladen wurden, hat sie für ihn abgesagt, weil sie sich eingebildet hat, er könnte auf Gedanken kommen, gerade er. Ja, sagte Zell, aber wenn sie zusammen gewesen sind, dann war er in der Werkstatt, im Garten, oder er hat gelesen. Das war doch immer so. Eigentlich ist er gar nicht da gewesen. Und seine Spaziergänge hat er auch immer allein gemacht. Er ist eben gerne allein gewesen, sagte Eva. Aber wenn sie ihm so zuhöre, meinte sie, dann komme es ihr vor, als wäre es ihm recht, wenn die Eltern unglücklich miteinander gewesen wären. Konnte das sein? Hatte sie recht? Fast hätte er ja gesagt. Vielleicht haben sie, meinte er, als keiner mehr die Schule als Ausweg gehabt hat, plötzlich gesehen, wie sie miteinander gelebt haben. Worauf willst du hinaus, fragte Eva heftig. Sie hatte den Oberkörper zurückgebeugt, als müsse sie von ihm wegrücken. Er sah sie nur an. Du bist verrückt, sie schüttelte plötzlich den Kopf,

wie kannst du so etwas denken, wie kann er so etwas über sie sagen? Er sah, wie ihr Tränen in die Augen traten. Du hast es doch gerade auch gedacht, sagte er leise. Ja, weil du es mir eingeredet hast, fuhr sie ihn an, so ein Unsinn, Stefan, du bist wahnsinnig. Sie legte schnell die Hand auf seinen Arm, entschuldige, sagte sie, aber das ist einfach zu absurd. Und jetzt ist Schluß damit, erklärte sie, sie will davon nichts mehr hören, Schluß. Sie stieg aus und nahm ein kleines Bäumchen aus dem Kofferraum. Auf welche entsetzlichen Gedanken du kommst, sagte sie, als sie zum Friedhofseingang hinaufgingen. Er hätte ihr gerne gesagt, daß *das* nicht das Entsetzlichste für ihn war, überhaupt nicht, aber er wußte nicht, wie er das sagen sollte. Über dem Tor war ein verwittertes Schild mit der kaum noch lesbaren Inschrift: Was wir einst waren / das seid jetzt ihr / Was wir jetzt sind / das werdet ihr gar bald / So werden wir dann endlich gleich / hier in diesem Moderreich. Er wußte noch gut, daß ihm diese Sätze als Kind immer großes Unbehagen eingeflößt hatten. Jetzt lasen sie sich wie ein tröstliches Versprechen. Das vielleicht auch nur ein leeres war.
Er wußte nicht mehr, wo das Grab der Eltern lag, hätte nicht einmal ungefähr die Richtung sagen können. Damals, hinter ihren Särgen, hatte er ja rundum fast nichts wahrgenommen, nur das im Takt der Trauermärsche seltsam anmutende und zum Lachen reizende leichte Hinken des vor ihm gehenden schwarz-silber betreßten Mannes mit dem Zweispitz hatte ihn immer wieder ein bißchen nach außen gezogen und aufmerksam gemacht. Alles war verschneit, ein Feld von grauen Steinen und Weiß, gelbe Lichtpunkte dazwischen, die sich zu bewegen schienen, ab und zu Menschen zwischen den Gräbern, fast ebenso viele wie in den Gassen der Stadt. Er hatte schon oft daran gedacht, wie das sein würde, zum ersten Mal zum Grab der Eltern zu gehen, und jedes Mal war das eine Vorstellung gewesen, als müsse er einen immer stärker werdenden Widerstand überwinden, als dringe er in ein Magnetfeld ein, das ihn mit zunehmender Gewalt abstößt, weghält,

aber jetzt war das überhaupt nicht der Fall. Er lief einfach neben Eva her, so wie er irgendwo sonst neben ihr hergelaufen wäre. Sie zeigte auf Gräber, wo jemand lag, der in letzter Zeit gestorben war, genau so, wie sie vom Auto aus auf Lebende gezeigt hatte. Und sie erzählte, daß der Grabstein noch immer nicht gesetzt sei, der Steinmetz sie hängenlassen habe, was nur dadurch zustande gekommen sei, daß Bernhard unter den vorrätigen Steinen keinen ihm zusagenden habe finden können und einen in Auftrag gegeben habe, wie er in einem der Bücher des Vaters abgebildet gewesen sei. Da vorne ist es, sagte sie, und nach ein paar Schritten stockte sie plötzlich, mit offenem Mund, Kopfschütteln, ich habe es mir doch gedacht!, sie zeigte auf ein Grab ohne Grabstein, auf dem ein kleiner Christbaum stand und ein Licht brannte, Bernhard war da, sagte sie, schau, der kann nur von ihm sein, deswegen war er also nicht daheim. Sie schüttelte wieder den Kopf, hat Bernhard sich eingebildet, daß sie es vergessen wird, daß man sich auf sie nicht verlassen kann? Sie hielt das Bäumchen, das sie mitgebracht hatte, unschlüssig in der Hand, was soll ich jetzt damit?, sagte sie, zwei schauen doch blöd aus.

Dann stand er ein paar Minuten allein vor dem Grab. Das ist es also, dachte er, das ist es. Nicht mehr und nicht weniger. Wie dünn das war, wie flach und blaß. Die Vorstellung, daß unter dem Schnee die Eltern lagen, ließ sich immer nur für Sekunden festhalten, dann rutschte sie weg. Einen kurzen Moment das Gefühl, sie anrufen, klagen zu können: Schaut, wie ich da stehe, das sofort wieder wie ausgedacht wurde. So verschlossen lag alles vor ihm. Nichts wies auf etwas anderes hin. Nichts bedeutete mehr, als was es war: ein ruhig, mit kleiner Flamme brennendes Licht in der Laterne; abgebrannte Streichhölzer daneben; Fußspuren im Schnee mit geripptem Muster; das Bäumchen mit Silbergirlanden und drei kleinen, silbernen Glaskugeln; die gerahmte Todesanzeige hinter Glas, gewellt von der Feuchtigkeit und schon ein wenig verblichen; ihre Namen darauf, untereinander; Flechteninseln auf der rauhen Rückseite eines Grabsteines nebenan, über den sich die schneedurchsetzten Ranken eines Rosenbusches bogen. Ihm war kalt. Er wußte nicht, was er mit den Händen anfangen sollte. Einstecken wollte er sie nicht, aber sie hinter dem Rücken zu verschränken, kam ihm auch nur als unpassende Pose vor. Er versuchte daran zu denken, wie die Särge in die Grube hinuntergelassen worden waren, aber das Bild eines warmen Herbsttages mit Blumen rundum auf den Gräbern hatte mit diesem Platz hier nicht das geringste zu tun. Ein paar Reihen weiter hängte Eva Lamettafäden an das Bäumchen, das sie dort auf ein Grab gestellt hatte. Sie tat das nicht schnell und achtlos, sondern so sorgsam, wie sie wohl das Bäumchen für die Eltern geschmückt hätte. Und er stellte sich vor, daß es traurig für sie sein mußte, ein *fremdes* Grab schmücken zu müssen, weil ihr an dem der Eltern Bernhard zuvorgekommen war, und in der Vorstellung dieser Traurigkeit hat er sich ihr plötzlich ein wenig verbunden gefühlt. Gleich darauf war es ihm lästig, daß sie da drüben so lange herumtat. Wortlos kam sie dann herüber, zündete ein Grablicht an und stellte es zum anderen in die Laterne. Und obwohl ihr Gesicht jetzt ernst und verschlossen war, schien es ihm viel gelöster als vorhin, als in einem fort Wörter daraus herausgerutscht waren und Grimassen sich wie nachwachsende Masken davon abgelöst hatten. Lange stand sie da, einen halben Schritt vor ihm, mit leicht geneigtem Kopf, die Hände vor dem Bauch ineinandergelegt, und er drehte sich ein wenig zur Seite, weil er nicht sehen mochte, wie hingegeben sie hier stehen konnte, ganz anders als er. Er schaute, ohne etwas zu sehen, über die Gräber hin, und als er vor Langeweile ein wenig seufzte, schnupfte Eva auf, sie beugte sich vor, fingerte an den Zweigen und Silbergirlanden des Bäumchens herum und wandte sich dann abrupt zum Gehen, komm, sagte sie, es ist Zeit. Sie ging ein paar Schritte voraus, er drehte sich noch einmal nach dem Grab um, sah die beiden Lichter in der Laterne, und da war es, als presse ihm etwas die Luft ab: Von ihm stand keine Kerze da. Von ihm nicht. Was für ein Symbol! Als er Eva einholte und sie ihm kurz das Gesicht zuwandte, sah er, daß sie geweint hatte. Nach ein paar Schritten hängte sie sich in ihn ein, und für einen Moment war das ein leises Gefühl der Geborgenheit, wie die Erinnerung an etwas Schönes, er hielt den Atem an, um es festzuhalten, und spürte, wie die Seite, an der sie ging, auf einmal starr und hölzern wurde. Er nahm die Hände aus den Taschen, um den Jackenkragen aufzustellen. Ihr Arm ist aus seinem herausgerutscht, und er hat die Hände nicht wieder eingesteckt.

Es dämmerte schon stark unten in den Gassen der Stadt, und die Straßenlampen und Verkehrsampeln und die elektrischen Kerzen auf dem großen Christbaum am Stadtplatz leuchteten mit langen, stechenden Strahlenfingern durch den Nebeldunst. Am Morgen, sagte Eva, ist es jetzt immer so schön hier, wenn die Sonne aufgeht und alles ist voller Reif. Aber manchmal denke sie, fügte sie nach einer Weile hinzu, daß ihr eigentlich gar nicht zustehe, noch etwas schön zu finden. Fast habe sie so etwas wie ein schlechtes Gewissen dabei. So als sei die Erlaubnis, etwas schön zu finden, mit dem Tod der Eltern irgendwie zurückgezogen worden. Sie sah ihn an, als erwarte sie eine Antwort von ihm, aber er sagte nichts. Er dachte daran, wie dieser Tag weitergehen würde, mit Ulrich und den abweisenden Kindern auf so engem Raum. Vielleicht würde er sich gleich in Mickis Zimmer verziehen, eine Tablette schlucken und sich aufgeben. Und für einen Augenblick meinte er sich deutlich vorstellen zu können, wie es war, als verurteilter Häftling von einem Gefängnis ins nächste geschafft zu werden: nicht dorthin zurück zu wollen, wo man herkam, aber schon gar nicht dorthin, wo man ihn hinbrachte. *Alles,* was vorbei war, war für ihn immer besser als jedes Bevorstehende. Plötzlich richtete er sich auf, fast hätte er Eva ins Lenkrad gegriffen, wo fährst du denn hin, fragte er hastig. Sie war nicht zum Stadtteil abgebogen, wo ihre Wohnung lag, sondern dorthin, wo es zum Haus der Eltern ging. Ein paar Straßen noch, und man würde davor stehen. Ich muß nur kurz etwas holen, sagte Eva. Sie sah ihn von der Seite an, was ist denn, fragte sie erschrocken, was hast du denn? Er hatte unwillkürlich die Beine und einen Arm nach vorn gestemmt, so als könnte er damit verhindern, daß man ihn weiter in dieser Richtung transportierte. Ich will nicht hin, Eva, stieß er heraus, ich will da nicht hin. Aber es dauert ja nicht lang, erklärte sie. Und er muß ja nicht hineingehen, wenn er nicht will. Sie lächelte ein wenig, Micki, sagte sie, habe auch nicht hineingewollt, sei nicht hineinzubringen gewesen, bis heute nicht. Sie selber hingegen sei in der ersten Woche nach dem Begräbnis fast jeden Tag dagewesen. Blumengießen, sagte sie und schüttelte ein wenig den Kopf, bis sie plötzlich gemerkt habe, daß sie nicht in alle Zukunft die Blumen weitergießen könne, so als wären die Eltern nur auf Urlaub. Jetzt gieße sie Bernhard. Sie bog in die Gasse ein, in der das Haus war, und er merkte, daß sie ihn von der Seite ansah. Überall waren, wie früher, die Blaufichten in den Gärten zu elektrisch beleuchteten Christbäumen gemacht worden. Und einen Moment schien es ihm, als sei es noch immer der Wille des Vaters, daß das bei der nun schon hohen Fichte neben dem Haus der Eltern nicht der Fall war. Wann zieht Bernhard denn eigentlich ein, fragte er gleichgültig. Nur um etwas zu sagen. Eva machte eine jähe Bewegung, das ist es ja gerade, sagte sie. Anscheinend habe Bernhard überhaupt nicht die Absicht, herzuziehen. Wolle das Haus nur haben. Nur haben, damit es nicht verkauft werde. Nicht in fremde Hände komme, wie er sage. So als sei es nicht gekauft, sondern von den Eltern eigenhändig aufgemauert worden. Das Elternhaus. Das Stammschloß. So tue er jedenfalls. Du mußt unbedingt mit ihm reden, Stefan, sagte Eva eindringlich, auf mich hört er ja nicht. Zell sah sie kurz an, dann schaute er aufs Haus hin. War das der Grund, weswegen sie ihn hier hergebracht hatte? Er mochte ihr das kaum zutrauen. Aber genau das gleiche hatte Hanna schon die letzten Wochen immer wieder und auch heute beim Wegfahren von ihm verlangt: Und du redest mit deinem Bruder, nicht wahr? Er hatte es versprochen, wenigstens ja gesagt. Er, der große Bruder! Der ein Machtwort sprechen würde. Wie grotesk. Wie konnten sie glauben, daß er so etwas jetzt konnte? Ja und amen würde er zu allen Vorschlägen Bernhards sagen, nur um es hinter sich zu haben. Er verstand ja auch nur halb, daß Hanna ihn so drängte. Offenbar fühlte sie sich auch hier verantwortlich für ihn. Aber er brauchte kein Geld. Nicht auf der Stelle. Zum Leben hatte er genug, er kaufte sich ja nichts, ging nirgends hin. Und an eine Zukunft zu denken, wo er vielleicht Geld brauchen würde? Daran dachte offenbar Hanna für ihn. Braucht ihr denn so dringend das Geld, fragte er leise. Eva wollte schon aussteigen, mit einem Ruck drehte sie sich um, aber darum geht es doch überhaupt nicht, sagte sie heftig. Nicht in erster Linie. Es sei ja verrückt, wenn Bernhard sich so auf das Haus versteife. Wie solle er denn mit seinem Lehrergehalt je ihre Anteile zahlen? Denn, da gebe sie Ulrich recht, einfach zu sagen, es wird nicht verkauft, ich nehme es, und dann passiere weiter gar nichts, das gehe wirklich nicht. Sei mir nicht böse, Eva, sagte Zell, aber Ulrich geht das wirklich nichts an. Das, sagte Eva zornig, habe Bernhard auch erklärt, natürlich, aber so einfach sei das nicht. Schließlich sei sie seine Frau. Auch wenn euch das noch immer nicht paßt, sagte sie. Sie winkte mit der Hand ab, ehe Zell etwas sagen konnte. Und die Kinder sind unsere Kinder, fuhr sie fort. So herausdividieren könne er Ulrich nicht. Und zu meinen, daß der scharf auf die Erbschaft sei, sei nichts als lächerlich. Er wisse selber zu gut, wie bedürfnislos Ulrich sei. Der ja nur glaube, sich für sie einsetzen zu müssen, für sie und die Kinder. Und Bernhard tue ja so, als sei er der alleinige Erbe. Er, der sich um alles kümmern müsse. Er, der bestimmen dürfe. Er, der als einziger wisse, was Vater und Mutter gewollt hätten. Jedenfalls, meinte sie, hätten die Eltern sicher keinen Unterschied zwischen den Kindern gemacht. Wirklich, sagte Zell, wirklich? Jedenfalls nicht absichtlich, erklärte Eva. Und ganz gewiß nicht, was die Erbschaft anlange. Aber Bernhard tue, als sei er der Verwalter. Warum sei er denn nicht längst eingezogen? Ihr komme manchmal vor, als wolle er aus dem Haus ein Museum machen. Nichts solle verändert, nichts dürfe weggenommen werden. Erst neulich habe er sie gefragt, ob sie denn den Schlüssel zum Haus *eigentlich* brauche. Am liebsten wäre es ihm wohl, niemand ginge mehr hinein ohne ihn. Du müßtest das einmal sehen, sagte sie, wie es drinnen ausschaut. Fast alles genauso wie vorher. Und wenn sie etwas zu Bernhard sage, dann rede er sich auf ihn, Stefan, aus. Aufteilen, erkläre er, könnten sie nur zu dritt. Aber ich habe euch doch gesagt, seufzte Zell, daß ich nichts will von dem Zeug. Jaja, nickte Eva, es ist ja nur eine Ausrede. Sie zögerte ein wenig, er sagt auch, erklärte sie, daß für ihn nicht maßgeblich ist, was du *jetzt* sagst. Sie legte wieder die Hand auf seinen Arm, entschuldige, ich wollte es dir gar nicht sagen. Zell versuchte zu lächeln, macht nichts, ich kenne das schon. Aber beeile dich jetzt bitte, fügte er hinzu, mir wird langsam alles ein wenig zu viel.

Er saß schlaff da, zog kaum an seiner Zigarette, ab und zu wandte er den Kopf und sah zum Haus der Eltern hin, dessen Fenster dunkel geblieben waren. Vielleicht hatte man den Strom abgeschaltet, und Eva tappte im Dunkel herum, oder sie kramte in den Zimmern, die auf die andere Seite, in den Garten hinaus gingen. Was für ein unglaublich häßlicher Kasten, hatte er schon oft gedacht. Unproportioniert, verbaut, mit billigsten Mitteln eine Villa imitierend, verwinkelt, kein Fehler ausgelassen, den man machen konnte. Hoch versichern und anzünden, hatte Zell dem Vater gleich nach dem Kauf geraten. Das sei die beste Lösung. Wenn der Vater wolle, erledige er das für ihn, sie könnten einstweilen irgendwo weit weg einen Alibiurlaub machen. Und dann werde er ihm ein Haus entwerfen, das für Generationen von Architekten zum Wallfahrtsort werden würde. Aber der Vater hatte ihn nicht einmal für den nötigen Anbau eines Vorhauses in Betracht gezogen, hatte ihm, dem Architekturstudenten im fünften Semester, das vielleicht nicht einmal zugetraut und einfach einen ortsansässigen Baumeister beauf-

tragt, der eine Schachtel an das Haus angeklebt und dem Ganzen mit Eternitverkleidung und gelbem, Butzenscheiben nachahmendem Glas die Krone aufgesetzt hatte.
Bin ich da richtig bei Professor Zell, oder habe ich mich in der Hausnummer geirrt, hatte Zell gefragt, als er wieder einmal auf Besuch kam und fassungslos vor dem neuen Anbau gestanden war. Der Vater aber hatte nicht begreifen wollen, daß man dagegen etwas haben konnte, gerade das gelbe Glas, hatte er gefunden, mache eine so warme Atmosphäre, so daß man im Vorhaus immer den Eindruck habe, draußen scheine die Sonne. Zells Bemerkung, daß eine solche Illusion bei weitem kostengünstiger mit gelben Brillengläsern herzustellen sei, die dazu den Vorzug hätten, auch außerhalb des Vorhauses bei jedem Wetter die Sonne scheinen zu lassen, hatte dem Vater dann gleich den abschließenden Satz abgenötigt, dir braucht ja unser Haus nicht zu gefallen, *die anderen* werden schon froh sein, wenn sie es einmal kriegen, und im übrigen lasse er so mit sich nicht reden. Daran hatte dann auch Linas Versicherung, also sie finde das alles durchaus gelungen, und was du immer daherredest, Stefan, nicht das geringste ändern können.
Er wischte über die Scheibe, aber das Haus war nicht mehr zu sehen, auf dem Glas hatte sich staubfein der Nebel niedergeschlagen und rann zu Tröpfchen zusammen, durch die die Straßenlampen, die erleuchteten Fenster der weiter die Straße hinauf liegenden Häuser und der nächste Vorgartenchristbaum als irisierende Rosetten strahlten. Vielleicht, dachte er, ist Bernhard wirklich der wahre Erbe. Wenn er in dieses Haus ziehen wollte, dann war er es. Eigentlich hatte er den Bruder ja auch sonst nicht *verstanden*. Als sie alle noch bei den Eltern gewesen waren, war der Altersunterschied zwischen ihnen zu groß gewesen, und dann, als er wegzog, die Entfernung. Und sie waren zu verschieden gewesen, Bernhard eigentlich schon als Kind ein kleiner Erwachsener, die meiste Zeit daheim und nicht so »am Flug« wie er selber, der nie im Leben hier in der Stadt, in einem Provinznest hätte bleiben mögen, während

Bernhard nach dem Studium anscheinend nichts Eiligeres zu tun gehabt hatte, als gleich zurückzukehren. Ob Bernhard meine Bilder hängen lassen wird, wenn er hier einzieht, dachte er. Würden auch sie ihm heiliges Erbgut sein? Er konnte doch damit genauso wenig anfangen wie der Vater, der so lange unübersehbar den Kopf geschüttelt hatte, bis Zell ihm und der Mutter eine gedruckte Einladung zur Ausstellung in einer bedeutungslosen Kaffeehausgalerie hatte schikken können, zu der sie tatsächlich angereist kamen, obwohl am nächsten Tag Schultag war und sie noch in derselben Nacht zurück mußten, worauf der Vater das Kopfschütteln etwas mehr nach innen, in sich hinein verlegt hatte, weil ihn offenbar die Tatsache *überzeugt* haben mußte, daß man mit solchem, nur als »Ich-weiß-nicht-wie-ich-es-nennen-soll«-Benennbaren tatsächlich Geld verdienen und »in die Zeitung kommen« konnte. Sicher hatte die Mutter dem Vater damals zugeredet, aber überreden hatte sie ihn sicher nicht müssen, denn der Vater tat kaum, was er nicht wollen durfte, war ja nicht einmal zur Hochzeit Zells gekommen, obwohl die Mutter sich da bestimmt wie nie ins Zeug gelegt hatte. Für die Mutter war ja von vornherein alles, was Zell tat, ihrer Bewunderung wert gewesen, jedenfalls dann, wenn der Vater dagegen war, immer hatte sie ihn in Schutz genommen, auch wenn sie dann vor dem von ihr Bewunderten völlig verständnislos dastand, nur daß sie dieses fehlende Verständnis gar nicht als Mangel zu bemerken schien, und so war sie auch zu dieser Vernissage im Trachtenkleid gekommen, und sie hatte sich darin zwischen seinen Bildern offenbar keineswegs deplaciert gefühlt, sondern war stolz gewesen, die Mutter des Künstlers zu sein, der angeblich der Mittelpunkt war. Für Bernhard waren Zells Bilder immer »deine Sachen da« geblieben, für die er »keine Ader« zu haben erklärte, »das muß doch auch erlaubt sein, oder?«, und er hatte die großgemusterten Tapeten seiner Wohnung lieber weiterhin mit Kunstkalenderblättern dekoriert. Vielleicht, dachte Zell, hängen meine Bilder gar nicht mehr da drüben. Sollte ihm leid darum sein? Schon.

Aber er könnte nur nicken dazu, nicken. Er mochte keines davon wiedersehen. Selbst bei sich daheim hatte er ja alle von ihm stammenden Bilder abgehängt und Gesicht zur Wand gestellt, weil er diesen aus Rahmen herausbrüllenden *Beweis* nicht länger ertragen hatte, nicht das von den Wänden hatte grinsen sehen wollen, was er einmal, früher, *vorher* gekonnt hatte und nie wieder können würde, nicht einmal in Gedanken. Gerade nicht in Gedanken. Außerdem waren die Bilder im Haus da drüben ja auch wie als greifbarer Ausdruck der gegenseitigen Lügen zwischen ihm und den Eltern gehangen: Nach seiner ersten Ausstellung hatten ihm die Eltern ein paarmal ein Bild abkaufen wollen, und er war ganz sicher gewesen, daß sie ihm im Grunde nur Geld zukommen lassen wollten, der Vater jedenfalls die Bilder gar nicht ernsthaft haben mochte, und so hatte er sie ihnen geschenkt, und sie hatten sie sich, »wenn du sie an jemand anderen verkaufst, Stefan, kriegst du doch auch Geld«, nicht einfach schenken lassen, hätten derartiges, wenn es nicht von einem ihrer Kinder gewesen wäre, ja nicht einmal geschenkt haben wollen und schon gar nicht in ihrer Wohnung aufgehängt, wo sie dann völlig unpassend herumhingen und man nicht sagen konnte, ob die Bilder die »Stil«-Umgebung oder die Umgebung die Bilder lächerlich machte. Vielleicht aber, dachte Zell, war das auch ein Beweis, daß der Vater mich trotzdem gemocht hat. Ein Versuch zu zeigen, daß er anerkennen wollte, was der Sohn tat, auch wenn er es nicht konnte.

Eva stellte eine prall gefüllte Plastiktragtasche auf den Rücksitz, er konnte nicht erkennen, was darin war, etwas Kantiges, Bücher vielleicht, sie sagte nichts, und er mochte nicht fragen. Er fand es traurig, daß die Schwester in der Dunkelheit, heimlich wie ein Dieb, ins Haus schleichen mußte, um sich etwas von den Dingen zu holen, die die Eltern um sich gehabt hatten und die sie ihr bestimmt gerne zu Lebzeiten geschenkt hätten, wenn sie ihr das hätten ersparen können. Er fand traurig, daß Eva das tun mußte, und traurig, daß sie es tat. Wie ein Ausdruck dieser entsetzlichen Welt kam ihm das vor, wie ihr Begriff, ohne daß er hätte sagen können, wie er darauf kam. Sieht man das denn nicht?, hätte er nur antworten können. Eva schaute bedrückt aus, sah ihn kaum an, und er hätte beinahe gesagt, wegen ihm braucht sie deswegen kein schlechtes Gewissen zu haben, wortlos steckte sie den Schlüssel ins Zündschloß, doch plötzlich lehnte sie sich zurück, ich muß es dir sagen, Steff, sagte sie. Sie schien nach Worten zu suchen, und er seufzte auf, am liebsten hätte er gesagt, er will es nicht hören, ganz gleich, was es ist, er will es nicht hören. Reichte es denn nicht schon? Ich glaube, sagte Eva, ich habe Bernhard unrecht getan. Sie habe ihn nicht schlecht machen oder beschuldigen wollen, bestimmt nicht. Wer könne denn sagen, was in seinem Kopf vorgehe? Sie deutete zur Seite, im Wohnzimmer, sagte sie, sei eine ganze Reihe von Fotos der Eltern auf dem Tisch aufgestellt, eine Kerze davor in einem Teller und ein Tannenzweig, es sehe aus wie ein Altar, sie sei richtig erschrocken. Weißt du, was er sich nämlich einbildet, sagte sie und machte wieder eine Pause, als könne sie es kaum über die Lippen bringen, Bernhard bildet sich ein, er ist schuld am Tod unserer Eltern, zumindest mitschuld, stell dir das vor! Wie? Bernhard? Zell starrte sie an. Warum? Helli habe ihr vor ein paar Wochen erzählt, sagte Eva, daß Bernhard sich fürchterliche Selbstvorwürfe mache. Die Mutter habe ihn nämlich, berichtete sie, ein paar Wochen vor dem Unglück gebeten, Waldhonig für sie zu besorgen, weil Bernhard ja fast jeden Tag an der Imkerei vorbeifahre. Aber er habe es nicht gleich getan, es auch nicht für so dringend gehalten. Und am Vortag hätte ihn die Mutter angerufen und gefragt, ob er denn jetzt schon?, wenn nicht, mache das auch nichts, sie führen dann morgen eben selber vorbei, ein kleiner Ausflug, sie hätten ja sowieso Zeit. Angeblich habe Bernhard gesagt, nein, nein, er holt den Honig schon, gleich morgen, wenn sie will, aber die Mutter habe abgewinkt, sie wolle ihm keine Umstände machen, und sie hätten sich jetzt schon entschlossen, selber zu fahren. Und auf der Rückfahrt, sagte Eva, sei es dann passiert. Zell lachte auf, aber es klang eher

wie ein Aufschluchzen. Waldhonig! Er hatte selber ein paar Gläser davon daheim stehen, der längst auskristallisiert war, weil er Honig nicht besonders mochte, die Mutter ihm aber trotzdem immer wieder welchen aufgedrängt hatte.
Bernhard, sagte Eva, hätte den Honig am nächsten Tag bestimmt geholt, aber die Mama ist wahrscheinlich eingeschnappt gewesen, weil er es nicht gleich, nicht *freiwillig* getan hat. Und jetzt mache er sich ungeheure Selbstvorwürfe und sich ganz kaputt dabei, wie Helli ihr erzählt habe, trinke zuviel, stell dir vor, sagte sie, und wir haben immer geglaubt, er trinkt überhaupt nichts. Sie stockte plötzlich, ich hätte es dir nicht sagen sollen, sagte sie wie schuldbewußt und sie legte die Hand auf seinen Oberschenkel, zog sie aber gleich wieder zurück, ich weiß selber nicht, warum ich heute so blöd bin. Zell machte eine vage beruhigende Handbewegung. Er hätte ihr gerne gesagt, daß es fast wie ein Trost für ihn war, so etwas zu hören. Aber sie würde das nicht verstehen können, so wie ihn ja auch Hanna oft falsch verstanden hatte in letzter Zeit, erschrocken war über ihn, über seine »Kälte«, seine »Unmenschlichkeit«, seine Genugtuung, wenn er hörte, daß auch jemand anderer litt, und dabei war es für ihn doch nichts, als daß er sich nicht mehr ganz allein verdammt vorkommen mußte und die ununterbrochene Frage: warum nur ich, warum wird nur auf mich eingeschlagen, wo bleibt die Gerechtigkeit, ein wenig leiser wurde.
Eva startete den Wagen, weißt du eigentlich, wo die Pistole ist, fragte sie, die der Vater gehabt hat? Er hat doch eine Pistole gehabt, du hast mir selber einmal erzählt, daß ihr miteinander schießen fahren wolltet. In einem Schrank habe sie Patronen gefunden, aber die Pistole nicht.
Er hatte in letzter Zeit oft daran gedacht, er hätte sie haben mögen als eine Sicherheit, wenn es zu schlimm würde. Sie lag ganz hinten in einer Schublade des Werkzeugkastens in der Werkstatt des Vaters. Zufällig hatte er sie dort entdeckt und gleich schießen fahren wollen, damals, vor Jahren, als es ihn zum ersten Mal hinaufgedreht hatte, ganz langsam und über

Monate hin immer mehr ansteigend und nicht so plötzlich wie zuletzt, widerwillig nur war der Vater mit ihm in einen aufgelassenen Steinbruch gefahren, hatte seiner alles überrennenden Unrast und Begeisterung nichts entgegenzusetzen gehabt, ein Bild, das jetzt jäh in seinem Kopf stand, der Vater sitzt hinter ihm auf einem Steinblock und sieht zu, wie ein Schuß nach dem anderen die Dosen trifft, die sie aufgestellt haben, so selbstverständlich trifft, weil die Pistole nichts außerhalb von ihm ist, sondern in seiner Hand liegt, als gehöre sie zu ihm, und jeder Schuß übereinstimmt mit seinem Gefühl, mit seinem Bewußtsein, auf die Welt einwirken zu können, *ohne etwas zu tun:* den Finger krumm zu machen, war ja nichts, und der Vater sieht zu, wie man vielleicht einem Kind zusieht, dem man seinen Willen läßt, abwartend, bis es vorbei ist, bis das Kind des Spielzeugs überdrüssig wird, das ein neues Magazin einschiebt und eine Patrone in die Kammer springen läßt, spielerisch legt er an auf den Vater, mit gestrecktem Arm, genau zwischen die Augen, kein Gedanke, daß er abdrücken wird, es ist nur so, einfach so, Ziel nehmen, ein *wirkliches* Ziel, und er öffnet das zusammengekniffene Auge, senkt die Pistole ein wenig, die nun auf die Brust des Vaters zeigt, und plötzlich sieht er die Angst, wie der Vater starr wird und seine Augen groß, und er weiß, lächelnd, daß der Vater jetzt nicht mehr einschätzen kann, ob es noch Spiel ist oder schon Ernst, einen sich dehnenden Augenblick lang sehen sie einander an, in dem die Welt rundum wegbricht und nichts mehr da ist als ich und er und eine knisternde Hitze und ein stählernes Surren wie von Schmeißfliegen, und der Vater sackt ein wenig zusammen, hat sich ergeben, ganz in seine Hand gegeben, und er weiß, daß der Vater es verstehen würde, wenn er jetzt abdrückt, jede Zelle in ihm spürt, wie der Vater wartet, und dann leuchtet eine jähe Gewißheit in seinem Kopf: der Vater hat ihn auserkoren dafür, er muß es tun, jetzt, und da hatte der Vater den Kopf ein bißchen gedreht und zu Boden gesehen, nebenbei einen Halm ausgerupft, sitzt da im flimmernden Licht, so unversehrbar, daß er

schießen könnte und die Kugel würde durch ihn hindurchfahren, ohne ihn zu verletzen, oder abprallen, zurückgellen auf ihn selber, rundum wachsen die Wände des Steinbruchs auf, Schotter knirscht unter den Sohlen und die Pistole ist auf einmal schwer in seiner Hand gelegen, er hat sich umgedreht und weiter auf die Dosen geschossen, ohne noch eine zu treffen, er hat dem Vater die Pistole hingehalten, aber der hatte den Kopf geschüttelt, nein, er habe sie nur aufgehoben, sagte er, für alle Fälle, aber schießen wolle er nicht, werde er nie mehr. Mit keinem Wort hatten sie je beredet, was es da für einen Augenblick gegeben hatte, ein einzigartiges Geheimnis zwischen ihnen, und auf dem Heimweg war es gewesen, als habe er seine Füße zum ersten Mal neben die des Vaters gestellt, ewig würde das jetzt so bleiben, hatte er gewußt, in alle Ewigkeit. Doch als ihn dann die E-Schocks hinausgestoßen hatten ins Leere und er hinuntergestürzt war, war dieses Gefühl nicht wieder mit ihm aufgetaucht.
Was ist, fragte Eva, weißt du, wo die Pistole ist? Sie habe schon mehrmals danach gesucht, sie aber nicht finden können. Warum? Sie zögerte ein wenig, na damit Bernhard sie nicht zufällig in die Hände kriegt. Sie habe ein ungutes Gefühl, wenn sie nur daran denke. Sie wisse selber nicht wieso, aber manchmal traue sie Bernhard alles zu. Zell sah vor sich hin, auf seine zittrigen Finger, nein, sagte er, ich weiß es auch nicht.
Im Treppenhaus roch es nach Fisch, Fernsehgeräusche waren zu hören, muntere Stimmen, er ging hinter Eva her, und als sie den Schlüssel herumdrehte, fragte er plötzlich, hat der Vater eigentlich je zu dir gesagt, Eva, das geht in die Bäume? Wie? Sie sah ihn verdutzt an. Hat er das gesagt? Was heißt das? Zell versuchte zu lächeln, er trat neben sie und schob die Tür auf.

Natürlich, habe er gesagt, das sei gewiß richtig, doch er habe ja auch nicht behauptet, daß psychiatrische Krankenhäuser idyllische Orte seien, selbstverständlich wisse er, wie dort mit

Menschen bisweilen umgegangen werde, er lebe ja nicht auf dem Mond und kenne genügend Leute, die darüber das Entsetzlichste zu berichten wüßten, aber das wundere ihn kein bißchen, wie ihn ja überhaupt nicht wundere, daß in einem Land, in dem in so vielem noch Zustände wie im vorigen Jahrhundert herrschten, in einer Irrsinnswelt wie der unseren, gerade an solchen Orten, an denen es vergitterte Fenster gebe, keine Verhältnisse vorzufinden seien, die man erfreulich finden könnte, und daß dort keine »Club Méditerranée«-Programme durchgezogen würden, nein, das wundere ihn gar nicht. Doch aus *eigener Erfahrung* könne er leider nichts, überhaupt nichts Schreckliches berichten, was ihm dort geschehen sei, keinen Moment habe er das Gefühl gehabt, zu irgend etwas gezwungen zu werden, auch wenn das vielleicht, von außen betrachtet, der Fall gewesen sei, er könne es sich vorstellen, und vielleicht, wahrscheinlich, hätte auch er die ganze Gewalt, die dort zur Verfügung stünde, zu spüren bekommen, wenn er sich gewehrt hätte, das aber habe er nicht getan, weil für ihn keinerlei Notwendigkeit bestanden habe, sich gegen irgend jemand oder irgendwas zu wehren, nein, nicht deshalb, weil er damit einverstanden gewesen wäre, wie mit ihm verfahren wurde, sondern weil er auf den Gedanken, daß mit ihm *verfahren werden* könnte, gar nicht gekommen sei. Er habe ja das sicherste Gefühl der Unverletzbarkeit gehabt, das Bewußtsein, *alles* in der Hand zu haben, und im Grunde könnte nichts geschehen, ohne daß er es wolle, er sei es, der die Puppen tanzen lasse, und daß man ihn dorthin gebracht habe, habe ihn überhaupt nicht gestört, wo er war, war ja das Zentrum, also war es ganz gleichgültig, wo er war, nein, auch der Polizist, der die Autotür geöffnet und den Zündschlüssel abgezogen habe, weil er offenbar kein Fan der Rolling Stones gewesen sei, habe er gesagt und gegrinst, auch dieser Polizist sei ihm nicht als jemand erschienen, der Macht über ihn hätte, jederzeit könnte er ihn zum Verschwinden bringen, sei er absolut sicher gewesen, er könne ihn einfach ausschalten, so wie er die Ampel an der Kreuzung geschaltet habe, den Kopf ein wenig zur Seite drehen, wegschauen, und schon wäre der Polizist verschwunden, nicht mehr in der Welt gewesen, wie bei einem Taschenspielertrick, wäre wie das Kügelchen unter einer der drei Nußschalen beim Kümmelblättchen nach dem Vertauschen der Schalen und einer raschen unsichtbaren Handbewegung futsch gewesen, dessen war er sicher, so sicher, daß er es nicht auch noch habe tun müssen, es habe ihm ja sehr gefallen, auch auf dem Kommissariat, wie sie an den Fäden zappelten und wie die, die er sofort als nicht auf seiner Seite stehend erkannt habe, hilflos herummanövriert hätten, ohne zu merken, daß er sie längst ausgetrickst hatte, habe er gelacht, so daß man den Eindruck haben konnte, er glaube noch immer halb daran, daß sich alles tatsächlich genau so abgespielt habe, was hätte ihm denn daran nicht passen sollen?, habe er gesagt, derart im Mittelpunkt zu stehen, sei doch ein Vergnügen, und daß man ihn ins Krankenhaus gebracht habe, dagegen sei auch nichts einzuwenden gewesen, denn wie gesagt, es sei nur geschehen, was er im Grunde wollte, und daß eine Injektion seinem Körper etwas anhaben, irgend etwas bewirken könnte, habe er nur zum Grinsen gefunden, vergiften, erschießen und in der Newa ersäufen wie Rasputin könnte man ihn, ohne daß es etwas nützte, sei er sicher gewesen, ja natürlich könne man das alles ein ununterbrochenes Umdeuten der Realität nennen, wenn man wolle, aber über etwas anderes als über *seine* Realität könne er nicht reden, wenn er von damals reden solle. Zudem sei er ja bloß vier Tage dort gewesen, am Tag nach der Einlieferung aus der geschlossenen Abteilung auf eine offene verlegt, freundliche, interessante Gespräche mit den Ärzten, herrliches Wetter, der Park im schönsten Herbst, jederzeit hätte er beim Tor hinausspazieren können, wenn er gewollt hätte, wenn er einen Grund dafür gehabt hätte, aber offenbar habe es ihn nicht hinausgezogen, überhaupt müsse er sagen, daß es nicht sein Betreiben gewesen sei, dort so schnell wieder zu verschwinden. Gewiß, alles hätte ganz anders laufen können und wäre wahrscheinlich ganz anders gelaufen, wenn er zum Beispiel bloß jemand aus der großen unteren Schublade gewesen wäre, ohne nettes Titelchen im Ausweis und Hochdeutsch und bei Bedarf mit gepflegtem Umgangston, ein Jemand nur, den man dort abgegeben hat mit amtsärztlichem Stempel und Unterschrift und von dessen Angehörigen keinerlei Komplikationen zu befürchten sind, jemand, bei dem die Gerichtskommission kaum aufschaut, wenn er dasteht, sondern nur nickt und schon wieder stempelt und unterschreibt und den man dann leicht auf irgendeiner geschlossenen Abteilung vergessen kann, wenn er etwa einer von denen da drüben gewesen wäre, habe er, man sei in einem Straßencafé gesessen, auf die andere Straßenseite gedeutet, wo ein paar Anstreicher auf einem Gerüst die Fassade geputzt hätten, wenn er so jemand gewesen wäre, dann säße er jetzt wahrscheinlich nicht hier vor einem Cola-Zitron, würde vielleicht nicht einmal dort drüben herumturnen, dann könnte er, ja dann könnte er wahrscheinlich eine ganz andere Geschichte erzählen, insofern habe er natürlich Glück gehabt, wenn man überhaupt Glück nennen könne, was ja eigentlich ein Privileg von seinesgleichen sei, von unseresgleichen, nicht wahr, habe er gegrinst. Eine ganz andere Geschichte könnte er erzählen, wenn nicht Hanna gleich alle seine Freunde alarmiert hätte, dich doch auch, oder?, habe er gelacht, lauter Leute, für die jemand mit einem weißen Kittel nicht gleich etwas ist, zu dem man gläubig aufblickt und der einem, während man ängstlich auf der Sesselkante hockt, das Gesetz verkünden darf, lauter Leute, die sich hinter die Telefone geklemmt, alle Hebel in Bewegung gesetzt hätten, damit ihm nicht vielleicht geschieht, was den anderen geschieht, auf der ganzen Abteilung sei niemand gewesen, der so viel, ja fast in einem fort Besuch gehabt habe, so daß er überhaupt nicht in die möglicherweise finsteren Zimmer der Anstalt gekommen sei, und davon nun auch nichts erzählen könne. Auch damals, vor Jahren, beim ersten Mal, sei das nicht viel anders gewesen, der Vater ein alter Bekannter des Primarius, noch aus ihrer gemeinsamen illegalen Nazizeit her, aber daran sei es nicht gelegen, daß er auch von dort nichts Schreckliches berichten könne, was ihm angetan worden sei, nichts, was er damals, während er die vier Monate dort war, als gegen ihn, als schrecklich empfunden hätte, wenn man davon absehe, daß man sich alle erdenkliche Mühe gemacht habe, ihn aus seinem Paradies herauszutreiben, ihm das Paradies auszutreiben, irgendwie sehe er das auch ein, daß man ihn dort nicht ewig habe lassen wollen, denn wer könne wissen, wohin es ihn da schlußendlich hinaufgedreht haben würde, und für die anderen sei jemand mit einem solchen drive natürlich der ärgste Hammer, nicht auszuhalten auf die Dauer, das sehe er schon ein, auch wenn er es im Grunde, habe er gelächelt, natürlich überhaupt nicht einsehe, jedenfalls sei es ihnen mit einer Serie von zehn E-Schocks gelungen, ihn herunterzuholen, und das habe auch weiter keine Folgen gehabt, als daß es fast zwei Jahre gedauert habe, bis sich sein Gedächtnis davon erholte, anfangs habe er ja sogar Freunde nicht wiedererkannt, zwar gewußt, er kennt diesen Menschen, habe aber nicht sagen können, wer der war, und immer wieder diese ihn wahnsinnig machende Frage, die man ihm dauernd stellte: kannst du dich denn nicht erinnern?, während er sich trotz aller Details, die man erzählte, eben nicht erinnern konnte, wobei er ständig Angst gehabt habe, seine Vergangenheit, also sich selber vielleicht nie wieder ganz rekonstruieren zu können, ewig ein Zombie zu bleiben, denn auch als er dann schon gemeint habe, sein Gedächtnis sei wieder völlig intakt, habe er naturgemäß nicht sicher sein können, ob es das tatsächlich war, dazu hätte er vergleichen können müssen, ob er etwas, das er vorher wußte, nun wieder wisse, doch woher denn wissen, was er vorher wußte?, aber egal, das habe sich irgendwann alles gegeben, habe er die Achseln gezuckt, vielleicht, habe er sich da immer eingeredet, sei es nur gut, nicht mehr alles zu wissen, viel Wissen mache bekanntlich Kopfweh, jedenfalls sei er nach den E-Schocks bald entlassen worden, und so lange er dort war, sei es ihm so gegangen, daß er bis an sein Lebensende Sehnsucht danach haben werde, ja, sofort wieder hin möchte, wenn er dadurch wieder in diesen Zustand käme und das Grauen dahinter nicht wäre, es sei keineswegs Vergeßlichkeit, daß ihm von damals nichts Schlimmes einfalle, selbst wenn man ihn in die Hölle gebracht haben würde, hätte er sie bestimmt nicht als solche gesehen, hätte mindestens geglaubt, mit einem leichten Gedankenrukken Pech und Schwefel augenblicklich zu Cold-Cream, zu freundlichen Körperlotionen machen zu können, eine Menge lustiger Geschichten könnte er von dort erzählen, wenn Bedarf bestehe und das jemanden interessiere, so etwa von Toni, mit dem er die ganze Zeit zusammengewesen sei, ein toller Typ, ein Lebensretter mit Orden, wie er sich jedem gleich vorgestellt habe, mit einer wilden Narbe auf dem Schädel, weil er, als passionierter Lebensretter, in ein Schwimmbecken gesprungen war, in dem leider das Wasser fehlte, nein, das sei kein Witz, und im übrigen kenne er den auch, gut möglich, daß sich jemand diese Geschichte zu einem Witz umformuliert habe, oder er könnte über die hocherfreulichen Stunden mit Ingrid reden, einer Krankenschwester von Station 8, die gefunden habe, so etwas habe sie noch nicht erlebt, so wie mit ihm sei es mit keinem gewesen, was er gerne glaube, auch heute noch, denn nie sei das Einfühlungsvermögen auch nur annähernd so genau, und Hänger gäbe es da nicht, in diesem Zustand genüge ja schon die leiseste Vorstellung, um auf der Stelle wieder anzuspringen, rund um die Uhr, und noch einmal rund um die Uhr, durchaus sei das drin, wenn das Material es aushalte und der Radiergummi nicht vielleicht zuvor schon kleinradiert werden würde, der Schrecken, das Grauen sei ja erst richtig durchgebrochen, als er wieder heraußen, in der sogenannten Freiheit gewesen sei, auch diesmal, als sich sein Zustand auf die andere Seite zu neigen angefangen habe, wenn diese Geschichte jetzt überhaupt noch jemanden interessieren sollte. Da habe ihm dann leider überhaupt niemand von denen mehr helfen können, die vorher gemeint hatten, ihm aus dem Krankenhaus heraushelfen zu müssen, nein, das sei jetzt kein Vorwurf, sondern reine

Feststellung, denn da könne niemand, der bloß guten Willens sei, helfen, in der zweiten oder dritten Woche nach der Entlassung, glaube er, sei es am schlimmsten gewesen, kaum zu erzählen, der ganze Körper nur noch ein vibrierendes Bündel aus Nerven- und Muskelfasern, aufs Äußerste gespannt und von außen zusammengepreßt wie in tausend Meter Meerestiefe, nicht denken können, nichts denken können, gerade noch ein Zucken: ich halte das nicht mehr aus, ich halte mich nicht mehr aus, wahnsinnig werde ich, wahnsinnig, aber das sei jetzt natürlich nur eine ganz dünne, unzulängliche Beschreibung, kaum eine Andeutung, denn wie es wirklich gewesen sei, das könne er nicht erzählen, denn gerade das sei es ja, wenn es einem besser, wenn es einem wieder halbwegs gehe: daß die Erinnerung nachlasse, daß nicht mehr im einzelnen im Kopf sei, was man nie geglaubt habe, je noch hinauszubringen, er wisse, es war, und er wisse, es war grausig, aber wie im einzelnen, nein, das könne er nicht sagen, denn zu dieser Vorstellung müßte dann ja auch gehören, was alles erst furchtbar gemacht habe, nämlich sich nicht vorstellen zu können, noch einmal daraus herauszukommen, ausgeliefert zu sein, und wenn die Erinnerung tatsächlich alles heraufholen könnte, was sie zum Glück nicht könne, alles, was gewesen sei, nicht nur im Kopf, sondern auch das Fleisch an den Knochen, dann wäre man ja, habe er gesagt, genau wieder dort, und dann könnte man auch nicht mehr aus, dann könnte man aber nicht gleichzeitig hier sitzen und darüber reden und sich ein Problem daraus machen, ob man ein Schinkenbrot essen soll oder nicht, weil die immer so viel Mayonnaise drauf tun, auch wenn man ihnen sagt, sie sollen nicht, sondern dann ..., habe er plötzlich abgebrochen und vor sich hingestarrt, mit einem jäh veränderten Gesichtsausdruck, so als habe er auf einmal vor irgend etwas Angst gehabt, und dann habe er eine wegwischende Handbewegung gemacht, darüber wolle er nicht reden, nein, wolle er nicht, habe er gesagt, jedenfalls sei er damals wirklich an der Kante gestanden, nur noch Angst, wahnsinnig zu werden, vom

Büro sei er auf die Straße hinunter, um den Häuserblock, kein klarer Gedanke, als daß er wahnsinnig werden müsse, mit dem Taxi sei er in die Ambulanz gefahren, zu Dr. Illich, obwohl er keinen Termin hatte, habe ihn gebeten, angefleht, ihm Temesta zu verschreiben, dieses Medikament, das ihm auch beim ersten Mal aus den schlimmsten Zuständen geholfen, ihm jedenfalls darüber hinweggeholfen habe, alles wäre ihm recht gewesen, was ihn aus diesem Entsetzlichen hätte herausholen können, aber Dr. Illich habe sich geweigert, habe erklärt, die Nebenwirkungen nicht verantworten zu können, was ihm, als einem am äußersten Rand, der unrettbar hinüberzukippen fürchtete, nur als Verweigerung zu begreifen gewesen sei, und so sei er ins Krankenhaus gefahren und wäre selbstverständlich dort geblieben, wenn man es für nötig erachtet hätte, freiwillig hätte er sich überall hinbegeben, wo nur die geringste Hoffnung auf Hilfe gewesen wäre, und wo, das frage er, könnten Menschen, denen es derart gehe, denn sonst hin?, wohin denn?, wo denn sonst könne man hoffen, daß wenigstens versucht werde zu helfen?, Infusionen habe er bekommen, dreimal sei er hinausgefahren, und das habe ihm wirklich über das Schlimmste geholfen, er könne nicht sagen, was passiert wäre, wenn man sich auch dort geweigert hätte, er könne es sich aber leicht vorstellen, was für *Nebenwirkung* das gehabt hätte, jeder, der nur ein bißchen Phantasie habe, könne sich das vorstellen.

Stille Nacht vom Plattenspieler, Kerzenlicht, Sternesprühen, Lamettaglitzern, Wachsgeruch, Geschenkestapel. Vorne die Kinder, dahinter Ulrich und Eva. Seitlich, knapp hinter ihr, stand Zell. Mit hängenden Armen. Wie hingestellt. Wie dazugestellt. Das, was die anderen da plötzlich zusammenzuschließen schien, seit Ulrich die Wohnzimmertür geöffnet und gesagt hatte, so, es ist soweit, das schloß ihn wie endgültig aus. Da konnte er nicht hin. Da griff nichts über. Da stand er nicht nur daneben, sondern draußen. Wie das *fremde Kind*, das er jedes Mal wieder geworden war, wenn die Familie neuerlich übersiedelte, das fremde Kind am Rande eines Spielplatzes. Nur konnte er sich jetzt nicht den Ruck geben und fragen, ob sie ihn mitspielen lassen, oder sich einfach unter sie mischen. So als verstehe er jetzt die nötige Sprache nicht. Nicht einmal den Auszählreim. Er hätte herausbrüllen können, *hinein*schreien zu ihnen, um vielleicht auch unter ihnen zu sein. Aber es schrie nicht. Er stand. In seinem Körper war ein solches Drängen zur Tür hin, als sei er, wenn sie sich hinter ihm schließt, für immer gerettet. Das Kerzengeflacker ein höhnisches Geblinzel. Die Stimme des Sängerknaben eiskalt und todsicher wie ein Synthesizer. Zu wissen, daß es nicht Evas oder Ulrichs Absicht war, half nicht: Es war, als werde ihm drastisch wie nie vorgeführt, wie normal man leben konnte. Wie einfach Leben war. Und daß die Welt nur stimmte, wenn man so lebte.

Schon der ganze Abend war ein ununterbrochenes Warten gewesen, daß es zu Ende geht. Daß er endlich dort anlangt, wo er daheim längst wäre. Ein Sich-hinbringen, Sich-hinüberbringen, Sich-solange-aushalten, Sich-aushalten-müssen.

Die letzten Wochen war mit Einbruch der Dunkelheit alles ziemlich vorbei gewesen, die paar Stunden, die er noch auf war, nur mehr der *Rest des Tages,* der von selber zerging. Während an diesem Abend, wie ihm schien, alles immer erst bevorstand, und was er schon hinter sich gebracht hatte, war nur der Anlauf gewesen. Bereits todmüde, mußte er sich noch endlos weit hinmühen, bis an den gar nicht sichtbaren Horizont, die erlösende Bettkante. Mit jedem Blick auf die Uhr meinte er sehen zu können, mit welcher erschöpfenden Anstrengung sich der kleine Zeiger von ganz unten wieder nach oben quälte. Er hatte sich aufgezählt, was noch alles sein würde: essen, Bescherung, ein wenig noch zusammensitzen, schlafengehen. Doch so leicht und einfach dieses Herzählen war, so unübersichtlich und unübersehbar war ihm die Vorstellung davon. Und alles, was dann an diesem Abend geschah, war wie die gleichzeitige, von selber unaufhaltsam loslaufende Aufzählung, was nicht sein müßte, was er sich erspart hätte, wäre er nur daheim geblieben. Ständig der Gedanke: daheim wäre alles schon vorbei, er läge bereits, streckte sich aus, könnte spüren, wie das Gewicht seines Körpers ihn losläßt, sich von ihm trennt und als etwas gar nicht mehr zu ihm Gehörendes unter ihm auf die Matratze drückt, irgendwas denkt da noch, aber das ist nicht mehr er, einmal heben sich noch die schweren Augenlider, und es ist gut, daß alles da ist, endlich gut geworden: Der Sessel neben ihm ist da, der Wecker darauf, der nicht läuten wird, der schon nicht mehr tickt, alles dunkelt sich ein, noch ehe die Lider wieder über die Augen rutschen.

Am erträglichsten war es ihm noch neben Eva in der Küche gewesen, während sie das Heiligabend-Essen zubereitete und daneben irgendwelche Geschichten von Bekannten oder seinen früheren Freunden erzählte, Belanglosigkeiten von Kindern, Unfällen, irgendwo erbauten Häusern und Ehescheidungen, zu denen er nichts als nicken oder »ach so?« sagen mußte. Auch wenn es ihm gleichzeitig als Ignoranz vorkam, war es ihm doch recht, daß Eva so tat, als sei mit ihm gar nichts anders als sonst, ihn jedenfalls nicht mit sich windender Betulichkeit ständig von sich wegschob, wie Ulrich das tat, soll ich dir nicht?, ist es dir recht, möchtest du nicht lieber, wobei man deutlich merken konnte, Ulrich möchte eigentlich gar nichts anderes als ihn ins Bett legen, wo Kranke eben hingehören, um ihn endlich vergessen zu können. Zum Glück war die Küche so klein, daß nicht auch noch für Ulrich Platz gewesen war, der alle Augenblicke auftauchte, weil er anscheinend nicht selber entscheiden konnte, welches Tischtuch verwendet werden, ob er vorher noch gründlich durchlüften, ob er Wasser neben dem Christbaum bereitstellen sollte, wie das im Fernsehen gerade empfohlen worden sei. Die Kinder ließen sich auch nicht mehr blicken. Was hätten sie schon mit einem Onkel anfangen sollen, der bloß dastand, nichts zu reden wußte und keinerlei Späße wie sonst machte. Nur Micki war kurz aufgetaucht und hatte ihm erzählt, daß ihr jetzt »nur mehr so viel« beim Spagat fehle, sie hatte es ihm vorzeigen wollen, aber Ulrich, der dazugekommen war, hatte gemeint, ein anderes Mal, Michaela, ein anderes Mal, und da war sie wieder verschwunden. Möglicherweise, hatte er gedacht, war die ihm bei der Ankunft gleich so bedeutungsvoll scheinende Zurückhaltung der Kinder nichts weiter gewesen als die übliche Scheu Verwandten gegenüber, die sie selten sahen, und sie hatten vielleicht gar nichts über seinen Zustand aufgeschnappt, vielleicht auch nicht gespürt, sofort bei seinem Anblick, mit kindlichen Antennen, daß er ein anderer war als sonst, überhaupt ein anderer, einer aus einer anderen Welt.

Dann, als man um den Tisch beim Essen saß, war er ihnen schon *gegenüber* gesessen. Mit dem Gefühl, als sitze er allein. Und gleichzeitig wie unter Beobachtung gestellt. Selbst Eva schien, mit dem Ablegen der Schürze und neben Ulrich und den Kindern, auf einmal nicht recht zu wissen, wie sie mit dem Bruder reden sollte. Hektische Sätze kamen wieder aus ihr heraus, wie im Auto, als sie zum Friedhof fuhren. Jetzt über Weihnachten von früher, als sie noch Kinder waren. Über die Armut damals, und die Freude über die einfachen Geschenke, und wie man gewohnt hatte, zuerst in der Baracke, dann alle in einem Zimmer, dann hier in dem Loch auf dem Stadtplatz, neben der Post. Schrecklich müsse das für die Eltern gewesen sein, aber sie, die Kinder, hätten nie das Gefühl gehabt, daß ihnen irgend etwas fehlt. Nicht wahr, Stefan? Ständig sagte sie, kannst du dich erinnern, kannst du dich erinnern? Und er sagte, ja, natürlich, sicher. Aber da war nichts, was er selber an Erinnerung hier hätte ausbreiten mögen. Es fiel ihm schwer, zuzuhören, und schwer, wegzuhören. Nie war er sich irgendwo überflüssiger und gleichzeitig so als die heimliche Hauptperson vorgekommen. Es war keine Einbildung, daß man ständig seine zitternden Hände ansah, die ja nun auf dem Tisch waren. Und daß Ulrich Eva Blicke zuwarf. Und die Kinder sich anstießen. Er versuchte, es zu ignorieren, auch das Zittern der Hände nicht zu beherrschen, das sich sowieso nicht beherrschen ließ. Er schaufelte das Essen in sich hinein, so als könnte ihn ein ständig voller Mund unansprechbar machen. Eva legte ihm immer gleich nach, und er aß es auf. Essen war ja das, was neben dem Rauchen am einfachsten ging. Den ganzen Tag hätte er essen können, ohne daß es ihm aufgefallen wäre, wenn es ihm jemand, so wie hier, hingestellt hätte. Er trank als einziger keinen Wein. Sogar die Kinder bekamen welchen, mit Zucker und verdünnt mit Wasser, wie das auch in seiner Kindheit zu Weihnachten gewesen war. Für ihn stand *stillschweigend* die Mineralwasserflasche da. Entweder hatte Hanna Eva instruiert, oder sie wußte selber noch, daß ihm damals Alkohol verboten gewesen war. Weil die Aufregung ständig aus den Kindern plapperte, fielen die Pausen im »Gespräch« der Erwachsenen nicht so sehr auf. Und wenn, dann sah man auf den Fernseher hin, der die ganze Zeit lief. Zell tat selber, als interessiere ihn, was da vorging: Irgendwelche Stars traten auf, Operettensängerinnen, Kammersänger, Schauspieler, sangen Weihnachtslieder, deklamierten gespreizt Weihnachtsgedichte, gaben blöde Antworten auf die blöden Fragen des Moderators, der in einem fort die Sendung und das Publikum lobte, dann liefen wieder Schriftzeilen über den Bildschirm, Namen und Zahlen, die Zuseher wurden zum Spenden aufgefordert, irgendwo sollte es Menschen geben, denen mit dem Geld geholfen werden würde, Ulrich erklärte, er würde ja auch gerne spenden, aber mit Namen auf dem Bildschirm aufzuscheinen sei doch peinlich, das sehe dann ja so aus, als habe man es nur deshalb getan. Immer wieder dachte Zell, daß er jetzt aufsteht und geht. Und er dachte, daß es für alle gnädiger wäre, wenn er ginge. Er hätte Ruhe, und sie ihr Weihnachten. Wenn er Ulrich ansah, dann konnte er sich gut vorstellen, wie der sich insgeheim wegen der Nächstenliebe lobte, mit der man den armen, hilfebedürftigen Verwandten aufgenommen hatte wie in Bethlehems Stall, daß man sich *kümmerte* um ihn und selber auf »richtige Weihnachten« verzichtete. Es kam ihm sehr wahrscheinlich vor,

daß diese Einladung viel weniger deswegen zustande gekommen war, weil Eva »alle zusammen« hatte haben wollen, sondern zuallererst deshalb, weil Hanna sie darum gebeten hatte. Die beiden hatten in letzter Zeit oft miteinander telefoniert, obwohl sie sich zuvor kaum gekannt, nur ein einziges Mal bei ihm daheim gesehen hatten, und anscheinend hatten sie noch viel öfter miteinander telefoniert, als ihm das von Hanna mitgeteilt worden war. Erwarteten sie jetzt Dankbarkeit von ihm? Ulrich höchstwahrscheinlich. Für die beiden war er fraglos eine Last. Aber daß sie ihn sich aufgehalst hatten, was half ihm das? Für ihn war das doch auch nur eine Bürde, die er daheim nicht auf den Schultern hätte. Daheim! Sicher, sie meinten es gut mit ihm. Auch Ulrich mit seinem milden Krankenschwesternton. Aber wer war er denn, dachte er und schob wieder einen Bissen in den Mund, daß er es sich von jedem Arschloch gut meinen lassen mußte.
Es war eine Erleichterung, dann vom Tisch aufstehen zu können. Einen Schritt war er dem Bett wieder näher. Eva hatte ihn ins Wohnzimmer geschoben. Seinen widerstrebenden und gleichzeitig ganz widerstandslosen Körper. Und dann hatte sich vor ihm unter den Stille-Nacht-Klängen und dem Strahlen der Kerzen *die Familie* plötzlich zusammengeschlossen, war sie samt der Inszenierung dieses Zusammenschlusses, mit jedem Sternspritzer und Lamettafaden zu einem Block von Welt geworden, der ihm gegenüberstand, und er sah zu, wie die Kinder auspackten, Peter, der sich richtig auf die Geschenke gestürzt hatte, riß mit ungeduldigen Händen einfach das Papier weg, während Micki die Bänder so sorgfältig aufknotete, als erwarte sie Lob dafür, und das ist für dich, Stefan, sagte Eva und drückte ihm ein Paket in die Hand, er hörte sich murmeln, daß das doch nicht nötig gewesen wäre, er habe doch auch nichts für sie. Aber das macht ja nichts, lächelte Eva, von dir erwartet das doch jetzt niemand. Er setzte sich in einen Sessel, vor ihm ging das Auspacken, Überraschtsein, Sich-bedanken und Abküssen weiter, er hörte die freudigen Ausrufe, sah, wie Gesichter

aufstrahlten, Micki sagte bei jedem einzelnen Geschenk: oh, danke!, danke!, Peter hatte alles schon um sich stehen, schien ein wenig enttäuscht, daß da nicht noch etwas und noch etwas war, von dem er das Papier reißen, das Ding kurz anschauen und neben sich stellen konnte, aber Ulrich, sagte Eva vorwurfsvoll, was hat denn das gekostet?, und Ulrich lächelte geschmeichelt, nicht einmal eine Bombe, dachte Zell, könnte die jetzt auseinanderreißen, und er dachte, wie lächerlich es war, sich *Gedanken* gemacht zu haben, daß er denen hier nichts schenken konnte, aber von mir wird ja nichts erwartet, dachte er, von mir erwartet man ja jetzt nichts: ein Würgen, ein Widerwillen vor all dem hier, vor dieser Lebendigkeit, diesem Glück!, ich möchte ins Bett, würde er gleich sagen, es geht nicht mehr, und er wußte im selben Moment, daß er unter der Bettdecke überhaupt nicht gerettet sein würde: Er würde ja wieder hineinerwachen in diese Umgebung, würde noch so einen Tag und, wenn es nach Hanna ging, noch ein paar solcher Tage hinter sich bringen müssen, morgen ein Essen, zu dem auch Bernhard mit seiner family kam, Familientage, die nicht die seinen waren, er dachte kurz an Markus und Lina, schau, sagte Eva, gefällt es dir?, und sie drehte den Arm vor ihm, auf dem ein Armband war, eine Jugendstilimitation, ja, sagte er, mhm, und es klang wirklich bewundernd. Ob er es denn nicht aufmachen wolle, fragte sie und deutete auf das Paket, das er noch immer in der Hand hielt, ja sicher, natürlich, sagte er, es war ein Buch, das war klar, und welches, war ihm gleichgültig, er las doch nichts, ein eingewickeltes Holzbrett hätte es ebenso getan. Ach, das habe ich schon immer haben wollen, sagte er, wirklich, danke, ein Architekturbuch, über Brücken, tatsächlich hatte er das einmal haben wollen, vergangenen Sommer, unbedingt, es war nicht gelogen, Brücken hatten ihn immer sehr interessiert, waren eine Zeitlang ziemlich das einzige gewesen, das ihn an Architektur überhaupt noch interessierte, vor lauter Arbeit war er nicht dazu gekommen, das Buch selber zu kaufen, er hatte Hanna darum gebeten, aber die hatte »vergessen«, hatte ja damals in Buchhandlungen offenbar nur Bücher über Mütter und das Glück des Stillens wahrgenommen, bestimmt hatte sie Eva den Tip für dieses Geschenk gegeben, wie sollte Eva sonst darauf kommen?, als unnützer Ziegel, als Klotz lag es in seinen Händen, jetzt, wo es zu spät war. Er fing darin zu blättern an, wie pflichtschuldig, weil die Schwester auf der Armlehne seines Sessels saß. Bevor sie aufstand, legte sie kurz den Arm um seine Schultern, er sah nicht auf, hatte gerade gedacht, ob sie wissen konnte, was für ein Hohn ein solches Geschenk jetzt für ihn war. Und er dachte, daß es einmal eine Zeit gab, lange her, bevor sie an Ulrich geriet, da hatte er, betrunken natürlich, ihr zwischen die Beine greifen können, und sie hatte nichts weiter getan als gelacht und ihm die Hand weggeschoben. Er las ein wenig im Vorwort herum, ohne daß etwas in seinen Kopf ging, blätterte, blätterte ohne innezuhalten über die Brücken von Paolo Soleri und Robert Maillart genauso drüber wie über andere Bilder und Konstruktionszeichnungen, obwohl deren Brückenbauten ihn einmal begeistert hatten, auch die Schwandbachbrücke war jetzt nur ein Achselzucken wert, er hörte die Kinder, Ulrichs erklärende Stimme, das Licht ging an, der Fernseher wurde hereingeschoben, lief eine Weile zischend ohne Programm, Micki drehte sich in einem neuen Kleid, in dem sie plötzlich gar nicht mehr sehr kindlich aussah, vor Ulrich, der keine Zeit dafür hatte, sondern irgendein Geschenk genauer untersuchen, Peter erklären mußte, Zell blätterte, Micki sah zu ihm hin, als überlege sie, ob sie das Kleid dem Onkel vorführen sollte, aber dann kam sie doch nicht herüber. Als das Telefon läutete, sprang Ulrich sofort auf, das wird meine Mutter sein, sagte er, aber dann war sie es nicht, und Eva ging hinaus. Zell blätterte wieder zurück, nur noch Durcheinanderdröhnen im Kopf, alles war so weit weg und gleichzeitig wie die bedrängendste, die Mauer seiner Haut jetzt und jetzt niederrennende Belagerung, der Fernseher fing zu piepsen an, das ist meines!, schrie Peter, es gehört euch beiden, sagte Ulrich, aber er ließ Micki nur zuschauen, spielte selber mit Peter, eine

Art Pingpongspiel auf dem Bildschirm, Eva erschien in der Tür, winkte ihm, zeigte draußen aufs Telefon, Bernhard, sagte sie. Zell nahm den Hörer, räusperte sich. Grüß dich, sagte Bernhard, wie geht es dir? Eine langsame, müde, gleichgültige Stimme. Naja, sagte Zell, und wie geht es dir? Wie lange wirst du denn dableiben, fragte Bernhard. Ich weiß noch nicht, sagte Zell, man wird sehen. Dann, meinte Bernhard, treffen wir uns ja sowieso morgen. Da könnten sie dann einmal ein wenig ausführlicher reden. Schönen Abend noch. Dir auch. Aus.

Er setzte sich in Mickis Zimmer aufs Bett, lehnte sich an die Wand. Sein Arm lag auf der Reisetasche. Er müßte sie nur nehmen und gehen. Wenn Eva ein Einsehen hätte, wenn sie eines haben könnte, sie würde sagen, fahr heim, Steff, fahr. Er konnte nicht unter Menschen sein. Er hielt sie nicht aus. Nicht so nahe. Man konnte gerade noch nebeneinander im selben Bürozimmer sein. In die Arbeit verzwängt. Aber während der ständigen Kaffeepausen, die jetzt nicht mehr in seinem Zimmer stattfanden, wurde es schon zu viel. Selbst im Lift nach unten. Die harmlose Frage: Was treibst du heute abend? Er hielt diese Gesunden!, diese Normalen!, diese Krokodile nicht aus. Auch wenn er eine unstillbare Sehnsucht hatte, es käme trotz aller Verbarrikadierung jemand. Und nähme alles Schlimme hinweg. Sagte das Wort. Er hielt sie nicht aus. Auch die besten Freunde nicht. Seit sie ihn im Krankenhaus besucht hatten, hatte er keinen von ihnen mehr gesehen. Hermann nicht, Mike nicht, nicht einmal Willi. Von allen anderen gar nicht zu reden. Er hielt sie nicht aus. Schon die Vorstellung ließ ihn die Türen verriegeln. Jeder war ein Beispiel. Ein Beweis. Der ihn, noch dazu ohne es zu merken, ständig auf seinen Zustand stieß. Jeder führte durch seine bloße Existenz dasselbe vor: Wie einfach man so dahinleben konnte. So als sei Leben wirklich einfach. Leben, hallihallo, einfach so! Und sich noch beklagen! Über solche »Probleme«! Er hielt keinen aus, mochte keinen sehen, und gleichzeitig war es eine drückende Vorstellung, sie könnten ihm für

immer abhanden kommen, und wenn er vielleicht doch noch einmal auftauchen sollte aus dieser Verfinsterung, ist da keiner mehr. So, wie ihm auch damals, als er dieses Jahr lang am Boden kroch, die Freunde ziemlich verlorengegangen waren. Nicht weil sie ihn fallen ließen. Sondern weil sie mittlerweile ganz woanders waren als er, der sich mit ihnen nicht mitbewegt hatte. Irgendwann hatten sie aufgehört anzurufen. Er war ja nicht zu sprechen. Wie hätte er sollen? Immer nur Lina am Telefon: Er sei zwar da, könne aber mit niemandem reden. Irgendwann gaben die meisten auf. Niemanden hatte Lina mehr einladen dürfen. Heim aus dem Büro und aus. Und auf der TH, als er wieder hinging, war er wie ein Gespenst herumgeschlichen, in den Gängen, wo er vorher geschrien und gelacht, den dicken schwarzen Filzstift und die Spraydose locker bei der Hand gehabt hatte. Keine Spur war da mehr von der PreludynamoCo gewesen. Nichts als eine Legende. Auf die er aber schon gar nicht angesprochen werden wollte. Damals war er wieder ziemlich oft zu den Eltern gefahren. Die waren ja geblieben. Als etwas Sicheres, wo man immer hin konnte. Und sie waren ihm niemand gewesen, der ihm vorführte, wie einfach Leben war. Vielleicht deshalb, weil er wußte, daß sie mitlitten. Vielleicht nur litten, einen solchen Sohn, ein solches Kind zu haben. Und unter ihrer Hilflosigkeit litten, ihm nicht helfen konnten. Wenn es sie noch gäbe, er führe wahrscheinlich genauso wie damals zu ihnen. Jedes Wochenende. Dann wäre er auch nicht so auf Hanna angewiesen. Aber wäre er, wo er jetzt war, wenn es sie noch gäbe?
Er sah auf die Uhr. Wie viele Stunden noch? Zu Weihnachten blieb man sicher länger auf. Aber man würde es gerne »verstehen«, wenn er sich früher verkroch. Er könnte Wärmeflaschen herbefehlen, und man würde sie ihm eilends bringen. Brauchst du sonst noch was? Ja, den Schlüssel zur Tür. Damit er absperren kann und ihn schlucken. Es war kurz nach acht. Die Lithium-Tabletten waren fällig. Der Spiegel mußte genau gehalten werden. Dr. Illich hatte ihm *erklärt*, was die Tablet-

ten bewirken sollten: Er war mit dem Zeigefinger nach oben und unten gefahren, hatte Zacken in die Luft gezeichnet und dann mit der flachen Hand einen jähen Schnitt hindurch gemacht: die Normalachse. Die gerade Linie der Normalen. Die Lithium-Salze seien ein Segen, hatte Illich gelächelt, ein Mittel, von dem man nur hätte träumen können. Als Zell dann im Krankenhaus »auf Lithium *eingestellt*« wurde und bei der Blutabnahme zwischen den gespreizten Beinen des Arztes hockte, war ihm sein mit einem Gurt abgeschnürter Arm wie ein Ding vorgekommen, das nicht zu ihm gehörte, so wenig zu ihm wie dieser Gurt und die Nadel, die in der Vene stak, er hatte zugesehen, wie sein Blut dunkel in ein Röhrchen floß, und es war eine absurde Vorstellung gewesen, mit so einem Zeug gefüllt zu sein. Was für ein Schicksal!, hatte er gedacht. Er ging ins Badezimmer hinüber und schluckte, gleich vom Hahn trinkend, die Tabletten hinunter. Das Wasser war lauwarm und roch stark nach Chlor. Das war in dieser Stadt immer so gewesen. Aber ob da jetzt nicht eine chemische Reaktion in ihm stattfand, die eine ganz andere Wirkung haben konnte? Als er sich aufrichtete, rutschten seine Augen sofort aus dem Spiegelbild. Wie schamlos all die Dinge hier herumstanden und *offen* dalagen! Die Zahnbürsten, die Kämme, die Nagelfeile und die noch feuchte Seife! Als plauderten sie mit obszönen Wörtern das Intimste aus. Dieses Leben! Er drehte sich schnell weg und steckte den Tablettenstreifen wieder in die Jackentasche. Und plötzlich wußte er einen Ausweg.
Eva war im Eßzimmer, ordnete Weihnachtsgebäck auf einer Platte an, er blieb im Türrahmen stehen. Ich kann nicht dableiben, sagte er, ich muß auf der Stelle heimfahren. Eva hob den Kopf, Kekskrümel auf den Lippen, ihr Mund hörte zu kauen auf. Die Lithium-Tabletten daheim vergessen, die er unbedingt braucht, unbedingt, sagte er, gerade habe er eine nehmen wollen und es bemerkt. Nein, sagte Eva, das gibt es doch nicht. Hat er wirklich genau geschaut? Er sah, daß sie ihm kein Wort glaubte, und er spürte, wie es ihm den Blick

wegzuziehen begann, wie er zu schielen anfing, wußte nicht, wo hinschauen, und vor lauter Hoffnungslosigkeit, daß diese Lüge ihm auch nichts nützen würde, sah er ihr ganz gerade ins Gesicht.
Er räumte den Inhalt seiner Tasche wieder ein, den er zuerst, ehe er zu Eva ins Eßzimmer gegangen war, vorsorglich aufs Bett gekippt hatte, um seine Suche nach den Tabletten zu beweisen. Er schämte sich nicht einmal. Eva stand hinter ihm. Ab und zu ein Räuspern, dann ein ruhiger Satz. Ob er Hanna nicht anrufen sollte? Ob er ihr nicht die Nummer von Hannas Mutter geben kann? Für alle Fälle. Für welchen Fall? Er schrieb ihr die Nummer auf. Ulrich war bei den Kindern, damit sie nicht herauskämen und sähen, wie er verschwand. Was ihnen denn erklären, warum der Onkel auf einmal fuhr? Ohne ihnen die Wahrheit zu sagen, mit der sie nichts anfangen konnten. Er sei schon schlafengegangen, würde es heißen, und morgen, wenn sie fragen, wird er eben schon zeitig gefahren sein. Ulrich hatte beim geflüsterten Abschied so ausgesehen, als tue ihm wirklich leid, daß der Schwager nicht bleiben konnte. Vielleicht stimmte es: jetzt, wo es vorbei war. Und ich habe mir alles so schön vorgestellt, hatte Eva vorhin gesagt. Nicht zu ihm, sondern draußen im Vorzimmer leise zu Ulrich. Er zog den Reißverschluß zu, sah sich um. Fertig. Leise Tür auf, Tür zu. Wortlos lief Eva vor ihm die Treppe hinunter, so schnell, als wolle sie ihn nun möglichst rasch los sein. Er ging langsam, wie vom Gewicht der Tasche nach unten gezogen. Ein ruckweises Fallen. Von Stufe zu Stufe. Als sie ihm die Tür aufhielt und ihm entgegensah, rutschte ihr verschlossenes Gesicht auf einmal auseinander zu einer schlaffen, unverstellten Fläche der Bedrücktheit. Er konnte nur wegschauen. Draußen war es kalt, feucht und völlig still. In einigen Fenstern auf der anderen Straßenseite brannten Kerzen. Eva zog fröstelnd die umgehängte Weste über der Brust zusammen, er sperrte das Auto auf. Mit der dumpfen Hoffnung, daß ihn irgend etwas noch aufhält. Bitte, paß auf beim Fahren, sagte sie. Und er soll anrufen, sofort wenn er

heimkommt. Das hatte auch die Mutter immer verlangt. Er nickte. Sie küßte ihn schnell, trat wie im Reflex einen Schritt zurück und streckte ihm eine Plastiktragtasche hin, und das nimm mit, sagte sie. Danke, nickte er. Wahrscheinlich Weihnachtsgebäck. Noch ehe er den Wagen startete, lief sie zum Haustor zurück.

Er war schon lange halb wach. Zwölf Stunden hatte er fast in einem durchgeschlafen. Bei jedem Umdrehen die Wohltat des einen dünnen Gedankens: Heute muß nichts sein. Gar nichts. Als er zum ersten Mal richtig aufgetaucht war und gemerkt hatte, er ist ja wach, ein Blinzeln durch einen Augenspalt ins halbdunkle Zimmer, da hatte sich sein Körper schon angefangen zusammenzuducken. Aber das entsetzliche Grauen war ausgeblieben. Was er gespürt hatte, war nicht viel mehr gewesen als der aufsiedende Ekel, wenn man nach nur wenigen Stunden Schlaf, todmüde noch, plötzlich merkt, daß man in zehn Minuten aufstehen muß. Und er war leicht wieder weggerutscht. Und immer noch war es gut zu liegen, nichts riß ihn jäh heraus. Für alle Zeit hätte er so bleiben mögen in diesem schläfrigen Dösen, in dem die Zeit schmerzlos weiterruckte. Umstandslos zergingen die Gedanken, ohne Rest, einer war wie der andere, keiner zählte. Keiner stieß etwas an und setzte das Schwungrad in Gang, das sich sonst am Morgen von selber größer und größer gedreht hatte. Manchmal ein kurzes, knisterndes Aufblitzen im Kopf, wie wenn man ein Haar ausriß, so als erinnere sich die Angst an sich selber. Dann bewegte er sich ein wenig, und es war gleich wieder vorbei, und die Bewegung blieb in der Erinnerung seines Körpers als ein Sich-Rekeln. Doch langsam schob sich etwas aus dem Hintergrund hervor: War es nicht längst Zeit, Hanna anzurufen?! Er hatte es versprochen. Würde sie sich nicht schon ängstigen? Er war ja nicht zu erreichen. Und diese Vorstellung ihrer Angst verkehrte sich immer mehr zu seiner eigenen.
Noch immer zum Ducken bereit und auf den Hieb gefaßt,

richtete er sich, in die Ecke gedrückt, auf und schaute sich um: Alles stand draußen, in dieser Welt ohne ihn. Aber nichts stürzte über ihn her. War nicht einmal eine Drohung. Es ging auf zwölf. Er sackte ein wenig zusammen. War er tatsächlich am Entrinnen? Oder waren das nur die Tabletten? Alles in allem hatte er gestern abend beinahe die zweieinhalbfache Dosis geschluckt. Aber wenn es wirklich an den Tabletten lag: Warum hatte man ihm dann eine geringere Dosis verordnet? Und mehrmals hatte eine noch größere Menge nichts erreicht als Bewußtlosigkeit. Sein Kopf war ein wenig dumpf, aber nicht wie unter Wasser, wie das gewesen war, als sich sein Körper noch nicht an die Tabletten gewöhnt hatte: aus einem narkoseähnlichen Schlaf, kaum an die Oberfläche gekommen, in den nächsten sackend; torkelnd, wenn er auf die Toilette mußte. Er drang zwar nicht ganz nach außen durch. Aber das tat nichts. Es mußte ja nichts sein. Dann, ja dann würde er Hanna anrufen. Sonst mußte nichts sein. Er streckte sich wieder aus. Einschlafen würde er nicht mehr. Der Kopf war nicht mehr still. Und die Augen gingen immer wieder von selber auf. Draußen schien schönes Wetter zu sein, in Streifen lag das Licht auf dem Fußboden, verlosch, strahlte wieder auf. Er dachte an den letzten Abend, und wie er dann allein auf der Autobahn gewesen war. Irgendwann hatte es zu schneien begonnen, und die Flocken waren ihm im Scheinwerferlicht entgegengestürzt, so daß er sie fast auf den Augen spürte. Wie in einem schnell enger werdenden Kessel, der ihm entgegenrast und ihn hineinsaugt, war er gefahren, und er hatte gedacht, daß das jetzt *die* Möglichkeit wäre: den Kopf in den Nacken legen, die Augen schließen und voll aufs Gaspedal steigen. Wie ein Verschwinden in diesem Kessel hatte er sich das vorgestellt. Einfach nicht mehr dasein. Nach ein paar Herzschlägen hatte er die Augen wieder geöffnet. Die Straße war ohnedies schnurgerade gelaufen. Kaum daheim, hatte das Telefon geklingelt: Hanna. Offenbar erleichtert, daß er schon da war, aber dann gleich vorwurfsvoll. Und ihre müßige, ein paarmal wiederholte Frage, warum, Stefan, warum?! Er möchte jetzt nur mehr schlafen, hatte er gesagt. Nein, sie soll ruhig so lange bleiben wie vorgehabt. Es sei ihm sogar lieber so. Das war gelogen, aber er wollte sich nicht anhören, daß er schuld sei an den Schwierigkeiten, die sie mit ihrer Mutter bekäme, wenn sie zu ihm fuhr. Er hatte sogar gesagt, nein, Hanna, ich stecke das Telefon auf jeden Fall aus, ich möchte wirklich einmal ausschlafen. Natürlich wird er anrufen, was denn sonst? Und als er sich im Bett ausgestreckt hatte, da hatte er sich dafür gelobt. Und auf einmal gewundert, daß er sich selber lobte. Sich. Jemanden wie ihn!

Als er bei Hannas Mutter anrufen wollte, kam schon nach den Ziffern der Vorwahl das Besetztzeichen. Nackt neben dem Telefon auf dem Fußboden hockend, versuchte er es immer wieder. Es war kalt im Zimmer, er hatte gestern, als er heimkam, kurz daran gedacht, die Heizung anzustellen, es aber offenbar gleich wieder vergessen. Schnell kroch er zurück ins Bett, und es war ihm deutlich ein Sich-verkriechen. Zusammenschaudernd einen Moment ein Wohlsein, bis ihm wieder warm war. Und plötzlich schien ihm der Tag, den er sich eben noch als einen hatte vorstellen können, den er einfach verdösen würde, als eine leere, vor ihm liegende Endlosigkeit. Nichts da, sie zu füllen. Das einzige, was er von den Weihnachtsferien erwartet hatte, war Schlafen gewesen. Nichts sonst. Dahin hatte er sich gesehnt. Jeden Tag. Wie ein Halt war das manchmal gewesen, der den nächsten Schritt und noch einen und noch einen erst ermöglicht hatte. Nur schlafen. Warum wünschte er dann jetzt schon den Abend herbei? Er konnte sich ja sagen, daß jetzt Abend war. Was ging ihn die Sonne da draußen an? Wenn er Hanna angerufen haben würde, war sein Tag vorbei. Aber wie lange würde er schlafen, wenigstens dahindösen können? Und mit wie vielen Tabletten? Nach Neujahr mußte er wieder ins Büro. Und bis dahin? Nur schlafen? Ob das möglich war?

Die Sonne auf dem Fußboden war auf einmal weg. Er sah lange hin, aber sie kam nicht mehr. Sein Magen fing laut zu knurren an. Er würde auch etwas essen müssen. Aber da war jetzt niemand, zumindest, wenn Hanna nicht früher kam, drei Tage lang niemand, der es ihm bringen würde. Krank sein wie ein Kind, das wäre gut. Daliegen und die Mutter hören, ihre Handgriffe, ihren Schritt. Er war immer eifersüchtig gewesen, wenn die Geschwister krank waren. Selber hatte er oft krank gespielt. Besonders im ersten Jahr, als er im Stift zur Schule ging. Und kein einziges Mal hatte die Mutter gesagt, daß sie ihm nicht glaubt, daß er bestimmt nur Angst vor der Schularbeit hat. Daß er noch viel mehr Angst vor den Mitschülern gehabt hatte, davon hatte sie ja nichts gewußt. Sie hatte ihn genauso umsorgt, als wäre er wirklich krank gewesen. Es war schwer vorstellbar, daß sie ihn nicht durchschaut hätte. Für den Vater hatte ein Blick genügt. Doch die Mutter hatte seine Krankheit dann nur um so mehr verteidigt. Vielleicht auch, weil sie nicht hatte zugeben wollen, nicht hatte zugeben können, daß ihr Kind zu solchen Ausreden Zuflucht nehmen mußte.

Er versuchte wieder anzurufen: dasselbe Abschnappen nach ein paar Ziffern und das schrille, aufgeregte Tüten. Hatte Hanna ihm eine falsche Vorwahlnummer gegeben? Auf dem Weg ins Arbeitszimmer, um das Telefonbuch zu holen, ging er ins Bad und stellte die Heizung an: ein halbes Aufatmen, daß die Therme gleich ansprang. Was hatte er noch gewollt? Die Tabletten, natürlich. Er schluckte die verordnete Dosis. Vor ihm sein Spiegelbild. Er sah es an. Es sah ihn an. Und sofort spürte er, wie Beklommenheit in ihm hochzusteigen begann. Natürlich war das sein Gesicht. Das war er. Es war ihm auch nicht fremd. Aber es gelang nicht zu spüren: Das bin *ich!* Da sah ihn nur jemand an. Es war, als stünde der andere dort, wo er selber hinwollte und nicht hinkam. Im Wegdrehen fiel ihm ein, daß er das Telefonbuch hatte holen wollen. Er nahm es mit ins Bett. Die Nummer stimmte.

Unter der Dusche hätte er sich gerne auf den Boden gehockt, wie er es meistens tat. Aber er zwang sich stehenzubleiben, so als könnte das ein Beweis sein, daß es tatsächlich schon besser ging. Und dann zwang er sich, frische Unterwäsche zu holen, obwohl er es völlig nutzlos fand. Seinem Gefühl nach wäre die gebrauchte genau richtig gewesen. Achselzuckend: Wozu? Er zog seinen Bademantel an, der voller Flecken war. Es war das Kleidungsstück, das er in den letzten Monaten am meisten getragen hatte. Darin, auch wenn er noch herumsaß, war er dem Bett schon ganz nahe. Oft schlief er auch darin. Und war schon ein paarmal voll Todesangst aufgefahren, in den Gürtel verheddert, niedergeknebelt.

Auf dem Regal im Vorzimmer lag die Tasche, die Eva ihm mitgegeben hatte. Die Fotos! Nicht nur Weihnachtsgebäck, wie vermutet, war darin, sondern ein Album und eine Schachtel mit Fotos. Er war gestern nicht mehr imstande gewesen, sie anzuschauen, Fotos jedenfalls, die er jahrelang nicht mehr gesehen hatte, aus seiner Kindheit und Schulzeit. Unerklärlich, warum Eva sie ihm mitgegeben hatte. Er nahm sie in die Küche mit, setzte Teewasser auf, sah in den Kühlschrank. Er würde etwas einkaufen müssen. Aber nicht bloß nach unten gehen! Sondern auf einen der Bahnhöfe fahren, wo es Geschäfte gab, die auch an Feiertagen geöffnet waren.

Er bemerkte plötzlich die Messer, die an einer Magnetleiste an der Wand aufgereiht waren. Er sah sie direkt an. Nichts. Küchenmesser. Und er wußte noch gut, wie *sie ihn* angesehen hatten, wie aus den Augenwinkeln. Höhnisch. Und lockend. Und das Fläschchen mit dem giftigen Fleckputzmittel in Hannas Badezimmer. Und die Rasierklingen in einem Fach seines Schreibtisches. An den *dazu* brauchbaren Dingen war ihm immer wieder plötzlich *dieser eine Zweck* aufgefallen. Er hatte krampfhaft wegsehen müssen, ohne daß er sie hätte vergessen können. Auf einmal war die Küche für ihn der Raum mit den Messern gewesen. Und er hätte am liebsten abgesperrt, wenn er gewußt hätte, wo der Schlüssel war. Jetzt war das weg. Er hätte nicht sagen können, seit wann. Aber würde das halten? Schnell, noch ehe der Teekessel zu pfeifen anfing, goß er das Wasser in die Kanne und merkte im selben

Augenblick, daß er noch keine Teeblätter hineingetan hatte. Mit einer widerwilligen, müden Bewegung griff er hinauf zu den Dosen. Am liebsten hätte er alles sein lassen. Da war es schon wieder! Auch vorhin im Bad vor der Waschmuschel: Da war das Wasser zu heiß herausgelaufen, und er hatte statt das Hahnes für das kalte Wasser den fürs heiße weiter aufgedreht. Er hatte sich damit zu beruhigen versucht, daß so etwas jedem passieren konnte. Und nicht einmal auffallen würde. Jedenfalls kein Beweis wäre. Möglicherweise fielen ihm diese *Verirrungen* nur deshalb auf, weil er die Welt ständig nach solchen Beweisen absuchte. Möglicherweise war sie voll von solchen »Ereignissen«, die dazu dienen konnten. Doch das war überhaupt kein Gegenargument. Schon daß er sie suchte, war ein Beweis: Jemand, der an seinem Verstand nicht zweifelte, suchte diese Beweise nicht. Und der, der sie suchte... Und wie leise er sich in der Wohnung bewegte! So als dürfe er das alles nicht, was er tat. Als müsse er irgend etwas vertuschen. Sich selber. Jedenfalls leise sein. Wie aufdringlich laut das Wasser beim Zähneputzen gerauscht hatte! Er hatte sich erst einreden müssen, daß um diese Tageszeit ja durchaus Wasser rauschen konnte. Es war, als wüßte jeder im Haus – und nahm seine Geräusche als Indiz –, daß er etwas tat, wofür man ihm gerechterweise den Prozeß machen konnte. Alles, was er tat, schien ihm etwas zu sein, das man gegen ihn verwenden konnte. Ohne daß er eine Antwort auf die Frage gewußt hätte, wovor er da eigentlich Angst hatte. Wessen er überführt werden könnte. Und es gab keine Sicherheit gegen den Verdacht, daß das, was er tat, vielleicht doch nicht so unauffällig war, wie er hoffte. So alltäglich, daß man es ihm durchgehen lassen konnte.

Ob es das einmal wieder für ihn geben würde?: All das *Einfache:* sich die Zähne putzen bei laufendem, rauschendem Wasser. Tür auf und zu machen, ohne daß ihr Knarren, wie das der Klotür, den Körper entzweisägt und die beiden Hälften hellhörig ins Haus lauschen, ob da nicht jemand *reagiert!* Die Türen vielleicht hinter sich zufallen lassen, oder überhaupt: sie zuknallen, wie die Nachbarn die Türen knallten! Über das ächzende Parkett gehen und sich nicht leicht, am liebsten gewichtslos machen wollen dabei. Licht haben zu jeder Zeit, auch fünf Uhr morgens, sogar *noch* fünf Uhr morgens.

Davon war er unendlich weit entfernt. Von all dem Einfachen: Zu sagen, da bin ich *einfach* über die Straße gegangen. Da werde ich *einfach* anrufen! Ohne dieses läppische Wort so grotesk zu finden, eine Zumutung, über die er laut schreien möchte.

Allein das Gehen! Auf der Straße, überall, wo nicht Mauern und Türen mit Schlössern waren zwischen ihm und den Menschen. Wie er ging, das war ganz ohne bestimmten Rhythmus, vor allem aber war das nicht sein Rhythmus, den er immer gehabt hatte. Und das spürte er deutlich. Mit diesem *fremden* Schritt konnte er nur unsicher gehen, mußte oft beinahe absichtlich Fuß vor Fuß setzen: Es ging sich nicht von allein. Einfach gehen und schauen und denken, was man sieht! Es einfach weiterdenken können, ohne daß man plötzlich merkt, was man da denkt, und eine fürchterliche Angst hochkocht und einen so an die Wand drängt, daß man auf der Stelle weg möchte von der Straße, weg, weg, heim und sich zwischen Kasten und Wand verkriechen, die Türen verrammelt, eine Angst, die geblieben war, dünner zwar und nicht mehr so allgegenwärtig, als sie sich zum ersten Male erhob, ihn herausstieß aus seinem fleckenlosen Glück, als er plötzlich die Existenz dieses über dem Land, über der ganzen Welt liegenden Spinnennetzes *wiedererkannte,* eines undurchdringlichen Gespinstes aus Staatsmacht und Geld und Militärs, aus Politikern, Polizei, Geschäftemachern, Nazis und Freimaurern, Waffenhändlern in Regierungsrang, Hochadel, Ministerien und Multinationalen, CIA, KGB, gedungenen Mördern, Psychiatern, Universitätsprofessoren und Lügenfabrikanten in Zeitungen und Fernsehen, Drahtziehern und Mitläufern und Agenten und Spitzeln und gewohnheitsmäßigen Wegschauern, einer Macht, die alles erdrückend umschlingt, allgegenwärtig und unsichtbar, und die er zuerst noch in Schach zu halten, ein für allemal unschädlich machen zu können glaubte, ehe sie größer und größer wurde, je häufiger und klaffender die Risse sich auftaten im Paradies, in dem er sich eben noch gottgleich bewegt hatte, und die sich bald zur Übermacht auswuchs, als alles sich umstülpte und ihn hinschleuderte in Abgründe, wo sie dann als Allmacht über allem hing, und man ihr schutzlos ausgeliefert war und allein, weil man niemandem mehr trauen und sich nur totstellen konnte, blind und taub, den Kopf zwischen den Knien, damit diese Spinne die Gedanken nicht errät, nicht merkt, daß alles durchschaut ist. Allmählich, in den letzten Wochen, hatte sich dieses zuerst so deutlich sichtbare Netz zu verwirren angefangen, waren die Fäden gerissen, die er gerade noch so hellsichtig entlangdenken hatte können, und seine Angst vor dieser *Verschwörung* war ausgeblichen, war meist nur noch aufgeflackert auf der Straße, wenn er zu Fuß unterwegs war zwischen den ihren Weg gehenden Leuten, oder beim Anblick von Polizisten, die öffentlich mit Mordwerkzeugen an der Hüfte herummarschierten. Auch deshalb fuhr er lieber mit dem Auto, selbst wenn er meinte, das jetzt gar nicht zu können.

Ob es das je wieder geben würde?: einfach dasitzen und gedankenverloren zum Fenster hinausschauen können. Ohne es als Indiz nehmen zu müssen, daß etwas mit dir nicht stimmt. Überhaupt nicht stimmt. Die Welt läuft, während du irgendwelchen Gedanken nachhängst, vielleicht aber auch gar nichts denkst, einfach weiter, und du findest dich, wenn du den Kopf drehst, umstandslos in ihr wieder, ohne daß da ein Sprung ist, der dich schreckt. Du findest dich einfach wieder in der Welt, und da ist kein Riß.

Er blätterte im Fotoalbum herum, etliche Bilder waren entfernt worden, auf den verbliebenen war überall er mit darauf, zwischen Mitschülern, zusammen mit den Geschwistern, der Mutter, nur ein einziges Mal war der Vater auf einem Bild, die ganze Familie auf irgendeinem Berg, wahrscheinlich mit Selbstauslöser gemacht. Er blätterte, betrachtete das Kindergesicht mit dem nichtssagenden Lächeln, den Kleinen, der da eingezwängt saß unter den Mitschülern, in kurzen Hosen, eine Schulter nach vorn, die Hände flach auf den Unterschenkeln liegend, gestellte Aufnahmen, tote, nie lebendig gewesene Momente: Mehr kam nicht herüber, als daß da einmal fotografiert worden war, kein Gefühl zu diesem Gesicht: Wenn er nicht von früher her gewußt hätte, das ist er, er hätte sich nicht erkannt. Aber unzählige Male, das wußte er, hatte er als Kind diese Fotos angeschaut, warum nur? War da etwas wiedererstanden in ihm, das jetzt nicht auftauchte? Widerwillig klappte er das Album zu: So als sei da zuerst, als er es aufschlug, eine Hoffnung gewesen. Die getrogen hatte. Er goß sich Tee nach, schob ein paar Brocken Käse in den Mund, Kekse; Brot war keines da. Es dauerte eine Weile, bis er merkte, daß das leise Klingeln eines Telefons das seines eigenen war, und als er schnell durchs Vorzimmer ging, schnarrte an der Tür die Gegensprechanlage. Er stockte, wer konnte heute zu ihm wollen?, Hoffnung und Unwille liefen durcheinander, er wußte nicht, wo zuerst hin, ging hastig zum Telefon. Hannas erster Satz: Warum hast du denn nicht angerufen? Ein milder Ton, nicht sehr vorwurfsvoll. Moment, sagte er, da ist jemand an der Tür. In der Gegensprechanlage eine Frauenstimme, er konnte sie nicht gleich verstehen, weil unten ein Moped knatterte, Karin, welche Karin? Er kannte keine Karin. Hanna hat mich hergeschickt, hörte er. Warum? Willst du mich nicht wenigstens hineinlassen, kam die Stimme wieder, da heraußen sei es kalt. Er zögerte einen Moment, dann drückte er auf den Türöffner, machte die Wohnungstür einen Spalt auf und ging zum Telefon zurück. Da ist jemand unten, den du geschickt hast, sagte er. Ach, sagte Hanna, ist Karin schon da? Und was will sie, fragte er. Es war eine Weile still, nur ein Hämmern im Telefon, mein Gott, Stefan, sagte Hanna dann, sie schaut ja nur vorbei, ob du etwas brauchst. Ich brauche nichts, sagte er leise. Er wollte niemanden sehen. Er kenne Karin, sagte Hanna, das sei die, die manchmal im Geschäft ausgeholfen habe, auch in den letzten Wochen, sie hat ihm doch davon erzählt. Er konnte sich nicht erinnern. Eine ganze Reihe von Gänsen, die man sonst nur in Schickerialokalen sah, hatte dort, in dem Laden mit Jugendstil- und Art-deco-Möbelkram, wo Hanna ihre Tage versaß, schon ausgeholfen. Und wie gehe es ihm heute, fragte Hanna. Gestern bist du so, ich weiß nicht, wie ich sagen soll, gewesen, und Eva so besorgt. Sollte er ihr erzählen, daß er heute schon mehrmals das Gefühl hatte, allmählich ein wenig aus den Augen zu sehen? Und es damit gleich *verschreien?* Wie soll es mir schon gehen, sagte er. Er hörte, wie draußen das Parkett knarrte. Er rufe später zurück, sagte er schnell, sie ist schon da. Er sah an sich hinunter, zog den Gürtel des Bademantels enger. So sah er eben aus, na und? Er hatte niemanden eingeladen. Warum läßt man ihn nicht in Ruhe. Er stockte im Türrahmen, ach du bist das?, sagte er. Karin stand da, ein vages, unsicheres Lächeln, abtastende Augen. Er hatte vergessen, daß sie so hieß, hatte sie überhaupt vergessen, sie ja nur zwei-, dreimal gesehen, aber er hatte sogar einmal geträumt von ihr, das wußte er noch, es war Monate her. Er gab sich einen Ruck, ging auf sie zu, spürte die Arme von sich abstehen wie Stöcke, ich bin gerade beim Frühstück, murmelte er und ging an ihr vorbei in die Küche. Sie zog die Jacke aus, hängte sie über einen Sessel. Als er sie zum ersten Mal sah, ganz kurz nur zwischen Tür und Angel, als er einmal Hanna vom Geschäft abholte, die sie nebenhin miteinander bekannt machte, da war er plötzlich, und für ihn selber grundlos, so gut gelaunt gewesen, daß Hanna ihn fragte, ob sie den Wettbewerb für das Schulzentrum, an dem das Büro monatelang gearbeitet hatte, gewonnen hätten, wobei genau das Gegenteil der Fall gewesen war. Eine blasse, nüchterne Erinnerung jetzt, die nichts mehr anstieß. Sie war noch sehr jung, höchstens zweiundzwanzig. Weite Hosen, weiter Pullover, grelle, nicht zusammenpassende Farben, fransig geschnittenes kurzes Haar. Unschlüssig stand sie da, er schaute sie mit kurzen Blicken an, schaute weg. Hanna hat mich angerufen, sagte sie wieder. Sie stellte sich zum Heizkörper, faßte ihn mit den Händen und fröstelte, ein eisiger Wind gehe draußen, erklärte sie. Er zündete eine Zigarette an, ja, sagte er, und? Sie lächelte ihn kurz an, ganz offen auf einmal, er drehte wie beiläufig den Kopf weg. Ob sie auch einen Schluck Tee haben könne? Er ist schon kalt, sagte er. Ach, das mache nichts. Sie nahm eine Tasse aus dem Schrank, auf den er gedeutet hatte, und setzte sich zu ihm an den Tisch. Hanna, sagte sie, habe gemeint, er werde irgendwas brauchen, sie könnte es für ihn einkaufen. Sie zeigte auf die Zigaretten auf dem Tisch, er nickte, und sie sah sich nach Feuer um. Langsam nahm er das Feuerzeug aus der Tasche und legte es vor sie hin. Er hatte Rauscher, mit dem sie zusammenlebte und der mindestens sieben, acht Jahre älter war als er, damals fast beneidet, das wußte er noch. Einmal war er mit Mike in Rauschers Atelier gewesen. Und er hatte sich gewundert, daß sie nicht einfach dessen jungdummschönes Anhängsel war, immer einer Meinung mit dem Herrn und Meister, sondern daß sie sehr bestimmt eigene Ansichten vertrat, wie er sie jemandem in diesem Alter gar nicht zugetraut hätte. In einem fort hatte er sie ansehen müssen. Sie hatte immer als erste weggeschaut. Jetzt sah er weg. Mit einer widerwilligen Bewegung goß er ihr Tee ein, der schon schwarz und voller Sud war, nicht einmal eine ganze Tasse. Soll ich frischen machen, fragte sie. Aber nur, wenn er auch noch welchen will. Er stand auf, so langsam, als sei das eine schwere Anstrengung, und stellte Wasser auf. Ich komme wohl sehr ungelegen, sagte sie in seinem Rücken, ich bin dir lästig, nicht wahr. Aber sie wolle sich wirklich nicht aufdrängen, Hanna habe sie eben gebeten, und er brauche ihr nur zu sagen, ob sie etwas für ihn tun könne, dann sei sie schon wieder weg. Er drehte sich nicht um, wusch die Kanne aus und gab Teeblätter hinein. Wenn sie sich nicht aufdrängen wollte, warum saß sie dann da? Warum hatte sie sich ausgezogen und hergesetzt? Man hätte das auch im Stehen erledigen können. Verstand sie sich als Spitzel Hannas? Oder war er etwas Interessantes für sie? Ein seltenes Tier? Etwas, das sie noch nie gesehen hatte? Aber normalerweise war kein Mensch auf so etwas neugierig, jeder sah so schnell weg, als fürchte er eine Ansteckung. Ich weiß nicht, was Hanna dir erzählt hat, sagte er leise, aber ich komme schon allein zurecht. Und er möchte niemandem zur Last fallen. Zur Last?, sagte sie, das ist doch eine Übertreibung. Oder finde er es normal, daß keiner sich um den anderen kümmere. Außerdem habe sie sowieso nicht gewußt, was sie mit dem Nachmittag anfangen solle. Kein Mensch zu erreichen, alle in die Ferien gefahren, ihre Eltern auf die Kanarischen Inseln, das gehöre sich jetzt offenbar so. Als Hanna sie angerufen habe, sagte sie, sei sie fast froh darüber gewesen. Was für eine schöne Aufgabe für eine mitfühlende Seele, dachte er. Beinahe hätte er es gesagt. Er wußte nicht, was er von ihr denken sollte. Er blieb beim Herd stehen, als müsse er den Wasserkessel bewachen. Ich bin ein bißchen verlegen, lächelte sie, eigentlich kennen wir uns ja gar nicht. Er wußte, daß er früher sofort gesagt hätte, daß man das leicht ändern könne. Wie grotesk, daß ihm das jetzt einfiel. Und um wie vieles grotesker noch, es jetzt tatsächlich zu sagen. Und verlegen sah sie überhaupt nicht aus, seit sie saß. Eher als wohne sie hier und er sei auf Besuch. Und ich bin noch nie, sagte sie, ich habe noch nie, sie verstummte plötzlich. Aber in ihm ergänzte sich automatisch der Satz: Ich habe noch nie mit einem Irren zu tun gehabt. Hatte sie keine Angst vor ihm? Irre sind doch unberechenbar. Ich bin noch nie in einer solchen Situation gewesen, setzte sie leise hinzu. Er merkte, daß sie ein wenig rot geworden war. Sie machte eine unwillige Kopfbewegung. Soll ich wieder verschwinden, fragte sie. Sie hob plötzlich die Augen und sah ihn gerade an. Er zeigte auf den Teekessel, unser Tee, sagte er, den trinken wir noch. Sie lächelte sofort wieder. Er hätte gerne gewußt, was Hanna ihr über ihn erzählt hatte. Und er dachte, daß sie damals hätte kommen müssen, damals, als er von ihr träumte. Nun war es, als ob er jetzt, als Erwachsener, die als Kind vergeblich gewünschte rot-weiß-gedrehte Zuckerstange geschenkt bekommen hätte, jetzt, ein ganzes Leben zu spät. Sie stand plötzlich auf, stellte den Sessel vor den Heizkörper und zog ihre Stiefel aus. Und da fuhr jäh ein Riß durch ihn hindurch: Sie hatte nicht einmal Strümpfe an! Sicher dann auch keine Unterwäsche! Wie Helene damals? Eine Vorstellung, die aufquoll und den Kopf füllte, daß sie *völlig nackt* ist unter den weiten Kleidern! Er starrte hin, sie hielt die Füße auf die Rippen der Heizung, jemand ganz anderer saß für ihn auf einmal dort, etwas anderes war im Raum: eine Frau! Die eben noch verborgene Geschlechtlichkeit plötzlich nach außen gestülpt!, so schamlos, als recke sie ihm nackt die gespreizten Beine entgegen, von wo schon der Geruch von Apfelsäure herweht, und wie sie sich rekelte im Sessel!, sie habe so lange auf die Straßenbahn warten müssen, hörte er sie wie entschuldigend sagen, und die Stiefel seien noch von gestern naß, schief stand er da, mit dem Gefühl, die Augen ziehen sich tiefer und tiefer in ihn hinein, werden zu Schlitzen, und zu beiden Seiten des Kopfes schiebt sich etwas dunkel nach vorn, engt sein Gesichtsfeld ein auf ihre leuchtenden, nackten Füße, nichts Obszöneres in der Welt als diese Füße!, und wie sie sich unter dem Pullover mit der Hand über die Schulter strich und den Kopf dagegen lehnte!, als fühle sie schon *die Hand eines Mannes* dort! Ein ungeheurer Widerwille drehte ihm den Blick weg, er ging zur Tür, ich gehe mich anziehen, murmelte er, ohne sich noch einmal umzusehen, ich muß etwas einkaufen fahren.

Automatisch zog er sich an, mit bleiernen Handgriffen. Ein stumpfer Ekel vor seinem Körper, vor dieser haarigen Haut. Was rundum war, war kaum da. Ein flauer Schwarzweißfilm. Ruckweise Gedanken, als schlüge er wie ein Hospitalisierter in monotonen Abständen den Kopf gegen die Wand: Ich bin gar kein Mensch mehr. Ich bin gar kein Mensch mehr. Als Mensch war man Mann oder Frau. Er war gar nichts mehr. Jede Spur von Sexualität verschwunden. Nur daß es der Kopf immer noch wußte. Er konnte sich alles vorstellen, wenn er wollte. Scharf und genau, wie unter der Lupe oft. Aber das blieb im Kopf, strahlte nicht aus. Stieß kein Gefühl an, um gleichzeitig darin zu verschwimmen, sich zu verwandeln in Schauder und Drängen, das die Haut durchlässig macht, die Grenze. Vergessen hatte er nichts, und manchmal nahm er alles genau so wahr. Schärfer noch, als grinse man voll Hohn: Du? Du kannst ja nicht einmal! Eine Demütigung jede erotische Geste, jede Frau. Jede, wenn er sie plötzlich als solche sah: ein Körper mit Brüsten und Scham. Du kannst nicht! Und nie hatte er deutlicher gespürt als in solchen Momenten: daß es einzig *darauf* ankam. Nichts sonst zählte. Und wer sich nicht hineinverwickeln kann, ist draußen. Herausgefallen aus dem Magnetfeld, diesem zwischen den beiden Polen ständig sich bildenden, zerfallenden und neu anordnenden Weltmuster. Nutzlos ist er wie ein abgenagter Apfelbutzen. Auch deshalb war er von Hanna weg: um nicht immer darauf gestoßen zu werden. Sie neben sich liegen zu wissen als etwas Kochendes. Und er nur elend. Auch wenn er von früher noch wußte, daß sie gar nicht so sehr darauf aus war, und er ihre Penetrationsangst kannte. Er konnte ihr einfach nicht glauben, wenn sie nun erklärte, *das* fehle ihr nicht, das mache ihr gar nichts, das brauche ihn nicht zu quälen. Das hatte ja auch Lina behauptet, immer wieder: Sie denke gar nicht daran. Trotzdem. Außerdem hatte es nur bedeutet, daß Lina dabei nicht mehr an ihn dachte. Einmal hatte er sich sogar ein Pornomagazin gekauft, es durchgeblättert und die Seiten angestarrt, die Körper, angestarrt mit aller Kraft wie beschwörend, als könnte die kalte Glätte des Papiers in ihm wieder entzünden, was erloschen war, und er hatte herumgeknetet an seinem Fleisch, hatte es erzwingen wollen: So als könnte, wenn das funktionierte, alles wieder gut werden: Wenn das geht, geht alles! Aber nichts ging. Und zu Lina hinüberzugreifen, an ihr herumzugreifen in einer auf einen einzigen Punkt zusammengezogenen kläglichen Hoffnung, war auch nur etwas gewesen, worüber er sich schreiend auslachen hätte können. Den nutzlosen Schwanz abschneiden,

dachte er. Auf einem Teller ihr hinlegen. Stopf dir die Qualle hinein. Stopf zu.
Er hätte, als er auf die Küche zuging, gerne gehabt, Karin wäre nicht mehr da. Doch als er die Tür öffnete und sie nicht mehr vor dem Heizkörper sitzen sah, fuhr ein so jäher Schrecken durch ihn, sie könnte wirklich gegangen sein, daß er gar nicht gleich merkte, daß ihre Jacke ohnedies noch dahing. Als dann die Spülung rauschte und er ihren Schritt näherkommen hörte, da war die eben noch ängstlich heiße Bewegung schon wieder ausgelaufen und gestockt zu dem wattigen Gefühl, daß alles nur vergeblich war.

Angst, entsetzliche Angst: daß man alles nur für ihn inszeniert hat, den Film nur für ihn gemacht, ihm zugespielt, um ihn herauszulocken aus seiner noch so hinfälligen Sicherheit, ihn hinüberzuziehen über die Grenze und den Vorhang plötzlich wegzureißen, hinter dem der Boden abbricht. Wenn der Film überhaupt im Fernsehen gelaufen war! Überall empfangen werden konnte und nicht nur auf seinem Bildschirm. Ein Schwall von Gedanken, die sich verfilzen, die Wohnung dunkel, alle Ecken starren, jeden Moment kann das Unerwartete irgendwo hervorbrechen, er läuft in der Wohnung herum, dreht alle Lichter auf; daß alles da ist wie sonst, ist keine Sicherheit, alles tut nur so, als wäre es das Vertraute, und kann im nächsten Moment die Form verändern, zur *wahren* Gestalt werden, nichts ist mehr sicher, wie ein Rettungsanker der Gedanke, in der Zeitung nachzusehen, ob der Film im Programm steht, denn wenn nicht?! Daß ausgerechnet der Teil mit dem Fernsehprogramm fehlt, ist ein neues Indiz, keine Chance will man ihm lassen, wahnsinnig will man ihn machen, er kippt den Mistkübel auf den Küchenboden, wühlt die Zeitungsblätter heraus, in die Karin am Nachmittag beim Kochen den Abfall gewickelt hat, die Zeitung ist von vergangener Woche, eine Zeile springt ihm in die Augen, eine Annonce: Ihre Freunde werden Sie nicht wiedererkennen!, eine verschlüsselte Botschaft?, schnell wendet er sich ab, geht herum, aber die Luft ist zum Ersticken, er reißt das Fenster auf, beide Flügel, lehnt sich hinaus, atmet tief die kalte Luft ein, keuchend, die eben noch so warme Heimeligkeit der erleuchteten Fenster gegenüber wird unversehens zu einem verlogenen Blinzeln, und die dunklen Fensterhöhlen!, keine Hilfe denkbar von da draußen, hinter den Mauern sitzen sie und weiden sich an seinem Zappeln mit höhnischem Grinsen, er sieht in den dunklen Schacht des Hofes hinunter, und sofort wird der Gedanke übergroß, hebt seine Kopfhaut ab, er wird sich, ohne es zu wollen!, da gleich hinunterstürzen, genau hierher hat man ihn bringen wollen, damit er diesen teuflischen Plan erfüllt, den Plan, ihn zu vernichten, weil er sie durchschaut hat, Fenster zu, Jalousien zu, und er weiß, das nützt gar nichts, er läuft herum, setzt sich aufs Bett, fährt wieder auf und rennt hin und her mit heftigen Bewegungen, als könnte er das Grauen aus sich herauslaufen, auch nicht mehr faßbar sein an ständig wechselndem Ort, hockt sich wieder hin, die gefalteten Hände zwischen die Knie geklemmt, und sein Oberkörper schwankt vor und zurück, wie ein sich selber Anflehen ist es: Beruhige dich, Stefan, beruhige dich!, ein Rauschen in den Ohren und der stolpernde Herzschlag im Magen, als klopfe es direkt aus dem Sonnengeflecht, jäh treibt es ihn auf, er würgt sich in Kleider hinein, und der Pullover, in den er fährt, fesselt ihn, schnürt ihm die Luft ab, bis der Kopf im allerletzten Moment doch noch herausfindet, Socken über die Füße, nicht mehr ganz so angreifbar fühlt er sich jetzt, Hilfe holen!, jemanden anrufen, der hilft! Karin!, sie hat ihm ihre Nummer dagelassen, anrufen, damit sie ihm sagt, ob der Film im Fernsehen war, daß er nicht verrückt ist, nur in einem Alptraum, aber er träumt ja nicht!, er ist wach!, und was wird sie schon sagen können, als daß alles wie immer ist, daß die Welt sich nicht verändert hat, daran zweifelt er auch nicht, aber an seinem Verstand!, was sonst könnte sie feststellen, als daß er nicht mehr normal ist, endgültig ist er hinüber, eine Hitze schwappt durch den Körper, die Hände vibrieren, im Entsetzlichsten ist er: denken zu können, daß er verrückt ist! Nicht nur verrückt sein, sondern es auch noch denken können! In jeder Sekunde wissen! Die Hände sind feucht, glitzern vor Schweiß, er wischt sie an der Hose ab, geht in die Küche hinüber, um sich Haushaltskrepp zu holen, sich irgendwie beschäftigen, ja, Haushaltskrepp, und als er es in der Küche von der Rolle wickelt, da wundert er sich auf einmal, daß er ja ganz normal funktioniert, daß er tatsächlich in der Küche angelangt ist und noch immer weiß, was er hier wollte.

Er fuhr mit dem Lift nach unten. Ein Aufatmen, daß die Lifttür sich ohne weiteres öffnen ließ und er sich wirklich im Erdgeschoß des Hauses befand, in dem er wohnte. Und am schwarzen Anschlagbrett hing *noch immer* das Blatt Papier mit dem aufgeklebten Tannenzweig und der ungelenken Handschrift des Hausbesorgers, der allen Mietern frohe Weihnachten wünschte. Im Film waren gerade solche Selbstverständlichkeiten immer ausgeblieben; wo das Erwartete hätte sein sollen, war es auf einmal nicht mehr, und der Weg durch den Park zurück zum Tor, durch das die Frau nachts gefahren war, endete plötzlich an einer Mauer, rund um den großen Park, in dessen Mitte das alte Haus stand, in dem sie die Nacht verbrachte, war auf einmal eine Mauer gewesen, eine hohe, unüberwindliche Mauer, ohne Tür und Durchschlupf, im Haus schon beim Erwachen keine Menschenseele mehr, der freundliche alte Herr, der ihr nachts Quartier geboten hatte, verschwunden, und immer wieder endeten die Fluchtversuche vor dem Haus, war die Frau eingeschlossen gewesen in eine rätselhafte, unheildrohende Welt. Es war sehr kalt, der Wind fauchte zwischen den Häusern, riß an den schaukelnden Straßenlampen, niemand war zu sehen, er drehte eine Runde um den Häuserblock, verkrochen in seine Jacke, und sein Blick suchte den Raum vor ihm ab, jeden Moment gefaßt, daß da plötzlich etwas aufspringt, er ging die Gasse hinunter bis zur Hauptstraße, wo es hell war, ab und zu fuhren Autos, auf der anderen Straßenseite zerrte ein Hund seinen Herrn hinter sich her, wie immer war alles, und

doch schien ihm, als sei das gar nicht die wirkliche Welt, sondern nur eine perfekte Kopie davon, wie das im Film gewesen war, ich hätte nicht fernsehen sollen, es geht einfach nicht, sagte er sich vor, jedenfalls nicht allein und schon gar nicht einen solchen Film. Er hatte den Anfang versäumt, gerade noch gesehen, daß der Film von Chabrol war, alltäglich hatte es angefangen: eine Frau verläßt einen Mann, aber unmerklich war diese Realität ins Irreale hinübergewechselt, und während er noch lange einem realistischen Geschehen zu folgen meinte, hatte man sich schon die längste Zeit in einer anderen Wirklichkeit befunden: in der zwischen Leben und Tod, nach dem Autounfall, den die Frau gehabt hat, und der nicht glimpflich verlief, wie man meinte, ein Film, sagte er sich, der ihn durcheinanderbringen hat müssen, einige Male war er genauso zusammengezuckt wie als Jugendlicher bei Dracula und Psycho, er hatte sich mehrmals gesagt, daß es besser wäre, abzudrehen, er hatte die Augen geschlossen und sich doch nicht entziehen, nicht entschließen können, aufzustehen und auszuschalten, als eine Prüfung hatte er es gesehen, ob er das wieder kann. Und als der Film zu Ende war, war er nur eben nicht gleich herausgekommen, aber jetzt, dachte er, ist es ja vorbei.
Als er oben aus dem Lift trat, erschrak er heftig: In der Wohnung war Licht. Jaja, sagte er sich, ich habe es brennen lassen. Aber das war wie am Gefühl vorbeigeredet, daß jetzt jemand in der Wohnung war. Beklommen drehte er den Schlüssel im Schloß und wußte, es gab überhaupt keine Sicherheit dafür, daß mit dem Einschnappen der Tür nicht mit einem Schlag alles wieder über ihn herfällt.

Schnell war der Tag vergangen, war flach hingelaufen, flach und flau, so als hätte sich das Gelände vor ihm geebnet, je mehr es sich dem Abend zuneigte. Die Abgründe der letzten Wochen auf einmal nur mehr wie Gräben, über die man fast schon springen könnte. Wenn man nur wüßte, wozu. Eine Atempause? Die Wende? Immer wieder hatte er diese Frage schnell weggedrängt. Und es war gewesen, als würde er selber die ganze Zeit den Atem anhalten, so als könnte ein zu weit über den Augenblick hinausgreifender Gedanke, eine zu hastige Bewegung den dünnen Boden sofort wieder aufreißen. Bald dämmerte es. Und übermorgen würde Hanna zurückkommen. Er wartete nicht darauf, wußte nicht einmal, was er davon erwarten sollte. Und doch war es wie ein kleines Ziel. Es war ein seltsames Gefühl, das er sich nicht glauben wollte, das aber immer wieder auftauchte: daß da auf einmal etwas vorne zu liegen schien. Und die unstillbare Traurigkeit in ihm, die allem die Farbe, aber auch die scharfen Kanten nahm, war ihm fast etwas, das angemessen war in dieser friedlosen Welt.

Der gräßliche Widerwille am Morgen vor dem bevorstehenden Tag hatte sich bald verlaufen. Im Herumsitzen, Herumkramen, Herumblättern. Eine Dreiviertelstunde im Bad, eineinhalb Stunden beim Frühstück: wie nichts. Den Geräuschen im Haus nachhorchen, ohne hinterher zu wissen, was man gedacht hat. Dann hatte das Telefon zu klingeln angefangen: Eva, Hanna, später Mike, der wieder nach Rom fuhr. Wenn er zurückkommt, wird man sich sehen. Er hatte sich gewundert, daß er das selber für möglich hielt. Und er hatte sogar überlegt, ob nicht er jemanden anrufen könnte. Aber die Frage: wozu?, war nicht zu beantworten gewesen. Nach Mittag hatte dann Karin angerufen. Eine muntere Stimme. Ob er mit ihr nicht spazierengehen möchte, ein wenig hinausfahren, sie habe ja leider kein Auto. Er hatte nicht erwartet, daß sie sich noch einmal melden würde. Nach dem gestrigen Tag, nach all der Hilflosigkeit und Niedergeschlagenheit, mit der sie gegangen war. Nein, eigentlich möchte er nicht, hatte er gesagt. Nun ja, aber schaden, mein Gott, schaden würde es ihm wahrscheinlich wirklich nicht. Und er war verwundert gewesen, als er sie abholte, die Stimme am Telefon hatte nicht zu ihr gepaßt, ganz anders war sie gewesen als gestern: verschlossen und ernst, fast traurig. Er hatte gemeint zu wissen warum, Hanna hatte es ihm am Telefon erzählt: die erste

Trennung ihres Lebens, erst ein paar Wochen zurück, eine Trennung, die sie sich noch schwer glauben könne. Fast zwei Stunden liefen sie im Augebiet herum, gingen einen großen Kreis, zwischen wie abgestorbenen, von Lianen durchflochtenen Bäumen, an Feldern entlang, wo die Wintersaat hoch stand, als werde es schon Frühling. Der Himmel war von einem so satten Blau gewesen, daß es ihm auf einmal schwer geworden war, noch lange auf das Ende dieses Winters warten zu müssen. Gleich darauf hatte er sich gewundert, daß er eine so entlegene Zukunft wie den Frühling überhaupt hatte für möglich halten können. Sie hatten nicht viel geredet, fast nur über das, was man sah, Karin hatte irgendwo hingezeigt, und dann hatte auch er es bemerkt: auf eine mit Riedgras bestandene Senke, über der die roten, nackten Zweige irgendwelcher Büsche wie ein rosiger Schleier lagen, auf die vielen Misteln, den schwarzgrün in den Bäumen wuchernden Efeu, so daß es aussah, als seien sie schon belaubt. Ab und zu hatte sie geseufzt. Und er hatte zu Boden oder zur Seite gesehen. Und sie hatte von ihren Zukunftsplänen zu reden angefangen, wenn sie mit dem Innenarchitekturstudium fertig sei, wolle sie seine Zeitlang nach Amerika gehen, vielleicht auch für immer, denn im Grunde halte sie hier nichts, und er hatte erst, nachdem sie längst wieder schwieg, gemerkt, daß sie zu reden aufgehört hatte, vielleicht deshalb aufgehört, weil er nicht mehr zuhörte. Und einmal hatte sie versucht, sich bei ihm einzuhängen, und dann selber ihren Arm wie beiläufig wieder aus seinem gezogen. Lange hatte er überlegt, ob er ihr sagen sollte, daß er sie letzte Nacht beinahe angerufen hätte. Überlegt, bis es ihm nur mehr sinnlos vorkam, so etwas überhaupt zu überlegen. Und wahrscheinlich wären sie gar nicht so lange nebeneinander hergegangen, wenn sie nicht gemeint hätten, die Runde weiterzugehen sei kürzer als der Weg zurück. Als er vor dem Haus hielt, in dem sie wohnte, gingen gerade die Straßenlampen an. Nur vage hatte sie ihn eingeladen, noch auf einen Tee mit hinauf zu gehen. Das hat ja keinen Sinn, hatte er gesagt. Sie hatte ihn verdutzt angesehen,

Sinn?, welchen Sinn, hatte sie gefragt, soll denn das haben? Er hatte nur die Schultern gehoben und fallen lassen.
So war der Tag vergangen.
Und dann, abends, als alles schon vorbei scheint, nichts mehr bevorsteht als das Bett, nichts, was eine Prüfung sein könnte, plötzlich ein jäher Einbruch: Er ist in die Küche gegangen und weiß jetzt nicht mehr, warum. Der offene Kühlschrank: wie voller Fragen. Er hockt davor und weiß die Antwort nicht. Dann lehnt er am Rahmen der Küchentür, taumlig und leer im Kopf, einen Moment. Der Kreislauf, denkt er, kann sein, er ist zu hastig aufgestanden. Ganz leise schließt und öffnet er die Türen, als könnte er es so gleich wieder zurücknehmen. Und auch im Wohnzimmer, das eben noch so umstandslos da war, alles auf Distanz, eine vibrierende Fragwürdigkeit, vor der nicht einmal die Wände bestehen, gleich wird der Boden kippen. Schnell etwas tun. Aber was? Aufzuräumen ist da nichts. Und wozu? Um den Kühlschrank zu vergessen. Um dieses Versagen zu vergessen. Das sich nicht vergessen läßt. Er weiß ja, der Kühlschrank steht draußen, voller Fragen.

3

Dann geht er einen langen Korridor hinunter, liest die Türnummern und Schilder und Namen mit hin und her pendelndem Kopf, die ganze Crème der Architektur scheint sich hier eingemietet zu haben, offenbar während er auf Urlaub war, ganz neu riecht alles noch, als wären die Arbeiter, die letzte Hand anlegten, eben erst gegangen, und obwohl es kein einziges Fenster gibt, ist es, als scheine die Sonne, eine heitere, freundliche Helligkeit, und der Spannteppich ist von einem bemerkenswert sanften Braun, dunkel in der Mitte des Ganges, gegen die Wände zu heller werdend, so als gehe man den Aalstrich auf dem Rücken eines Rehes oder einer Antilope entlang, und er weiß sofort, woher Zeydlitz die Idee dazu hatte, der ist doch vor kurzem in Kenia auf Safari gewesen, eine erstaunliche Änderung seiner Farbphilosophie, hat doch ständig gewettert gegen dekadente Kraftlosigkeit und dezente Yoghurtfarbenschmeichelei, »mit einem Marderbauchpelzchen das Arschloch kitzeln«, hat er das genannt, und so weich ist der Teppich, schluckt die Schritte, als habe man wie nach einem Pop-Konzert Watte in den Ohren, beinahe kann er die Sanftheit des Teppichs durch die Sohlen seiner Stiefel spüren, eigentlich ein wunderschöner Anblick, wenn er auf seine Füße hinunterschaut, die da in ruhigem, gleichmäßigem Takt und wie schwebend auftauchen und verschwinden, so als führten sie da unter ihm ein von ihm unabhängiges Eigenleben, wie erfreulich, daß so etwas zu einem gehört!, etwas so Sicheres!, rechts und links von ihm eine Tür nach der anderen, wie in einer Kamerafahrt kann er sie an sich vorbeiziehen lassen, die meisten stehen offen, ein bißchen Schreibmaschinengeklapper, leises Gelächter, Durcheinanderreden, Kaffeegeruch, das Rauschen einer Klimaanlage, aber nicht gleichmäßig zischend, sondern leise an- und abschwellend wie das Meer an einem flachen Strand, vielleicht von einem Tonband wie das Blindrauschen in Großraumbüros, damit die Leute nicht verrückt werden vom Papierrascheln und Sesselrollen der Nachbarn, und plötzlich, nach einem Knick, ist der Korridor zu Ende, eine grellrote Eisentür vor ihm, darauf ein Männchen in einem Kreis, das alle viere abweisend von sich streckt: Betreten verboten!, aber dahinter war doch das Büro?!, kann nur ein Witz sein, von Amann, bestimmt, der hat ja auch damals das Einbahnschild auf den Balkon montiert, das in die Tiefe zeigte, klar, außerdem ist gar nicht abgesperrt, das weiß er, noch ehe er auf die Klinke drückt, mit einem hohlen Dröhnen gibt die Tür nach, dumpfe Luft schlägt ihm entgegen, beklommen steigt er über die kniehohe Schwelle in einen verwinkelten Dachboden hinein, ewig, scheint es, ist hier niemand gewesen, rußiger Staub liegt auf dem rissigen Estrich, und von den Fernsehantennen wehen lange schwarze Spinnwebfetzen, Licht blinzelt zwischen den lockeren Dachziegeln, unschlüssig steht er, horcht, nach außen und nach innen, unter den Sohlen knirscht es sandig, vorsichtig setzt er Schritt vor Schritt, bückt sich unter alten Wäscheleinen, die kreuz und quer zwischen den klobigen Trägern durchhängen, man darf nicht merken, daß er hier oben ist, er versucht sich leicht zu machen, so hinfällig scheint ihm der Boden, hinter dem Kamin ist Gerümpel aufgetürmt, alte Möbel, Kästen mit heraushängenden Türen, Ofenrohre, Bücher, leere Bilderrahmen, wie ein heimlich lockendes Versprechen breitet sich das vor ihm aus, alte Kleider quellen aus einer Truhe, Mottenpulver wölkt auf, hier hat noch kein Antiquitätenhändler geschnüffelt, und er weiß auf einmal, daß hinter all dem Plunder das seit je Gesuchte und nie Gefundene plötzlich vor ihm liegen wird, undenkbar, unvorstellbar, was es sein könnte, er schiebt einen chinesischen Lackparavent zur Seite, den hat er erst kürzlich irgendwo gesehen, im Fernsehen?, ein Schränkchen aus mattglänzendem gelbem Holz hält ihm tausend kleine Laden und Fächer entgegen, streckt sich ihm hin zum Zugreifen, einfach Zugreifen, tief atmet er ein und überhaupt nicht mehr aus, wie wird er all das von hier wegbringen, ohne daß man es merkt?, einen eigenen Laden könnte Hanna damit aufmachen, er wird ihn entwerfen, und plötzlich hat er das Gefühl, als sehe ihn von hinten jemand an, schnell dreht er den Kopf, niemand ist hinter ihm, das Gefühl aber bleibt, kommt her aus einer dunklen Ecke, irgend etwas Kantiges ist da unter die Dachschräge geschoben, eine alte Zeltplane darüber gezurrt, mit verblichener Aufschrift: US-ARMY!, mein Gott, hinknien möchte er sich davor, eine solche Verheißung weht davon her, ein Versteck der Amis muß das sein!, vorsichtig hebt er einen Zipfel der steifen, fleckigen Plane hoch, ein weiß-rot lackiertes Bein kommt zum Vorschein: Da steht es also!, atemlos starrt er hin, ein Sausen in den Ohren und ein Glücksgefühl, das die Brust weitet: das Modell!, mit ein paar Handgriffen hat er die Plane weggerissen, »Parking-House-Flipper«, leuchtet es ihm grellbunt entgegen, das verschollene Hauptwerk der PreludynamoCo!, eines ihrer Projekte für die Garage am Domplatz, statt der Flipperkugel werden Autos herumgeschleudert, rasen umher zwischen sie abstoßenden Wänden, verschwinden röhrend mit elektronisch verstärktem Echo im aufragenden Hochhaus, und auf dessen vertikaler Fläche, gerahmt von blinkenden Sternen und den rasselnden Ziffern der Zählwerke, überträgt ein riesiger Bildschirm die Geisterbahnrennen im Gebäudeinneren nach draußen auf den Platz, 50 Karambolagen – 1 Freispiel, ein rotflimmernder Pfeil »way out« weist auf die Rampe, wo die Autos auf 300 beschleunigt werden und durchs Dach hinausrauschen wie Raketen, vorgebeugt steht er da, lächelt die hochbeinige Schwarze mit der weißen Perücke an, die, aufs Glas gemalt, auf einem Autodach sich ihm entgegenrekelt, und er spürt die Flipperknöpfe rechts und links glatt unter den Mittelfingern, so sanft, als befühle er die Klitoris dieser Frau, gleich von zwei Frauen!, an jeder Hand eine, summend halten sich die Relais im Innern des Kastens bereit, ein Knopfdruck, und sie werden ekstatisch losvibrieren, der Meister steht jetzt wieder am Instrument!, wird spielen auf euch wie Pollini, wird rocken wie Jerry Lee Lewis, schon hört er das rasende Rollen der Kugel, auf die Hundertstelsekunde genau wird er sie stoppen und wieder hochkatapultieren, jetzt!, ein Ruck geht durch ihn, eine jähe Irritation: Nichts hat sich gerührt!, nichts rührt sich in dem Kasten, er lächelt verlegen, natürlich nicht, kann ja gar nicht, ist ja nicht eingeschaltet, er tritt einen Schritt zurück, und da merkt er: Das ist ja ein Irrtum!, das ist ja gar nicht das Modell!, irgendein alter Flipper ist das bloß, ein ausrangierter Kasten mit blätternden Farben und erblindendem, staubigem Glas, tja, sagt er, dann eben nicht, und er öffnet die Glastür, tritt hinaus auf die Terrasse, lehnt sich ans Geländer, Dächer unter ihm, Türme, die Schluchten der Gassen, ein seltsames Licht über allem, das die Welt überplastisch macht, jedes Detail scharf heraushebt und näherrückt, wie vor einem Gewitter, blicklos sieht er darüber hin und in den dunklen, schwelenden Himmel, von dessen gezacktem Rand die Stadt hell nach unten hängt, er kann ja, merkt er auf einmal, das Bild vor seinen Augen umspringen lassen!, kann entweder den Stempel sehen oder den Abdruck, die ineinandergeschachtelten Häuser und Dächer gelten lassen, und mit dem nächsten Lidschlag die Luft, die sich nach unten streckt mit kantigen Ausstülpungen, als scharfer Keil herunterragt, der im nächsten Augenblick wieder der Einschnitt der Straße ist, und plötzlich weiß er, worauf es in der Architektur einzig ankommt, wie ein Wiedererinnern geht das auf in ihm: Man muß die Luft gestalten!, die Zwischenräume!, herunter muß man bauen und nicht hinauf!, nicht den Babylonischen Turm in den Himmel zwängen, sondern den Himmel herunterholen, ihm einen *Rand,* eine Fassung geben, das wird sie sein: die wahre Revolution der Architektur!, die Kopernikanische Wende, die Zellsche!, so wird man sie nennen, und der postmoderne Fassadenplunder mit kannelierten Säulen und Palladiogiebeln über dem alten Mies-van-der-Rohe-Raster wird in Schutt und Asche fallen, Städte wird er bauen, Städte aus

Luft, die werden niemanden erschlagen, einatmen wird man sie können, aus dem Klöppelspitzen-Maßwerk des Kirchturmes am Rande seines Blickfeldes hallen die Schläge der Turmuhr herüber, langgezogene, schwingende Töne, er horcht ihnen nach, in sich hinein, fünf Uhr?, irgendwie, scheint ihm, kann das nicht stimmen, aber auch auf dem großen, auf dem Dach des gegenüberliegenden Hochhauses sich drehenden Uhrungetüm ist es fünf, wo hat er den Tag hingebracht?, grübelnd lehnt er am Geländer, fünf Uhr?, was bedeutet fünf Uhr?, und da reißt es ihn jäh herum, mein Gott, um sechs ist die Präsentation!, und er hat die Perspektive nicht fertig!, mit ein paar Schritten ist er im Zimmer, beugt sich über seinen Tisch, starrt hin auf die weiße Fläche, auf der das Hotel aufgerissen ist, beinahe fertig dasteht mit Bäumen und Menschen, erleichtert will er schon aufseufzen, doch da löst sich die Fassade zu vagen Linien auseinander, nein, es ist nicht fertig, erst die Hälfte hat er voll durchgezeichnet!, wo sind die Pläne?, mit fahrigen Händen wühlt er im herumliegenden Papier, reißt die Laden des Planschrankes heraus, er wird es nicht mehr schaffen in einer Stunde!, unmöglich, wie hat er nur die Zeit so vertrödeln können?, Kölz hält so große Stücke auf ihn, und er läßt ihn hängen, stellt alles in Frage, und das gleich zu Beginn, gleich bei der ersten Arbeit, er wird schuld sein, daß das Büro den Auftrag nicht bekommt!, er wird der sein, von dem man sich erzählt, daß er schuld ist!, immer hektischer kramt er, reißt knisternde Pläne und Pausen heraus, Seltsames gibt es da, uralte Zeichnungen von Kirchen und Palästen, aus dem Nebenzimmer kommt das Scheppern von Geschirr und Gläsern, als werde da schon das Büffet hergerichtet, ein Kopf erscheint in der Tür, Granzinger, grinst und verschwindet wieder, Granzinger?, Zell hockt vor den Laden, aus denen die Bögen hängen, starrt vor sich hin, er hat überhaupt nicht gewußt, daß Granzinger auch zu Kölz gewechselt ist, was wird der hinterrücks über ihn erzählen?, aber jetzt ist keine Zeit, darüber nachzudenken, immer seltsamere Pläne tauchen aus den Schubladen auf, Pläne eines griechischen Tempels, die Originalpläne!, auf Pergament, Paestum, weiß er sofort, und die Pläne einer Bauhaussiedlung, von der niemand etwas gewußt hat!, nur nicht der Entwurf, den er sucht, den er braucht!, er muß ihn, fährt es ihm durch den Kopf, zu Hause vergessen haben, mein Gott, wie jetzt so schnell heimkommen im Stoßverkehr?, soll er alles aus dem Kopf zeichnen?, aber er hat es ja gar nicht im Kopf, soll er zu Kölz?, alles gestehen?, und dann?, unmöglich, er muß sich nach Hause durchzuschlagen versuchen, es muß gehen, es muß!, kaum die Stufen berührend, rast er die Treppen hinunter, läßt sich einfach von der Schwerkraft nach unten ziehen, Stockwerk für Stockwerk, er braucht die Beine nicht zu bewegen, sondern schlittert wie auf einer Eisbahn bergab, die Absätze rattern nur so über die Stufenkanten, in diesem Tempo könnte er es schaffen, und gleichzeitig weiß er, daß er ja all die Stufen wieder hinaufkeuchen wird müssen, vergeblich ist alles, vergeblich, aus ist es, aus!, die große Chance vertan, einfach vertan, ein zweites Mal fällt man nicht hinauf, der Schmalspurarchitekt wird er bleiben, der Linierer, und wie soll er das Lina beibringen, was wird sie sagen?, alles macht er kaputt, wird sie sagen, ihr Leben und sein Leben, alles zerschlägt er vor Mutwillen, verschlampt er vor Größenwahn, und auf einmal ist die Treppe eine Wendeltreppe, vorbei ist es mit dem rasanten Hinuntergleiten, eingezwängt fühlt er sich in dieses sich steil nach unten spiralende Schneckenhaus, die gußeisernen Stufen hallen unter seinen unsicheren Schritten, absehbar ist schon, daß er nach ein paar weiteren Windungen steckenbleiben wird, hoffnungslos eingeklemmt wird er sein in diese riesige, durchs ganze Haus von oben nach unten gedrehte Schraube, er muß ins falsche Stiegenhaus geraten sein, soll er zurück?, so weit zurück?, unzählige Stockwerke?, doch die nächste Umdrehung spuckt ihn schon hinaus auf einen breiten Treppenabsatz, von dem lange Gänge wegführen, sich im fahlen Licht einer Zinskasernenetage verlieren, er stockt, weil da ein Schild an der Wand ist: Otto Schilhan – Bürstenerzeugung, erstaunt sieht er sich um, er ist zu weit hinuntergelaufen!, die ehemalige Bürstenfabrik ist im Hochparterre, und er wohnt darüber!, und im selben Moment fällt ihm ein, natürlich!, daß es ja diesen direkten Zugang zum Büro gibt, wie hat er das vergessen können?, diese Wendeltreppe eben, er könnte es also noch schaffen!, er sieht auf die Uhr, wie lange hat er bis jetzt gebraucht?, starrt aufs Zifferblatt, sieht die Zeiger und Ziffern, und trotzdem kann er nicht ablesen, wie spät es ist, er versteht diese Uhr auf einmal nicht, so als zeige sie eine Zeit, die es hier nicht gibt, die Zeit einer anderen Welt!, er schüttelt den Kopf, aber hier wohnt er doch!, dort oben, fraglos, leise steigt er die ausgetretenen Steinstufen hinauf, tastet nach dem Schlüssel, zum Glück ist er da, und er sperrt auch!, dunkel ist es im Vorzimmer, das ihm entgegenschwappt mit allem Geruch und all dem Leben von Jahren, in dem er sich blind auskennt, sofort weiß, in welcher Situation er jetzt ist, er macht kein Licht, tappt am Kinderzimmer vorbei, die Wohnzimmertür knarrt ein bißchen, mit vorgerecktem Kopf sieht er hinein in das diffuse Halbdunkel des Raumes, zur aufgeklappten Bettbank hin, aber Lina bewegt sich nicht, Gott sei dank, hastig kleidet er sich aus, in der ständigen Erwartung, sie wird auf einmal senkrecht auffahren, und es wird losgehen, vorsichtig schlüpft er unter die Decke, versucht den Atem anzuhalten, das Keuchen, das durchs ganze Zimmer pochende Herz, und als er sich unendlich langsam zurechtgerückt hat und die Decke über den Kopf ziehen will, hört er, wie das Telefon klickt, mit einem Griff hat er den Hörer abgenommen, noch bevor es schrillt, ja, sagt er leise, und ehe sie sich meldet, weiß er, daß sie das ist, sie!, endlich, Zärtlichkeiten flüstert sie, das spürt er eher, als er es hören kann, die Nebenräusche im Hörer sind so laut, ein Zischen und Knattern, und das über den Kopf und übers Telefon gezogene Bettzeug raschelt wie trockenes Laub, immer wieder verschwindet ihre Stimme dahinter, ich kann jetzt nicht, flüstert er, ich kann nicht sprechen, sag mir, wo du bist, ich kann jetzt nicht, Hanna liegt doch neben ihm!, wie soll er da sagen, was

er so gerne sagen möchte, endlich könnte, ihre Stimme gleitet weg wie bei einem alten Radio, ist fast nicht mehr zu hören, nur noch ein wellenartig schwankendes Hallo-Hallo, panisch, voller Verzweiflung, wie soll er sie je wieder erreichen?!, und jeden Moment wird Hanna aufwachen, keine Luft mehr unter der Decke, ein beklemmendes Geschlinge um seinen Körper aus Bettzeug und Telefonkabel, und plötzlich spürt er, wie sich Hannas Fuß zu ihm unter die Decke schiebt, entsetzt weicht er zurück, macht sich klein, hat sie alles mitangehört?, wohin mit dem Telefon?, wenn sie merkt, daß er unter der Decke telefoniert hat, wird sie *alles* wissen, eine Hitze, die rot in den Kopf fährt, ihn erstickt, mit einem Ruck wirft er die Decke ab, starrt auf Hanna hin, auf das dunkel über das Weiß des Polsters sich schlängelnde Haar. Taghell war es im Zimmer. Grell. Und draußen im Vorzimmer läutete das Telefon. Hanna bewegte sich unruhig, stöhnte, soll ich gehen, fragte er, aber da hörte das Klingeln schon auf. Der weiße Vorhang leuchtete, und durchs offene Fenster kamen Vogelstimmen und das Scheppern von Flaschenkisten. Wie spät, jammerte Hanna, wie spät denn schon? Nur ihr Haar war zu sehen, das viele Haar. Er berührte leicht ihre Bettdecke, schlaf, sagte er, es ist erst halb sieben. Selber möchte er noch einmal wegtauchen. Dorthin, wo die Stimme war. Sich dagegenlehnen und anschmiegen. Wenn das Licht nicht wäre, das alles auskühlt, und dieses seltsame Gefühl, Hanna könnte merken, an wen er sich lehnt, so knapp neben ihr.
Eine Weile lag er noch still da, bewegte nur die Zehen, horchte auf die Geräusche, und es war, als würde der Körper ein wenig größer, fester, so als blase ihn der Tag allmählich wieder auf. Die Gedanken liefen so klar, als habe er gar nicht geschlafen. So konnte ein schöner Tag anfangen. Eigentlich erstaunlich, daß immer wieder einer anfing. Daß man immer wieder in einen neuen hineinerwachte, und alles war noch da. Er lächelte, als er sah, wie sich Hannas kindlich über den Kopf erhobene, geballte Faust langsam öffnete. Die Bett-

decke ließ ein Stück ihrer Achselhöhle frei, wo das ausrasierte Haar in schwarzen Stacheln nachwuchs. Er schaute hin, als läge da, ohne ihr Wissen, ein Geheimnis vor ihm bloß, sah die großporige Haut und die Wölbung des Muskels, der sich unter der Decke in ihre Brust fortsetzen mußte, aber ehe er hingreifen konnte, drehte er plötzlich den Kopf weg und schlug die Decke zurück: Eine Zumutung wäre ihr das! Morgens war es ihr immer eine Zumutung, jede Berührung eine Störung, erst recht eine absichtsvolle. Er würde einkaufen gehen, etwas, das sie gerne mochte, frisches Gebäck; eine schöne Vorstellung, da hinaus in den hellen Morgen, dann den Tisch decken, und wenn sie aufsteht, ist alles für ein langes Frühstück bereit. Um neben ihr aufwachen zu können, war er ohnedies nie bei ihr geblieben. Am Morgen war Stacheldraht zwischen ihnen. Nicht nur am Morgen.

Wenn du dir etwas wünschen könntest, Hanna? Warum hatte er sie das gestern gefragt? Ein öder Abend. Für sie wahrscheinlich ein ruhiger. Worauf sie immer mehr aus war. Er hatte weggehen wollen, unter Leute. Nichts war ihm eingefallen, was er hätte tun können. Noch einmal ihre Schallplatten durchblättern, auch wenn er sicher ist, das jetzt Richtige ist nicht dabei. Sie war in einem Sessel gehockt, die Beine unter sich gezogen, hatte in einer Zeitschrift geblättert und nicht gemerkt, daß er sie von der Seite ansah. Er hatte nichts Besonderes gedacht, nur, daß sie schön war, ein Gedanke, der ihn nicht überraschte, alle Welt fand das, und plötzlich, warum?, war sein Mißmut, die Langeweile, war die dünne Wut umgekippt, er hatte sie von hinten an den Schultern gefaßt, ihren Kopf an sich gezogen und leise gesagt: Wenn du dir jetzt etwas wünschen könntest, Hanna? Welche Hoffnung war da auf einmal in ihm gewesen? Hanna hatte den Kopf ein wenig gedreht und zu ihm hinaufgesehen und achselzuckend geantwortet: Daß was im Fernsehen ist. War es nur eine Pose gewesen, daß er leise aus dem Zimmer ging? Eine Weile war er im Park gesessen. Eine laue Nacht, die Vögel unruhig in den Blättern. Ein immer stärker werdendes

Zerren an ihm. Eine Telefonzelle hatte durch die Büsche herübergeleuchtet. Ein gelber Magnet. Und doch hatte er nicht angerufen. Gesessen war er und hatte es sich vorgestellt, sehnsüchtig weitergeträumt. Seit Wochen ging ihm das schon nach. Seit er bei Hanna das Telefon abgenommen und Karins Stimme plötzlich im Ohr gehabt hatte, so unvermutet, daß er ins Stottern kam. Seit damals, als sie zu Weihnachten bei ihm war, hatte er nichts mehr von ihr gehört. Doch trotz der Tatsache, daß sie nicht recht wußten, was sie reden sollten, war da eine seltsame Vertrautheit gewesen. So als lasse sich das, was sie einander sagen könnten, nur eben am Telefon nicht sagen, jedenfalls nicht am Telefon Hannas, die mit einem Mal hinter ihm stand, so daß er sich schnell verabschiedet und Hanna den Hörer hingehalten hatte, schuldbewußt: Es ist für dich. Trotzdem dann den ganzen Tag und die nächste Zeit immer wieder das sichere Gefühl, der Anruf habe nur ihm gegolten.
Das Badezimmer war voll Sonne, die Dusche ein helles Glitzern, er rekelte sich unter dem warmen Geriesel, genau, dachte er, ganz recht, Herr Specht, man kann überzeugt sein, daß man zum Verzicht entschlossen ist, um sich nicht länger mitschuldig zu machen an der Zerstörung der Natur durch Betonstaumauern, aber man wird weiterhin heiß duschen, dagegen läßt sich leider gar nichts machen. Er sah zu, wie die ablaufenden Gerinnsel Schneisen in die Haare auf seinen Beinen kämmten, stand eine Weile gedankenlos und ganz hingegeben da, und als er den Kopf hob und ihm das Wasser übers Gesicht und in den Mund lief, da zuckte plötzlich eine Erinnerung durch ihn: So war das schon einmal gewesen!, genau so hatte er sich gefühlt!, wann war das?, wo?, schön mußte es gewesen sein damals, er reckte das Gesicht in die Duschstrahlen, bewegte sich hin und her, aber das Gefühl war weg, kam nicht wieder, eine flaue Schalheit auf einmal in ihm, so, als sei das, was jetzt war, nichts als ein Zitat, und das Original nur mehr Vergangenheit, mit einem Ruck drehte er das Wasser ab. Guten Morgen, Zell, sagte er spöttisch mit

verstellter Stimme, wie geht es uns? Dann seufzte er mit hochgezogenen Brauen auf und trocknete sich ab. Heute werden wir einmal ein schwarzes Hemd anziehen, dachte er, roch an dem, das noch vom Vortag dalag, und schlüpfte hinein. Die Geschichte fiel ihm ein, die Willi ihm vor ein paar Tagen erzählt hatte, er sei gerade dabei, ein Badezimmer umzugestalten, für einen früheren Bekannten, der seit einiger Zeit einen Haufen Geld mache und nun glaube, ohne Architekt nicht mehr auskommen zu können, und den Architekten für einen Lakaien zu halten, sei sehr aristokratisch, was ja nicht ganz falsch gedacht sei, jedenfalls habe dieser Mensch statt einer Wanne einen Holzzuber gewollt, wie in mittelalterlichen Badstuben, schließlich halte er sich ja auch noch für naturbelassen, hat er gekriegt, vergoldete Armaturen dazu, selbstverständlich, hatte Willi erklärt, alles mache er solchen Leuten, alles, was sie wollten, und zum Lachen gehe er dann immer schnell ins Stiegenhaus. Das ganze Büro hatte gelacht und geschwirrt von Vorschlägen, was man einem solchen Auftraggeber nicht noch alles unterjubeln könnte. Warum, dachte Zell, geht das nicht: Wenn die Dame noch nicht ausgeschlafen ist, allein lachen? Autark müßte man sein, wie beim Wichsen. Er wischte schnell die Überschwemmung auf, die er angerichtet hatte, Hanna konnte solche »Sauereien« nicht leiden, und ihm machten die paar Handgriffe nichts aus. Deine Haare überall, könnte er sagen, kann ich auch nicht leiden. Aber es war schließlich ihre Wohnung. Das würde sie ihm zwar nicht direkt ins Gesicht sagen, aber lange, schien ihm, konnte es nicht mehr dauern, bis es ihr das einmal herausstoßen würde. Und dann? Dann, sagte er laut, fangen wir wieder von vorn an. Eine Zeitlang getrennte Wohnungen, bis sie draufkommen, das bringt es eigentlich auch nicht. Ständig wird die Frage auftauchen, wozu denn jetzt aufstehen und heimfahren? Wenn man so müde ist oder schon bequem liegt und beinahe schläft: Will man leben oder Prinzipien erfüllen, na also. Daneben werden sich äußere Gründe finden, wie sich auch zuletzt ein guter Grund gefunden hat: Auf der Straßenseite seiner Wohnung ging es schon seit ewig Pflaster auf – Pflaster zu: Preßluftbohrer, Bagger, Arbeitergeschrei, und auf der Hofseite, im Haus gegenüber, wurde ein Dachboden ausgebaut, und die dabei verwendete Materialseilwinde hörte sich an wie ein Turbopropflieger beim Start: So hatte er das jedesmal genannt, oft schon, wenn ihm schien, sich dafür rechtfertigen zu müssen, daß er wieder ständig bei Hanna wohnte. Warum aber wirklich? Warum nicht?

Im Treppenhaus roch es angenehm nach Kaffee, Geklapper von Geschirr war zu hören, eine muntere Kinderstimme, die sich von jemandem verabschiedete, Zell wartete den Lift nicht ab, sondern lief die Stufen hinunter, den Lift, wußte er auf einmal, hatte er eigentlich immer nur benützt, um niemanden im Haus zu treffen. Fast schien ihm, er könnte die Treppe so hinunterschlittern wie im Traum. Im Parterre grüßte er den Hausbesorger, der aus der Toilette am Gang kam, und der grüßte so erstaunt zurück, als habe er zum ersten Mal begriffen, daß hinter der Grußfloskel tatsächlich der Wunsch nach einem guten Morgen steckte. Wie in Glas gegossen stand alles vor der Tür. So klar, als wären die Konturen der Hausfassaden und parkenden Autos nachgezogen worden, kühl war es noch und blau von einem Ende der Gasse zum anderen, und die oberste Fensterreihe spiegelte grell in der Sonne. Jetzt möchte er sich dehnen können, daß die Gelenke knacken, wenn da nicht Leute gingen. Eigentlich seltsam, daß es so gut wie verboten war, aus dem Haus zu treten und sich in der Sonne zu recken. Auf dem Land, schien ihm, war das noch möglich. Oder durften das dort auch nur mehr die Hunde? Aber vielleicht müßte man es nur einmal tun – und die Menschen würden befreit auflachen. Er hatte schon lange keinen solchen Morgen erlebt: Alles war einfach da, ohne daß er es erst angestrengt bemerken mußte. Ich sollte öfter früher aufstehen, dachte er, zumindest im Sommer. In der Quergasse rollte der Verkehr, Lastwagen klappten Bordwände herunter, spuckten Kisten und Kartons aus, die zweirädrig in Geschäften verschwanden, Menschen eilten dahin, mit morgendlichem Schwung, wie ihm vorkam, oder doch nur hastig?, Frauen in leichten Sommerkleidern, Männer mit offenem Kragen, Jacken über dem Arm, helle Farben, dünne Stoffe, nackte Arme, Sandalen, wie zufällig mitgehende Aktenkoffer; mit einem Kopfschütteln schlenderte er zwischen dem Gelaufe dahin: Wie war das möglich?! So viele waren schon unterwegs! Und ihm war oben in der Wohnung sein zeitiges Aufstehen eben noch so heroisch vorgekommen. Wofür ihn Hanna insgeheim bewundern und loben müßte. Und so viele taten das jeden Tag! Mußten es. Viel zeitiger noch. Er hatte das tatsächlich vergessen gehabt! Jedenfalls nicht so gewußt, wie er es jetzt wieder wußte. Irgendwie, dachte er, bin ich schon ganz schön weit von der Wirklichkeit der meisten weg. Allein durch den Zeitpunkt des Aufstehens und Arbeitsbeginns. Mitten in der Nacht hatte er zuletzt während der Schulzeit heraus müssen. Überhaupt damals, als er es endlich mit Hilfe der Mutter geschafft hatte, dem Stiftsgymnasium zu entrinnen. Nach vier qualvollen Jahren; Tag für Tag der folgende vorausgefürchtet. Statt dessen dann jeden Morgen Bahnfahrt, zehn Kilometer ins nächste Gymnasium. In einem Zug voll mit dösenden, mißmutigen Arbeitern, wo es aber immer Abteile gab, in denen sich die Jungen zusammenfanden, denen in dieser Stunde nur die Gegenwart zählte, Schlagfertigkeit, klasser Spruch, Lässigkeit, laute Abteile, wo das zeitige Aufstehen gemeinsam zerlacht wurde und die dunklen Mäuler der drohenden Fabrikstore für die Länge der Bahnfahrt aus der Welt geschafft waren. Unter diesen Jungen war er gesessen. Bald mittendrin: Bald: Steve. Steve! Nach Steve McQueen. Von allem Anfang an hatte er sich da zu Hause gefühlt. Wie heimgekommen nach den Irrwegen durch die Gänge des Stiftsgymnasiums. Zurück unter die Barackenkinder, zu denen er die erste Zeit seines Lebens gehörte, so selbstverständlich, wie er vielleicht nie wieder irgendwo dazugehörte. Aber während bei den Freunden, zu denen diese Bahnbekanntschaften sich entwickelten, das Weckeranfluchen lebenslänglich wurde, war es für ihn nach der im zweiten Anlauf endlich bestandenen Matura damit schon wieder ziemlich vorbei gewesen. Bald war viel Rausch auszuschlafen. In diesem elenden Klappbett in der Steingasse, wo man ihn, auch als er längst nicht mehr dort, sondern mit Lina und dem Kind zusammen wohnte, manchmal noch ablegte und die Verriegelung des Bettes offenließ, *weil* man wußte, daß es dann leicht, bei einer zu heftigen Bewegung, von selber zuklappte, so daß ihn morgens manchmal das schnell zur Panik anschwellende Eingeklemmtsein aus dem Nebel riß und er sich freikämpfen mußte mit aller Kraft und in höchster Not, wie aus einem Uterus, die Wehen im eigenen verzerrten Körper und dröhnenden Kopf. Da hatte es dann schnell eines Bieres bedurft, zurück ins nun sichere Bett, die Nächte waren ja lang, keine Zeit zu verlieren. Der, der dann hinaufrauschte, hat keinen Schlaf mehr gebraucht. Wozu? Und in den dünnen Jahren danach und nach Lina hatte er in den verschiedenen Architekturbüros nie vor neun angefangen, während allgemein noch sieben oder halb acht üblich war. Wenn der Hut brannte, saß man bis spätnachts, aber nicht schon frühmorgens. Bei Zeydlitz dann, aber bitte pünktlich, meine Herren, ungefähr um halb zehn. Und jetzt, seit zwei Monaten bei Kölz, überhaupt erst um zehn. Was sich gut traf, weil Hanna den Laden auch nicht früher aufsperrte, da ohnedies keiner auf die Idee kam, sich den schicken Krempel schon frühmorgens anzuschaffen, und diese Kundschaft bestimmt nicht zu den exzessivsten Frühaufstehern gehörte. Die Menschen, die jetzt hier unterwegs waren, die meisten, dachte er, fingen da wohl schon von der Mittagspause zu träumen an. War es nicht vielleicht ganz falsch, dachte er, sich so aus der Welt der meisten herauszuziehen? Absichtlich war es nicht geschehen, hätte er es nicht getan, aber es war eindeutig passiert. War ihm vielleicht durch das morgendliche Immer-mehr-Hinausschieben des lästigen Aufstehens alles nur noch mehr zur Last geworden? Was bemerkte er denn von dieser anderen Welt, wenn sein Tag viel später anbrach, so als lebe er in einer anderen Zeitzone, irgendwo weit weg im Atlantik? War vielleicht auch deshalb alles oft so flau und dünn, weil er diese Welt der meisten nicht mehr bemerkte? Jetzt schien alles viel lebendiger. Diese Bewegung überall, die ihm, ganz anders als sonst, überhaupt nicht als wirres Durcheinander vorkam, sondern wie ein kompliziertes Gewebe, wo jedoch jeder Faden an seinem Platz war. Die Würstelbude hatte schon geöffnet, Männer standen davor, tranken Bier. Bier am Morgen! Offenbar mußte er stillschweigend angenommen haben, daß alle Welt damit aufhörte, als er das abstellte, so überraschend war das jetzt. Dabei hatte er selber oft genug mit dieser Methode das Hochgefühl der Nacht in den nächsten Tag zu verlängern versucht, in die folgende Nacht gestreckt, den drohenden Katzenjammer hinausgezögert, billig dazu, wer hatte damals schon Geld? Seine Meinung über diese Zeit: Fest hineingesoffen habe ich. Am Morgen schon ein paar Bier und einen doppelten Schnaps inhaliert, ehe Nilla kam. Was für Erwartungen! Ungeniert kommt sie zu ihm in die Wohnung, in die Steingasse, immer wieder, in dieses verkommene Loch, wie er da auf einmal fand, ihr Rock hört zwei Handbreit über dem Knie auf, Wahnsinn. Eine Bilderbuchdänin, hundertmal so erzählt, einundzwanzig Jahre, langes blondes Haar, hohe Beine. Jetzt noch hatte er den Klang ihrer Stimme im Ohr, eine samtene Stimme, die in den höheren Lagen zu knarren anfing. Warum war sie eigentlich immer wieder gekommen? Warum nie am Abend? Ein raffiniertes Luder, oder er nur einfach zu blöd? Dieses Scheiß Tageslicht. Geprüft war er sich vorgekommen, ständig geprüft. Und sie sitzt da mit ihrem komischen Deutsch, auf dem dreckigen Teppich, auf dem Bett, und die Beine gehen da hinauf, hinauf, es war zum Verrücktwerden. Reden hatte er, auf Bier und Schnaps hinauf, ganz gut können, Platten auflegen auch, aber genützt hatte es nichts. Und daß sie nur zum Reden und Plattenhören kam, hat er sich einfach nicht vorstellen können. Dabei hatte er sogar Linas Foto, mit der er seit ein paar Monaten verheiratet war und zu der er jedes Wochenende nach Hause fuhr, aus seiner Geldtasche entfernt. Trotz all dem war er das Gefühl nicht losgeworden, im Begriff zu sein, Lina jetzt das Fürchterlichste anzutun, indem er sich am *hellichten* Tag mit jemandem ins Bett legt, den er *nicht einmal* liebt. Nachts, im Dunkel, hatte er sich angejammert, wäre alles ganz anders. Und wenn ihm nicht *Erfahrung* fehlen würde, womit er Handgriffe meinte, *Raffinessen,* die er auch von Lina, deren »Erster« er doch war, nicht hatte lernen können. Wie viele schöne, junge Frauen jetzt unterwegs waren! Diese neugierigen Augen in den jungen Gesichtern! Er sollte vielleicht doch wieder in seine eigene Wohnung zurück. Bei Hanna schnitt er sich ja von vornherein alle Möglichkeiten ab. Er sah einen Moment von der Seite das Schaukeln eines Busens unter einem dünnen T-shirt, dann vor sich das in einer engen, weißen Hose sich bewegende Hinterteil, er ging schneller, ganz von selbst, ein wenig belustigt über sich, vier, fünf Schritte hinter ihr, wie mitgezerrt, in diesem meterbreiten Streifen, den sie hinter sich herzog und in dem die Luft kompakter schien. Wie schön das anzusehen war, dieses Einknicken der Falte da hinten, rechts, links, rechts, links, er möchte seine Hände dort haben, möchte dicht hinter ihr gehen und diese Bewegung selber fühlen. Ob sie wohl merkte, daß er hinter ihr herging und sie ansah? So lustvoll schien ihm ihr Gehen auf einmal, so als rekle sie sich wohlig dabei. Und beuge sich schon über einen Tisch. Sie bog in eine Seitenstraße ein, er sah ihr nach, ging langsam weiter, ein wenig ziellos auf einmal. Es geht nichts über enge Hosen, dachte er, das war damals, als sie allgemein in Mode waren, einer von Meinrads Standardsprüchen gewesen, nichts über durch enge Hosen plastisch herausmodellierte Schamlippen. Selber hatte er das einmal zu Lina gesagt, vor *ihren* Freunden, und seither nie wieder. Jetzt war sie mit Markus auf Urlaub, irgendwo in einem Club Méditerranée, wo sonst, dachte er, mit einem Polizisten. So dunkelbraun wird sie zurückkommen, daß es am Telefon zu hören sein wird.

Er blieb einen Moment stehen und grinste: Einer der orangenen Abfallbehälter war heruntergeschmolzen, hing als blasige, wie noch immer herabtropfende Masse an ihrem standhaft aufrechten Verkehrszeichenmast, ein lachhafter Anblick. Vielleicht hatte bloß jemand eine brennende Zigarette hineingeworfen, und der Abfall hatte Feuer gefangen, aber jetzt hing das so da, als habe es jemand absichtlich gemacht, habe genau das machen wollen, was da hing, als ein *Zeichen*. Sollte er Blumen für Hanna kaufen? Hinter einer Auslagenscheibe, an der Tropfen herabliefen, ordnete ein alter Mann große Blumensträuße an, leuchtende Farben, er sah zwischen den Stengeln kurz auf, mit unnatürlich vergrößerten Augen hinter der dicken Brille, die über der Nase mit Heftpflaster zusammengeklebt war. Ein schöner Gedanke, da in diesen dunstigen Dschungel hineinzugehen und sagen zu können, ich hätte gerne Blumen für Hanna; und der Alte würde wissen welche. Er selber hatte keine Ahnung, was für Blumen Hanna mochte. Lina hatte Rosen am liebsten, natürlich Rosen. Rote. Ein ausgefallener Geschmack. Er würde auf dem Rückweg hier noch einmal vorbeischauen, sonst mußte er die Blumen mitschleppen. Nur ein-, zweimal hatte er Hanna welche mitgebracht, lange her. Heute wäre wieder ein Tag dafür. Oder wollte er ihr nur welche mitbringen als Entschuldigung? Dafür, daß er sich zuerst mit dieser Frau etwas vorgestellt hatte? Und für die Gedanken, wie das wäre: Er käme in die Wohnung hinauf und nicht sie wäre da, sondern Karin. Abbitte leisten auch für den Traum? Und würde Hanna nicht genau solch einen Anlaß vermuten?
Auch der Geruch im Brotgeschäft schien am frühen Morgen viel intensiver zu sein als tagsüber. Ein Geruch, bei dem er vergangenheitssehnsüchtig werden könnte, wenn er das nicht ohnedies wäre. Seit Wochen, immer wieder, ganz plötzlich. Der Anblick all des frischen, glänzenden Gebäcks, fand er, mußte einem einfach Hoffnung für den Tag machen. Also hatte die Menschheit doch nicht nur Scheiße erfunden. Die vor ihm Anstehenden waren unruhig, schienen eilig, aber

Mißmut bemerkte er keinen in den Gesichtern. Was war heute los? War er in eine Welt hineinerwacht, von der er gemeint hatte, sie existiere überhaupt nicht mehr? Wo blieb das Bellen? Es war doch nicht möglich, daß keiner den Nächstbesten, den er für geeignet hielt, niederbiß. Selbst die grauhaarige Verkäuferin, die sonst nur grämlich knurrte, sagte in einem fort bitte sehr, auch zu ihm, bitte sehr, bitte sehr, als er noch etwas und noch etwas nahm, bis er von allen Gebäcksorten zwei Stück hatte, einen großen Sack voll. Wie schön die Vorstellung war, Hanna werde sich freuen über die große Auswahl! Darf es noch etwas sein, der Herr, fragte die Verkäuferin, sie sah ihn an und lächelte ein wenig, und er hatte einen Augenblick lang eine deutliche Ahnung, daß sie einmal jung und schön gewesen war.
Ein Stück weiter die Straße hinauf leerte ein Mann in einer grellorangenen Latzhose den Inhalt eines Abfallbehälters in seinen zweirädrigen Karren, mit bedächtigen Handgriffen klaubte er alles heraus, jedes Papierchen, und fing dann im Rinnstein zu kehren an. Auf ihn zu-, an ihm vorbeigehend, schien es Zell, als mache der Mann das wirklich gerne, das war nicht einfach eine minderwertige, unangenehme Arbeit, beinahe konnte Zell sich vorstellen, es selber zu tun, so ruhig und selbstgewiß, und genau so würde er sich fühlen: Arbeiten nicht als Last, sondern als Leben, ohne Riß dazwischen, so war es bei ihm schon lange nicht mehr. War es überhaupt je so gewesen? Irgendwann hatte er gesagt, das einzig Tröstliche an seinem Job sei eigentlich nur, daß von der ganzen Architekturscheiße, woran er mit seinem Linieren beteiligt sei, wahrscheinlich ohnedies nichts gebaut werde. Der geschmolzene Abfallbehälter fiel ihm ein, über den er gelacht hatte: Würde der Mann ihn auch lustig finden? So anschauen können, wie er ihn angeschaut hatte: Wie ein Kunstwerk, das man reden lassen und dem man zuhören konnte? Und nicht vielleicht als Infragestellen seiner Welt? Als einen vandalischen Anschlag? Er überquerte die Straße. Zeitung, fragte ein Verkäufer lächelnd, ein Mann mit dunkler Haut und krausem Haar, Zell

las die fette Schlagzeile, er lächelte zurück, nein, danke. Keine Zeitung. Wozu? Ein frischer Bogen Millimeterpapier, hatte er vor kurzem erklärt, enthalte spielend genausoviel an wichtiger Information wie die auf den Straßen verkauften Blätter. Und er hatte momentan keine Zeit totzuschlagen. Zum Bild der täglichen Nackten würde er im Büro nicken und »Mhm« sagen. Vielleicht auch mehr. Fiedler war der Meinung, daß auf dieser Seite die wichtigsten Architektur- und Statikprobleme offen dalägen, aber noch eingehender Erörterung bedürften. Sehr witzig. Auch über den Stand des jüngsten Skandals würde man ihn im Büro informieren, für den man wohl demnächst einen Untersuchungsausschuß einsetzen müssen würde, wenn nicht bald ein neuer Skandal den alten genauso sicher zudeckte. Nein, keine Zeitung. Überhaupt keine mehr. Nie wieder. Lieber die Menschen anschauen, die Welt. Die beiden Zeitungsverkäufer, Ägypter wahrscheinlich, wie hier üblich, liefen an der Kreuzung zwischen den Autos, schlängelten sich zwischen dem Blech herum, ließen es zentimeterdicht an sich vorbeipreschen, zogen sich unvermittelt auf den Gehsteig zurück, um keinen Fußgänger auszulassen, sprangen wieder zwischen die bei Rot wartenden Wagen und schienen trotz aller Waghalsigkeit keinen Moment in Gefahr geraten zu können. Zell blieb auf der anderen Straßenseite stehen und sah ihnen zu. Wie ein Tanz kam ihm das vor, was sie hier vollführten. Ein Tanz zu ihrem eigenen Vergnügen. Und wie sie jeden Wink, jeden Blick sofort registrierten! Deutlich schien das *ihr Platz* zu sein, undenkbar, sie wären nicht hier, nur mehr laut und chaotisch würde die Kreuzung ohne sie sein. Er stand, schaute, und merkte auf einmal, daß dieses Herumtänzeln, dieser Tanz, das Ausspannen eines Netzes war, in dem sie die Autos fingen, aus deren Fenstern Geld herausgereicht werden würde, er folgte ihnen mit den Augen und hatte das Gefühl, er selber laufe jetzt dort herum, ja, das hatte er auch einmal gekonnt!, irgendwann, deutlich fühlte er das Anspannen und Loslassen, eine warme Beweglichkeit, es riecht nach Benzin, und da blitzt etwas auf, schwappt hoch, ein Schwall, der ihn mitten hineinstellt in die Tiefgarage, hinein in den Wirbel aus Motorradgedröhn, Gedränge, Geschrei, Rolling Stones, Gelächter, in die Präsentationsaktion der PreludynamoCo, wo die Scheinwerfer im Rhythmus der Musik den Parking-House-Flipper beleuchten, die Selbstmörderabschußrampe, wo es ihn herumtreibt im Gewühl und man zurückweicht, Platz macht für seine schöne Bewegung, wo alles sich um ihn anordnet, um ihn herum kristallisiert, ein Glücksgefühl ist in ihm, das hinausreicht über seinen Körper und alles umschließt, die Gewißheit, was hier geschieht, wird die Welt verändern, das ist der Anfang, von hier nimmt es seinen Ausgang, und er ist das Zentrum, er der Motor, grell blitzt das auf und blaßt aus. Flau alles. Nie ist es zu halten. Autos fahren über die Kreuzung. Menschen rennen. Die Sonne scheint – wie gelogen. Langsam ging er weiter. Es ist ein schöner Sommermorgen. Alles ist da. Die Häuser mit den überladenen Jahrhundertwendefassaden. Die in die Straße ragenden Reklameschilder. Der von den Drähten der Straßenbahnoberleitung zerschnittene Himmel. Autos, Menschen, Aufschriften. Wie ein Stein fiel eine Taube von einem Dach, gleich würde sie auf dem Pflaster zerschellen, da spreizte sie Flügel und Schwanzfedern, flatterte und landete sicher auf einem Fenstersims. Das war da. Aber es anzuschauen reichte jetzt nicht. Es war nicht zu spüren. Nicht wie eben noch. Und daß das Bild auf seiner Netzhaut und also in ihm war, das konnte er sich vorsagen, aber es bedeutete gar nichts.

Das Delikatessengeschäft, in dem er hatte einkaufen wollen, war noch geschlossen. Er nickte vor sich hin: Selbstverständlich. Nichts anderes hatte er erwartet. Wenn er leichthin darauf hätte zugehen können, so wie er gegangen war, als er gerade aus dem Haus kam, wäre gewiß schon offen gewesen. Das war zwar ein wenig absurd – Öffnungszeit: 8–18 Uhr stand an der Tür –, aber sein Gefühl war das überhaupt nicht. Vor ihm stöckelte eine Frau mit schwingenden Hüften eilig

dahin, dann fing sie plötzlich zu laufen an, weil an der Straßenbahn, die in der Haltestelle stand, schon die Türen zuklappten. Zell sah, wie die Frau zwischen den Autos hin und her sprang, endlich bis zur Straßenbahn durchkam und am vorderen Eingang, so daß der Fahrer sie sehen mußte, den Druckknopf betätigte, und im selben Moment fuhr die Straßenbahn los. Die Frau sah sich mit schiefem Hals schnell um, verlegen und geduckt, so als hätte sie sich jetzt fürchterlich bloßgestellt. Zell lächelte sie im Vorbeigehen ein wenig an, aber sie drehte abrupt den Kopf weg. Er sah sich noch einmal nach ihr um, wie wahnwitzig sie geschminkt ist, dachte er. Wie Kinder sich bemalten. So als habe sie keine Zeit mehr dafür gehabt, keinen Spiegel. Wie achtlos sie wohl auch in der Eile ihren schönen, noch schlafweichen Körper in die Kleider gewürgt haben mußte!, in einem unordentlichen Zimmer, hinter sich das offene, zerwühlte Bett und den tickenden, sie antreibenden Wecker, grob zu ihrem Körper, ganz anders, als sie sich abends zum Ausgehen umkleiden würde. Er merkte plötzlich, wie seine Schultern hingen, und zog sie hoch. Aber das fühlte sich an, als würde er nur den Hals einziehen.
Als er das Lebensmittelgeschäft betrat, an dem er zuerst achtlos vorübergegangen war, hatte er sofort den Eindruck, daß für ihn hier nichts dabei sein würde. Mit leerem Drahtkorb zwängte er sich in dem kleinen, mit Regalen verrammelten Raum, der den nahe gelegenen Selbstbedienungsmarkt imitieren zu wollen schien, zwischen den überfüllten, unübersichtlichen Borden und im Weg stehenden Menschen herum, fast erleichtert, als er endlich eine Literpackung Milch in den Korb legen konnte. Was noch? Unschlüssig sah er zwischen den vielen Wurst- und Käsesorten, den Pasteten, Salaten und marinierten Fischen hin und her. Daß es all das hier geben würde, hatte er nicht erwartet. Was denn nehmen? Die Zeit war lange vorbei, wo er etwas X-Beliebiges hätte mitbringen können, und für Hanna hätte nichts sonst gezählt, als daß er extra hinuntergegangen war, um für sie einzukaufen. Was konnte es jetzt helfen, Gänseleberpastete

zu nehmen? Wenn Hanna nur Lust auf ein Honigbrot haben sollte, zählte das gar nicht. Damit war nichts zu retten. Falls überhaupt noch etwas zu retten war, wenn es einmal darauf ankam, in einem Laden genau das zu erwischen, worauf der andere Lust hatte. Ungeduldig sah er dem Ladeninhaber zu, der in einem raschelnden weißen Perlonmantel hinter der Vitrine bediente. Die Tatsache, daß vier Leute bei ihm anstanden, schien den Mann so aus der Fassung zu bringen, daß er ständig vergaß, wieviel man von ihm verlangt hatte, und er immer wieder nachfragen mußte. Hektisch fuhr der Mann herum, packte mit ruckartigen Handbewegungen ein, schrieb mit einem Bleistiftstummel, der ihm immer wieder abhanden kam, den Preis aufs gewachste Einwickelpapier, wo der Stift nicht recht greifen wollte, reckte den grauen Vogelkopf vor und fragte mit einem aus dem verzweifelten Gesicht herausspringenden Lächeln, was noch? Beim Wurstschneiden schien er sich so zu verlieren, daß er jedesmal mehr schnitt als nötig und plötzlich richtig daraus auffuhr. Seine Frau, die an der Registrierkasse stand und beim Gemüse bediente, mußte ihm immer wieder zu Hilfe kommen. Und plötzlich wußte Zell, woran ihn diese herumirrenden Augen erinnerten: Genau so hatte er sich selber aus dem Spiegel angesehen, letzten Winter, tief unten. Er sah schnell weg. Als die Reihe an ihm war, wußte er noch immer nicht, was er nehmen sollte. Wahllos zeigte er herum, sagte Namen und war fast sicher, genau das einzukaufen, worauf Hanna keine Lust haben würde. An der Kassa beteuerte er, daß er den großen Sack mit dem Gebäck »schon vorher« gehabt habe, obwohl ihn niemand beschuldigt hatte.

Langsam ging er durch den Park, er wollte Hanna nicht zu früh mit dem Gescheppere in der Küche wecken. Die Sonne kam gerade über die Dächer, und die Blätter glänzten feucht, es roch nach Heu und blühenden Linden, die Blumenrabatten leuchteten, und wenn jetzt noch ein Trupp Klosterschülerinnen auftauchte, mit gestärkten Blusen und dunkelblauen Faltenröcken in militärischen Zweierreihen, dann wäre der Film komplett. Ein kleiner Traktor kam ihm entgegen, der aussah wie ein Kinderspielzeug, doch der Mann in grünen Gärtnerkleidern, der darauf saß, machte ein Gesicht, als sei alles ganz ernst. Wie lächerlich die beiden Frauen waren, die da zwei Schritte voneinander entfernt auf dem Weg standen und angelegentlich in verschiedene Richtungen schauten, während ihre Hunde sich beschnupperten! Ein schöner Tag, Zell. Er setzte sich auf die Bank, auf der er gestern gesessen war, und streckte die Beine von sich. Die Telefonzelle, die nachts herübergeleuchtet hatte, war jetzt hinter dem dichten Buschwerk nicht zu sehen. War da gar keine gewesen? Fast wäre er aufgestanden, um nachzuschauen. Aber was, dachte er, wäre schon anders, wenn sie nicht da wäre? Dann steht sie weiter die Straße hinauf oder hinunter, in der Nähe wäre jedenfalls eine, von der aus er hätte anrufen können. Nur wenn er es gestern tatsächlich getan hätte, wäre etwas anders. Selbst wenn er sie nicht erreicht hätte. Statt dessen hatte er lange hin und her überlegt und immer wieder noch einen Grund gefunden, weshalb sie ohnedies nicht zu Hause sein würde. Der beste Grund: in so einer Nacht! Und dann hatte er sich sogar eine Weile vorgestellt, zu einer Prostituierten zu fahren: In einer Stunde wäre er zurück, und nichts wäre geschehen. Das hätte ihm kein schlechtes Gewissen gemacht. Bilder in schwülstigem Rot hatte er durch seinen Kopf laufen lassen, die jetzt nur mehr lächerlich waren, aber auch nachts so gut wie nichts mit dem zu tun hatten, was da an ihm zog. Er hatte ja genau gewußt, daß das nur ein Ablenkungsmanöver sein würde, eine Vermeidung, unwidersprechbar gewußt: *Das* wäre es nicht. Auch wenn es ein wenig hektischer, vielleicht sogar aufregender zugehen sollte als mit Hanna, die dann im Bett wahrscheinlich auch nicht unbedingt nein sagen würde. Hatte sie tatsächlich nicht. Sie war sogar noch, so, als habe sie die Sehnsucht in seinen Umarmungen gemerkt, bei ihm unter der Decke geblieben, was nur mehr selten vorkam, hatte nur nach einer Weile sein Bein weggeschoben, das auf ihr lag, es sei ihr zur schwer, und dann auch seine Hand von ihrer Brust.

Dabei hatte er *hinterher*, im Dunkel neben ihr liegend, wirklich sie gemeint.
Er sah ins Laub hinauf, in die rötlich durchschienenen Blätter, fast durchsichtig waren sie, und sie bewegten sich so leise, als komme diese Bewegung aus ihnen selber und nicht vom Wind. Ob Karin noch schlief? Er versuchte sich ihr Gesicht vorzustellen, aber ehe es deutlich wurde, wirklich sie, war es ein anderes, fremdes, nichtssagendes, das ihr vielleicht ähnlich sah. Er hätte gerne geraucht. Dasitzen, den Rauch tief einatmen und langsam von sich blasen: Wenn er das jetzt könnte, schien ihm, wäre sie da, er könnte sein Gefühl dagegen lehnen, es würde ihn anfüllen wie letzte Nacht. Ein Gefühl wie sehnsüchtige Verliebtheit. Zum Seufzen. Er seufzte. Und weiß wieder, wie er schon einmal ein Gesicht beschwören wollte, herbeirufen mit aller Kraft, immer und immer wieder, kaum ist er irgendwo allein, denkt er an sie, und er wünscht sich allein zu sein, um an sie denken zu können, entstehen soll sie vor ihm, dastehen: Nanie! Mein Gott. Der vergammelte Campingplatz am Rand von Neapel. Ihre Zähne im roten Melonenfleisch an dem kleinen Verkaufsstand in der braunen, staubigen Straße mit ihrem süßlichen Geruch, der von Katzenkadavern kommt. Die glühende Luft unter den Pinien, im Zelt tagsüber, der Campingplatz verlassen, niemand kann sie hören, während sein Blut vom Zirpen der Zikaden zu sieden scheint neben ihr. Faul daliegen am Strand, schläfrig, und die Haut hellwach, ihre Hand in seiner. Und der Ginster da draußen irgendwo um Torre del Greco, wo sie zum erstenmal zusammenliegen, und La Lanterna, dieses kleine Fischlokal, ihres!, und wie sie sich fester an ihn drückt und ihn lächelnd anblitzt, wenn die jungen Italiener ihr nachrufen. Mit Tommy ist er da hinuntergefahren, er auf seiner Horex 250, geplant war es mit den Freundinnen, aber Lina hat nicht gedurft, einen Monat kennt er sie erst, und Tommys Freundin will dann auch nicht, und im Zelt neben ihnen zwei Mädchen aus Frankreich, paß auf, sagt Tommy, die reißen wir uns auf, die Dunkle gehört mir, die

andere nimmst du. Die Dunkle: Nanie; ihr Name, auf der zweiten Silbe betont, ist ihm wie eine fremde, unbekannte Zärtlichkeit, eine Zärtlichkeit, die er selber spürt, wenn er diesen Namen sagt; wie ihre Freundin hieß, hat er bald vergessen; und als sie an diesem ersten Abend in die Stadt hinein fahren, setzt Nanie sich ganz selbstverständlich zu ihm aufs Motorrad, zu ihm!, und daß sie sich an ihm festhalten muß, ist mehr, als er herbeireden könnte und Tommy herausgebalzt hat; wie man es macht, daß es das Mädchen hinter ihm an ihn drückt, ob sie will oder nicht, das weiß er schon lange, und als er merkt, wie sie ihr Gesicht gegen seine Schulter lehnt, da hat er Tommy auf seiner Hundertfünfziger weit hinter sich gelassen. Erst nach drei Wochen denkt er es auch: daß er im Paradies war. Schreibt es. Sehnsüchtige Briefe hin und her, expreß. Die dringende Bitte um ein Foto, weil ihr Gesicht, kaum will er es sich vorstellen, sich entzieht: Immer nur und immer wieder dieses Beinahe, aus dem sie nicht wird. Dann klammert er sich an das Automatenfoto, das sie schickt; und sie ist es und ist es doch nicht, weil *alles* fehlt: *ihr* Lächeln: das für ihn, und die Sommersprossen auf der Nase, und die Sonne. Direkt aus dem Herz, scheint ihm, kommen seine Gefühle, wenn er das Foto anschaut und sie weiterträumt. Und so zeichnet er sich: mit offener Brust, das Herz flammend, wie das Herz Jesu. Der Kitsch auf einmal das Genaueste. Wie es aushalten: die Vorstellung! Und wie es aushalten: *nur* die Vorstellung! Da schreibt er: Ich möchte dich heiraten. Daß du meine Frau wirst. Auf immer und ewig. Darauf kam keine Antwort mehr. Aber Lina war da. Den ganzen Rest der Ferien. Hat alle Sehnsucht, die nicht ihr gehörte, auf sich gezogen, ganz leicht. Eine anfaßbare Wirklichkeit. Ich liebe dich, sagt er und meint nicht mehr Nanie dabei, sagt es, wie man einen Groschen in einen Automaten wirft, spuckt selber wie ein Automat den Groschen aus, will nur noch, daß sie sich hinlegt, endlich darf er, fast so oft er will, und das ist: bei jeder Gelegenheit. Er denkt nicht an Nanie, wenn er Lina hält, denkt höchstens, daß jemand kommen und sie ertappen könnte. An jemand anderen dabei denken, das kennt er noch nicht. Manchmal erschrickt er noch: er hat seine Liebe verraten! Und ruft sich zur Ordnung: Sentimentalität, sagt er, er ist ja dabei, jetzt wirklich ein Mann zu werden, und es sich nicht nur einzureden, darauf ist er stolz. Und er mag Lina ja. Kein Tag ohne sie. Verbrennt die himmelblauen Briefe. Sie zu zerreißen und wegzuwerfen wäre ihm zu wenig. Pathos ist das einzig Richtige. Nur manchmal, ganz plötzlich, wenn er genau der ist, der er sein will, der, den Jagger gerade herausbrüllt: There've been so many girls that I've known, I've made so many cry and still I wonder why, manchmal kippt es, und er stürzt zurück, ein abgrundtiefes Seufzen entlang, das er nicht merken lassen darf, schnell muß er drüber, kriecht Lina beim Tanzen hinein, here comes the little girl, I see her walking down the street, und das ist jetzt sie, Lina, sie ganz allein, what's different about her?, I don't really know, bis der Riß auf der Zeichnung, aus der sein Herz lodert, wieder zu ist und seine schwarze Nietenlederjacke ihn wieder fest zusammenhält, keine Sehnsucht mehr hinaussteht und er schon wieder grinsen und mitschreien kann: I ain't got no love, I ain't the kind to meet, but you'll never break – this heart of stone, oh no, no, während er Linas eng in die Jeans gezwängten Arschbakken umfaßt hält und sie an sich preßt. Später kürzt er ab und sagt sich, daß Nanie wohl auch längst verheiratet ist. Und daß er sie, er rennt mit Lina durch Paris und sucht unter allen Frauengesichtern das eine, vielleicht nicht einmal mehr erkennen würde. Jetzt sicher nicht mehr. Er brach ein Stück einer Salzstange ab und aß es auf, grinste ein wenig: Aber damals war es überhaupt nicht lächerlich, sich als Grund dafür, daß Nanie nicht mehr schrieb, jemanden wie Belmondo vorzustellen.

Vor ihm lief eine Amsel im Gras hin und her, und wenn sie stehenblieb, wippte sie mit dem Schwanz wie ein aufgezogenes Spielzeug. Wie sich so ein Ding wohl selber fühlt, dachte er, von innen her, ob das schön war? Die Amsel hackte mit dem Schnabel ein paarmal in die Erde, zerrte an etwas, dann hing ihr ein Regenwurm zu beiden Seiten vom Schnabel, und mit einem Mal *bemerkte* Zell das starre Vogelauge, und es erschien ihm kalt und bösartig, überhaupt dieses ganze federige, hüpfende Ding: eine kleine, präzise Überlebensmaschine. Er sah dem Vogel nach, wie er auf einen Buschstreifen zurannte und darunter verschwand, aus dem, fiel ihm jetzt erst auf, die ganze Zeit schon ein hoher, wie pulsierender Pfeifton kam, der nun schlagartig aufhörte. Gleich darauf erschien die Amsel wieder, trippelte, wippte: ein lustiges Ding. Vielleicht, dachte Zell, springen die Zeitungsverkäufer auch nur so lustig herum, weil in ihren Ohren irgend etwas pfeift: der weiße Himmel über ihrer erdfarbigen Stadt, das Glitzern der Luft in ihrer Straße, die in ihrer Sprache lärmt und wo man noch im Traum jeden Stein wiedererkennt, jeden Spalt in einem Fensterladen und die Risse im Gewand derer, die dahinter atmen, und wo man den Krug schwitzen spürt, in dem das Wasser kühl bleibt, das man vom Brunnen holt in Kanistern, auf denen das gleiche geflügelte Pferd springt wie auf der Tankstelle. Aber vielleicht pfiff ihnen nur der Magen. Er warf ein Stück Gebäck ins Gras hinüber, doch seine rasche Bewegung verscheuchte den Vogel nur. Und du, Karin, dachte Zell, pfeifst mir seit Wochen, und ich rufe nicht einmal an.

Vor dem Ausgang des Parks standen einige Frauen in einem Beet, unförmige Leiber in großgemusterten Kleiderschürzen mit weiten Armlöchern, durch die die Büstenhalter zu sehen waren, nur eine von ihnen stach die Erde um, die anderen lehnten an Schaufelstielen und hörten der offenbar jüngsten unter ihnen zu, die als einzige Hosen trug und ein T-shirt mit einem Adler auf dem mächtigen Busen, na, sagte sie zu Zell, was schaust du denn so, willst du ein Paßbild von mir? Zell stockte einen Moment, fing zu grinsen an, nein, sagte er, hab heute schon gelacht. Schnipp-schnapp, wie gut das immer noch funktionierte! Er hörte im Weitergehen das Kichern hinter sich, Gelächter, und plötzlich zerplatzte ein großer

Erdbrocken neben ihm auf dem Weg. Schnell wandte er sich um, hochaufgerichtet stand die Frau da und grinste herausfordernd, beinahe hätte er sich weggedreht und wäre weitergegangen, da bückte er sich rasch, hob einen Klumpen auf, holte aus, eine jähe Armbewegung, und die Frauen duckten sich, er lachte auf und zerbröselte die Erde zwischen den Fingern. Die Junge ruckte mit dem Kinn zu ihm hin, na, rief sie, na, trau dich. Einen Augenblick stand Zell noch da, ein seltsames Gefühl in ihm, gleich wird er zu ihnen hinübergehen, ein paar Sätze hin und her und dann fressen sie zusammen das Zeug auf, das er eingekauft hat, jemand wird einen Doppler Wein holen gehen, das deutliche Gefühl, daß er das jetzt könnte!, und es wäre das Richtige!, ein älterer Mann kam daher, hatte offenbar alles gesehen und schaute ihn entgeistert an, und da drehte Zell sich weg und ging aus dem Park hinaus auf die Straße. Eigentlich hätte ich ihn anbellen sollen wie ein Hund, dachte er, ihm plötzlich ins Gesicht bellen, daß es ihn reißt. Irgendwann, schien ihm, hatte er in einer solchen Situation genau das getan.
In der Tabak-Trafik standen fünf, sechs Leute herum, füllten den kleinen Raum fast aus, Durcheinanderreden, Gelächter, eine seltsam familiäre Stimmung, als würden sich alle kennen, wie in einem Dorf, einfache Leute, Feuerzeugbenzin, bitte, sagte er und sah sie neugierig an. Gerade hat einer einen Tausender gewonnen, erklärte ihm die Trafikantin, noch immer so aufgeregt, als sei ihr da selber ein großer Segen zuteil geworden, daß ausgerechnet in ihrer Trafik jemand einen so großen Gewinn machte. Wollen Sie nicht auch Ihr Glück versuchen, fragte sie und zeigte auf die Plexiglaskugel, die mit den rosa Briefchen der Lotterie gefüllt war. Mein Glück sieht anders aus, dachte Zell, griff aber trotzdem in die Kugel, fischte ein Briefchen heraus, riß es auf, alle sahen ihn jetzt an, merkte er, er gab sich einen Ruck, der Haupttreffer, stieß er heraus, wie entsetzt, sah die Gesichter der Leute, erstarrt wie bei einem Stehkader im Kino, und da konnte er sich nicht mehr halten, fing zu lachen an und zeigte das Los:

Gerade den Einsatz hatte er zurückgewonnen. Ein befreites Lachen brach aus, Reden wie nach einem Luftanhalten, erleichtert darüber, daß man dem Glück doch nicht so nahe gewesen war, daß ein anderer, der man ja auch selber hätte sein können, nur zugreifen mußte. Zell hielt die Hand auf. Ob er es nicht noch einmal versuchen wolle?, lächelte die Trafikantin, jetzt könne er ja nichts mehr verlieren, nur noch gewinnen, nur noch gewinnen! Zell langt wieder in die Kugel, wühlt herum, nimmt jetzt nicht einfach eines der zuoberst liegenden Lose, er spürt ein Briefchen zwischen den Fingern, und mit einem Schlag ist es ernst, ist da ein ganz anderer Ernst!, fast reißt er die Hand zurück, als habe er sich verbrannt, er sieht alle Augen auf sich gerichtet, langsam zieht er das Los heraus, sieht es an, zögert, und steckt es plötzlich in die Brusttasche seiner umgehängten Jacke. Er lächelt, nimmt seine Einkaufssäcke, aufmachen, sagt jemand, machen Sie es doch auf!, ein Kind kommt zur Tür herein, ein kleiner Junge, Zell wendet sich zum Gehen, machen Sie es doch auf: eine wie schmollend bittende Frauenstimme, er zieht das Los aus der Tasche, streckt es dem Kind hin, da, sagt er, da, ich schenk es dir, Augen wie erschrocken, unsicher und ängstlich, da, nimm, sagt Zell, und das Kind greift automatisch zu, Zell sieht in die Runde, Wiedersehen, sagte er grinsend und ging. Leicht und locker, er könnte Tanzschritte machen. Was für ein heller Tag! Der Himmel von einem so ungewöhnlich klaren Blau, daß die Häuser hineinstanden wie ausgeschnitten. Wirklich, wie auf einem Ausschneidebogen, dachte er. Aber den gab es angeblich auch schon: Irgendwelche berühmten Bauten, von Loos oder sonstwem, gab es, wie Achim erzählt hatte, als Ausschneidebogen zu kaufen. Aber das war nicht etwa für Kinder gedacht, sondern tatsächlich für Erwachsene, ein Ausschneidebogen samt Baugeschichte des Hauses. Architektur war ja seit einiger Zeit irgendwie »in«. Die Schickeria sprach jetzt von ihr, wußte auf einmal Namen von Architekten und welcher kanonisierte Gesichtsausdruck dabei jeweils anzuziehen war. Sehr schön konnte sie

den Satz sagen: Ach, ich weiß nicht, was der in letzter Zeit so macht, überzeugt mich eigentlich gar nicht mehr. Als sei man je von etwas *überzeugt* gewesen. Als er vor kurzem unfreiwillig Zuhörer eines solchen Geschwätzes geworden war, in dem Häuser mit denselben überspannten Adjektiven behängt wurden, mit denen man vorher das Essen in irgendeinem besonders schicken Lokal garniert hatte, da war er auf einmal sehr froh gewesen, daß ihm zur Architektur momentan überhaupt nichts mehr einfiel. Wie schön, diese Leute vor sich zu sehen, in ihren gestylten Wohnungen, in denen er immer das Gefühl hatte, gleich das Wasser nicht mehr halten zu können, und sie schnippeln und kleben sich diese Papierhäuschen zusammen! Er fuhr mit dem Lift nach oben und mußte daran denken, wie oft er bei Berni Liftanbauten für alte Gemeindewohnblocks hatte zeichnen müssen. Ein Alptraum. Hieß auch Architektur. Und war so ziemlich das einzige, was das Büro Bernhauser während der Zeit, wo er dort linierte und kratzte, noch baute. Allerdings hatte er dabei perfekt gelernt, sich über das, was man tat, lustig zu machen. Überhaupt, nachdem er seine erste Bauverhandlung hinter sich hatte. Jetzt noch war ihm zum Grinsen, wenn er daran dachte, wie aufgeregt er gewesen war, Berni dabei zu vertreten, er hatte sich ja noch eingebildet, daß man am Ort der künftigen Liftbaustelle die Pläne auf Herz und Nieren prüfen würde. Aber der Beamtenpartie war das nur Anlaß für ein wenig Herumstehen und Witzereißen gewesen, um dann schnell in einem Heurigen verschwinden zu können, wo er nur noch dazu dagewesen war, nachher die Rechnung zu zahlen.
Er sperrte leise die Tür auf, ließ sie leise hinter sich einschnappen, horchte. Musik aus der Nebenwohnung, sonst nichts, wahrscheinlich schlief Hanna noch. Erst in einer halben Stunde würde der Wecker läuten. Er ging in die Küche, packte aus. Sich so vorsichtig bewegen zu müssen, war ihm jetzt ganz entgegen. Er war doch am Leben! Einmal hatte sie ihm geschrieben: Ich habe gar nicht gewußt, daß mir das gefehlt hat – und wie lange: die leisen Geräusche manchmal in

der Wohnung beim Aufwachen, und es riecht vielleicht sogar schon nach Kaffee – und dabei denken können: Du bist doch Teetrinker! Das war ewig her. Ewig und drei Tage. Seit einiger Zeit wußte er wieder auf den Monat genau, wie lange sie zusammen waren, im Moment zwei Jahre neun Monate. *Schon* zusammen, dachte er jedesmal, dabei wollte er, wenn er darüber nachdachte, nicht einmal weg. Auch wenn es längst undenkbar geworden war, daß sie ihm je einen solchen Brief geschrieben hatte. Er wußte noch gut, welche Angst ihm dieser Brief machte, er hatte ihn weitergedacht und nur mehr eine Umklammerung gesehen, obwohl er sich einredete, sie ist nicht Lina! Sofort hatte er alles beenden wollen. Tage ließ er vergehen, ehe er sich wieder meldete. Er hatte ja noch nicht gewußt, daß so ein *Geständnis* schon das Alleräußerste für sie war; daß sie die gleiche Angst hatte wie er, ja vielleicht ärger noch, und ihr eine solche Nähe nur gelang, wenn er weit weg war. Was für eine Briefbeziehung das hätte werden können, dachte er, wenn es nicht schon Telefone und Autos gäbe. Manchmal hatte er sich vorzustellen versucht, wie anders mit ihnen alles geworden wäre, wenn er damals seinem Gefühl nachgegeben hätte und auf der Stelle zu ihr gefahren wäre, Kinoszenen: ein Ineinanderstürzen, Gestammel, Sich-fallen-lassen. Aber natürlich hatte er gewußt, daß es so nicht gewesen wäre. Verlegen wären sie voreinandergestanden, sie im Türrahmen, er auf dem Fußabstreifer, und das Beste wird sein, man geht hinunter auf einen Kaffee. Daran hatte sich während all der Zeit, die sie zusammen waren, kaum etwas geändert. Nur manchmal im Dunkeln, oder wenn sie sich im Stehen umarmten, so daß sie ihn nicht sehen konnte, hatte er im geheimen so getan, als sperre er jetzt sein Gefühl für sie nicht aus, sondern lasse es aus dem Bauch emporwachsen, ihn ganz durchrieseln: ein Gefühl, wie es vielleicht wäre, wenn er sich gestatten würde, ihr vorbehaltlos zugeneigt zu sein: ein Gefühlsversuch wie ein Kosten, aus dem nie ein Auskosten wurde, weil seine Angst viel zu groß war, damit fange dann todsicher an sich zu wiederholen, was er sich während der Trennung von Lina geschworen hatte, nicht mehr zuzulassen. Für ihn wäre es gewesen, als beginne mit dem Geständnis, daß einem der andere fehle, diese grausige Zeitbombe zu ticken, die sie über kurz oder lang auseinanderreißen würde.

Er kramte herum, suchte nach einem Korb fürs Gebäck, irgendwo mußte da ein großer Korb sein, und wo hatte Hanna die Tischtücher? Er konnte sich das nicht merken. Wenn er den Geschirrspüler ausräumte, wußte er auch nie genau, wohin mit den Dingen. Mehrmals hatte sie ihm gesagt, daß er das Geschirr falsch einräume, *schon wieder falsch eingeräumt* habe, so daß sie es nicht mit einem Handgriff zur Verfügung hatte. Doch obwohl ihn das jedesmal ein wenig ärgerte, war er insgeheim zufrieden darüber, daß er das *immer noch nicht* wußte.

Als er durchs Vorzimmer ging, hörte er im Bad die Dusche rauschen. Ob er es gewesen war, der sie geweckt hatte, würde er gleich merken. Da fragt er sie lieber nicht, wo Tischtücher sind. Im Bad wollte Hanna ja auf keinen Fall gestört werden. Während ihrer ersten Zeit hatte er das seltsam gefunden, ein bißchen zu kapriziös, dann hatte er sich daran gewöhnt und nicht mehr auf sich bezogen, daß sie wohl am liebsten gehabt hätte, er löse sich mit dem Tagwerden in Luft auf, damit niemand sie sehen könne beim Erwachen im gnadenlosen Morgenlicht, in dem sie sich selber nicht anschauen mochte: Wenn möglich, wäre sie sich erst nach der langwierigen Prozedur vor dem Badezimmerspiegel unter die Augen gekommen. Längst hatte er es aufgegeben, ihr zu sagen, daß sie sich da etwas einbilde, daß er es unnötig finde und sie ihm *auch so* gefalle, weil sie das immer als ein Sie-trösten-wollen mißverstand. Das letzte Wochenende, auf Willis Bauernhof, das so angenehm begonnen hatte, war ja auch ziemlich irritiert worden, weil er ein bißchen grinste, als er sah, daß im Duplikat ihres Führerscheins, das sie vor kurzem hatte machen lassen, wieder dieses Paßbild der Zwanzigjährigen klebte, als die sie eine Zeitlang Fotomodell gewesen war. Er zog die Jalousien im Wohnzimmer auf: Was für ein Tag! In diesem Licht, in dieser Luft konnte man sich einbilden, fliegen zu können. Dann stand er eine Weile vor den beiden Bildern, die nebeneinander an der Wand hingen. Was ich mich damals getraut habe!, dachte er. Er wußte genau, wie das gewesen war. Und das würde er wieder tun! Seit Wochen juckte es ihn, und langsam wurde es dringend. Papier hatte er bereits eingekauft. Schönes Papier. Ganz leicht auf einmal wieder die Vorstellung, sofort nach dem Büro in die Wohnung zu fahren und sich an den Zeichentisch zu setzen. Von selber geht die Hand übers Papier, die Striche wachsen aus ihm heraus, und rundum ist nichts mehr da. Er seufzte: Noch so lange bis zum Abend. In der Küche schaltete er das Radio ein und drehte laut auf.

Warum, sagte Zell, sag mir, warum will alle Welt einen Architekten aus mir machen? Die Architektur kommt ganz gut ohne mich aus. Zu Pfahlbauten hätte ich vielleicht noch etwas zu sagen. Aber stell dir einmal vor, du ruderst in deinem Einbaum nichtsahnend deiner Behausung zu, und was mußt du sehen?: Die hat jetzt auch schon eine vorgehängte Renaissancefassade. Wenn dich da nicht gleich der Schlag trifft, kannst du nur schleunigst davonpaddeln. So, erklärte er, geht es mir, rundheraus gesagt, jetzt jeden Tag. Hanna sah ihn lächelnd an, was ist heute los mit dir, fragte sie, heh, was ist los mit dir? Zell blies einen schönen Rauchring über den Tisch, zerfächelte ihn aber schnell mit der Hand, ehe er drüben bei Hanna landen konnte, die noch aß. Ja, was ist los mit mir?, dachte er. Ich könnte die Zeitungsverkäufer als Beispiel nennen. Fast habe ich wieder mit einem Erdbrocken werfen dürfen. Und seit neuestem hängt die Stadtverwaltung Plastiken statt der häßlichen Mistkübel für uns auf. Dazu gewinnt man in der Lotterie. Und man erkennt, daß die Welt eingeteilt werden kann in Wiesen mit Regenwürmern und Wiesen ohne. Das könnte er sagen. Aber was würde das erklären? Er deutete zum Fenster hin, du mußt hinausgehen und schauen, sagte er. Die Küche ging auf einen kleinen Innenhof, lag noch dazu nach Westen, man mußte den Kopf verrenken, um den Himmel zu sehen: Aber in ihm war noch immer das Gefühl eines strahlenden Sommertages. Außerdem, sagte er, sei er heute mit beiden Beinen gleichzeitig aufgestanden, keines habe ihm das verkehrte sein können. Und bis zum Urlaub seien es nur mehr fünf Wochen. Bis zum Wochenende zwei Tage. Und acht Stunden, bis er die Bürotür hinter sich zuknallen könne. Ich habe beschlossen, sagte er, wieder zu zeichnen, die Kunst ist wieder dran, da gibt es kein Augenbrauenhochziehen, liebe Hannelore, ich habe keine Zeit mehr. Er sah, daß Hannas Lächeln kurz verschwand, aber gleich wieder da war. Wenn er ihren vollen Vornamen sagte, den sie nicht mochte, war ihr das immer eine Art Angriff, aber heute schien sie das nicht so ernst zu nehmen. Überhaupt war es, als wäre heute der Spielplan geändert worden: Da saß eine ganz andere als die, die sonst morgens dalümmelte, schweigsam und verschlossen, was ihm immer schwer gewesen war, nicht auf sich zu beziehen. Heute abend, erklärte er, gehe es los, er könne es schon gar nicht mehr erwarten, und daß er so lange ohne Zeichnen habe sein können, verstehe er erst recht nicht. Aber heute abend, sagte Hanna, wollten wir eigentlich zu den Koglers. Hat er das vergessen? Er seufzte theatralisch auf: Gutes Essen, hervorragend sogar, aber Gerede, daß man es am liebsten gleich wieder kotzen möchte. Als würde einem fortwährend ein Katalog vorgelesen, was man mit Geld alles anfangen kann und wie aufreibend es ist, welches zu haben. Er gehe da überhaupt nicht mehr hin. Sei nicht so streng, sagte Hanna, aber wenn du nicht willst, wir müssen nicht unbedingt. Wie? Er sah sie erstaunt an. Seit wann, grinste er, drückst du dich im Plural aus, wenn bloß ich nicht will, was du gerne möchtest? Nur seinetwegen verzichten?, nein, das kenne er schon, das gehe sich nie ohne Rest aus. Da soll sie lieber alleine hingehen, er läßt schön grüßen. Oder willst du mich auf einmal heiraten, fragte er. Hanna seufzte: Die längste Zeit

schon, nur *du* merkst es nicht. Ohne Vorbedingungen, fragte er. Helfen die etwas, fragte sie zurück. Er sah plötzlich auf die Uhr. Jetzt müßten sie aber bald da sein, sagte er, wo bleiben die denn so lange, wird doch alles kalt. Hanna lachte, das kannst du jemand anderem erzählen und noch so ernst dabei dreinschauen. Er zuckte die Schultern, reckte dann den Kopf vor, als lausche er ins Vorzimmer hinaus, nein, sagte er nach einer Weile, doch nicht. Hanna winkte ab, aber er merkte, daß sie nicht mehr ganz so sicher war, er habe vorhin nur einen Scherz gemacht, als er sagte, zuviel eingekauft?, keineswegs, er erwarte noch jemanden, soll eine Überraschung für sie sein.
Verwundert hatte sie den gedeckten Tisch angestaunt, als sie in die Küche kam. Ein langes Oh, das in ein Lächeln überging, dann ein spöttisches Kopfschütteln: Dabei haben wir uns doch gestern gar nicht gestritten, oder? Er goß ihr Kaffee ein, kannst du mich denn so auswendig, fragte er, auch das Kleingedruckte? Wirklich? Ohne zu »bemerken«, was das da auf ihrem Teller war, hatte Hanna die aufrecht in der Semmel steckende Salzstange herausgezogen und die Semmel sofort auseinandergebrochen. Er deutete mit dem Kopf zum offenen Fenster hin, hörst du die Tauben?, sagte er, die haben mich inspiriert, hab einfach nicht anders können. Hanna lachte leise, sah sich auf dem Tisch um, was sie nehmen könnte, dann schüttelte sie wieder den Kopf, aber eigentlich ist es schön, daß ich mich über dich noch wundern kann. Fast zärtlich hatte sie ihn angesehen. Und da hätte er ihr am liebsten auf der Stelle gesagt, daß er ständig an Karin denken mußte. Habe ich dir eigentlich schon einmal erzählt, fragte er, wie ich mit Ferry im Hühnerstall gestanden bin, in Unterhosen und barfuß, achtzehn dürften wir gewesen sein, und der Hühnerdreck quetscht sich zwischen den Zehen hoch, das ist mir zuerst, grinste er, als die Gänseleberpastetendose so schwer aufgegangen ist, eingefallen. Die Großmutter von wer weiß wie sie geheißen hat ist wach geworden, und da haben sie die Flucht ergreifen müssen. Hat er ihr das schon

einmal erzählt? Er wußte selber, daß er ihr nie viel von seiner Vergangenheit erzählt hatte. Aber heute war so leicht reden. Fast von selber sagt es sich, daß er mit Ferry in der säuerlich riechenden Kammer von Burgi, genau, so hat sie geheißen, gewesen ist, in ihrem Bett, wo sie, besoffen natürlich alle beide, auf Burgi warten, endlich ist da eine, die es nicht so genau nimmt, auch zwei auf einmal, bilden sie sich ein, sie haben sich schon bis auf die Unterhose ausgezogen, während Burgi zur Großmutter hinüber ist, die man auf einmal durch die dünnen Wände gehört hat, und wenn Burgi kommt, wird es rundgehen, glauben sie, aber Burgi scheucht sie in den Hühnerstall hinunter, zu dem es von der Küche aus einen direkten Zugang gibt, und wo sie dann den glitschigen Dreck breittreten, Mahlzeit, sagt Hanna dazu, und sich ruhig verhalten sollen, damit die aufgescheuchten Hühner wieder die Köpfe unter die Flügel stecken und die Großmutter sich beruhigt, die aufrecht im Bett Wache hält, wie Burgi behauptet, die ihnen dann nur mehr die Kleider hinunterreicht, dieses Luder. Und hat er ihr schon einmal erzählt, wie er bei der Feuerwehr war?, Freiwillige Feuerwehr natürlich, ab sechzehn, jeden Donnerstag Übung, der Verein der größten Rauschkugeln. Wenn ich dir so zuhöre, hatte Hanna gesagt, dann kommt mir vor, als ob du am liebsten zurück möchtest in die Vergangenheit. Nein, hatte er erklärt, ich habe ein ganz anderes Gefühl dabei: daß ich nach vorne will, wenn ich zurückdenke.

Hanna fing schon an, den Tisch abzuräumen, und er redete, rauchte und redete noch immer. Es ist natürlich ein unersetzlicher Schaden für die Architektur, sagte er, daß ich gerade jetzt den Hut auf sie schmeißen werde, wo mir geträumt hat, wie es weitergehen könnte mit ihr. Aber wahrscheinlich würde man ihn ohnedies bloß in ein Hochhausfundament einbetonieren, damit seine Idee nicht publik würde. Was ihm geträumt hat? Er zögerte, als horche er in sich hinein, dann blies er den Brustkorb auf, hob die Arme und spreizte die Finger nach unten, ließ sie plötzlich wieder sinken, nein, sagte er, so geht das nicht, wir müßten auf den Dachboden, da könnte ich es dir erklären. Hanna schloß schwungvoll die Kühlschranktür, das einzige, was wir müssen, meinte sie, ist schauen, daß wir aus dem Haus kommen. Zell streckte demonstrativ die Beine aus. Ich bin bereit für die Öffentlichkeit, sagte er, nur du mußt noch Lippen malen. Hanna zog ein wenig mißbilligend die Augenbrauen hoch, er machte dasselbe Gesicht, bis sie sich auflachend wegdrehte. Sie blieb in der Tür stehen, es ist schön, daß es dir wieder so gut geht, sagte sie, das gefällt mir. Als ob das eine Kunst wäre, rief er ihr nach.

Als sie mit dem Lift nach unten fuhren, umarmte sie ihn plötzlich. Einen Augenblick war er fast erschrocken, ehe auch er sie an sich drückte. Er hätte gerne nachgeben mögen. Als er sein Gesicht im Liftspiegel sah, schloß er die Augen, weil er nicht sehen wollte, wie er log. Und dachte gleich darauf, aber lügen kann ich ja sehr gut.

Der übliche Weg in die Innenstadt, um Hanna ins Geschäft zu bringen. Er kannte ihn im Schlaf. Und doch alles wie neu an diesem hellen Tag. Nicht bloß eine Ansammlung von Straßenzügen, Verkehrsampeln, Kreuzungen und Autos vor und neben und hinter ihm und gelben Richtungspfeilen auf dem Pflaster. Auch nicht bloß Menschen und Häuser und Geschäfte und Schilder und Schaufenster und Plakate und Farben und Linien und Flächen. Sondern alles zugleich. Und doch jedes für sich. Und als wäre er gar nicht auf dem Weg ins Büro, der sonst nicht *galt,* nichts war als eine Strecke, die *zurückgelegt* werden mußte, sondern wäre bereits im Urlaub, über den man redete: nicht ernsthaft, nur Geplauder, ohne *Probleme.* Dabei lagen ihre Wünsche, wohin sie fahren wollten, noch weit auseinander: sie nach Finnland, er eher in die Hitze, so tief wie möglich; aber so, wie sie heute darüber redeten, schien es das Leichteste, daß sie sich einigen würden, einigen ohne das Gefühl eines Kompromisses, der in Wahrheit ein Verzicht wäre. Hanna hinter Sonnenbrillen: schön

und braun. Der Schatten der Brille weich auf ihren Backenknochen. Mit einer solchen Frau neben sich hätte er damals antanzen mögen, als er als Junger von zu Hause weg war, hätte er an den Wochenenden daheim in den Stammlokalen auftauchen mögen, wo alle Freunde hockten, die zurückblieben. Das einzige, was ihm heute schwer war: nicht andauernd zu witzeln. Ein Gedankenschlenker, noch eine Drehung, und schon war es ein Witzeln. Alles, was Hanna sagte und wie sie es sagte, war ihm ein Stichwort und so, als habe sie es auch als solches gedacht. Sie schien sich wirklich wohl neben ihm zu fühlen. Wenn sie gesagt hätte: Warum hat es eigentlich nicht von Anfang an so sein können zwischen uns?, es hätte ihn nicht gewundert. Und er hätte vielleicht darauf gesagt: Weil wir damals noch geglaubt haben, uns etwas anderes wünschen zu müssen als Fernsehen.
Er schaute, an einer Ampel haltend, aus dem Seitenfenster, sah, wie da der Schatten auf dem Pflaster lag, eine klare Hell-Dunkel-Grenze, die weiter eine Plakatwand hinauflief, hinter der eine Baugrube war, und dann auf der nackten Feuermauer durch das Laub einer riesigen alten Akazie in ein Geflimmer auseinanderstob. Schau, sagte er, es ist wirklich unglaublich. Sie beugte sich zu ihm, um hinaussehen zu können, und wie sie da so an seiner Schulter lehnte, hatte er sofort wieder dieses Gefühl, ihr sagen zu müssen, wie oft er an Karin dachte. Das Gefühl, sie werde ihn »verstehen«. Und wird das überhaupt nicht als etwas gegen sie Gerichtetes sehen. Im Gegenteil, trösten könnte sie ihn, weil er ihretwegen solche Skrupel hat. Was soll da draußen sein, fragte Hanna. Na der Schatten, sagte er, wie der schön ist! Hanna lehnte sich zurück, er konnte hinter dem dunklen Glas ihre Augen nicht sehen. Heh, sagte sie, in welchem Film bist du heute? Offenbar in einem anderen als sie. Sie hat gemeint, er will ihr zeigen, welchen Dreck die Baumaschinen und Laster da in die Luft blasen, oder sie aufmerksam machen, daß man den Baum tatsächlich stehen gelassen hat. Aber nein, sagte er, mit solchen Zeiterscheinungen kann er sich jetzt nicht abge-

ben. Die Luft sei ja nur so versaut, weil sie noch nicht parzelliert sei. Darauf habe man vergessen. Wenn die Luft endlich genauso Privateigentum sein wird wie alles andere, sagte er, und die Besitzer Miete verlangen können, gestaffelt nach Qualität, dann wird ihnen schon was einfallen. Wird noch kommen. Ansätze gibt es bereits. Das Museum of Modern Art hat den Luftraum über sich verkauft und mit dem Zaster die alte Burg modernisiert. Mehr Platz für die Kunst also, ist das nichts? Da siehst du, sagte er, wie gut gleich alles geht, wenn Geld ins Spiel kommt. Hanna sah ihn ungläubig an, er grinste. Übrigens, sagte sie nach einer Weile, weil du gerade beim Geld warst. Nein, bitte!, er verzog jammernd das Gesicht, mit diesem Thema bist jetzt du im falschen Film. Sie soll sich umschauen, das seien wirklich nicht die richtigen Kulissen. Aber es ist verrückt, sagte Hanna unbeirrt, daß du dich schon wieder so hinhalten läßt, abspeisen mit ein paar Hundertern. Er seufzte. Natürlich hatte sie recht. Aber in den kleinen Architekturbüros, in denen es einzig auszuhalten war, weil sie sich noch nicht zu reinen Bürokraten-, Intrigen- und Architekturindustrieburgen ausgewachsen hatten, wo die Leute, die in den kleinen Buden mehr oder weniger hierarchielos, oft sogar fast freundschaftlich zusammenarbeiteten, in Projektleiter und Zeichenknechte auseinanderdividiert wurden und die Chefs eine seltsame Metamorphose durchmachten, an deren Ende sie es gar nicht mehr schätzten, mit du angeredet zu werden, in den kleinen Büros, wo es noch kein »Betriebsklima« gab, schien sich ständig das gleiche zu wiederholen: Irgendein großer Auftrag, der sich mehr oder weniger unerklärlich in das Büro verirrte und an dem viel verdient wurde, führte dazu, daß mehr Leute aufgenommen wurden, in der Hoffnung, daß es jetzt, nachdem man einmal im Geschäft war, so weitergehen werde, und wenn dann die Folgeaufträge ausblieben, wurde das, was mit dem einen großen Auftrag verdient worden war, immer hektischer in Wettbewerben verpulvert, die man nicht gewann, und die Leute, die man gerade eingestellt hatte, konnte man auch nicht sofort wieder an die Luft setzen, das würde dem Image schaden, wer gibt denn schon einen Auftrag an ein Büro, von dem bekannt ist, daß es auf dem absteigenden Ast ist, und dann geht das Theater los: Kredite und Schulden: Und wo läßt sich schon sparen, ohne daß es dem Renommee *des Büros* schadet? Immer das gleiche Theater, wenn er es endlich geschafft hatte zu sagen: Berni, es geht nicht mehr, ich will jetzt wirklich einmal cash sehen, oder: Helmut, ich brauche jetzt wirklich was. Komödien: Gejammer, du weißt doch selber, Stefan, wie wir im Moment dastehen; diesen Wettbewerb, wenn wir den gewinnen, dann, und den haben wir ja so gut wie im Sack; ein Brieftasche-herausreißen und -herzeigen, da, ein paar Hunderter, mehr hab ich im Moment selber nicht, die kannst du haben; und im nächsten Moment ist alles nur mehr ein Witz, über den man gemeinsam lacht, und das ist so ziemlich das einzige, worüber man in einem solchen Büro noch lachen kann und darf. Am Schluß war Zeydlitz ihm schon über vier Monatsgehälter schuldig gewesen, und wenn Hanna nicht so gedrängt hätte, wäre das noch lange so weitergelaufen. Wie sich denn selbstbewußt hinstellen und sagen: entweder-oder, wenn er doch ständig das Gefühl hatte, im Büro nichts zustandezubringen? Und er hatte ja Zeydlitz trotz allem gemocht. Gerade die waren immer die Angenehmsten gewesen, die dann nicht zahlten. Berni sogar, sein Freund. Aber Hanna hatte ihm vorgerechnet, daß er nur dumm war und billig, und sie hatte einen Rechtsanwalt herangeschafft, jemanden aus ihrer *Vergangenheit,* Zell hatte es sich gefallen lassen, entschlußlos wie er damals war, widerwillig, voll schlechten Gewissens, jetzt noch war es ihm unangenehm, wenn er Zeydlitz irgendwo zufällig traf. In dessen Büro war natürlich kein Bleiben mehr gewesen. Erstaunlich nur, daß man ihm, kaum stand er ohne Job da, die Angebote fast nachtrug, obwohl es genug Architekten gab, die sich bei den Büros anstellten. Nur als *Mitleid* mit ihm hatte er das gesehen, und am liebsten hätte er alle Angebote ausgeschlagen. Aber Kölz hatte er gleich sehr sympathisch gefunden. Und nun ging das schon wieder los. Zu Kölz, grinste er, bin ich nur durch dich gekommen, Hanna. Sie lachte auf, soll ich ihn jetzt anrufen und sagen, Philipp, mein Lieber, bezahl mir meinen Stefan ordentlich, soll sie das? Warum nicht?, sagte er und zeigte aus dem Fenster, er kauft ihr auch ein Eis dafür. Im übrigen sei die ganze Geschichte das Adrenalin nicht wert. Sie soll abwarten, wie *er* das macht; locker!, er schnippte mit den Fingern. Und demnächst kommt sowieso money von der Erbschaft, außerdem steigt er jetzt wieder in die Kunst ein und dann: ffft!, er machte eine Handbewegung, als hebe ein Flugzeug steil ab. Das Haus der Eltern war ja jetzt endlich verkauft, der Nachbar hatte es die ganze Zeit für seinen Sohn gewollt, und daß Bernhard es nicht hergeben, sondern für sich haben wollte, hatte nur den Preis getrieben. No problem, Hanna, sagte er, no problem: das Haus verkauft, der Grabstein gesetzt, alles okay. Wie? Er gab keine Antwort, wußte plötzlich, was auf dem Grab der Eltern stehen müßte, mit dem Vater ist er im Wohnzimmer, Baupläne bedecken den Tisch, und er redet und erklärt, ganz einfach ist alles, schau, und hier eine Milchglasscheibe, haben wir uns gedacht, oder, noch besser, eine alte, kaputte Bildröhre von einem Fernseher, hochkant gestellt, müßte doch leicht eine aufzutreiben sein, und er merkt mit einem Mal, daß er nur mehr ins Leere redet, die ganze Zeit schon ins Leere geredet haben muß: ein Kopfschütteln des Vaters, fast unmerklich, leise hin und her und hin und her, vor dem alles ungültig wird und man selber das Gefühl hat, es gibt einen gar nicht, so, wie der Vater den Kopf schüttelte auf die inständige Frage: warum?, sag mir warum?, als der Vater sich weigerte, an der Hochzeit teilzunehmen, was hast du gegen Lina? hast doch bis jetzt nichts gegen sie gehabt, und wenn es nicht wegen ihr ist, warum dann, warum?, nur dieses Kopfschütteln und der gequälte Satz: Ich kann nicht, kann nicht!, und daß der Vater der Überzeugung ist, der Mensch müsse sich zuerst eine *Existenz* schaffen, ehe er an die *Gründung einer Familie* denken darf, was hat diese *Überzeugung* damit zu tun, daß er der Hochzeit fernbleibt?, die stattfinden wird, so oder so, stattfinden muß, Lina ist im vierten Monat, und auch jetzt *kann* der Vater nicht, wo es doch um gar nichts geht, was will er denn schon von ihm?, er verlangt ja nichts Unmögliches, nichts weiter, als daß er ihnen ein Modell nach dem Plan baut, groß und stabil, nicht bloß Pappe, wie sie es selber könnten, in der Werkstatt mit all den Geräten und seinem Können wäre es dem Vater ein Leichtes, aber er schüttelte den Kopf, als würde ihm das Furchtbarste zugemutet, als würde er sich *mitschuldig,* zum Komplizen machen bei ihren rotzfrechen Angriffen auf die Ordnung dieser Welt, so lange Kopfschütteln, bis man nur noch die Tür zuknallen kann, nur mehr ins Auto möchte und weg, um nicht hinzuschlagen, den pendelnden Kopf herunterzuschlagen, und Lina sagt dann noch, daß er den Vater auch verstehen muß, gerade sie!, als wisse sie nicht mehr, oder nur *zu gut,* wie sehr der Vater *sie* damals verstehen wollte, als er nicht zur Hochzeit kam, und für die Mutter ist sowieso nichts geschehen, nicht einmal nichts, und als er zwei Wochen später nach Hause kommt, steht das Modell des Parking-House-Flippers fix und fertig da, noch nach Lack riechend und wunderschön, und er selber verlegen und beschämt vor dem Vater: Dieses Modell, von dem kein Mensch wußte, wo es geblieben war nach der wilden Präsentationsaktion, das, dachte er, sollte auf ihrem Grab stehen, das wäre es und nicht diese läppische Gotikimitation aus unpoliertem Sandstein, die Bernhard sich eingebildet hat. Er hielt, um Hanna aussteigen zu lassen. Holst du mich ab, fragte sie. Viel Zeit bleibe dann ohnedies nicht, wenn sie um acht bei den Koglers draußen sein sollen. Ich habe es dir schon gesagt, Lore, lächelte er: nix Kogler – Kunst! Nun, wir werden sehen, meinte sie leichthin. Er hatte deutlich das Gefühl, daß sie ihn gleich wieder umarmen würde. Aber dann legte sie nur kurz ihre Hand auf seinen Unterarm und stieg aus: Ciao. Einmal hatte er Sehnsucht gehabt, von diesen schönen Händen berührt zu werden. Aber es war nicht die Sensation geworden, die er erhofft hatte.

Hannas Berührungen hatten immer etwas Verhuschtes. Energisch kamen ihm ihre Hände nur vor, wenn sie ihr langes Haar striegelte. Er schaute ihr einen Moment nach, wie sie die Gasse hinunterging. Wahrscheinlich würde er sich, begegnete er ihr als einer Fremden, noch immer gerne nach ihr umdrehen. Er drückte die Tonbandkassette in den Recorder, na und?, sagte er grinsend ins Gitarrengewitter, aufhalten lasse ich mich trotzdem nicht.
Er fuhr auf die andere Seite der Innenstadt, außen herum, pfiff hin und wieder mit den Stones mit, dachte, daß Jagger, dieser Arsch, die Rotzigkeit von früher auch nur mehr vergoldete, aber das hatte natürlich nichts mit dem zu tun, was hier aus den Lautsprechern kam, was da dröhnte war damals, und das Damals, dachte er, war echt. Da und dort fiel er automatisch in den Gesang ein, klopfte vor den Ampeln den Rhythmus aufs Lenkrad und lachte ins Auto nebenan hinüber, dessen Lenker über sein Singen grinste. Normalerweise ließ er das Auto weit entfernt vom Büro stehen, weil es in der Nähe um diese Tageszeit so gut wie keine Parkplätze mehr gab. Aber jetzt machte es ihm Vergnügen, durch die engen Gassen zu preschen, herumzukurven, und er hatte das Gefühl, wie eine Ahnung, daß es weiter drinnen, in der nächsten Gasse, in der übernächsten, einen Parkplatz geben würde, der auf ihn wartete. Auch das wäre ein Omen: Wenn ich einen Parkplatz finde, dann. Er dachte an nichts Bestimmtes, was dann wäre, aber er wußte genau, was er damit meinte: dasselbe wie beim Ziehen des Lotterieloses: daß der Tag so erfreulich weitergeht, daß es überhaupt so weitergeht. Dem Einbahnkarussell folgend, das das Durchqueren der Innenstadt im Auto verhindern sollte, war er aber gleich wieder draußen, ohne eine Parklücke gefunden zu haben. Na und? Wenn man Glück haben wollte, mußte man es notfalls erzwingen. Es störte ihn nicht einmal, daß er eine Weile hinter einem Fiaker mit Touristen herzuckeln mußte. So konnte er sich mit der Vorstellung amüsieren, daß diese Leute, die die Köpfe dorthin reckten, wohin der Kutscher

manchmal mit dem Peitschenstiel zeigte, sich vielleicht tatsächlich einbildeten, in einer Stadt unterwegs zu sein, in der man wirklich noch gemütlich in einer guten alten Zeit lebte, in der die Pferdefuhrwerke noch nicht ausgestorben waren. Wahrscheinlich wollten sie die Stadt auch gar nicht kennenlernen, sondern ganz einfach die ja tatsächlich ihretwegen betriebenen Einrichtungen der Fremdenverkehrsindustrie konsumieren, dafür zahlten sie, das bekamen sie, also stimmte die Rechnung, oder? Nach der dritten Runde gab er den Versuch auf, in der Nähe des Büros einen Parkplatz zu erwischen. Hineinzuspazieren bei diesem Wetter, war auch nicht schlecht. Überall wurden die alten Häuser, die man vor zehn Jahren noch bedenkenlos ausgerissen hätte, zu Tode renoviert, mit den bunten, internationalen Altstadtanstrichen versehen, wurden die letzten großen Bau*lücken* mit Dingern geschlossen, bei denen das scheußliche Innere der Großraumbüros nicht auch schon außen zu sehen, sondern hinter Imitationen des umliegenden Historismus versteckt war, schöner konnte Architektur wirklich nicht abdanken, in ein paar Jahren würde die Innenstadt vollends ein Disneyland sein, warum auch nicht?, eine Wahrheit würde auch das sein. Allerdings mußte er fast mit Wehmut an die irre Neuplanung eines anderen, in der Nähe gelegenen alten Stadtviertels denken, an der er vor Jahren mitliniert hatte und bei der Berni, damals erst kurz aus den USA zurück, seine aus Hochhaustürmen bestehenden Straßenzüge regelrecht durch den Bezirk geschnitzt hatte, derart unbekümmert, daß sogar der dazumal noch ganz dem Abräumen und Hochziehen ergebenen Stadtbürokratie das Gruseln gekommen war: Aber wahrscheinlich war ihr das nur *zu viel* Wahrheit gewesen. Der Fremdenverkehr jedenfalls, der jetzt in diesem Stadtteil die neue Marschrichtung angab, hätte in diesem Gebiet so schnell keine Chance mehr gehabt.

Er fuhr mit dem langsamen, knarrenden Lift zum Büro hinauf und sah fast bewundernd zu, wie die Lichtstreifen der Treppenhausfenster über das altersdunkle Holz der Kabine glitten, über die in Erwachsenenhöhe eingekratzten kindlichen Genitalsymbole, und dabei in jedem Stockwerk aufs neue bunte Regenbogenblitze aus dem Facettenschliff des Seitenfensters herausschlugen. Neben dem Knopf für den vierten Stock war noch immer das Schildchen der Filmfirma befestigt, die früher in den Räumen des Büros gehaust hatte, ehe sie von Kölz einen Umbau planen ließ und mittendrin plötzlich zugrunde ging, weil sie keine Fernsehaufträge mehr bekam. Eine schöne Vorstellung, daß ihn der Lift durchs Dach hindurch wieder an die Sonne befördern würde, und oben wäre vielleicht ein Terrassencafé, und sie sitzt da unter einem Sonnenschirm und schaut ihm entgegen. Aber es würde auch so ein lockerer Tag werden, viel war im Büro im Moment nicht los, ein einziger kleiner Bau, eine tödlich schicke Wochenendvilla in einer zum Auswachsen noblen Gegend, lief derzeit noch neben der fast fertiggestellten Zweiglatt-zwei-verkehrt-Fabrikshalle, in der schon im September die Produktion jener Plastikfenster anlaufen sollte, die bereits jetzt überall aus den Althausfassaden herausgähnten, bis halb zwei wird er an seinem Polierplan herumkratzen, die neuesten Änderungen machen, kratzen, linieren, wahrscheinlich wird es ohne Mutterpause nicht abgehen, weil der Plan wegen der vielen Abänderungen und Fehler und nachträglichen Hüh-hott-Wünsche des Bauherrn schon derart dünngekratzt war, egal, so war es immer, um zwei würde er bei Illich sein, dann war der Nachmittag halb um, ein, zwei Stunden noch ein wenig kratzen und linieren und dann: Dann!, dachte er und öffnete die Bürotür, ging hinein in den vertrauten Geruch aus trockener Pappe und Kaffee, von dem Fiedler unlängst behauptet hatte, er könne ihn auch noch in homöopathischer Verdünnung, D30 vielleicht, auf hundert Meter Entfernung wahrnehmen, ging den langen Korridor hinunter, aus dem die weitläufige Wohnung neben einigen Kammern hauptsächlich bestand, und ist, wie er da geht, eigentlich schon wieder auf dem Weg zurück zum Ausgang, dieses kurze Gastspiel heute wird er locker auf einer Rasierklinge absitzen, Gelächter schlug ihm entgegen, man war am üblichen, witzelnden Sich-in-die-Arbeit-einreden, hockte auf den Tischkanten, lehnte herum, Mück, Rulander und Fiedler, die ganze Crew im Moment, Rosner war auf Urlaub, Gott sei Dank, daß ihr alle da seid, sagte Zell im Türrahmen, ich habe schon gefürchtet, daß Hitzeferien befohlen worden sein könnten und ich vielleicht baden gehen müßte. Grinsen. Lachen. Ein Schluck Kaffee ist noch da, sagte Susi, die Sekretärin, oder soll ich gleich frischen machen? Ja, sagte Fiedler, wir haben schon so viel reden müssen, daß uns eine Erholungspause ohne weiteres zusteht. Kölz telefonierte im Nebenzimmer, zu dem die Tür offenstand, und hob grüßend die Hand. Zell setzte sich in seinen Drehstuhl, schwang sich darauf herum und streckte die Beine lang aus. Im Moment möchte er gar nicht anderswo sein. Ein ganz selbstverständliches Gefühl: Als wäre die Welt plötzlich überschaubar geworden, allein dadurch, daß er jetzt schon wußte, was dann, wenn jeder sich langsam ins Arbeiten fand, garantiert geschehen würde: Verdammt, wer von euch hat mir schon wieder mein Raperl geklaut, wird Mück aufschreien, wer hat es mir gegen diesen Dreck da vertauscht?, weil der Rapidograph in seiner Hand, der gestern noch so anstandslos funktioniert hatte und den er deshalb wie das Heiligste hütete, heute auf einmal überhaupt nicht will, alle werden lachen, und nur einer wird wissen, wer sich betroffen fühlen muß, und der wird gleichzeitig wissen, daß er eines gar nicht so fernen Morgens, trotz aller Vorkehrungen, denselben Fluch wird spielen müssen. Zell schaukelte in seinem Sessel hin und her, sah die anderen an und wartete auf ein Stichwort.

Da und weit weg, ganz eingeschlossen in sich und draußen, die Tischplatte eine Welt, neben der nichts mehr ist, und rundum all das Selbstverständliche des Bürozimmers. Fetzen von Aquafixpapier unter seinen Händen ein Grundstein: Skizzen, die er hinschmiert und die wie von selber aus dem Papier treten in fetten Linien. Der Bleistift: 6B!, und nicht der

Rapidograph! Was er irgendwo in sich sieht, entstehen läßt, zeichnet seine Hand heraus, während er immer wieder ins Leere starrt und die Augen gleichzeitig die Zigarettenschachtel mit dem Zippo darauf fast überdeutlich wahrnehmen. Er weiß genau, was um ihn vorgeht, man redet, er hört zu und hört es doch nicht, so geht das durch ihn hindurch, und er grinst, obwohl er die Geschichte schon kennt, die Mück hinter ihm gerade erzählt, das Hotel, von dem die Rede ist, steht ja nun schon Jahre, und eigentlich müßte es sich längst durch alle Architektur- und Baubüros durchgesprochen haben, daß man damals beim Bau vergaß, für die dort beschäftigten Arbeiter, das waren zeitweise über einhundertfünfzig, sanitäre Anlagen zu errichten, so daß sie gezwungen waren, sich hinter die Büsche des nahen Parks zu hocken, stellt euch einmal diese gewaltigen Haufen vor, sagte Mück, die sich da bald aufgetürmt haben müssen: hundertfünfzig Mann, und das über Monate, und erst diese Belästigung der Spaziergänger und nicht etwa die Klagen der Arbeiter hätten dann zu einer Änderung der Zustände geführt, beschissener Zustände, sagte Mück, wahrlich. Aus dem Hörer, der neben dem Telefon lag, kam leise das gleichmäßige Tuten des Besetztzeichens, Zell drückte auf die Gabel und gleich wieder auf den Knopf, der den Anruf automatisch wiederholte, er hatte ja nichts dagegen, daß Hanna ihre Zeit, in der sie nicht las, vertelefonierte, was denn sollte sie tun, wenn keine Kunden im Laden waren?, eigentlich war es ein Wunder, daß Christopher, dem das Geschäft gehörte, sich die bestimmt hohe Telefonrechnung gefallen ließ, aber ausgerechnet jetzt müßte Hanna nicht in einem fort Dauergespräche führen, er hatte ihr etwas zu sagen, wollte auch einfach mit ihr reden, so wie er schon die ganze Zeit, während er nicht aufhörte zu zeichnen, eine Menge Leute angerufen hatte, nicht nur die Freunde, sein halbes Nummernverzeichnis durch, eine solche Lust auf einmal zu reden, ein Bedürfnis, immer mit genau dem, den er anrief, in ihm ständig der Gedanke: mit dem habe ich schon lang nicht, und dort müßte ich mich eigentlich auch wieder einmal melden, unverständlich, daß er es so lange nicht getan hatte, es war ja so leicht reden, nichts leichter, das Selbstverständlichste, und gleichzeitig wunderte er sich doch: Das war das genaue Gegenteil der letzten Zeit, des letzten Dreivierteljahres: Immer war der, den er sich dann schließlich entschlossen hatte anzurufen, haarscharf der Falsche gewesen: schon beim ersten Freizeichen nur mehr die Hoffnung, daß nicht abgehoben wird. Dann ist der Boß der Hotelkette angereist gekommen, kicherte Mück, wollte die Musterzimmer besichtigen, die nur für diese Besichtigung fertiggestellt worden sind, während alles übrige noch ziemlich im Rohbau war, Potemkinsche Dörfer für den Zaren, Zell wandte sich ein wenig um, das gerade ist doch heute die Architektur, sagte er über die Schulter, ihr Inbegriff, oder etwa nicht?, jedenfalls, sagte Mück, hat das Ding noch nicht einmal Fenster eingesetzt gehabt, nur vorgenagelte Plastikplanen, und damit die Einrichtung nicht über Nacht geklaut wird, hat man drinnen die Türen dieser Zimmer versperrt, und das Steilste, Mück lachte wiehernd auf, konnte einen Moment nicht weiterreden, das gibt es doch nicht, sagte Zell, daß diese Geschichte hier noch niemand kennt, Fiedler grinste, na mir ist sie ganz neu, erklärte er spöttisch. Kölz trat ins Zimmer, also meine Herren, sagte er, irgendwann muß ich auch telefonieren dürfen. Es gab nur einen Anschluß mit ein paar Nebentelefonen. Zell legte den Hörer auf, nahm ihn aber gleich wieder ans Ohr, Moment, sagte er, vorher muß ich dringend die automatische Zeitansage anrufen. Kölz sah ihn verwundert an. Schnell noch, erklärte Zell, die Frau am Telefon fragen, wie es ihr heute geht. Muß doch öd sein, wenn den ganzen Tag Leute anrufen, und keiner sagt was. Kölz grinste und beugte sich über die Skizzen, die neben Zell lagen, blätterte, stockte auf einmal, blätterte hastig hin und her, das ist gut, stieß er heraus, Stefan!, das ist wirklich gut. Natürlich, grinste Zell, man will doch etwas leisten fürs Geld. Außerdem sei es ganz einfach, geradezu ein Vergnügen: Sein Vater sei Lehrer gewesen, und da stelle er sich eben vor, in welchem

Schulbau sich der Vater zur Abwechslung statt der Schüler garantiert unbehaglich gefühlt hätte. Kölz lachte, aber das ist natürlich das Problem, sagte er. Zell solle nicht außer acht lassen, welche gefriergetrockneten Ministerialbürokraten über die Wettbewerbsprojekte zu Gericht sitzen würden. Da müsse man vorsichtig sein, wo die doch in jeder neuen Idee eine Revolution befürchten, die ihnen die Sprungfedern durch die weichen Polster ihrer Sessel stößt. Gut, sagte Zell, willst du LEGO-style?, kannst du haben, hab ich auch drauf, aber ich bin dann nicht schuld, wenn wir nicht gewinnen. Kölz sah ihn erstaunt an, als wundere er sich über diese großspurige Selbstsicherheit, nein, nein, sagte er, mach nur, mach nur einmal.

Zell hingegen hatte sich überhaupt nicht gewundert, als Kölz zu ihm sagte, hättest du nicht Lust, Stefan? Er hatte allerdings etwas anderes erwartet, weil Kölz ihn bat, die Tür zuzumachen: eine offene Brieftasche. Doch Kölz hatte gleich mit Papieren geraschelt, da sei gerade eine Ausschreibung hereingekommen, ein Wettbewerb, eine Schule. Vielleicht sollten wir uns daran beteiligen. Schau dir die Sache einmal an, vielleicht fällt dir etwas ein. Okay, warum nicht? An einem solchen Tag? An dem nichts anderes möglich schien, als daß sich alles ausgeht? Es hatte ihn auch nicht gewundert, daß Kölz gerade auf ihn kam. Das Selbstverständlichste war ihm das gleich gewesen. Als sei ganz natürlich eingetreten, was gar nicht anders hätte kommen können. Das Gefühl hatte er gehabt, daß die Kraft, die in ihm war, das einfach anzog. Auch die anderen schienen Kölz' Entscheidung sofort als die einzig mögliche anzusehen. Wer denn, wenn nicht er? Rosner, der sonst entwarf, war nicht da, Kölz selber kümmerte sich in erster Linie ums Geschäft, Fiedler war nur angelernter Zeichenknecht, und daß er, Stefan Zell, sowieso allen überlegen war, schien ihm, das wußten sie einfach. Das stand außer Frage. Das war nicht zu übersehen. Sie mußten doch auch wissen, hatte er gedacht, wer er einmal war: damals, zur Preludynamozeit, vergessen konnte das ja gar nicht sein, war bereits legendär zu Lebzeiten, davon müssen sie raunen gehört haben, seither ist ja auf der TH nichts mehr gelaufen. Und eventuell wußte Kölz sogar, daß er früher schon entworfen hatte. Hoffmann gab ihm oft Entwürfe zum Ausfeilen, zum Graphisch-aufbereiten, und Theires ließ ihn daraufhin kleine, abgeschlossene Dinge entwerfen, einmal sogar ein Badezimmer für die Wohnung seiner Freundin, egal wie, egal, was es kostet, wurde sogar realisiert, auch wenn ihm damals, das wußte er selber, nichts Großes einfiel, wirklich nicht, was man sich eben herausquetschte, so zugemauert wie er da war. Er war zwar froh gewesen, natürlich, endlich vom Linieren, Kratzen und Modellbauen befreit zu sein, jeder, der endlich entwerfen durfte, war das, andererseits hatte ihn das Selbst-entscheiden-müssen erst recht überfordert, wie hätte er denn locker sein sollen? Wo er sich doch selber als gescheitert ansah; das hätte der Vater gar nicht immer sagen und Lina nicht nachbeten müssen; das war er einfach: das Studium nicht beendet, ins Büro gehen müssen und als kleiner Arsch anfangen. Wenn Lina ihm nicht ständig in den Ohren gelegen wäre, hätte er wohl kaum mehr mit dem Studium weitergemacht. Aber geändert hatte der Titel sowieso nichts: weiterlinieren. Wenn er will, hatte Kölz noch gemeint, kann er sich in Rosners Zimmer setzen, dort hätte er mehr Ruhe. Aber er hatte nicht das Gefühl, daß er Ruhe brauchte, seinetwegen kann es ein Wirtshaustisch sein, ein Feuerwehrfest, Blasmusik daneben, würde ihn höchstens noch mehr auf Touren bringen. Und er wird Rosner nicht hinterrücks aus seinem Zimmer verdrängen, er ist kein Meuchelmörder. Aber daß Rosner ein Tüftler ist und keine Ideen hat, nicht den drive, der nötig ist, dafür kann er, Zell, nichts. Und das wird man nun leider deutlich merken. Kölz hat es offenbar schon gemerkt, wer hier jetzt geigt. Soll er sich denn zurückhalten, wenn es läuft. Dieser Bau wird sein Abschiedskonzert sein, diese Visitenkarte wird er abgeben: Kilroy was here. Diese Kostprobe wird er hinterlassen, ein Komet, der nur alle paar hundert Jahre vorbeikommt. Jeder andere an seiner Stelle würde sich die Finger ablecken, sich vorkommen, o Gott!, würde seufzen, aufseufzen, aufatmen, sich aufblasen! Mit dem Entwerfen ist ja die Mühsal endlich vorbei, derjenige ist man, der sich sagen kann: das ist von mir!, die anderen zeichnen das ja nur durch, der Chef gibt den Namen her, aber eigentlich ist es *mein* geistiges Eigentum. Aber ihn macht das natürlich nicht größenwahnsinnig. Er kann ja leicht cool bleiben, er hat eine andere Perspektive: Heute abend Kunst. Andererseits: Warum soll er in Zukunft nicht zweigleisig fahren?, siehe Leonardo. Er grinste vor sich hin, und wie von selber schrieb seine Hand seinen Namen unter die Skizze: in Spiegelschrift, ohne Zögern. Ich komme mir sowieso heute wie ein ganzes Stellwerk vor, dachte er. Darüber könnte er lange reden. Aber man war noch immer bei diesem gräßlichen Hotelbau, und als man für Mr. Hilton, oder wie der Boß da wirklich heißt, die Musterzimmer aufgesperrt hat, sagte Mück, hat sie gewaltiger Gestank empfangen, hat eine Weile gedauert, bis man entdeckte, woher der kam: Übers Gerüst hat man ja leicht Zugang zu den Zimmern gehabt, und da haben, Mück wieherte wieder los, und Zell und Fiedler sagten gleichzeitig, da haben die Arbeiter in alle Nachtkastlschubladen geschissen gehabt. Ihr kennt das *alle* schon, fragte Mück enttäuscht. Sag einmal, grinste Zell, in welchen Büros hast du denn bisher geschlafen, oder war dort Schwätzen verboten? Schön und gut diese Story, meinte Rulander, aber sie ändere nichts daran, daß der eigentliche Scheißhaufen, und das ist kein kleiner, den dieser Mr. Hilton in die Stadt gesetzt hat, trotzdem dort steht und dort bleiben wird. Nicht mehr lange, lächelte Zell, wir werden das jetzt in die Hand nehmen. Aber irgendwo, sagte Fiedler, müssen die fetten amerikanischen Maden doch auch herumkriechen dürfen, oder soll die Kolonialmacht vielleicht in einem Gemeindebau logieren müssen. Ich werde ihnen etwas Passendes entwerfen, wenn ich schon dabei bin, sagte Zell, daß sie bei hellichtem Tag die Sterne sehen. Stars and stripes, bitte, forderte Rulander, wenn schon. Da fällt mir gerade ein, sagte Zell, wie ich in Amerika war. Lachend fing er zu erzählen an, muß sich gar nicht erinnern, ist einfach wieder dort, San Francisco, ein Park, heiß ist es, auch im Schatten, wo er sitzt und kurz eingenickt ist, die Sonne verschwindet gerade hinter den Backsteinhäusern, blendet gespiegelt aus einer braunrosa Glasfassade schräg herüber, er blinzelt, reckt sich, morgen mittag geht sein Flug, daß er lieber heute als morgen zurück wollte, ist längst eine ferne, blasse Erinnerung, die er sich fast nicht mehr glauben kann, jetzt möchte er bleiben, was sein wird, wenn er ankommt, daran will er nicht einmal denken, er ist ja noch da, sagt er sich seit Tagen, jetzt ist er noch da, und hier im Sommer sitzen, während daheim schon der Allerseelennebel hängt, das ist gut, ja, das ist gut, und was er mit der letzten Nacht machen wird, das weiß er schon: schwarz wird sie sein, denkt er lächelnd und merkt plötzlich, die Mappe ist weg!, da hat er sie hergelehnt, neben sich, er fährt auf, die große Ledermappe mit all den Zeichnungen von Monaten!, Leute gehen, spazieren herum, liegen im Rasen, die reinste Idylle, nirgendwo rennt einer mit seiner Mappe weg, der Fotoapparat liegt neben ihm, und die Umhängetasche steht zu seinen Füßen, nur die Mappe mit den Zeichnungen hat man sich geangelt, mit denen doch niemand etwas anfangen kann, weg ist sie, weg, er dreht sich herum mit hektischem Kopfrucken, läuft einen Weg hinauf, steht, es hat keinen Sinn, sieht er ein, die ist dahin, zwecklos ist es wahrscheinlich auch, eine Anzeige zu versuchen, Wert hat die Mappe keinen, außer für ihn, und plötzlich stößt ihn ein Lachen, so grotesk ist es auf einmal, zu denken, wieviel Zeit er damit vertan hat, irgendwelche blödsinnigen Bauten und Architekturdetails zu zeichnen, ihnen durchs ganze Land hinterherzurennen, statt einfach in den Tag hinein zu leben, und diese Zeit hat man ihm jetzt geklaut, Scheiß-Amerika, sagt er, grinsend übers ganze Gesicht, und pinkelt in ein Beet, dessen Blumen so angepflanzt sind, daß sie die amerikanische Nationalflagge ergeben, es stört ihn überhaupt nicht, daß da drüben Leute gehen, Arsch-Amerikaner!, doch da bleibt schon ein Mann stehen, ein rotes Dutzendgesicht mit Mäppchen, starrt, und eine Frau reckt den Kopf, ein teigiges Doppelkinn, fängt zu keifen an, und dann ballt sich ein Rudel, aufgebrachte Stimmen und Gesichter, ein Schwarzer, button-down-Kragen, faßt seinen Arm, und er reißt sich los, rennt, quer durch den Park, durch Buschstreifen, Schreie hinter sich, aber zum Glück hält niemand ihn auf, wenn ich da keinen solchen Sprint hingelegt hätte, sagte er lachend, by Jove, die Yankees hätten mich gelyncht. War sonst noch jemand in Amerika, fragte Fiedler spöttisch.

Gelächter. Sprüche. Heiß lag die Sonne auf den staubigen Kippfenstern. Zell zeichnete weiter, weiß noch, wie er keuchend stehenblieb, niemand verfolgte ihn mehr, und wie er langsam hinausging aus dem Park, und im linken Hosenbein war es naß und warm. Wenn es mir damals so super gegangen wäre, dachte er, wie es mir jetzt geht! Was er da aus dieser Reise hätte machen können! Jetzt müßte er dort sein. Zwischen Ängstlichkeit und achselzuckender Gleichgültigkeit hin und her fallend, ist er in dieses Land hineingetappt, und daß es offen *für ihn* daliegen könnte, auf diesen Gedanken kam er nicht einmal, kein Gefühl des Abenteuerlichen, obwohl ihm Monate bevorstehen, in denen er nichts muß, nach der erschöpfenden Zeit vor der Diplomprüfung endlich nichts mehr muß, aber alles dürfte, er weiß ja nicht was und warum und wozu, an einem Architekturführer hält er sich fest, hakt ihn Bau für Bau ab, es ist ja eine Studienreise, so hat er sie betitelt, wie denn sonst argumentieren, daß er allein fährt?, obwohl Lina durchaus mit möchte, halb und halb auch deshalb, um ihren Vater, der sie als Besatzungssoldat hinterließ, einmal zu sehen, aber er will allein fahren, es ist ja nicht zuletzt der Versuch, die Trennung von Lina auf kaltem Weg zu betreiben: daß sich *alles* von selber erledigt, während er weg ist, hofft er, dabei hat es dann noch über ein Jahr gedauert, immer wieder Markus als letztes Argument, das ihn hielt, und wenn er sich zurückwünscht, nach Hause, oft in den ersten Wochen, dann meint er damit auch gar nicht so sehr sie; die Hoffnung, daß sich in all dem Fremden und Neuen das alte, verlorengegangene Lebensgefühl wieder einstellen könnte, hat er ja gleich in den ersten Tagen aufgegeben, so sehr hat ihn sofort nach der Ankunft die Angst zusammengepreßt, nichts als Gewalttätigkeit hat er sehen können, in die aufgerissenen Augen ist sie hineingesprungen von überall her, kein Ort, um sich sicher zu fühlen, so daß er sich am liebsten im Bett verbarrikadiert hätte, und das Sich-hinaus-zwingen, das notwendige Sich-auf-dem-Weg-halten hatte ihn so ermüdet, daß es das Undenkbarste war, vier Monate ausharren zu können in diesem Land, und doch hatte gerade dieser Zwang, sich immer wieder aufzuraffen, hatte das Abspulen der einfachen Notwendigkeiten ihn schließlich Tritt fassen lassen, und eines Tages hat er sich dabei ertappt, daß er es, und da war doch noch gar nichts Besonderes gewesen, auf einmal wieder gedankenlos schön fand, in der Welt zu sein. Von da an wird ihm die Zeit kurz, und an vorzeitige Rückkehr denkt er nicht mehr, obwohl ihm das Geld knapp wird, weil er plötzlich entdeckt, daß Huren auch für ihn da sind und wie sich schwarze Haut anfühlen kann, mit Lina ist er ja nur mehr wie Bruder und Schwester im Bett gelegen, nach dem Absturz war etwas anderes ja überhaupt nicht vorstellbar, und richtig eingerenkt hatte sich das nicht mehr: nicht mit ihr, Erleichterung kann er sich selbst verschaffen, und so ist seine Entdekkung Amerikas das Entdecken von Prostituierten, und obwohl er sich sagt, da fickt nur money: er spürt sich und spürt eine Frau, aber auch ohne Kolumbus geworden zu sein: bis zur geplanten Rückreise wäre er auf jeden Fall geblieben, schon der Mutter wegen, die die Reise bezahlte, diese Reise in ihr Traumland, und am Beginn hatte er manchmal das Gefühl, daß es gar nicht *sein* Leben war, das da verging, sondern daß er stellvertretend ihre Träume erfüllt, einmal den Goldenen Westen zu sehen, ihr Paradies, zu dessen Verkündern, den USIS-Bücherei-Bussen der amerikanischen Besatzer, sie alle vierzehn Tage auf den Hauptplatz gepilgert war, meist schon, mit ihm an der Hand und dem Kinderwagen neben sich, sehnsüchtig dort wartete, bis der Bus endlich auftauchte und das Treppchen herabgeklappt wurde. Gerne hätte er für sie erlebt, was er ihr dann erzählte, schon wegen der nötigen Details: Elvis gesehen, im rosaroten Cadillac. Und, wie hat er ausgeschaut, fragt sie begierig, sitzt da in ihrem Dirndlkleid, auf dem Tisch noch die Strohblumen, aus denen sie Gestecke für Weihnachten fertigte, ehe er kam, sag, wie hat er ausgeschaut? Na wie schon?, Zell grinst, deutet auf die Blechplakette mit Elvis' Jugendbildnis, die er ihr mitgebracht hat, genau so, sagt er, haargenau so. Soll er Elvis auch noch eine Gitarre umhängen und singend durch die Straßen von Memphis fahren lassen, wo er selber gar nicht hinkam? Ich hab es ja gewußt, sagt die Mutter und nickt zufrieden, daß er das im Fernsehen damals nicht war. Man hat ihr nicht glauben wollen, aber sie hat gleich gesehen, daß er das nicht sein konnte. Aber woher denn, grinst Zell, ihr zu widersprechen in einem solchen Fall, weiß er, wäre ganz nutzlos, er kann zwar behaupten, daß Elvis tatsächlich nur mehr ein aufgeschwemmtes, monströses Wrack war, aber dann hätte er eben auch nur den gesehen, den man jetzt aus undurchschaubaren Gründen für Elvis ausgab, genau so, wie sie den Kopf schüttelte und abwinkte, als er ihr, um ihr den Schwachsinn ihrer antisemitischen Äußerungen klarzumachen, gesagt hatte, daß gerade ihre Lieblingsschauspielerin Elizabeth Taylor Jüdin sei, ach, was du immer daherredest, hatte die Mutter gelacht, und nichts auf der Welt hätte sie als Beweis gelten lassen. Wo diese Blechplakette wohl geblieben ist, dachte er, ob sie noch im Haus der Eltern war? Überhaupt: Was dort sonst alles noch sein mußte! Er muß schnell, bevor es verkauft ist, das Wichtigste retten. Auch seinen Sheriffstern könnte er jetzt wieder brauchen. Wenn er den ansteckt, dann muß er nicht mehr viel erklären, dann ist klar: Mit ihm ist wieder zu rechnen! Und für die Pistole hätte er jetzt auch Verwendung. Hormayr, der kurze Zeit bei der Theires & Hoffmann entwarf, hatte einen Fünfundvierziger Colt neben sich in der Aquafixrolle stecken, wie in einem Halfter, geladen selbst-

verständlich. Darüber ist viel gelacht, viel gewitzelt worden. Aber hatte das jemand verstanden? Er jedenfalls versteht es jetzt: Jede Skizze eine Kugel! Jeder Entwurf ein Frontalangriff. Ein Duell auf der Main Street. Allerdings hatte auch Hormayr längst sein Pulver verschossen. Aber er, Steve Zell, fängt erst an. Fängt wieder an. Er könnte Bernhard anrufen, wenn der nicht in der Schule wäre. Er konnte ihn schlecht aus der Klasse holen lassen, um ihm zu sagen, heh, Bruder, rück den Puffer raus. Wenn Bernhard sich traut, können sie darum auch wettschießen. Keine Frage, wer gewinnt. Heute trifft er. Nein, er geht jetzt nicht mit essen, er wird weiterarbeiten, klar bin ich ein working class hero, Mahlzeit. Er mußte ja seine dreißig Stunden pro Woche, die er mit Kölz als Arbeitszeit vereinbart hatte, irgendwie zusammenbringen. Und ob er nach Illich noch einmal herkommen wird, ist mehr als fraglich. Jetzt kann er Hanna wenigstens in Ruhe sagen, wer hier im Büro das Solo spielt, ohne daß sich jemand einbilden kann, er sei doch nur so ein Luftballon, der vor Freude, daß er einmal entwerfen darf, zur Decke geschwebt ist und den man am Schnürl wieder herunterziehen kann. Allerdings: Wenn er in dem Tempo weiterarbeitet, wird er bald keinen Colt mehr in die Aquafixrolle stecken können, dann ist nämlich keine mehr da.
Nichts war ihm selbstverständlicher, als sich in der eigenen Haut wohl zu fühlen. Und nichts gleichgültiger, als daß das nicht immer so gewesen war.
Um eins, ehe die anderen zurück waren, verließ er das Büro. Die Straße voll Licht, grell nach dem dunklen, kühlen Hausflur, und fast heiß. Die Sonnenbrille paßte genau zu seinem Lebensgefühl. Langsam schlenderte er die Fußgängerzone hinauf, die Touristenfütterung war noch in vollem Gang, bei den Selbstbedienungsrestaurants und Imbißstuben standen Schlangen bis auf die Straße heraus, und er freute sich über seine Schadenfreude. Plötzlich spürte er etwas Hartes im Rücken, nicht umdrehen, keine Bewegung, einfach weitergehen, knurrte eine Stimme, Zell hob die Arme über den Kopf,

nicht so auffällig, sagte Bernhauser, grinsend schüttelten sie sich die Hände, lange nicht gesehen, du wirst es nicht glauben Berni, aber ich habe dich heute anzurufen versucht, hier spricht der automatische Telefonbeantworter, tja, mein Lieber, bin viel beschäftigt, auch jetzt leider keine Zeit, nein, nicht einmal ein kleiner Kaffee, muß rennen, Termin, du weißt ja, das wird ein Jahrhundertauftrag diesmal, Bernhauser klopfte auf die Planrolle, die er unterm Arm trug, daß du bei Kölz bist, hab ich gehört, naja, besser als ein Stein auf den Kopf, geht dir anscheinend nicht schlecht, was?, kommst daher, als ob du auf Aufriß wärst. Sie gingen nebeneinander her, Bernhauser braun und italienisch elegant, fast war es wie früher, da waren sie oft zusammen herumgezogen, jedesmal, wenn sie einander treffen, sagen sie, daß das eine schöne Zeit war, auch jetzt, du hättest damals bei mir bleiben sollen, sagte Berni, dann müßtest du jetzt nicht linieren. Bitte was ist das?, grinste Zell, hast du linieren gesagt?, er gewinnt gerade einen Wettbewerb mit einem Entwurf, und in der Kunst wird er auch wieder ordentlich mitmischen, er ist wieder auf der Brücke. Trotzdem, sagte Berni, du hättest bei mir bleiben sollen, wir wären ein gutes Gespann gewesen, so locker wie damals war es seither nie wieder. Zell lachte, ja, nur der Schluß hat nicht gehalten: Draußen auf dem Balkon stehen sie, ich glaube, es ist besser, Berni, wirklich, hat er gerade gesagt, Berni schaut ihn lang an und gießt plötzlich den Inhalt der Sektflasche, die er gerade krachen hat lassen, in den Pflanzentrog des Balkongitters, die Ratten verlassen das sinkende Schiff, sagt er höhnisch und rammt die Flasche in die Blumenerde, dabei hatten alle bis auf Zell längst das Handtuch geworfen, Totenstille in allen Räumen, ach, Berni, sagt Zell, möcht wissen, wo da noch ein Schiff ist, er deutet mit der Hand in der Gegend herum, siehst du da irgendwo noch ein Schiff? Seither hat Berni schon ein paar weitere gehabt. Witzigerweise, sagte Zell, haben wir heute von dir geredet, von der Zahlungsmoral der Architekturbürobosse. Ach komm, Berni winkte ab, was soll der alte Hut?, und hab ich dich nicht immer mit dem Jeep fahren lassen? Man drehte sich nach ihnen um, weil sie so laut lachten. Hast du wieder einen, fragte Zell. Damals hatte man den Jeep wieder abgeholt, weil die Leasing-Raten nicht bezahlt wurden. Ach, ich fahre jetzt ein Goggomobil, sagte Berni. Er blieb bei einem großen, nagelneuen BMW stehen, nahm das Strafmandat unter dem Scheibenwischer hervor, Scheiße, sagte er, hast du einen Tausender einstecken?, ich bin gerade nicht flüssig. Zell lachte schallend. Es war einfach wie früher, genau wie früher. Du hast doch immer meine Triumph haben wollen, sagte Berni, bist du noch scharf drauf? Zell hatte das Gefühl, als koche plötzlich sein Herz hoch: die Triumph Tiger! Gibst du sie her, stieß er heraus, hast du sie noch, ist sie in Schuß? Berni lächelte und sperrte das Auto auf, dir würde ich sie geben, sagte er, sie ist picobello, nur zerlegt im Moment, und über den Preis kann man reden, nein, heute kann er sie ihm nicht mehr zeigen, steht draußen auf dem Bauernhof, aber morgen nachmittag ist er sowieso dort, drei Uhr? Bin ich gestellt, lachte Zell, und er hielt Berni die Hand hin. Da, sagte Berni und deutete mit vorgerecktem Kopf auf seine Wange, ohne weiteres, sagte Zell und küßte ihn, aber wenn du morgen nicht dort bist, wird dir die Nase abfallen. Berni stieg ein, die Scheibe glitt nach unten, wie wärs mit einem kleinen Vorschuß, grinste er, dann hättest du sie sicher, es gibt natürlich mehrere Interessenten. Zell schlug mit der flachen Hand aufs Autodach, daß es dröhnte, okay, lachte Berni, bis morgen also, so gegen drei.

Zell ging die Gasse hinunter, sie kam ihm entgegen, glitt neben und unter ihm weg, er spürte schon, wie ihm der breite, wunderbar geschwungene Tank die Schenkel auseinanderspreizte wie eine Frau: die Triumph Tiger. Jetzt ist es soweit, jetzt hat er sie. Diesen Traum, diesen Altar auf Rädern; seine arme Zweifünfziger-Horex hat er zu ihr umgeträumt, und er war dann natürlich James Dean, später hat er Bilder gezeichnet, auf denen er ganz verwachsen ist mit der Maschine, die Rippen des wuchtigen Zylinders ragen scharf und kantig aus seinem Brustkorb, es gab auch ein Objekt, wo seine Beine zur Vorderradgabel geworden sind, die Vernissagerede und die paar Zeitungsnotizen, die das Kritik an der Fetischisierung nannten, haben zwar gestimmt, aber gleichzeitig natürlich überhaupt nicht, jetzt gab es vielleicht noch eine Handvoll dieser Motorräder auf der Welt, und er wird eines davon haben, Triumph!, Tiger!, schon einmal hätte er fast eine gehabt, eine ziemlich lädierte, aber die wäre leicht zu heilen gewesen, der Kaufvertrag war unterschrieben, nur das Geld mußte er noch auftreiben, doch als er sie holen kommen wollte, hatte der Typ sie angeblich bereits an jemand anderen verschachert, der sofort zahlte, erst viel später, als ihn selbst diese Rakete keinen Millimeter mehr über den Boden hätte bringen können, hatte er erfahren, daß Lina, dieses Aas, den Kauf heimlich rückgängig gemacht hatte, ins Unglück stürze er sie, mache überall Schulden, hatte sie ihm ständig vorgeheult und mit diesem Gejammer auch den Besitzer der Maschine zu einem Komplott gegen ihn bewegen können, er hatte ja tatsächlich ziemlich locker Schulden gemacht, was war ihm denn Geld?, Scheißhauspapier und Hosenknöpfe, bald würde er das abgeschafft haben, und man hatte es ihm ja fast aufgedrängt, bei dem drive, den er hatte, es war gewesen, als seien die Leute dankbar, daß da einer war, der Ideen hatte und ihnen das eigene bißchen Glut unter der Asche anblies. Erstaunlich, daß er gerade heute Berni trifft! Wie ausgerechnet! Eines greift ins andere, alles geht sich aus. Er blieb plötzlich stehen: Und jetzt sollte er zu Illich? Lächerlich. Das ist doch das Einundneunzigste, das ich jetzt nötig habe, dachte er. Was soll denn das noch bringen? Der soll sich allein unterhalten, wenn ihm das nicht zu langweilig ist. Sehr absurd war es ihm auf einmal, daß er dort so lange hingerannt war. Sowieso immer ungern. Hundertmal hat er sich geschworen: Schluß. Und ist trotzdem immer wieder vor Illichs Schreibtisch gehockt, Dienstag vierzehn Uhr, todsicher, ganz automatisch, so wie er auch jetzt schon wieder hinrennen wollte! Als stünde er unter einem posthypnotischen Auftrag! Aber diesmal, mein Lieber, wirst du dich geschnitten haben. Die Triumph Tiger schreibt eine andere Richtung vor, da kratzt er die Kurve. Das Honorar, Herr Doktor, läßt sich wirklich besser anlegen. Eine halbe Triumph hat er ihm sicher schon hingestellt. Und eine Gegend weiß ich auch, da ist die Therapie erfreulicher: Beine bis oben hin. Und da knabbert man nicht an Keksen, o nein. Wäre eigentlich interessant, welches EEG Illich dabei hat. Dieses fortwährende Knirschen, Krachen und Schaben samt Echo im Schädeldach, wenn er an seinen Crackers mümmelt, kann doch nicht gut für den Kopf sein. Und er bildet sich ein, daß er einen durchschauen kann, und merkt nicht, daß man daran, ob er frißt, nicht frißt, stockt oder hingegeben knuspert, deutlich ablesen kann, ob ihn interessiert, was man ihm erzählt. Idiotisch eigentlich, ihm immer wieder etwas zu erzählen, damit er nicht frißt! Oder ist das ein Trick von Illich gewesen? Egal. Jetzt hat es sich ausgetrickst. Verehrtester, beehre mich mitzuteilen, daß Schluß ist. Der soll sich seine eigene Kindheit zerstochern, die eigenen Eltern abknallen, wenn er schon Bedürfnis danach hat. Was für ein Witz, einem Keksfresser wirklich etwas Grausiges zu erzählen, letztes Mal, ohrfeigen könnte er sich dafür, aber geschenkt, das war jetzt vorbei; von der häufigen Todesangst hat er Illich erzählt, in die er als Kind eine Zeitlang jedesmal geriet, wenn er sich verletzte und blutete, immer meinte er da, sterben zu müssen, schreiend vor Entsetzen hat es ihn heimgetrieben, wo man ihn aber auch nicht beruhigen konnte; wenn man ihm sagte, daß er gewiß nicht sterben werde, dann war das für ihn immer so, als würde man die Wunde, würde man sein Blut, die doch unübersehbar da waren, einfach weglügen, als könnte niemand sehen, was er sieht und spürt, als sei das nicht wirklich da, mach kein solches Theater, da ist ja überhaupt nichts, während die Mutter ihn gleichzeitig herzte und drückte und so besorgt um ihn war, als habe sie selber Angst, daß er ihr unter den Händen wegstirbt. Stirbt wie ihr erstes Kind, der Bruder, den zu denken auch lange eine schlimme Beklom-

menheit in ihm ausgelöst hatte: als sei er, weil ja nun er das erste Kind war, gleichzeitig dieses tote, das in den ersten Nachkriegsmonaten an Lungenentzündung starb: er also er und gleichzeitig ein anderer. Und wenn ihm dann der Vater, der das gut konnte, die Wunde verband, von der er gerade noch behauptet hatte, da sei ja gar keine bemerkenswerte, ihm einen großen, übertrieben großen Verband anlegte, um ihn endlich zu beruhigen, dann hatte ihn das erst recht nicht beruhigt, sondern so paralysiert, daß ihn nur noch der Erschöpfungsschlaf vorm wirklichen Sterben bewahrte. Und was hat Illich dazu zu sagen gehabt? Fällt Ihnen da nichts auf, hat er gelächelt, fällt Ihnen da tatsächlich nichts auf? Und hat angefangen, am Verhalten der Eltern herumzubohren, hat den Satz von sich gegeben, daß der Tod der Eltern vielleicht *die* Chance für ihn sei, seine große Chance. Ich hätte mich nicht zurückhalten sollen, dachte Zell, sondern ihm locker eine knallen. In dieses wissend lächelnde Gesicht. Offenbar sind wir da auf einen wichtigen Punkt gestoßen, hat Illich gesagt. Aber dann ist der Punkt so wichtig auch wieder nicht gewesen, weil die Stunde um war, so wichtig kann ja gar nichts sein, wenn die Stunde um ist. Aber jetzt ist alles um, Herr Doktor. Angenehmes Keksknuspern wünsche ich noch. Und wenn Illich hundertmal irgendwie recht haben sollte, das bringt ihn doch jetzt nicht mehr weiter.
In Viererreihen rauschten die Autos vorbei, Lack spiegelte und Chrom, Zell stand in einer Telefonzelle, wählte immer wieder Illichs Nummer, schaute einer vorbeiheulenden Honda nach, nebenan blätterte die Rinde einer Platane in schönen Mustern. Wenn der Verkehrsstrom vorübergehend versiegte, trieben die Auspuffschwaden weiter in der Einbahnrichtung vorbei. Endlich kam das Freizeichen, und sofort wurde abgehoben, in einem einzigen Satz sprudelte Zell heraus, daß er heute nicht kommen werde, überhaupt nicht mehr, er könne nicht sehen, welchen Sinn das noch haben solle, es gehe ihm halbwegs, das noch ausständige Honorar für die letzten Stunden werde er überweisen. Die

Gegenargumente, die sich im vorhinein in seinem Kopf angesammelt hatten, konnte er bei sich behalten: Illich fragte nichts, meinte nur, er finde das nicht gut, nicht richtig, überhaupt nicht, sagte: Aber zwingen kann ich Sie nicht, sagte: Gut, wenn Sie meinen. Ja, ich meine, sagte Zell und grinste und hängte den Hörer ein. Auch wenn er Illichs Nummer auswendig konnte: den Therapeuten aus dem Verzeichnis zu streichen, wer läßt sich das nehmen? Unerklärlich war nur, daß er diesen Schritt nicht längst getan hatte. Ist ja nicht einmal ein Schritt. Bloß ein Sich-abbeuteln: Das Wasser spritzt aus dem Pelz mitsamt der Laus. Und daß Illich es nicht in Ordnung findet, ist ein Grund mehr.
Richtiggehend ins Freie trat er. Die beiden Flügeltüren der Telefonzelle klappten in schöner Endgültigkeit hinter ihm zu. Durchs Schultor zu gehen am Beginn der Ferien, hinaus in den Sommer, kann nicht anders gewesen sein. Und was jetzt?
Jetzt hatte er Zeit. Ein paar Stunden, die nicht vorgesehen waren, die auf einmal da sind wie ein Geschenk. Niemand in der Welt wußte, wo er war. Niemand konnte sagen, was er als nächstes tun würde. Es war ein seltsames Gefühl: unerreichbar zu sein, ungreifbar. Niemand kann ihm etwas wollen. Und wer ihm etwas möchte, findet ihn nicht. Das Gefühl, herausgefallen zu sein aus allen Stundenplänen und Zeitrastern, die die Welt überzogen. Aus allen Begrenzungen. Es war, als stünde ihm die ganze Welt zur Verfügung. Kurz tauchte der Gedanke auf, daß die wöchentliche Stunde bei Illich einen einzigen Zweck gehabt hatte: genau das zu verhindern. Egal. Jetzt war es vorbei. Rundum lag die Stadt, voll Leben. Ein ungeheurer Selbstbedienungsladen an Möglichkeiten. Und er mitten drin. In allen Himmelsrichtungen Versprechungen. Jede Straße führt zu einem Ziel. Und vor noch gar nicht so langer Zeit hatte er alles nur voller Schrecken, voller Gewalt und Hinterhalt gesehen. Ein Irrtum? Oder war die Haut wieder dick geworden? Dabei hat er das genau gegenteilige Gefühl: daß er alles spürt wie schon lange nicht:

so harmlos, offen und einladend. In den Fenstern blitzte die Sonne, Autos fuhren, Blätter bewegten sich, Menschen gingen, spazierten herum, dünne Fähnchen spannten sich um Rundungen, schwangen um nackte Beine und waren leicht wegzudenken, verschwanden im Hinschauen fast von selber. Hinter dem Fenster einer Straßenbahn, die langsam in die Haltestelle einfuhr, leckte ein junges Mädchen hastig an einem Eis, das schon zu zerfließen begann, Zell streckte die Zunge heraus, schleckte in die Luft, das Mädchen lachte, sah ihn mit blitzenden Augen an, verdrehte den Kopf nach ihm, bis sie außer Sicht war, er müßte nur neben dem Fenster hergehen, davor stehenbleiben, wußte er, und sie ansehen: Mehr würde nicht nötig sein. Ohne sich eigentlich dazu entschlossen zu haben, zwängte er sich wieder durch die Flügeltüren der Telefonzelle. Und er hatte das Gefühl, als tippten seine Finger ganz von selbst Karins Nummer auf die Tasten: wie ein Klavierstück, das ihm in Fleisch und Blut übergegangen war. Und das hatte er so lange aufgeschoben?! Dieses wunderbare Gefühl, das genau Richtige zu tun! Das Gefühl, daß alles stimmt! Er hörte auf das Klingeln des Telefons, sah hinaus auf die Rinde der Platane, die Luft zittert zwischen den steilen Felswänden, die weiß sind, wie der Himmel weiß ist, und es ist so still, daß er die Risse im Fels knistern und die Steinchen rieseln hört, ganz ruhig sitzt er im Auto, bewegt nur manchmal ein wenig die Schultern, spannt die Muskeln der Oberschenkel, und das ist wie ein Rekeln, jede leise Bewegung ein Rekeln, so selbstgewiß ist sein Körper, so straff und heiß steckt er in der Haut, und daß es schon eine Viertelstunde über der Zeit ist, die sie vereinbart haben, beunruhigt ihn nicht, er weiß, sie wird kommen, um zwei im alten Steinbruch, du kennst ihn doch noch?, flüstert sie, ihr Gesicht dicht an seinem, die feuchten, noch nachzuckenden Lippen, bevor sie sich losmacht und davonstürzt, zurück ins Lokal, wo ihr Mann sitzt und die ganze Runde unterhält, die sie verlassen haben, wie zufällig hintereinander, nicht er ist hinter ihr hergegangen, sondern sie hinter ihm, und er wußte, sie wird hinauskommen, er hat es gewollt, und sie kam, und sie wird auch in den Steinbruch kommen, ausgestreckt lehnt er im Autositz und raucht, nun wird es sich erfüllen, endlich, wie sehr hat er sich gesehnt nach ihr, heimlich, als Sechzehn-, Siebzehnjähriger, und sie hatte keine Augen für ihn, war ein Jahr älter als er und lang schon vergeben, doch jetzt ist es soweit, auch wenn sie nicht mehr Helli, sondern Helene heißt, er hört Motorgeräusch, dreht sich nicht einmal um, sein Rekeln ist fast schon mehr als ein Vorausahnen, im Rückspiegel sieht er das Auto größer werden, ein paar Meter hinter ihm hält es an, der Motor kommt zum Stillstand, und die Zeit steht, nichts rührt sich, in der Luft ein Flirren, und dann knackt ein Türschloß, und sie steht drüben, bewegungslos, ein paar Schritte vor ihm, der jetzt auch dasteht, den Arm auf die Tür gelegt, steht er da in ihrem Blick und sie in seinem, und zwischen ihnen ist schon gar kein Abstand mehr. Das Klingeln des Telefons schnappte ab, er hängte ein, lächelte. Eigentlich hat er ja schon vorher gewußt, daß Karin nicht da sein würde, wer blieb in der Wohnung hocken an einem solchen Tag? Aber das tat jetzt nichts, jetzt konnte er warten, denn daß ihre Wege sich kreuzen werden, weiß er nun gewiß, auch für Helene, die so unerreichbar schien, daß er sie vergessen mußte, war die Zeit dann auf einmal gekommen, plötzlich hat alles übereingestimmt, nicht nur das Äußere, daß ihr Mann, der Fluglotse war, Nachtdienst hatte und daß Lina mit dem Kleinen daheim war, erschöpft von ihm und seiner wilden Geschwindigkeit und sicher nur froh darüber, daß er zu den Eltern fuhr, wo er auch binnen kurzem alles durcheinanderbrachte, nicht nur Tag und Nacht, so daß die Eltern nur noch mit Schlaftabletten ein wenig Ruhe fanden, auch das Innere stimmte überein: Sie war bereit, und das schlechte Gewissen, das ihn sonst wie mit Stahltrossen festzurrte, gab es nicht mehr, das tauchte nicht einmal von ferne auf in diesem Wirbel von Tagen und Nächten, in den er sie hineinriß, kopfüber und voll Alkohol durch Straßen, Lokale, in wilden Autofahrten quer durchs Land, und in diesen Taumel des Fleisches, auf dem Schotter des Steinbruchs und im raschelnden Laub, bis sie nur mehr nach ihrem Geschlecht rochen und dieser Geruch schon den süßlichen von faulendem Obst in diesem kleinen Dorfgasthof überschrie, in dem sie sich trafen, ein paar Tage lang, bis sie auf seinem Höhenflug nicht mehr mitkonnte, nur noch Angst in ihr brüllte, daß er sie mit hinaufreißt, weiter und weiter und heraus aus ihrem Leben, aus dem Sicheren, daß sie nicht mehr zurückfinden, keinen Boden mehr finden wird, so daß er allein weiterflog und sie zurückließ, ohne Bedauern: Alles war erfüllt und sie eben nicht schwindelfrei. Er zögerte ein wenig, dann rief er Hanna an. Arbeiten kann man nach dem Tod auch noch, oder wenn es regnet, wie wäre es, wenn sie sich heute nachmittag frei nimmt und sie sich in die Sonne legen, Illich liege wahrscheinlich schon dort, habe ihm abgesagt, vielleicht auch deshalb, weil er mit seinem Latein am Ende sei und nicht mehr wisse, zu welchem Schloß er eigentlich den Schlüssel suche, also wie ist es, Hanna, es wird sich doch jemand finden lassen, der für dich einspringt? So auf der Stelle?, sagte Hanna, eine gar nicht begeisterte Stimme, so einfach, wie er sich das vorstellt, ist das wieder nicht. Er verdrehte die Augen: Wenn das für sie schon ein unüberwindliches Hindernis war, wie sollte sie da jemals den Mut haben, über ganz andere Mauern hinwegzufliegen? Er richtete sich plötzlich auf, und diese, wie hat sie geheißen?, sagte er, die du zu Weihnachten zu mir geschickt hast? Er hielt ein wenig den Atem an und blinzelte in die Sonne. Karin meint er? Ja, sagte er, kann die dich nicht wieder vertreten? Es klang ganz beiläufig, und er mußte ein wenig grinsen: Nein, heute merkte Hanna gar nichts. Karin, sagte sie, mache schon lang etwas anderes, arbeite nachts in einem Lokal. Ach so, sagte er nebenhin, in welchem denn? Er hätte jetzt gerne Publikum gehabt, das sehen hätte können, wie perfekt er war. Weiß nicht, sagte Hanna, irgendwo in der Innenstadt in einem neuen, außerdem, meinte sie, zahle es sich wegen der paar Stunden wirklich nicht aus: bis sie jemanden gefunden hat, und bis der da ist, und bis sie im Bad draußen sind, außerdem sehe es Christopher nicht gerne, wenn sie sich dauernd vertreten lasse. Er hatte plötzlich überhaupt keine Lust mehr, ihr zu sagen, was er sich als Überraschung aufgespart hatte: die Triumph Tiger. Hanna war ohnedies jetzt nicht die Richtige. Zuviel Wenn und zuviel Aber. Zu wenig Loslassen. Womöglich wußte sie nicht einmal, was eine Triumph Tiger war. Nun ja, dann wünscht er ihr noch fröhliches Kunden-Auflauern, sie wird von ihm hören. Sehr beschwingt ging er zu seinem Auto hinüber. Es schien ihm, als habe er Hanna überhaupt nur angerufen, um diese wichtige Nachricht von Karin zu erfahren. Er will doch selber in kein Bad. Was soll er dort auf dem Bauch herumliegen? Mit einem Aufpasser neben sich. Er muß Leute sehen. Die alten Verbindungen wieder knüpfen. Er muß ihnen doch zeigen, daß es ihm wieder gut geht. Jetzt bin ich wieder da. Jetzt könnt ihr wieder mit mir rechnen.

Ist heute Vollmond, oder was? Also heute muß Vollmond sein. Immer wieder zu hören an diesem Abend. Irgend etwas muß ja schließlich der Grund sein: So gesteckt voll sind die Lokale, so hektisch die Leute, dabei ist noch gar nicht Wochenende, ein Gesiede in den Gassen, als wäre für alle heute *die* Nacht, ein ununterbrochenes Auf und Ab die schmalen Gehsteige neben den dichtgeparkten Autos entlang, ein ständiges Hin und Her zwischen den Lokalen, deren Türen offenstehen und die mit ihrem unüberschaubaren Inneren die Herumsuchenden wie mit dem Versprechen, daß einem das Undenkbare hier endlich leibhaftig gegenübertreten werde, in sich hineinsaugen, Menschenströme sind an Zell heute schon vorübergezogen, selber treibt er darin, hat diese Bewegung deutlich wie ein Bild gesehen, von oben: sich dahinziehende, verschlingende, an manchen Punkten sich knäuelnde und dann wieder auseinanderfahrende Lichtfäden: wie Nachtaufnahmen von Straßen mit offenem Kameraverschluß, er blendet ja selber nichts aus, läßt es in sich hineinfließen, durch sich hindurchlaufen, eine Schrift, denkt er, könnte diese Bewegung sein, eine Schrift, die die Menschen über die Erde legen. Wenn man die entziffern könnte! Das scheint gar nicht unvorstellbar. Ist nur bis jetzt niemand auf diesen Gedanken gekommen! Und wer sie entschlüsselt, wird etwas über die Welt sagen können, was noch nie gehört ward. Er deutete drei jungen Männern nach, die in den letzten Stunden schon mehrmals ihren Weg gekreuzt hatten, jaja, sagte er, ein Wahnsinn ist das in dem Alter: mit Eiern wie Tennisbällen herumrennen und nichts erwischen, ich kann mich erinnern. Können wir uns alle, grinste Wolfgang, das bleibt keinem erspart, rechts oder links, fragte er, oder wohin jetzt? Zell reckte den Kopf vor, witterte, schnüffelnd wie ein Hund, dann gingen sie lachend hinter ein paar Leuten her, die vor ihnen abgebogen waren. Arm in Arm dahinzugehen, wäre Zell jetzt das Selbstverständlichste. Es ist bloß gar nicht nötig. Sätze sagen zu können, die der andere schon nach den ersten Wörtern versteht, ist ja viel mehr. Und daß sie seit ewigen Zeiten nicht mehr so herumgezogen sind, einander fast nur noch zufällig trafen, hallo, wie geht es dir?, und dann ihren Weg fortsetzten in verschiedene Richtungen, was spielt das für eine Rolle?: Jetzt stimmte es eben wieder. Schon nach dem vierten Achtel hat Wolfgang gefunden, daß der heutige Trip unbedingt wiederholt werden müßte, man muß sich regelmäßig treffen wie früher, denn vor allem das muß wieder eingeführt werden: kein einziges ernstes Wort die ganze Zeit; was für eine Wohltat; nur: geht leider nicht immer, und vor allem: geht nicht mit jedem. Ich strenge mich auch an, sagte Zell, damit du zufrieden bist, ich muß dir doch was bieten anstelle des Fernsehabends. Davor hatte er ihn gerettet, man war ein wenig irritiert, als er so unerwartet vor der Tür stand, einfach hereinschneite, hätte er sich denn zur Audienz anmelden, von der Telefonzelle unten anrufen sollen, wenn er schon in der Nähe war? Das mußte endlich aufhören, für ihn hat das aufgehört, er spielt diese Groteske nicht mehr mit: Montag, Dienstag haben wir bereits etwas vor, Mittwoch geht auch nicht, Donnerstag wäre vielleicht möglich, ist aber nicht ganz sicher, am besten wird sein, wir verschieben es auf die nächste Woche und rufen uns vorher noch zusammen; überall wurde das gespielt, von allen Freunden, weit ist es mit ihnen gekommen, aber damit muß Schluß sein, da bewegt sich ja nichts mehr; als sich noch etwas bewegte, hat man doch auch genommen, was gerade so kam, jeden, der vor der Tür stand, gerade daß Sonja nicht gesagt hat, also kommen Sie bitte weiter, aber dann hat seine Lustigkeit sie doch angesteckt, Leben hat er in die Bude gebracht, erst als er ihr Wolfgang entführte, machte sie wieder ein saures Gesicht, als sei es etwas ganz und gar Ungehöriges von Wolfgang, als gesetzter Erwachsener einfach loszuziehen, ohne das schon Wochen vorher geplant und vereinbart zu haben, und wie sie dastand, erinnerte ihn das sehr an Lina, aber da war ihr nicht zu helfen, das mußte jetzt einfach sein, und er hätte am liebsten für Wolfgang gesagt, was in einem solchen Fall zu sagen war: jedenfalls nicht, daß es heute sowieso nicht spät wird. Sie überquerten den Domplatz, das Schlagen der Turmuhr war unter dem Getrappel der vielen Füße, dem Lachen und Stimmengesumm kaum zu hören, Wolfgang sah auf die Uhr, zog erstaunt die Augenbrauen hoch, zwölf?, er schien sich zu wundern, wo die Zeit hingekommen war, Zell wies mit dem Kinn auf die Einfahrt der Tiefgarage, stieß Wolfgang ein wenig mit dem Ellbogen, sie sahen einander an und brachen in lautes Gelächter aus, Save Our Souls, sagt Zell, Save Our Suicide Souls, schlägt Max vor, genau, genau, schreit man, so wird man das Projekt nennen, die Alternative zum Parking-House-Flipper, schließlich gibt es hierzulande die meisten Selbstmörder der westlichen Welt, und die gehen alle dahin ohne Segen, aber den hat man jetzt sichergestellt, die Bude in der Steingasse hallt von ihrem Durcheinanderschreien, immer wieder bleibt jemand draußen vor dem offenen Fenster stehen und glotzt herein, in den großen Aschenbecher, wie Eleni die Wohnung genannt hat, wo sie herumhocken und herumliegen, inmitten von Flaschen und Skizzenpapier und schon exakt durchgezeichneten Plänen, die voller Rotweinflecken sind: eine Art Achterbahn vor dem Dom, auf die die Autos hochgezogen werden und dann hinunterrasen in wilden, verschlungenen Windungen, quer durch den Dom, am Altar vorbei, und neuerlich beschleunigt werden, so daß es sie auf die Höhe des Turmes katapultiert, wo die Rampe jäh abbricht und sie unter Sirenengeheul hinausrauschen in den von Flakscheinwerfern befingerten Nachthimmel; Selbstmörder mit eigenem Auto zahlen die Hälfte; Familien erhalten Mengenrabatt; Aufpreis für Formel-1-Boliden, deren Spoiler so umgestellt werden, daß sie umgekehrt, mit Auftrieb wirken!, und wo sollen wir die Autos niedergehen lassen?, auf der TH?, über dem Parlament?!, das müßten wir berechnen, wer von euch kann so viel Mathematik?, dafür werden wir noch irgendein Arschloch aufnehmen müssen, okay, ich weiß da schon jemanden, das ist ja wirklich nicht schwer zu finden, und zu Ostern und Weihnachten gibt es als besondere Attraktion die Rolling Stones live statt Orgel und Sängerknaben, genau!, und Rokker als Ministranten schwingen Fahrradketten, an denen Weihrauchkessel befestigt sind, in denen Shit abbrennt, Zell hat sich die Gitarre gegriffen, spürt jetzt noch, während er vor Wolfgang über den Platz tanzt, den A-Dur-Akkord in den Fingern, so take me, jault er, to the, E-Dur, airport, and, A, put me on a plane, E, I've got no expectations, brüllen alle mit, to pass through here again, und vom Fenster droht der Hausmeister mit der Polizei, nicht zum ersten Mal, auch noch nicht zum letzten, wenn ich mir dagegen anschaue, kicherte Wolfgang, was wir jetzt so machen: die reinsten Stickereivorlagen. Er war Projektleiter bei der Revitalisierung eines abgewohnten Biedermeierviertels. Ich werde dir nicht widersprechen, sagte Zell, auch wenn du das erwartest. Er deutete auf den Boden, sah suchend herum, schüttelte den Kopf, komisch, komisch, daß man die Furchen nicht mehr sieht, welche Furchen?, na die er hier gegraben haben muß, so oft ist er früher da gerannt, ins »Sport«, damals, sagte er, knapp vor *unserer* Zeit. Meine müssen auch da sein, lachte

Wolfgang, ich weiß noch, wie ich zum ersten Mal hineingekommen bin. Werd ich auch nie vergessen, erklärte Zell, zufällig ist er da hineingeraten, gab ja noch nicht diese Trampelpfade, oder vielleicht doch nicht ganz so zufällig, er ist ja die ganze Zeit schon auf der Suche gewesen, irgendwo, wußte er, mußte es so etwas geben, irgendwo müssen sie sein, die Künstler, und da ist er, als er wieder einmal wie ein Fährtenhund herumlief, hinter ein paar Typen hergegangen, die danach aussahen. Ich kann dir gar nicht sagen, wie das für mich gewesen ist, Wolfgang. Hineingegangen und dagestanden wie angedonnert. Nur gedacht: Endlich! Das ist es! Genau das ist es! Diese Bruchbude, halbdunkel, zugenebelt vom Rauch. Und die Leute! Jeder das Besondere für ihn. Für mich, den kleinen Scheißer vom Land. Und wie die geredet haben! Und auf einem der Tische, wo er dann saß, wo ich mich dazugehockt, hingezwickt habe, auf der Tischplatte steht der Spruch, sieht er heute noch, er liest ihn aus der Luft vor sich ab: We all hang like bats in the world, with the heads upside-down, without value! Wie ihn das beeindruckt hat! Puh, das Tiefsinnigste, habe ich geglaubt, werd ich mein Leben nicht verstehen! Na also, lachte Wolfgang, da hast du doch recht gehabt, oder? Vielleicht, sagte Zell grinsend, wollte ich ursprünglich überhaupt nur Künstler werden, damit ich zu Recht in einer solchen Bruchbude sitzen darf. Gleich am ersten Abend hat er sich als Maler bezeichnet, hat nicht gelogen, hat sich ja schon lang so gefühlt, nur eingefallen ist ihm nichts Rechtes, wie denn auch?, in diesem Zimmer weit draußen, am Ende der Welt, in der Hundehütte des Onkels, mit Blümchentapete und Kinderzimmermöbeln, wo er gewohnt hat die erste Zeit und wo sich sein James-Dean-Plakat an der Wand einfach nicht wohlfühlen konnte, der letzte Bus dort hinaus ist schon um zehn gegangen, und so hat er sich auch an nichts recht beteiligen können, hat keinen Anschluß gefunden, immer hat er als erster gehen müssen, bevor irgend etwas anfing, fast zwei Semester lang, bis er dann eben ins »Sport« geriet, längst war es gegen Morgen, als er da wieder hinaus ist, mehr getaumelt als sonst was, aber glücklich, sage ich dir, so glücklich, hat im Park vor der TH den Tag kommen lassen, knallblau ist alles, Vogelstimmen rundum, der Verkehr fängt an, und die Bäume und die TH so klar wie auf dem Reißbrett, wie ein Modell, mit Riesenaugen hat er das hineingefressen, wollte warten, bis die erste Vorlesung beginnt, zu der Zeit ist er ja noch zu jeder Vorlesung gerannt, aber je länger er gesessen ist, um so lächerlicher ist es ihm geworden, sich jemals noch in eine Vorlesung über Baustofflehre zu hocken, und so ist er mit dem ersten Bus nach Hause gefahren, wo man gerade aufstand, die family um den Frühstückstisch saß, Cousin und Cousine und Tante und Onkel und Frühstückseier, so gewaschen und gekämmt und so ordentlich!, und wie die mich angesehen haben!, da hat er wieder deutlich gewußt: genau das!, genau das will ich nicht! Hätte er beinahe schon vergessen gehabt, so sehr hat ihm die TH und die Familie des Onkels und das viele Alleinsein aufs Hirn geschlagen, er ist doch hergekommen, um Künstler zu werden, Architekturstudium nebenbei, als Alibi, und er hat sich ja noch eingebildet, Architekturstudium hat auch mit Kunst zu tun, man muß sich einen solchen Glauben erst einmal vorstellen!, und dann war da gar nichts, und wo und wie jemanden finden, der ihn einführt?, wo in dieser Riesenstadt findet denn, verdammt noch einmal, die Kunst statt?, das war die Frage, in Ausstellungen ist er gerannt, aber da ist nur das Zeug herumgestanden oder -gehangen, und nicht ein Künstler, und daß die Vernissagen am Tag vor der Eröffnung einer Ausstellung stattfinden, wie soll man das wissen?, jedenfalls hat es genug zu imitieren gegeben, aber schon das erste läppische Objekt hat den Onkel das Schlimmste befürchten lassen: ein Kästchen wie ein Feuermelder, darin eine Pistole und eine Patrone, die Pistole ein Spielzeug, aber täuschend echt, und die Patrone vom Vater, müßte überall in der Stadt hängen, hat er sich vorgestellt, in jedem Haus, jeder Wohnung, im übrigen, sagte er, das merke ich jetzt erst, habe ich Achim heute ein Objekt vorgeschlagen, damit der ganze

Irrsinn endlich zusammenkracht: einen Feuermelder – Neues fällt mir offenbar auch nicht mehr ein – mit einem Dollar drin, aufzuhängen vor jedem Geschäft, jedem Lokal, und wenn jemand Geld braucht, nimmt er sich einfach den Dollar, und hinten rutscht gleich der nächste nach, du weißt doch, sagte er, Achim Rulander, der bei uns im Büro, der immer Bakunin oder sowas zitiert, der will jetzt auch Künstler werden. Und, fragte Wolfgang, wie hat er das gefunden? Wir überlegen uns das jetzt ernsthaft, grinste Zell. Er sah plötzlich eine riesige Todesanzeige vor sich, plakatgroß, mit fettem, schwarzem Trauerrand, ohne jede Aufschrift, und in der Mitte: nichts als ein Dollar. Wird er morgen Achim sagen. Das ist auch einer, in dem es kocht. Den wird man aufnehmen müssen: Ist doch einer von uns. Vor ihnen quoll ein Rudel Leute auf den Gehsteig heraus, paß auf, daß wir nicht mit aufs Bild kommen, sagte Zell, gleich wird der Modefotograf auftauchen, dunkelviolett glühten Fenster und Tür aus der schwarzgrauen Wand, müssen wir da hinein?, sagte Wolfgang, erinnere ihn etwas zu sehr an die Karwoche und ans Knierutschen. Macht nichts, meinte Zell, ist sowieso längst Zeit für die Auferstehung. Ein langer Schlauch führte nach hinten, Judy Garland sang für ihre Enkel, aber in einer Lautstärke, wie es damals die Radioröhren gar nicht ausgehalten hätten, wenn man jetzt das Patent auf Säulen hätte, schrie Wolfgang, würde man ordentlich Geld machen. Wir, schrie Zell zurück, vergiß das nicht, haben ganz andere Patente. Die Säulen einfach abzusägen, was sollte das nützen, wenn sie nur Dekoration waren?! Er deutete nach hinten, schauen, ob Platz ist, schrie er und zwängte sich an den an der Bar Stehenden vorbei, dreht den Kopf, als würde er wie ein Leuchtturm die Umgebung mit scharfem Strahl abtasten, in all diesen Lokalen war ja die Bedienung nicht von den Gästen zu unterscheiden, sollte wohl keiner daran erinnert werden, daß auch in dieser Welt gearbeitet werden mußte, lauter schicke junge Leute lehnen da, die Originale davon hängen als alte Hollywoodplakate hinter Glas an den Wänden, daß ihr Gesicht nicht dabei ist, wundert ihn nicht, hat er eigentlich gar nicht erwartet, und hier hätte er sie sich auch nicht hergewünscht, obwohl das nicht unbedingt die schlechtesten Kopien sind, die hier herumstehen, wirklich nicht, überhaupt die Blonde da drüben, wie eine Diva dreinzuschauen ist ja bestimmt nicht leicht, er lächelt sie an, geht direkt auf sie zu, steht da, sieht sie genau an, kennen wir uns, fragt sie irritiert, nein, grinst er, sicher nicht, er wolle ihr nur sagen, daß Humphrey Bogart heute wieder nicht vorbeikommen wird, er dreht sich weg, und da springt zwischen seinen Beinen etwas hoch, reißt ihn fast um, hysterisch bellend fahren zwei Hunde aufeinander los, knurren, kläffen, erwürgen sich fast an den Leinen, an denen ihre Besitzer reißen, der Kellner kann das Tablett, das voll leerer Gläser ist, gerade noch in einem wahnwitzigen Schwung über den Köpfen in Sicherheit bringen, ein schönes Tier, sagt Zell zu der Frau, die ihren noch immer bellenden Hund zwischen den Beinen festgeklemmt hält, einen langhaarigen Modehirtenhund, in welchem Supermarkt, fragt er lächelnd, gibt es denn die?, man sieht sie nämlich jetzt so oft, der grellgeschminkte Mund bleibt einen Moment offen, bevor es ihr gelingt, verächtlich den Kopf wegzudrehen, ein Achtel nehme ich, sagte Wolfgang, der sich bis zur Bar durchgedrängt hatte. Im nächsten, schrie Zell, oder will er in einem Lokal stehen, wo schon die Hunde Anatol heißen? Und dann schlendern sie wieder durch die Gassen, irgendwo, scheint es Zell, hat er das heute schon einmal gesehen, diesen schönen Anblick, wie da seine Füße unter ihm so fest und ruhig auftauchen und verschwinden, wie von selbst, links, rechts, links, rechts, so daß es seine Hüften mitwiegt, so in der Welt fühlt er sich, daß er nichts extra anschauen muß, damit er es sieht, und er ist nicht einmal ganz sicher, daß es nützen würde, wegzuschauen, auch wenn er aufs blinkende Katzenkopfpflaster hinunterblickt, sieht er, wie das Licht der Stadt zurückfällt aus dem glosenden Himmel, und er genießt es, daß ihr Lachen zwischen den Mauern widerhallt, lacht allein deshalb, und für Wolfgang ist das genauso, keine Frage, und er spürt wieder, daß Lachen etwas bewegen kann, und wenn schon sonst nichts, lacht er, dann zumindest die Fensterscheiben, eine deutliche Ahnung ist in ihm, daß es möglich wäre, alle Verrücktheiten, allen Irrsinn dieser Welt einfach wegzulachen, waren denn die Aktionen der Preludynamo etwas anderes, Wolfgang?, als dieses Lachen auszulösen, der Initialzünder wollten sie sein, damit die Menschen endlich sehen, was los ist auf dem Planeten, auf daß es die Welt auseinanderreißt unter dem losbrechenden Gelächter, das den Erdball umgellen wird, alle Verrücktheiten, Macht und Geld und Hunger und Krieg einfach weglachen, und die Mächtigen und Reichen, Generäle und Gartenzwerge allein in Unterhosen dastehen lassen und auslachen, es ging ja überhaupt nicht um Architektur, auf die haben wir doch alle geschissen, nun, da hast du recht, Meinrad war ein eigenes Kapitel, ist ja auch in der Steingasse immer vom Bett aus mit dem Schraubenzieher in die ausgeleierte Steckdose gefahren und hat einen Kurzschluß gemacht, damit Schluß ist und sich die Leute verrollen, wenn es ihm zu spät geworden ist und er gefürchtet hat, am nächsten Tag nicht ausgeschlafen zu sein, so im Öl, wie da immer alle waren, hätte doch keiner mehr eine Sicherung flicken können, aber bauen, wirklich bauen wollte keiner was, sondern zeigen, was für ein Wahnsinn aufgeführt wird, und den Irrsinn deutlich machen, der von diesen Bauten abzulesen ist, damals wollte man ja tatsächlich noch die Autobahnen mitten in die Stadt hereinlegen, aus allen Richtungen Autobahnen, auf denen es herandröhnt, und die rollenden, blechverkleideten Lagerfeuer, auf denen jahrmillionenalte Muscheln ausgebraten werden, dann in der City in einem Riesenparkhaus stapeln, das war ja die Themenstellung ihres Programms, das sie brav nach Architekturstudentenart auszuarbeiten gehabt hätten und woraus dann der Flipper wurde, aber ich sage dir, Wolfgang, eigentlich war der Flipper schon ein Zugeständnis, bereits da sind sie zu brav gewesen, bereits da haben sie mitgespielt in dem Scheißspiel, es hätte doch das Tonband allein genügt, auf dem sie das Programm verlesen haben, dieses Irrsinnsprogramm, das der Professor sich da hat einfallen lassen, und ist es nicht schon der größte Irrsinn, daß einem ein solches Thema überhaupt gestellt werden kann?!, der beste Kommentar dazu war sowieso das Motorradgedröhn, er dreht am Gasgriff einer Sechshunderter-Norton, daß die Scheiben klirren, extra ist er zum Norton-Club hinausgefahren, um das aufzunehmen, und die Boys hat er dann zur Präsentation in der Tiefgarage eingeladen, immer wieder dreht er von Leerlauf auf Vollgas, und dazwischen haben sie das Programm verlesen, samt ihrem Witzeln und Gelächter, das gar nicht geplant, nur nicht zu unterdrücken war, gibt es denn eine bessere Antwort auf Stadtautobahnen und ein zentrales Parkhochhaus für ich weiß nicht mehr wie viele Autos?, und daß sie das Programm noch weiter ausgearbeitet haben, geplant, gezeichnet, Modell gebaut, vielmehr bauen lassen, ist ja nur mehr gewesen, weil sie trotzdem zu einem Semesterzeugnis kommen wollten, genau, Meinrad ist da besonders dahinter gewesen, und das haben sie schließlich sogar gekriegt, aber damit war der erste Schritt der Anpassung schon gesetzt, ich sage dir, Wolfgang, wenn wir jetzt noch einmal vor der Situation stünden: nur das Tonband, sonst nichts, und die Sheriffsterne anstecken und zu viert, volle Breitseite, zum Professor hinein, ach was, scheiß auf den Professor, gleich in die Öffentlichkeit, na sicher war es toll damals, was denn?, aber falsch gelaufen ist es trotzdem, und daß er Frau und Kind gehabt hat, war auch ein schweres Handikap, er hat ja noch korrigieren wollen, hat in den Sommerferien, als es ihn daheim herumgerissen hat, als nächste Aktion die TH in die Luft sprengen wollen, kann man denn etwas Besseres zur herrschenden Architektur sagen, als den Ort, wo sie den Leuten in die Venen geschossen wird, in Trümmer zu legen, dem Erdboden gleichzumachen?, und hast du eigentlich den Brief noch, Wolfgang?, er hat ihm doch geschrieben, aus dem Krankenhaus, kurz bevor es mit den E-Schocks losging: Anweisungen für die ganz große Aktion, bei der er sich selber in die Luft jagen, abzischen wollte wie eine

Rakete, den Selbstmord des Jahrhunderts hinlegen vor laufenden Kameras, damit auch der letzte Blödian endlich merkt, in welche Richtung die Welt unterwegs ist, für alle, Max, Meinrad und dich detailliert beschrieben, was jeder dabei zu tun hat, daran mußt du dich doch erinnern!, oder kriegst du jeden Tag solche Briefe?, einen wunderbaren Plan hat er ausgearbeitet, sitzt da im Tagraum, die Beine auf dem Tisch wie John Wayne, vor sich den Skizzenblock und einen Kugelschreiber, bei dem auf Knopfdruck automatisch die Farbe kommt, die man auf seinem Schaft angeschaut hat, bloß angeschaut!, hat Ingrid ihm geschenkt, die Schwester von Station 8, selbstverständlich als Liebespfand, und damit entwirft er die Große Aktion, in Rot und Blau, während in seinem Kopf Beethovens Dritte donnert, daß es ihm die Trommelfelle nach innen drückt, als hätte ihm Big Luke die Zeigefinger in die Ohren gerammt und ließe sie darin vibrieren, Dáadidáda dádadîda, singt er durch die Gasse, ohne sich darum zu kümmern, daß die Leute grinsen, was wissen denn die schon?!, den ganzen Tag hatte er damals das Radio laufen, das Rocko ihm samt Lautsprechern in den Sturzhelm eingebaut hat, den Prototyp eines Walkman, hat er schon damals gehabt, und man hatte nichts dagegen, daß er immer mit Helm auftrat, vorne hat er einen Sheriffstern draufgemalt, aber schon in Schwarz, und hinten steht die Antenne einen halben Meter in die Höhe, Rocko hat im Parterre eine winzige Kammer gehabt, wo man ihm Radiobasteleien erlaubte, hat den Ärzten und Pflegern und Schwestern die Radios repariert und daneben seine Erfindungen gemacht, die Exekutionsmaschine, die Rocko ihm schenkte, muß daheim noch irgendwo herumstehen, wenn man sie an den Strom anschließt, beginnt sie zu ballern, von Pistolenschüssen kann auf Schnellfeuer- und Maschinengewehrsalven umgestellt werden, mußt du dir unbedingt einmal anschauen kommen, Wolfgang, ist hundertmal besser als der Schmarren, der als Irren-Kunst verkauft wird, eigentlich müßte ich herauszufinden versuchen, was aus Rocko geworden ist, wer weiß, was der jetzt so macht, hat vielleicht alles schon erfunden, was man uns in hundert Jahren als das Neueste andrehen wird, jedenfalls: den Brief habe ich dir geschickt, also das gibt es doch nicht, daß du den nicht bekommen hast, gefragt hat er Wolfgang damals nach der Entlassung freilich nicht, hat überhaupt nicht mehr daran gedacht, wie hat er das vergessen können?, ist doch ein Dokument!, kannst du nicht schauen, ob du ihn nicht noch irgendwo?, na wo du da schauen sollst, weiß ich doch nicht. Schauen wir vielleicht da drüben, grinste Wolfgang. Schon bei der Tür ein Gedränge, daß fast nicht durchzukommen war, und wieder dasselbe: ein langer Schlauch, hinten scheint er in ein L umzuknicken, die Besitzer dürften alle dasselbe Grundmuster im Kopf haben: ein Maximum an Umsatz auf einem Minimum an Quadratmetern; aber eigentlich war das jetzt gleichgültig: sehr angenehm ist es ihm, in dieses Kochen hineinzugehen, sich durchzuzwängen zwischen den Leibern, es ist, als ob der ganze Raum sich an ihn drängt und anschmiegt, ein Bad ist es, das er hier nimmt, während er sich in Strangers in the Night hineinbewegt, ins Stimmgebrodel, Lachen, ins Halbdunkel zwischen schwarzen Wänden, auf die silberne Dreiecke in einem Muster gemalt sind, das er als Vorhang aus seiner Kindheit in Erinnerung hat, über den Köpfen der Menschenpalisade die Bar entlang dampft Rauch in blaue und gelbe 25-Watt-Deckenlampen hinauf, die herunten von nackter Haut weich reflektiert werden, er reckt den Kopf, sein Blick ruckt über die Gesichter, pendelt hin und her, der Glaube, daß hinten, wo der Raum wirklich ein paar Meter nach links biegt, *mehr* Platz sein könnte, scheint an diesem Abend gang und gäbe zu sein, doch vielleicht bereitet man sich nur auf die Raumverhältnisse im Bunker, auf die Zukunft vor, die Frage, warum *sie* ausgerechnet hier sein sollte, wie er beim Eingang sofort meinte, ist eigentlich nicht zu beantworten, etwas Spitzes stieß beim Zurückdrängen gegen seinen Bauch, Wolfgangs Zeigefinger, beinahe hätte er Wolfgang übersehen, er hatte tatsächlich einen Sitzplatz erwischt, hockte eingezwängt da mit zusammengepreßten Schultern, grinste und deutete auf ein handtellergroßes Stück *freie* Polsterbankkante, man muß einen Brückenkopf bilden, schrie er, Zell klemmte sich aufs glatte Leder, stemmte ein Bein gegen den Boden, um von der abgerundeten Kante des Sitzes nicht abzurutschen, sehr widerwillig rückte der Nachbar ein paar Zentimeter zur Seite, rechnete sie, die sich da frech hergepreßt hatten, offenbar endgültig zur Generation der Väter, die ihre Chance bereits gehabt hat, für mich ist da Endstation, erklärte Wolfgang, im Grunde sei nämlich das ganze Herumrennen nichts weiter als ein Kulissenschieben, und Zell sollte es auch aufgeben, was denn aufgeben?, na mit dieser Methode, meinte Wolfgang, findest du deine, wie heißt sie?, Karin, sowieso nicht. Weißt du, was du da von mir verlangst?, sagte Zell betont empört. Das hat er Wolfgang doch ein paar Lokale zuvor erklärt, steht da in kaltem, grellem Neonlicht, und redet hinunter auf ihn, der auf einer der Blechtonnen sitzt, einer der wenigen Sitzgelegenheiten in dem Lokal, das so kahl ist, daß der Phantasie, man befinde sich in etwas anderem als einem ausgeräumten Autosalon, was es vor kurzem noch war, keine Grenzen gesetzt sind, die jungen Mädchen, die nach Kunstakademiebohème aussehen, sind allerdings erstaunlich wirklich, auch die weiße Ratte, die auf der Schulter des Mädchens schräg gegenüber herumzittert, braucht man sich nicht erst einzubilden, genausowenig wie den Tampon mit herabhängendem himmelblauen Faden im Nasenloch eines in seinen Kleidern schlotternden jungen Mannes, den auch der zur Hälfte geschorene Kopf nicht wirklich glücklich zu machen scheint, Zell gefällt das alles sehr gut, muß aber finden, daß sie selber damals mehr Power gehabt haben, wie soll sie denn aussehen, hat Wolfgang gefragt, als Zell ihm gestand, daß er auf der Suche nach jemandem war, ja wie, wie denn das erzählen?, er starrt das Riesengemälde an, das ein Jungwilder auf die Wand geknallt hat, und redet Karin gegen das Punk-Rock-Gedonner in die Luft, redet einfach heraus, wie sie dasitzt, die nackten Füße auf der Heizung, und wie sie aus seinem Auto steigt, sich noch einmal hereinbeugt und lächelt: magst du noch auf einen Tee mit hinaufkommen?, sehr, sehr wohltuend ist es, endlich über sie reden zu können, und es ist ihm, als würde er Zaubersprüche vor sich hinsagen, die sie herbeirufen, eine solche Frau, unterbricht Wolfgang ihn lachend, gibt es ja gar nicht, auf der ganzen Welt nicht, und wenn es die tatsächlich irgendwo geben sollte, gehe er auch hin. Gab es eine Platte, auf der Frank Sinatra ausschließlich Strangers in the Night sang, oder ist das ein Endlostonband?, Zell betrachtete die Beckenwölbungen der beiden Frauen neben ihm an der Bar, die sich in Augenhöhe und fast Griffnähe mit dem ständigen Wechseln des Spiel- und Standbeins von rechts auf links und wieder zurück verschoben, ich bin ja auch fürs Dableiben, sagte er, das ist wirklich ein Logenplatz, und er begann ausführlich über sein Problem zu reden, sich einfach nicht entscheiden zu können, ob ihm nun satte Rundungen lieber seien oder Lineale, allerdings vollbusige, doch Wolfgangs Aufmerksamkeit schien sich im Moment auf einen einzigen Punkt zusammengezogen zu haben, sein Herumäugen und Kopfrucken galt nicht den Gesichtern hinten im Raum, wohin er starrte und wo sie sich mit brennenden Augen undeutlich aus dem Dunkel hoben, endlich, endlich, seufzte Wolfgang, als die Bedienung auftauchte, und er nahm, anscheinend in Anbetracht kommender Nachschubschwierigkeiten, gleich ein Viertel, obwohl er vor einer halben Stunde noch erklärt hatte, Achtel für Achtel habe er die Sache leichter im Griff, wirklich, meinte er dann, das kannst du dir aus dem Kopf schlagen: um jemanden zu finden, müsse man schon etwas systematischer vorgehen. Ja, sagte Zell, am besten gleich plakatieren lassen, daß sie sich melden soll. Offenbar verstand Wolfgang ihn überhaupt nicht. Obwohl sie nicht nur Freunde waren, sondern Kompagnons. Natürlich, er könnte den Bezirk in Planquadrate einteilen und dann alles durchkämmen, Gasse für Gasse, Lokal für Lokal. *Vernünftig* könnte er vorgehen, aber ist er ein Buchhalter? Da könnte er sich ja gleich ans Telefon klemmen und nichts weiter rühren als den Finger, der die Wählscheibe dreht: in kürzester Zeit hätte er sie ausfindig gemacht, aufgespießt wie ein Insekt. Aber gerade die *Bewegung* war wichtig. Und dabei wird er sie nicht einkreisen, wie man eine Belagerung führt, einen Krieg. So will er sich ihr nicht nähern. Das würde, ist er sicher, alles Weitere gleich zerstören. Nur das Unsystematische konnte das Richtige sein: Der Zufall allein muß gelten, nicht das Kalkül. Er legt bloß Linien durch die Stadt: Wenn es sich so nicht ergibt, dann hat es sich nicht ergeben wollen. Ein Gottesurteil läßt er das sein. Wenn er ihr näher kommt, muß das wie im Traum sein: Man ist dann einfach da. Was man im Traum findet, hat man nicht gesucht, nur gefunden, es ist einem zugefallen: Das ist das Glück. Und das Suchen darf nicht schon die Gegenwart ungültig machen, darf die Menschen, die Farben, *die Welt jetzt* nicht zum Verschwinden bringen. *Hinleben* will er sich auf ihren Treffpunkt, nichts vorbeigehen lassen, wie kann man denn überhaupt vorbeigehen lassen, was da ist?, allein dieses wunderbare Gefühl im Moment, das er selber spürt, wie sich da drüben das schimmernde Gesicht einer Frau so zärtlich und vertrauensvoll an die Schulter des Geliebten schmiegt, und daß sie wirklich Liebende sind, auch wenn sie dann vielleicht nur eine wilde Bettnacht haben werden, das ist für ihn so deutlich, als wären die Kraftlinien des sie umgebenden Magnetfeldes sichtbar geworden. Eigentlich, meinte Wolfgang mit einem ein wenig bekümmerten Gesicht, müßte ich Sonja anrufen. Ja, sagte Zell, das wäre sehr wichtig: sie darauf aufmerksam machen, daß du noch nicht daheim bist. Er hatte das bei Hanna bereits hinter sich: lockere Sätze. Du?, sagt sie ganz verschlafen und maßlos erstaunt, als er sie anruft, es ist gegen elf, wo bist du denn?, wie gibt es denn das?, sie habe schon geschlafen und sich eingebildet, er liege neben ihr, dabei ist er noch gar nicht da, nein, sagt er, offenbar nicht, aber hätte sie nicht Lust herzukommen, er sitze mit Wolfgang zusammen und es sei sehr lustig, und er weiß dabei genau, daß Hanna niemals aufstehen und herfahren wird, wie er sich das vorstelle?, ganz einfach, jedenfalls werde es noch etwas dauern, bis er komme, nein, sagt Hanna sofort und sehr bestimmt, das wird es nicht, und sie klingt auf einmal, als sei ihr gerade wieder eingefallen, daß er sie versetzt, nicht vom Geschäft abgeholt hat, noch einmal aufwecken lasse sie sich nicht, sagt sie, da solle er lieber in seine eigene Wohnung schlafen gehen, genau!, lacht er, ich habe ja eine eigene Wohnung!, das ist natürlich auch eine Möglichkeit, gar keine schlechte, und wenn Hanna ihn schon darauf stößt, dann ist das, was er sich jetzt ganz leicht vorstellen kann, überhaupt nicht seine Schuld, er hat es ja, kann er sich sagen, noch abzuwenden versucht, warum er sie nicht wenigstens angerufen hat im Geschäft, so daß sie nicht so unnötig hätte warten müssen?, wo er gewesen sei?, ja, wenn das so leicht zu sagen wäre, kichert er, wie ihr denn erklären, was den Nachmittag über gewesen ist?, herumgetrieben hat es ihn, zuerst zu Willi ins Büro, wo es hieß, der sei auf der Baustelle, und auf dem Weg dorthin blieb er bei einer nicht sehr beschäftigten Kellnerin, mit der interessant über Urlaub zu reden war, in einem Espresso hängen, wo er nur Zigaretten kaufen wollte, und wo er dann doch Hals über Kopf verschwand, weil er schon zu fürchten begann, selber mit ihr auf Urlaub fahren zu müssen, was andererseits gar nicht so unvorstellbar gewesen war, und dann war auf der Baustelle, die am Stadtrand lag, kein *Befugter* mehr, und er stieg vergnügt grinsend im Rohbau dieser Genossenschaftswohnsiedlung herum, kam mit zwei jungen Leuten ins Reden, die ihr künftiges Schloß besichtigen kamen und schon die Einrichtung herumschoben, bis die Frau auf seinen großzügigen Kommentar hinauf ein immer längeres Gesicht bekam, so daß er sich bemüßigt fühlte zu erklären, unter den Löchern, die heute als Quartiere für Menschen gebaut würden, sei ihre Wohnung ohnedies fast die tollste, und die Wände seien nicht einfach dünn, sondern so günstig dimensioniert, daß der Nachbar ihre Wohnung gewiß mitheizen werde, schließlich sei ja nicht immer Sommer, und dann, weil das fast auf dem Weg lag, war er auf einen Sprung zu

Hermann, der sich gestört fühlte, an irgendeinem Artikel schrieb, mit dem er längst fertig sein sollte, sich aber doch auf einen Kaffee hinunterreden ließ, wo ihm aber seine Meinung, daß auf der Welt zu sein, nur gräßlich sei, auch nicht auszureden war, und dann war Hermann überhaupt verschwunden, einfach nicht mehr im Lokal gewesen, als er, Zell, vom Klo zurückkam, das im Gang zum Garten lag, wo ihn ein alter Mann in ein Gespräch über Levkojen verwickelte, die es auch im Garten der Eltern gab, und ihm einen authentischen Bericht vom Frankreichfeldzug lieferte, war es da ein Wunder, bei all dieser Bewegung, daß sie ihm erst einfiel, als er vom Auto aus sah, wie eine Frau den Rollbalken an einer Trafik hinunterließ?, und er hatte doch das sicherste Gefühl, auch wenn er erst Stunden später kommt, wird sie noch immer da sein, nicht extra gewartet haben, das nicht, sondern sich mittlerweile genauso gut unterhalten wie er selber, wird sie eben allein zu den Koglers gefahren sein, dachte er, als er dann vor dem verschlossenen Laden stand, war ihm natürlich auch recht, so löste sich alles in Wohlgefallen auf, denn daß sie auf ihn gewartet haben und dann nach Hause gefahren sein könnte, um dort weiter auf ihn zu warten, wie hätte er das wissen können?, sag, hast du etwas getrunken, fragt Hanna plötzlich, er sei so aufgekratzt, ach, nicht der Rede wert, lacht er, tatsächlich spürt er die paar Gläser Wein überhaupt nicht, das ist die Nacht, sagt er, eine unglaubliche Nacht heute, unverständlich, wie man da schlafen könne, aber das solltest du doch nicht, beharrt Hanna, ja sicher, ich weiß, daß ich nichts soll, grinst er, aber schon gar nichts soll. Einhängen ist ganz leicht, sie auf der Stelle vergessen auch. Aber wenn dich das Gewissen drückt, sagte er zu Wolfgang, der sein Viertelglas gegen das schwache Licht hob, nippte, mit angewidertem Gesicht den Kopf schüttelte und das Glas auf einen Zug fast bis zur Hälfte leerte, wenn du dir die Qualen, die deine Nicht-Existenz in einem Doppelbett jemandem vielleicht bereiten wird, wirklich gut vorstellen kannst, bis ins Detail, solltest du dich besser nicht von Autonomieüberlegungen davon abhalten lassen, auf der Stelle zum Telefon zu rennen. Wolfgang grinste vage und sah dann sehr aufmerksam eine große Frau an, die in einem Kleid, das gut zur Wandbemalung paßte, hereingekommen war und auf einen Mann, der ebenso wie sie die Arme hochwarf, zurauschte und ihm nun an der Brust lag, wobei sie ein Bein mit dem hochhackigen Schuh nach hinten abwinkelte, einen Moment nur auf einem stand. Zell sah sofort eine Reihe von Hollywoodszenen vor sich, wo dieses Beinheben als untrüglicher Ausdruck von Hingabe, Sich-endlich-geborgen-fühlen nach einer Filmlänge Flatterhaftigkeit eingesetzt worden war. Wolfgang wandte sich kopfschüttelnd ab, trank, eine Frau, sinnierte er, müßte wirken wie das zweite Achtel Wein: Wenn du sie anschaust, müßte das genau so wirken, sonst hat das alles keinen Sinn, schon lange hat er keine solche mehr getroffen. Und mich willst du aufhalten, sagte Zell. Ein paar Leute verließen das Lokal, ein wenig Durchblick entstand, und er bemerkte plötzlich, daß hinter der Bar eine alte, hölzerne Gelenkpuppe lehnte, lebensgroß, mit einer frischen Rose zwischen den Fingern, heh, sagte Zell grinsend, schau einmal. Wolfgang sah nichts, schien mit dem Scharfstellen der Augen schon ein wenig Schwierigkeiten zu haben. Na die Puppe, sagte Zell. Was mit ihr sein soll? Wolfgang konnte doch das nicht auch vergessen haben! Na die Aktion damals, sagte er eindringlich, und da lief endlich Wolfgangs Gesicht zu einem Grinsen auseinander, ja, sagte er, ich glaube, das war die letzte, oder? Zell faßte eine Mineralwasserflasche, Sie können noch mitmachen, schrie er in die Flasche wie in ein Mikrophon hinein, mitmachen beim faszinierenden Preludynamo »change or destroy play«, das jetzt schon viel Freude macht! Er merkte, wie man rundum aufmerksam wurde, sollten sie ruhig zuhören!, sollten sie ihre Ohren nur aufsperren! War das nicht von mir, fragte Wolfgang, kommt mir so bekannt vor. Klar, lachte Zell und hielt ihm die Flasche hin, aber Wolfgang nahm sie nicht, das warst du!, du warst das, sagte Zell, dein Flugblatt!, vom Podium liest Wolfgang es herunter, mit höhnischem Ton schleudert er die Thesen ins Publikum, die er nachts eigenhändig, zwanzig mal fünf Durchschläge, getippt hat, den Pfaffen unter die sakrale Gürtellinie schlagen, schreit er, ein bißchen Gemurmel und Zustimmung erhebt sich, offenbar wissen die Leute überhaupt nicht, was das alles soll, oder sind Sie sich bewußt, fährt Wolfgang fort, daß sie wieder nur Gemäuer schaffen?, ein Haufen Leute ist gekommen, in diesen Scheiß-mich-an-Neubau einer Hochschule, wahrscheinlich ist kein einziger Architekturstudent dabei, von Architekten gar nicht zu reden, die sich auch nur ein bißchen gemeint fühlen könnten, aber solche Überlegungen sind nicht ihr Bier, die Show muß abgezogen werden, und er liegt mit weißbemaltem Gesicht auf dem Podium und stirbt in vier Anläufen: aus seinem aufgerissenen Mund röhrt Motorradgebrüll als Todesröcheln vom Tonband, das Wolfgang bedient, aber in kürzester Zeit läuft sowieso alles auf eine Tanzerei hinaus, zu can't get no satisfaction, das zur Aktion gehört, fällt diesen Affen einfach nur Tanzen ein, und dann hockt er weit hinten und oben in dem steil ansteigenden Hörsaal, alles ist ihm schon egal, nur wird leider der Rotwein bald ausgehen, hier predigt man sowieso Stocktauben, Perlen vor die Schweine, Provinzteppen, und drunten, unter den Tanzenden, liegt auf einmal Max mit der Gelenkpuppe, die er sich von der Akademie besorgt hat, rundum zucken die Leute im Rhythmus der Musik, stehen herum, äugen irritiert auf Max hin, getrauen sich nicht einmal geradeaus zuzuschauen, wie sich da einer an Holz abmüht, ums Becken hat Max die Puppe gefaßt, ihre Beine ragen abgewinkelt starr in die Luft, so sehr arbeitet er sich ab, daß er mitsamt der Puppe Ruck für Ruck auf dem glatten Boden weiterrutscht, und dann quillt auf einmal blauer Rauch unter der Puppe hervor, weiß ich eigentlich bis heute nicht, wo Max das Zeug hergehabt hat, die Gruppe ist ja schon am Zerfallen, die Ferien stehen bevor, viel Koordination ist da nicht mehr, in wieder einzelne Fäden spleißt die PreludynamoCo sich auf, jeder zieht in eine andere Richtung, auf eigene Faust, Meinrad ist schon ausgestiegen, gerade daß die Aktionen bei irgendwelchen Vernissagen noch einen schlampigen Knoten knüpfen, der ganze Saal ist bald vernebelt von den blauen Schwaden, und dann müssen sich die Rauchklappen geschlossen haben, Klingeln schrillen, in ein paar Minuten ist die Feuerwehr da, und erst jetzt wird es lustig, jetzt erst bricht der Tumult los, und der Rektor sucht nach einem Verantwortlichen, und an mir, lacht Zell, hat er geglaubt, einen zu haben, hab ihm natürlich gesagt, die Verantwortlichen, Alter, sind längst abgeschafft, und wenn er nicht aufpaßt, wird er auch bald dran sein, aber warum weiß Wolfgang das alles nicht mehr?, ganz unverständlich ist es ihm, daß er Wolfgang erst daran *erinnern* muß, auch an das Fest im Garten von Harros Eltern, als die gerade nicht da sind, den kennt er doch noch, oder?, wollte auch immer mitmachen bei uns, Harro hat gesagt, die Alten sind auf Urlaub, und was hält man von einer Open-Air-Aktion?, zu Saufen gibt es genug im Haus, sein Alter steht auf Burgunder, und Weiber kann er besorgen, also hin, Stereoanlage in den Garten und volle Tube, Rasenmäher dazu gestartet, eine Elektrogitarre hat Harro auch, und ich bin Mick Jagger, Max ist Keith Richard, oder umgekehrt, darauf haben sie sich nie einigen können, die ganze Gegend beschallt, eine idyllische Kleinstadt-High-Society-Villengegend, wo sonst nur die Köter hinter den Hecken Krach machen dürfen, und die Mädchen, die Harro auftreiben kann, sind offenbar gerade erst vom Albumblatt für Elise zu den frühen Beatles vorgedrungen, halten nicht für möglich, daß auch noch beim Namen genannt wird, wo man sich bei ihnen hinzufassen getraut, und dann hat Harro das Ehebett der Eltern in den Garten herausgeschleppt, aber Trudi, seine Schwester, will dann lieber doch nicht mit ihm, kann auch nicht mehr, kotzt gerade vom Terrassengeländer hinunter auf den Kiesweg, als die Polizei einreitet, bevor da *irgendeine* Aktion losgehen kann, rieselt schon der Kalk bei dir, Wolfgang?, wie kann man denn das vergessen?, er weiß es ja auch noch, *sieht* es, na gut, besoffen waren natürlich alle, den muß er ein bißchen auf

Vordermann bringen, geht doch sonst unter, wäre schade um ihn, wird noch gebraucht, solche Leute wie du, Wolfgang, werden gebraucht, und zwar nicht bloß fürs Adaptieren von Biedermeierhütten, daß seine Stimme jetzt durchs ganze Lokal zu hören ist, weil Louis Armstrongs Trompete mitten in einem Solo abbricht, stört Zell überhaupt nicht, warum auch?, aber weiß Wolfgang wenigstens, was mit Max los ist und wo der sich herumtreibt, na diese allerneueste Meldung, daß er geschieden ist und wieder bei den Eltern wohnt, die kennt er auch schon seit ewig, endlich, ich habe schon geglaubt, ich muß euch einen Tip geben, sagt er zu den beiden jungen Leuten, die so hingebungsvoll schweigend aneinandergelehnt neben ihm gesessen sind und nun aufbrechen, sich vielleicht doch noch etwas Besseres wissen, aber ehrlich, Wolfgang, sagt er, kannst du dir vorstellen, daß du mit einer solchen Frau *herumgehockt* wärst?, sich wohlig rekelnd breitet er sich auf der halbkreisförmigen Polsterbank aus, streckt die Beine von sich, in gerader Linie, ohne daß er den Kopf drehen muß, hat er die Puppe hinter der Bar vor sich, wie ausgeschnitten heben sich das Kugelgelenk der Schulter und der wie polierte Holzkopf zwischen Köpfen und Schultern der Davorstehenden heraus, so als sei sie die Hauptperson, und ist sie das nicht?!, wenn er sich hier umschaut!, und warum soll es nicht die von damals sein?!, ausgeschlossen ist das nicht, und überhaupt: daß sie einfach zufällig hier stehen sollte?, zufällig, wenn er mit Wolfgang, und das ist schon die halbe PreludynamoCo!, da ist?!, der, der sie hinter die Bar gestellt hat, muß ja nicht gewußt haben, was das für eine Puppe war, aber gemerkt haben muß er das Besondere doch, hätte er sie sonst hingestellt?!, und für die, die hören können, redet sie: da hat schon einmal jemand etwas probiert, sagt sie, und: wie wär's?, sagt sie auch, und: wenn schon nichts tun, dann wenigstens: schauen!, wenigstens, bitte: sich erinnern!, so folgenlos, Wolfgang, lächelt er, wie man gerne glauben möchte, sind wir nicht gewesen, das brauchen die sich nicht einzubilden, ein Viertel Rot noch, sagt Wolfgang zur Bedienung, die auf einmal von selber dasteht, ihr schwarzer Bürstenhaarschnitt scheint nicht mehr ganz so aufrecht zu stehen wie zuvor, reizt aber auch wirklich zum Hinfassen, Sperrstunde?, Wolfgang reißt die Augen auf, was heißt Sperrstunde?, das Mädchen quält sich ein müdes Lächeln ab, Sperrstunde heißt Sperrstunde, sagt sie, ein Achtel noch, fragt Wolfgang treuherzig, aber sie schüttelt den Kopf, hat schon die dicke Geldtasche parat, irgendwo, stellt Zell sich vor, tut Karin jetzt genau das gleiche, du mußt auf die arbeitende Menschheit Rücksicht nehmen, sagt er zu Wolfgang, die will auch schlafen, und das Mädchen hebt eine irritierte Augenbraue, okay, nickt Wolfgang auf einmal einsichtig, es ist sowieso schon Zeit, Zell schiebt ihm sein Glas hin, von dem er kaum getrunken hat, wir finden bestimmt noch was, meint er, im Klo spuckt er sahnigen Speichel auf die schwarzen Fliesen der Pißwand, kommt wohl vom vielen Reden, denkt er, schaut aber schön aus, über den Fliesen hat jemand einen Fragebogen aufgeschrieben, mit der Aufforderung, das Zutreffende anzukreuzen: Ich bin so traurig/Ich bin so froh/ Weiß nicht/Sonstiges, froh ist schon jemand gewesen, und darunter ist in anderer Schrift ein weiteres Item hinzugefügt: Ich bin ein Psychologe, ebenfalls mit Kreuz, Zell zückt seinen Druckbleistift und schreibt, während die automatische Spülung vor ihm wieder losrauscht, als nächste Zeile: Ich bin ein Bleistift, macht einen Kreis daneben und kreuzt ihn an, beim Wegdrehen fällt ihm ein, daß er, um die Schraube noch eine Windung weiter zu drehen, schreiben hätte sollen, daß er ein Kugelschreiber ist, und das eben mit Bleistift, zu spät, zu spät, jedenfalls ist es das erste Mal in seinem Leben, daß er sich an einem Häuslspruch beteiligt, nicht daß er das überschätzt, der Zell im Spiegel über der Waschmuschel grinst ihm hinterhältig entgegen, aber immerhin, immerhin, steht sowieso sonst nur Schwachsinn da, was genau er in der TH mit Filzstift und Spraydose an die Wände geschrieben hat, fällt ihm im Moment nicht ein, er versucht sich den Gang im dritten Stock vorzustellen, die lange, zuerst nur vom Herumlehnen fleckige Wand, die ihn einfach herausfordern *mußte*, sieht sie vor sich und fühlt schon den Schwung in der Schulter, mit dem er geschrieben hat, aber was?, was nur?, ist darin das Wort »Vietnam« vorgekommen, oder bildet er sich das jetzt nur ein?, ob Wolfgang das noch weiß?, sehr, sehr unwahrscheinlich, und wer der ist, der ihm da im hinteren Raum, wo es noch gerammelt voll ist, den Arm so freundschaftlich um die Schulter legt, weiß er nicht gleich, wird ihm sowieso gesagt, Thomas, bei Hermann hat man sich kennengelernt, ach ja, genau, Grafiker oder sowas, betrunken damals, betrunken jetzt, einer seiner liebsten Freunde, wie Hermann behauptet, aber leider einer ohne Kettenhemd, redet sich schon etwas schwer, muß aber unbedingt erzählen, daß er jetzt die Neugestaltung des Layouts irgendeiner Zeitschrift übernommen hat und sie dadurch aus der Bedeutungslosigkeit herausführen wird, die Zeitschrift scheint mit Architektur oder Design zu tun zu haben, soviel wird Zell klar, kann ihn aber im Moment nicht sehr interessieren, weil die Frau, die neben Thomas an der Bar lehnt und offenbar mit ihm da und auch schon ein wenig hinüber ist, ihn so freizügig anlächelt, ihm bei den Augen hinein, den Rückenmarkskanal hinunter und vorn über den Bauch bis dorthin schaut, was er sofort als sein Zentrum spürt, das er, warum eigentlich?, den ganzen Abend ziemlich vernachlässigt hat, aber da taucht Wolfgang auf, deutet mit dem Kopf, naja, hat ja recht, anderswo gibt es sicher auch noch welche, unbedingt muß es ja nicht immer auf Kosten eines anderen sein, und den Jammer: besoffen *und* keine Frau, kann er sich gut vorstellen, daran will er nicht schuld sein, er wird die Zeitschrift kaufen, verspricht er, sicher, nimmt es sich tatsächlich vor, also was hat noch offen?, immer noch ist einige Bewegung auf der Straße, für mich nichts mehr, sagt Wolfgang, außer mein Bett, meint er das im Ernst?, Wolfgang schaut wirklich schon etwas hinfällig aus, ist offenbar total außer Training, wird Zeit, daß sich das ändert, aber daß heute nicht die letzte Nacht ist, was ist denn das für ein windiges Argument?, das zu behaupten, ist heutzutage vielleicht ein frommer Wunsch, doch ein kopflos leichtsinniger, alte Denkschule, aber unbedingt mußt du mich nicht heimführen, sagt Wolfgang, ich kann auch ein Taxi nehmen, Zell lacht und faßt ihn unter, nicht nötig, sagt er, ich spreche hervorragend auf Sätze an, die mir ein schlechtes Gewissen machen wollen, das kann ich gut, wirklich, und wenn er Wolfgang daheim abstellt, heißt das noch lange nicht, daß auch für ihn Schluß ist, außerdem fährt er jetzt gerne ein wenig Auto, also bitte, Wolfgang, *zu* schnell fahren, wenn alle hundert Meter eine Kreuzung ist, kann man ja wirklich nicht, Wolfgang stützt sich schon vorne mit dem Arm ab, du fährst nicht schnell, behauptet er, du fährst wie der Teufel!, ob er das überhaupt noch merkt, fragt Zell, na was denn?!, Zell tritt hart aufs Bremspedal, daß es Wolfgang in den Gurt wirft, und gibt gleich wieder Vollgas, dann genieße es wenigstens, sagt er, wie oft hat er denn Gelegenheit, mit dem Teufel persönlich zu fahren?!, ich probiers, ich probiers, lacht Wolfgang, aber leicht ist es nicht, wird er schon wieder lernen, jedenfalls ist der Bursche jetzt wieder wach, Adrenalin ist das beste Preludin, sagt Zell, allerdings hätte sich daraus keine PreludynamoCo machen lassen, fällt ihm jetzt bloß ein Adrenalinoleum ein, Preludin, sagt Wolfgang, gibt es auch schon lange nicht mehr, genausowenig wie Captagon, aber die Preludynamo gibt es, erklärt Zell, die ist unsterblich, wer den Namen damals eigentlich erfunden hat?, also bitte!, wer schon?!, er drückt die Kassette in den Recorder, nein, Angie ist jetzt nicht das Richtige, all the dreams we held so close seemed to all go up in smoke, was für eine raunzende Jammerei, aber weiter vorne ist Dancing with Mr. D drauf, kann man den Gesang der Reifen allerdings nicht mehr so gut hören, now I know his name, he's called Mr. D, genau!, and one of these days he's gonna set you free, lange nicht mehr gehört, sagt Wolfgang, geht er vielleicht auch schon in die Oper, *weil* die Musik dort besser ist?, Wolfgang lächelt und ist offensichtlich erleichtert, als der Wagen um die letzte Kurve driftet und dann punktgenau hält,

aber schau dir an, was ich mir die ganze Zeit anschauen muß: direkt vor dem Wohnzimmerfenster!, sagt er und deutet auf einen zwischen die alten Häuser hineingeklemmten LEGO-Bau, an dem die Installationsröhren außen laufen, als hätte der Architekt, nachdem er das Centre Pompidou gesehen hat, auf einmal eine Idee gehabt, was willst du, sagt Zell, was hast du gegen die Wahrheit?, oder wäre ihm eine entkernte Kulisse lieber?, möchte er sich erst vorstellen müssen, was jetzt sogar zu sehen ist?, außerdem, eine lockere Handbewegung wischt alles zur Seite, außerdem sehen wir das ja überhaupt falsch: die Röhren seien ganz einfach die Rohrpost für Liebesbriefe!, schon einmal daran gedacht?, sie umarmen sich zum Abschied, und das ist Zell, der das sonst nicht so gerne hat, jetzt wirklich ein Bedürfnis, und sehr, eigentlich sehr, sehr angenehm, ich melde mich morgen, sagt er, wir müssen die Sache ja am Kochen halten, klar, nickt Wolfgang wie automatisch, klar, und er sieht aus, als überlege er schon, was er dann sagen soll, wenn er sich aufs Bett zutappt, so kann es nämlich nicht weitergehen, erklärt Zell, wir werden ihnen die Zukunft abnehmen müssen, die krampfen doch alle zu viel.
Zurück in die Innenstadt? Aber die starb ja wahrscheinlich bloß immer mehr der endgültigen Sperrstunde entgegen. Einfach fahren. Schauen. Die Häuser beiderseits der Straße ragen auf wie nicht gebaut: wie gewachsen. Und erst die Zwischenräume! Die Linie der Dächer! Und der Motor so ruhig und sicher, reagiert auf die leiseste Regung. Er schaltete die Musik aus, um ihn besser zu hören. Der Wegweiser zur Autobahn leuchtete hoch an einem Mast in einem wunderbaren Blau, er bog sofort ab. Unglaublich, daß den Straßenverwaltungsbürokraten ein solches Blau einfiel, daß sie das duldeten. Oder wollte man damit die Menschen aus der Stadt hinaus auf die Autobahn locken? Das Fernweh aufstacheln mit der Farbe der Romantik? Egal; er fährt, weil *er* will, wird fahren, bis irgendwo weit weg die Sonne aufgeht. An der nächsten Ampel haltend, sah er, wie ein junges Mädchen im Auto nebenan dem Fahrer mit gespreizten Fingern durch die Nak-

kenhaare hinaufstrich. Zell legte den Kopf ein wenig zurück, um das besser spüren zu können. Schon bei Gelb raste der Wagen mit den beiden los, und die Rücklichter schienen greller als sonst zu strahlen, das konnte er sehr gut verstehen. Aber ihn bloß zu überholen, das reichte jetzt wirklich nicht. Sollte er einen Abstecher machen? Ein flimmerndes Bild in glühendem Rot und Schwarz, wie durch einen Filter, und schon scherte er hinüber, war unterwegs in einen anderen Stadtteil. Sowieso, sagte er laut. Er wußte, daß er nicht mehr genug Geld dafür einstecken hatte, aber es war ganz leicht vorstellbar, daß er heute nicht würde zahlen müssen. Zu Hanna konnte er ja schlecht fahren, um sich welches zu holen. Warum nur hatte er alle sich bietenden Gelegenheiten den ganzen Abend links liegen lassen? Konnte es sein, daß er Karin schon im vorhinein treu war? Was in ihm kochte, konnte durch Verschwendung ja nur zunehmen. Er mußte halten, weil sich vor ihm ein Wagen umständlich aus einer Parklücke herausmanövrierte, und da sprang ihm ein Schild an einer Telefonzelle in die Augen: Dieses Telefon kann Leben retten, zerstört es nicht! Er parkte den Wagen gleich dort ein, wo der vor ihm weggefahren war. Wie einfach es war, den richtigen Weg herauszufinden, wenn die Panzerplatten endlich weggerissen waren! Karin streckt gerade die Hand aus, um das Licht zu löschen, als es läutet. Immer hastiger suchte er in allen Taschen, aber da war nicht eine einzige Münze! Er lachte plötzlich laut auf, als er sah, daß der Hörer abgerissen auf dem Automaten lag. Natürlich: Ein solches Schild an der Tür mußte ja eine Aufforderung sein. Außerdem war es viel schöner, zurückgelehnt dazusitzen, nur eine kleine Lampe brennt, rundum verschwimmt alles im Dunkeln, oder überhaupt ausgestreckt daliegen, ihre Stimme hören und wissen, auch sie rekelt sich am anderen Ende in einem Bett. Sich ihren Körper vorstellen können, der unter dem Leintuch schon mehr als zu ahnen ist.
Ein Parkplatz direkt vor dem Haus! Und der Lift stand im Erdgeschoß: Bereit für ihn! Zärtlichkeit quoll in ihm hoch,

floß aus seiner Hand auf den Türgriff über: Der Lift hatte vielleicht jede Nacht auf ihn gewartet, und er war nicht gekommen! Plötzlich wußte er, daß auch Dinge Menschen lieben konnten. Und sie zeigten ihre Liebe, indem sie einfach da waren. Einfach, indem sie da sind. Und dann, dachte er, kommt jemand und nimmt sie weg. Was war dann mit ihrer Liebe?

Er ging durch die Wohnung, seine Schritte sicher und laut, mit hartem Absatz, von Zimmer zu Zimmer, stand da im Halbdunkel, im schmalen Lichtstreifen, der vom Flur hereinfiel, spürte den Raum um sich und wie er sich mit jeder Bewegung, mit jedem leisen Verrücken des Koordinatensystems sofort deutlich veränderte, und es war, als seien die Wände und alles rundum nur etwas, das als mauer-, als materiegewordenes eigenes Körpergefühl von ihm weggerückt war. Dann drehte er überall das Licht an. Von allen Seiten redeten die Dinge los. Jedes mit eigener Stimme: alle, die in seinem Blick waren, auf einmal und doch nicht durcheinander. Und jedes Ding fast bittend, sich doch zu erinnern. Sich daran zu erinnern, an sich und es, als er es noch *bemerkte.* Wenn er wegsah, waren sie still. Vor den Dingen war man ja sicher. Sie taten einem nichts. Wenn sich kein Mensch einmengte, taten sie einem bestimmt nichts. Unter ihm knarrte das Parkett. Fest dastehend, bewegte er den Körper und ließ es knarren. Ja, er mochte diese Wohnung. Fast tat es ihm leid, daß er sie so lange alleingelassen hatte, bloß hin und wieder kurz hier aufgetaucht war, um sich etwas zu holen, als wäre sie für ihn nur mehr ein Materiallager. Ich möchte nicht ins Exil müssen, dachte er. Und er weiß jetzt, wie Exil wäre: Nägel in kahle Zimmerwände einschlagen, auf die er seine Bilder hängen könnte, die er zurücklassen mußte. Aber jetzt bin ich ja da, sagte er mit begütigend leiser Stimme. Dann furzte er laut, hob dazu das rechte Bein und streckte es mit einem Ruck von sich, grinste, machte auf dem Absatz kehrt und setzte im Vorzimmer den Stetson auf, den Berni ihm zum Abschied geschenkt hatte: paßt, sagte er und warf ihn aus zwei Meter Entfernung auf den Kleiderständer zurück: Er blieb sofort hängen. Ja, so war das Glück: schon im Wurf spüren, daß man das Ziel nicht verfehlt. Er hob den Telefonhörer nur ab, um das *vertraute* Tuten zu hören. Nur um zu hören, daß er mit der Welt verbunden war. Schnell legte er wieder auf, um nicht sofort anzurufen: doch nicht im Stehen! Als er ein Fenster öffnete, warf die Schreibtischlampe hinter ihm seinen Schatten auf das gegenüberliegende Haus, über ein Stockwerk hoch war sein Kopf, er bewegte sich ein wenig hin und her, ließ ihn über die dunklen Fensterreihen gleiten, und da sah er: Sein Schatten beschirmte das Haus! Ruhig konnten seine Menschen schlafen, ihnen konnte nichts geschehen. Jetzt nicht. Er stand still, sah in den hellen Himmel, Glück, dachte er, das ist: den Moment spüren, in dem die Bombe *nicht* fällt. Im Kühlschrank war eine Flasche Cola, fast halb voll, und es zischte sogar noch ein bißchen, als er sie aufschraubte. God bless America. Er sah zur Decke, hob prostend das Glas, trank und schüttete den Rest in den Ausguß.

Beine auf dem Tisch, über Kreuz. Zurückgelehnt. Im Reflektor der Lampe, der vor ihm in Augenhöhe sein Gesicht und den Raum dahinter spiegelt wie ein Fischauge, taumelt ein Insekt hin und her, das Blech klingt beim Aufprall wie eine leise, helle Glocke, er hörte das deutlich, obwohl im anderen Ohr das Freizeichen schrillte, der abgebrochene Anfang eines grellen Schulpausenläutens, während sie gerade wieder den Arm ausgestreckt hat, um die Nachttischlampe zu löschen, ihr Telefon, das er neben ihrem Bett stehen sah, muß doch in einem anderen Raum sein, sofort sieht er ihn vor sich, dunkel ist es, nur Licht von der Straße, das Telefonkabel schlängelt sich auf den hellen Türspalt zu, im Hörer schrillt es, und das Insekt bringt noch immer die Glocke zum Klingen, und dann ist ihre ganze Wohnung dunkel, auch kein Lichtschimmer mehr unter der Tür, sie ist eben noch nicht da, sein Kopf zählte das Klingeln mit, fünf Mal noch, dachte er, aber sicher sperrt sie in diesem Moment erst das Haustor auf, und da, es klickt, fährt die rauschende Leitung zu einem Raum auseinander, verschmilzt sofort mit dem Raum um ihn, ein langgezogenes Ja?, als spreche sie im Schlaf, da ist Stefan, sagte er und lehnte den Kopf gegen den Hörer, Stefan Zell, ich hab dich doch nicht aufgeweckt, oder? Seufzen, ja, was ist denn, was ist denn los? Tut mir wirklich leid, sagte er. Ja, aber was ist denn?, ihre Stimme erschrocken, ängstlich. Eigentlich nichts, gar nichts, aber der ganze Tag war heute so schön, und da habe er sich gedacht, er zögerte, da habe ich mir gedacht, so muß er auch zu Ende gehen, und er muß sich noch schnell eine Freude machen, tut mir wirklich leid, wecken wollte ich dich nicht, aber man rufe sowieso immer zur falschen Zeit an, immer diese blöde Zeitdifferenz zwischen San Francisco und Mitteleuropa, man vergißt das ständig. Wie?, bist du gar nicht da?, er hörte ihr Erstaunen, sah ein verwirrtes Lächeln, rufst du aus Amerika an? Und ich wollte dir auch erzählen, sagte er, was ich heute gesehen habe: das Neueste auf dem Gebiet der Innenarchitektur, sie studiert doch noch Innenarchitektur, oder?, also die machen jetzt Holografie, seit neuestem machen die Holografie, gar keine Innenausstattung mehr, keine Einrichtung, der neueste Trend, das Steilste, kommt hundertprozentig auch nach Europa, Schluß mit der Realität, endgültig, auch keine Kulissen mehr, waren auch noch zu wirklich, sondern nur Projektionswände, erspart man sich die großen Räume, ist schon ziemlich wild, und im Projektionscomputer sind alle Stile, alle Möglichkeiten gespeichert, die man sich vorstellen kann: gerade noch Fünfzigerjahre, ein Knopfdruck: Biedermeier, wieder einer: Almhütte, Tyrol, Austria, ist wirklich wild, dagegen ist die Postmoderne direkt dorisch, ein bißchen blöd sei es allerdings mit den Betten, denn liegen könne man bis jetzt noch nicht darin, womit ich wieder bei deinem Hauptthema wäre, sagte er, tut mir wirklich leid, Karin. Seit wann er drüben sei? Er lachte, seit eben, seit einer halben Minute, aber Leuten, die aus Amerika anrufen, hört man eher zu, auch mitten in der Nacht, oder? Er hatte sie, schien ihm, noch nie lachen gehört, es sich aber genau so vorgestellt. Und wie schön der Rauch seiner Zigarette in waagrechten Strähnen durch den Lichtkegel der Lampe wehte. Warum hast du denn nicht früher angerufen, fragte sie. Ein berechtigter Vorwurf, verstehe er jetzt nämlich auch nicht mehr, aber vielleicht habe ich mich einfach den ganzen Tag nicht getraut. Warum?, und jetzt traut er sich? Jetzt habe ich mich trauen müssen, sagte er, denn nun sei nicht mehr zu erwarten gewesen, daß *ihn* noch jemand anruft. Natürlich wußte sie genau, daß dieser jemand nur sie sein konnte. Wie spät es sei? Mitteleuropäische Zeit oder Pacific Time, oder will sie genau die Zeit für den zweiten Bezirk? Egal, gähnte sie, ich bin so und so ganz hinüber. Er sah auf die Uhr, richtig hinterhältig grinste ihn das ein wenig gestauchte Gesicht aus dem Lampenschirm an, dann ist es jetzt genau neun vor zwei, das könne nicht sein?, warum? Weil ich erst gegen halb drei ins Bett bin, erklärte sie. Na siehst du, lachte er, da habe ich dich ja gar nicht aufwecken können. Sie brauchte ein bißchen lange, um zu begreifen. Ach so, sagte sie dann überrascht, da telefonierst du jetzt aber auch mit jemand anderem, komme ihr ohnedies so vor, sie sei ja gar nicht ganz da, ruf doch morgen an, bat sie, er hörte ihren schweren Atem, spürte, wie er heiß war vom Schlaf, wenn du da noch Lust hast, setzte sie hinzu, ich bin wirklich ganz durcheinander. Ja, sagte er, wenn es da nicht zu spät ist. Zu spät? Na wenn es heute schon zu spät war, dann ist es ja morgen noch später. Er rekelte sich im Sessel, stundenlang könnte er so mit ihr reden. Ich muß einmal ausschlafen können, erklärte sie. Ach ja, wollte er ihr ja auch noch sagen: Welcome to the working-class!, wie ist es? Sag ich dir morgen, seufzte sie, aber nicht vor zehn, bitte. Punkt zehn? Sie lachte leise, fünf nach. Er ließ sein Zippo aufflammen: Der Funken, das hat er deutlich gesehen, kam direkt aus seinem Daumen. Klar. Die Leitung zwischen ihnen steht jetzt unter Strom. Wenn nicht überall Trennschutzschalter in den Leitungen wären, würde ich die Finger in die Steckdose stecken und ein bißchen was ins Netz einspeisen. Der Rauchring ist für sie. Auch daß er durch die Wohnung geht. Es ist, als würde er ihr alles zeigen. Es ist nicht nur so. Mit ihren Augen sieht er es. Und spielt es ihr in ihre Träume hinüber, sie wird lächeln im Schlaf, und mit diesem Traum wird sie erwachen, immerfort wird er ihr nachgehen. Was sie gesehen hat hier, letzten Winter, das wird getilgt. Das soll sie vergessen: Es zählt nicht. Zählt ja auch für ihn nicht: Er weiß zwar noch genau, wie furchtbar diese Zeit war, aber das ist jetzt nicht mehr als der Widerstand der Luft, wenn man in die Hände klatscht. Seine Bilder kennt sie ja leider nicht. Kein einziges! Er hat sie ja damals nichts anschauen lassen, wollte nicht noch erbärmlicher dastehen, nicht wegen der Bilder, sondern *neben* ihnen, damals *waren* sie nicht von ihm, dabei hat sie gesagt, darf ich?, würdest du mir?, Hanna hat mir erzählt, aber er winkt bloß ab, wischt ihr bittendes Lächeln mit einer Handbewegung zur Seite, glaubt ihr kein Wort, will selber nichts davon sehen, zeigen schon gar nicht, er zieht die oberste Lade des Planschrankes heraus, blättert die Zeichnungen jetzt vor ihr auf, und da fährt es heraus, auf ihn zu, Stefan!, erschrocken tritt er zurück, spürt als Schläge gegen die Brust, was von den Blättern herstößt mit solcher Wucht, daß er atemlos starrt: Stefan!, großartig, Wahnsinn!, schreien könnte er, aufschreien vor Glück, Wahnsinn!, jetzt sieht er es wieder, was er gemacht hat!, unglaublich, alles Hineinverschlossene geht auf vor ihm, ein Idiot bin ich, ein Idiot, sie in den Laden zu lassen, nicht einmal *ihr* zu zeigen, so daß sie vielleicht geglaubt hat: irgend so ein kleiner Wichser, der ein bißchen herumgekritzelt hat und sich nun geniert dafür, Wahnsinn, Stefan!, was da zum Vorschein kommt!, und das Unerklärlichste ist, daß er das einfach hier liegen lassen konnte, fast vergessen!, irr, daß er damit aufgehört hat!, wo könnte er heute sein?!, wie ist es möglich, daß ihm die Kunst zu etwas verkommen konnte, das man fast nur mehr als sein *Hobby* ansah?, dabei ist alles da!, steht unverrückbar, Linien wie gegossen, hart und gläsern, sticht herüber, kein Mensch hat das je gemacht!, nicht einer!, und er macht das nebenbei, ist selber kaum überzeugt, als er sich endlich wieder zeichnen traut, nach langem, als er langsam heraufkommt aus der Tiefe, hat immer wieder abgebrochen, nichts fertig gemacht, und genau das ist es!: Da war nichts weiter dran zu tun!, perfekt ist es, perfekt!, und damals hat er sich eingebildet, er kann nicht, weil er nicht *weiter* kann!, und Lina war ja auch so aufbauend, natürlich!, war ja das Gefährlichste für sie, hat sie gut begriffen, daß es das ist, wohin er ihr entkommen könnte, den Künstler in ihm fürchtet sie, möchte ja einen Ärmelschoner haben, aber in Nadelstreif, und am sichersten ist es, in seinem Zeichnen nicht mehr zu sehen, als wenn andere Bierdeckel sammeln, natürlich hat er immer gewußt, daß sie nichts kapiert, aber schon überhaupt keine Antennen hat, das ist stark, sagt sie, jedes Mal, mehr hat sie nie zu sagen gewußt, das ist stark, so nebenhin, mit immer haargenau dem gleichen beeindruckten Gesichtsausdruck und Nicken, und sie sagt, er soll, wenn er wieder hinübergeht, den Schweinsbraten im Rohr aufgießen, für sie ist seine Kunst, ist Kunst überhaupt dasselbe, wie Stricken eine Kunst ist und Markus' stereotype Kinderzeichnungen, wenn sie aus dem Urlaub zurück ist, holt er sich die Blätter, die bei ihr geblieben sind, die er, das ist nicht großzügig gewesen, Stefan, sondern schwachsinnig, nicht von den Wänden nahm, als er auszog, damit ihr keine hellen Vierecke mit Rändern an den Wänden zurückbleiben, und was sie dann neben seine Bilder gehängt hat, oh Gott!, oft hat er das ja nicht gesehen, aber daß er da nicht Amok gelaufen ist?!, die Bilder samt den Haken aus den Wänden reißen, über der Tischkante zerschlagen, durch die knirschenden Scherben auf sie zu und ihr die Rahmen umhängen und sich auf den Fetzen seiner Bilder die Füße abputzen!, aber die holt er sich jetzt!, da kann sich ihr Polizist mit durchgeladener Pistole davorstellen: die nimmt er ihr weg, Wahnsinn: auch die Bilder, die er gemacht hat, als er schon weg war von ihr, in einem neuerlichen Anlauf, der auch bald in ein Auslaufen übergegangen ist, warum hat er sich da nicht geglaubt?, warum hat er da abgebrochen?, er fängt an, die

Bilder auf dem Fußboden aufzulegen, läuft dazwischen im Slalom zum Planschrank zurück, reißt weitere Blätter heraus, Wahnsinn!, wenn er jetzt damit herauskommt!, aber nicht in irgendeiner Schmalspurgalerie, wo die Galeristen schon aus Blödheit ignorant sein müssen, nein, das nicht wieder, und auf eine Ausstellung im Schalterraum einer Bank wird auch geschissen, aber vielleicht war ohnedies alles richtig so!, er hat nur den rechten Moment abgewartet, hat keinem Markt nachrennen müssen, hat sich entwickeln können, und jetzt schießt er es hinaus, nicht ein bißchen ballern, Schuß für Schuß, sondern: Breitseite!, Stalinorgel!, aus allen Rohren, den Block setzt er in die Welt, dagegen können sie anrennen, sich die Schädel blutig schlagen: der Stein, den die Bauleute verworfen haben, ist zum Stein des Anstoßes geworden, ob er sie nicht doch noch schnell anrufen soll und einfach sagen: Komm!?

Die Tischplatte glänzt: staubgewischt, poliert. Er rückt ein Blatt zurecht: Einen einzigen richtigen Ort gibt es dafür. Aufgereiht liegen die Bleistifte: scharfe Spitzen, um den Star zu stechen. Die Hände hat er gewaschen, die Uhr abgelegt, er streckt und beugt die Finger, als wären sie noch nicht geschmeidig genug: ein Gun-man beim Stufengebet, ehe er das Nötige tut. This is the end, dröhnt es aus den Lautsprechern, der Raum um ihn herum muß lebendig sein, durch ihn hindurchvibrieren, er hat nicht einmal hingesehen, als er eine Kassette aus der Lade nahm, aber sofort war sie das Richtige, konnte nur das Richtige sein, my only friend, the end, erklärt Jim Morrison, of our elaborate plans, of every thing that stands, alle Kratzer, die die wieder und wieder gespielte Platte abbekam, ehe er sie auf Kassette überspielte, gehören längst zur Musik für ihn, irgend etwas, scheint ihm, fehlt noch, das Ritual muß stimmen, nein, keine Zigarette, geraucht wird nicht, hat er nie dabei, und plötzlich spürt er es: Da war jetzt kein Ehering mehr, den er abstreifen hätte können, den er damals immer ablegte, bevor er begann, er wiegt den Bleistift in der Hand, bis er im Gleichgewicht ist, genau balanciert, ein harter Stift, 2H, seine Sicherheit wird keinen Radiergummi brauchen, und da muß auch ein Gegensatz sein zum läppischen Hinschmieren einer Scheiß Schule im Büro, lost in a Romane wilderness of pain, and all the children are insane, setzt die Stimme, die jetzt nicht mehr, wie so lange, aus einer anderen, fernen Welt herüberklingt, ihre klagende Warnung fort, er spürt, wie die Klänge ihn noch ein wenig dehnen, Saiten sind quer durch seinen Brustkorb gezurrt, genau gestimmt, und das Zwerchfell ist gespannt zur Trommelhaut, wer ist jetzt der, der diesen scharfen Strich übers Papier zieht?, there's a danger on the edge of town, hat er ihnen oft vorgespielt, oft habe ich euch das vorgespielt, aber sie haben getan, als verstünden sie nichts, als könnten sie *nichts* hören als Lärm, und er weiß genau, sie *hören* es, aber wenigstens nicht so laut, bittet die Mutter, und der Vater schüttelt und schüttelt den Kopf, hilft ihm jetzt gar nichts, was für leidende Mienen!, wir sind doch selber schon ganz mit den Nerven herunter, Stefan, sagen sie und liegen ihm wieder in den Ohren, daß etwas mit ihm nicht stimmt, mit ihm!, hinterbracht hat man ihnen, daß er die TH sprengen will, er hat das ja nicht geheimgehalten, im Gegenteil, allen Freunden daheim erzählt in diesem rasenden Sommer, horch, sagt er, hör doch endlich einmal zu, Mama, weird scenes inside the gold-mine, hör!, wird nichts mehr verstanden?, gar nichts mehr?, the west is the best, eine Botschaft für dich, Mama, the west, is the best, nicht wahr?, get here and we'll do the rest, vor Feigheit umgekommen seid ihr, aber ich habe euch gezeigt, daß *wir* keine Angst haben, wovor denn *noch?*, *ich* bin mit euch ins Krankenhaus gefahren, hab mich, Alter, vor deinen Nazikameraden hingesetzt, das TH-Projekt erzählt, und der hat immer wieder gelacht, nichts ernst genommen, sein Pech, euer Pech, bloß die Rebellion der Jungen gegen die ältere Generation, hat er gemeint, das *alte* Lied, hat der Alte gesagt und mir *eindringlich* geraten, nichts mehr zu trinken, und schon auf dem Heimweg bin ich euch abhanden gekommen, the blue bus, sag ich, is calling us, driver, where you taking us?, aber ihr habt die Ohren fest zugehabt, herumtelefoniert haben sie, ihn erst spät nachts aufgespürt bei Freunden, und durchs Kabel schnattert es herüber, Stefan!, du hast ja schon wieder getrunken!, na und?, habt ihr euch geändert, ist da irgendwo ein Grund, daß ich aufhören kann?, wolltet mich holen kommen, abholen wie ein kleines Kind, das ausgerissen ist, mir auch alles verzeihen, ja?, hab ich gerade noch abhauen können, durch die finsterste Nacht glüht er mit der Maschine, stundenlang, schläft ein wenig im Keller, niemals, sieht er, hat er so gezeichnet, kein Mensch hat das je, er bläst die winzigen Fliegen nicht mehr vom Blatt, die immer wieder aus der Lampe versengt aufs Papier fallen, tupft einfach mit dem Finger drauf, wischt sie über die Zeichnung, alles wird jetzt einbezogen, nur der durchscheinend hinfälligen Florfliege weicht sein Strich ganz automatisch aus, die Orgel jetzt scheinheilig ruhig, gleitet dahin wie ein Wolkenschatten auf noch sonnigem Land, und vom Schlagzeug nichts als eiliges Tröpfeln auf dem Blech, the killer awoke before dawn, he put his boots on, und da gewittert die Gitarre schon leise hinein, he took a face from the ancient gallery and walked on down the hall, pißt dem Alten noch in die Werkstatt, legt im Wohnzimmer die Platte auf, Lautstärke beinahe bis zum Anschlag, reißt die Vorhänge zur Seite, die Fenster auf, streckt die Beine über die gehäkelte Decke des Tisches aus, ruckt sie hin und her mit radierendem Absatz auf den Intarsien, die SEIN Meisterwerk sind, reckt sich in der wunderbaren Morgensonne, die jetzt auf ihn scheint, nur für ihn!, und dann lehnt SIE im Türrahmen, Schlafrock geblümt, dunkelrote Rosen auf schwarzem Grund!, jammernd: Stefan!, ein Griff an die Stirn, über den er nur lachen kann, hören die noch immer nichts?, und dann auch ER: Stefan, das geht nicht mehr!, und schaltet die Musik ab, ein Griff und sie läuft wieder, das geht nicht mehr, Stefan, ja, Alter, genau, stimmt, das geht nicht mehr, Schluß, aus, the end, setzen, Herr Lehrer, nicht genügend, fünf, und ab an die Ostfront, Stefan, schreit die Mutter, weil er den Vater wegstößt, der wieder zum Plattenspieler will, he went into the room where his sister lived and than he paid a visit to his brother and he walked on down the hall, hört ihr das?, noch immer nicht?, noch lauter?, he came to a door and he looked inside, bereit, jeden Angriff zu parieren, steht er vor dem Plattenspieler, Father? Yes son? I want to kill you. Mother, I want to OOOAAAOUUUAAAH schreit sein Strich übers Papier wie die Stimme, fetzt es auf, die Mine splittert, und wie in die Hand geflogen hält er einen fetten Stift, fährt herum auf dem Blatt in heftigen Gesten, die von ganz innen kommen, nur mein Bestes gewollt?, immer schon?, er lacht brüllend, daß sie zurückweichen, aber da wird nichts mehr gewollt, du, du, du hast mir ja nicht einmal erklären können, sagt er schneidend, warum ihr so glühende Nazis wart, Stefan!, heult die Mutter, nein, jetzt muß man etwas machen, sagt der Vater, und er, weiter, unbeirrt, sagt nur, was gesagt werden muß, zeigt hin auf den Vater, mit einem solchen Kopf mir die Welt erklärt, schreit er, verrückt könnt ich werden, verrückt, was da jetzt alles in meinem da drin sein muß, schlägt er sich mit der Faust an die Stirn, ferngesteuert!, ein Geschoß vielleicht!, und er reckt einen Zeigefinger zum Vater hin, du, du, Haare *nicht mehr* bis weit über die Ohren geschoren, schreit er, glaubst du, das reicht?!, ist doch derselbe Kopf, ganz derselbe, und der hat immer alles gewußt, damit ist immer alles gewußt worden, aber hört ihr: the end of laughter and soft lies, warum, Alter, willst nicht Wahnsinn zum Wahnsinn sagen?, und niemand soll dürfen!, alles noch gemütlich, wie?, ja, ja, ja, nach dem Irrsinn, zu dem ihr so! gestanden seid, reckt er den Arm zum Hitlergruß, Blicke zwischen den Eltern, ich hab sie gesehen!, warum hast du nicht ein einziges Mal gesagt, schreit er, du hast recht, *du* hast recht, Stefan; gesagt: ich gebs zu!?, ja, ruf nur an, brüllt er und reißt das Hemd auf, seine Hände zerren den Stoff auseinander, siehst du die Verletzungen?, da! und da!, seht ihr das jetzt?, nichts wird gesehen?, nichts wird gehört?, nie und nie und nie und nie?, und da läßt er sein Zippo aufflammen, hält es an die Brust, aufzischend verschmoren die

Haare, er spürt es nicht, die Flamme leckt über die Brustwarzen, die Mutter springt hin, reißt ihm die Hand weg, aber nichts, nichts kann man ihm mehr tun, die Mutter will ihn festhalten, er schüttelt sie ab, das Zippo faucht wieder auf, unverwundbar ist er, ja, ruf nur die *Rettung* an, eure Rettung, den *Transport,* ruf nur, brüllt er und schleudert das Feuerzeug in die Glasvitrine, daß es splittert, steht da, die Arme auf den Tisch gestützt, nach vorn gebeugt, sieht sein Bild, nie ist etwas Größeres gemacht worden!, schließt die Augen, läßt die Musik auslaufen, vergessen, sagt er laut in die Stille hinein, vergessen kann man nichts. Nur verzeihen. Leise setzt die nächste Nummer ein, schwer rauscht der Regen von Riders On the Storm nieder, und da ist ihm, als höre er die Türklingel. Er dreht die Musik leiser, und daß nur sie das sein kann, weiß er sofort, sie!, sie ist einfach gekommen, steht draußen, sieht ihn an, direkt aus Amerika, lächelt sie, bin ich zu spät oder zu früh?, wenn die Flugpläne übereinstimmen, kann es genau richtig sein, sagt er und öffnet die Tür, also, Herr Ingenieur, das ist jetzt wirklich der Gipfel, bellt der Alte, der dasteht, ein Hausbewohner von oberhalb, Orgien feiern mitten in der Nacht jetzt auch schon, nächtliche Ruhestörung. Zu Befehl, Herr Blockwart, schreit Zell ihm in die Asthmapause hinein und macht die Tür wieder zu, traut er sich noch einmal zu läuten?, natürlich nicht, dieser feige Hund, aber jetzt wieder Meldung machen bei der Hausverwaltung, tut er doch immer: der neue Mieter transportiert Baumaterial mit dem Lift, der ein Menschen- und kein Lastenaufzug sei, also kann das unmöglich erlaubt sein, und kurze Zeit später tyrannisiert der neue Mieter überhaupt das ganze Haus, fast einen Monat lang, morgens zwischen fünf und sechs, als der Wecker in der Wohnung piepste, den Zell abzustellen vergaß, weil er aus dem Haus ging und auf Urlaub fuhr, ehe der Wecker loslief. Soll er nur wieder Meldung machen, soll sie ruhig wieder ein bißchen tröpfeln, diese blaue Schrumpfnudel: bitte, ich weiß da was, bitte, möchte was anzeigen, das halbe Haus ist ja voll von Spitzeln, richtig umzingelt ist man davon, aber die werden sich wundern, die Farbe unserer Generation ist Chrom, hat er oft gesagt, Preludynamospruch, und für ihn trifft das immer noch zu, damit werden sie weggespiegelt, daran werden sie abprallen, und wenn da schon eine Orgie ist, muß sie natürlich weitergehen, ein Zahn wird noch zugelegt, sollen sie ihn ruhig belagern, das hält seine Festung leicht aus. Locker. Der Stetson bleibt wieder beim ersten Wurf hängen. Klar?, sagt er spottend zur Eingangstür zurück. Als er sich umdreht, ist mit dem Aufatmen der Blockwart für immer verschwunden. Den ungeheuren Magnetzug der Zeichnung spürt er schon vor dem Zimmer. Nicht jeder wird es ertragen können, direkt davor zu stehen. Die Musik, die, noch immer leisegedreht, aus den Lautsprechern zirpt, stört ihn auf einmal selber. Nein, was hier vor ihm herausgellt, braucht keine Begleitung mehr. Das wird ganz anders durch die Wände dringen, und dagegen hilft auch kein Ohropax. Er nimmt den Bleistift zur Hand, schaut und legt ihn so leise wieder weg, als wolle er die Anmaßung, noch etwas dazutun zu wollen, schnell wieder ungeschehen machen: Nichts ist hier hinzuzufügen. Alles ist gesagt. Auf einem einzigen Blatt. Nie wurde eine solche Klarheit erreicht. Auch signiert muß das nicht werden. Das wirklich Große trägt keine Unterschrift. Auch auf dem Grand Canyon steht nicht: Gott. Mit einer raschen Handbewegung dreht er das Licht ab: *damit das alles für immer so stehenbleibt.*

Nur die Schuhe schleudert er von sich, als er sich aufs Bett legt, er will ja nicht schlafen. Im Frühtau zu Berge wir ziehn, valera. Keine Spur von Müdigkeit. Aber still daliegend, ist alles noch deutlicher. Der Raum, die Gegenstände, die aus der Dunkelheit treten. Das Licht, das immer blauer wird im Fenster, grellblau, und doch die Schatten im Zimmer noch dunkler macht. Und sein Körper, der von all dem nicht getrennt ist. Ganz weit ist er, um alles aufzunehmen. Wie die Stadt in den Raum hereinsteht. Die Vogelschreie, die sich immer dichter verflechten zu einem tönenden Netz, mit dem sie sich die Welt wieder erschaffen. Mit geschlossenen Augen

fühlt er, wie das ist, als Vogel auf einem First über den Dächern der Stadt zu stehen, und es wird Tag: als ungeheuren Zwang, der von ganz innen kommt und gleichzeitig außen von allen Seiten an ihm zerrt, spürt er, daß man da schreien *muß*. Und weiß, wie hat er je etwas anderes glauben können?, daß die Stadt mit ihren Häusern und Straßen und Parks, daß all dieses Gemachte für die Amsel, die direkt vor seinem Fenster pfeift, dieselbe Wildnis ist wie ein Urwald, wie irgendein Ödland. Nichts anderes. Ein Gedanke, der sich aufbläht und aufbläht in seinem Kopf, so viele Folgerungen hat er, die er nicht einfach dahindenkt, sondern die er sich entlangfühlt, mit dem ganzen Körper darauf gleitend, auf ein grelles Zentrum zu, das so sehr blendet, daß er die Augen aufmacht, in einen hellen Tag. Er sieht seine Beine entlang, von den Knien an liegt Sonnenlicht darauf. Die Grenze spürt er genau. Er hat nicht das Gefühl, geschlafen zu haben. Er ist genauso wach, wie er wach war, ehe er die Augen öffnete. Keine Schlucht ist dazwischen, in die man sonst stürzt und aus der man mühsam wieder herauskriecht. Er ist einfach da. Mit einem Sprung ist er auf den Beinen. In der Küche lehnt er sich weit aus dem offenen Fenster und schaut.
Die Stadt stand im Tag wie die Freude.

Hinausgehen und sich der Welt zeigen: So war es. So ging er, bewegte sich unter den Menschen, so spürte er die Sonne auf sich; den Wind in den frischgewaschenen Haaren, saß er im Auto. So lief er zu Hanna hinauf und freute sich schon für sie.
Kaum zwanzig Minuten später rannte er die Treppe wieder hinunter. Weg, nur weg. Die Zähne zusammengebissen, damit er nicht doch noch schreit, ehe er aus dem Haus ist. Oh, wie gottverdammt vertrauensselig er war, wie verflucht sorglos! Ihr hatte er vertraut, ihr!, bei ihr hatte er sich sicher gefühlt, was für ein Wahnsinn! Ein Satz klingt in seinen Ohren, eingebrannt ist er im Hirn; und dazu dieser lauernde Blick!, oh, wie gut er den kannte! Auf seiner Seite, hat er sich

eingebildet, ist sie! Den Kopf könnte er gegen die Mauer schlagen, daß das Haus einstürzt. Dabei hätte er das sofort sehen können: Nichts rührt sie an von dem, was er für sie eingekauft hat: Danke, ich habe keinen Hunger mehr. Und: Habe ich wissen können, wann und ob du überhaupt kommst? Da hätte er schon merken müssen, *wer* sie ist. Aber er, arglos, lacht sie nur aus, Hanna, trotz doch nicht, ist alles nicht mehr nötig. Und ihr Körper hölzerner als eine Puppe, will seinen nicht spüren, und ihr Gesicht! Am Morgen ja nichts Besonderes, redet er sich noch ein, obwohl es ihn sticht: gerade heute! Und will die Mauer einfach niederreißen: eine neue Zeitrechnung, Hanna, merkst du das nicht?, *die* Wende, endlich ist er wieder da, Architektur, Kunst, keinen Stein wird er auf dem anderen lassen, die irren sich, wenn sie geglaubt haben, Stahlbeton ist die Ewigkeitsformel, endlich läuft es wieder, und was jetzt kommt, Hanna! Schöne Handbewegungen, Bob Dylan-Zitate, versteht sie nicht? Hat sie wirklich geglaubt, der kleine Linierer ist alles? Mehr ist nicht? Das war die Babylonische Gefangenschaft, aber jetzt! Ihr Kopf hat zwar nicht gependelt wie der Vaterkopf, aber hin und her geruckt ist er, Millimeter nur, doch er hat es gesehen, das hat sie nicht unterdrücken können. Trotzdem: eine Handbewegung nur, meint er, dann ist das weg, erst recht wenn er ihr sagt: die Triumph hab ich auch, Hanna, es paßt alles zusammen. Er hat ihr sogar verziehen, daß sie nicht wußte, was das war: eine Tiger; aber Hanna!, James Dean und all das, verstehst du?, und da auf einmal dieser Blick: mit leicht geneigtem Kopf, von der Seite, nicht geradeaus: ein Prellbock, daß er es krachen hört, und genau da hinein ihr lauernder Satz: Sag, nimmst du eigentlich deine Tabletten, Stefan?! Mit Blindheit muß er geschlagen gewesen sein, daß er nicht längst merkte, daß sie es war, die ihn so lange unten hielt, sie hat mitgeholfen: Stefan, das solltest du doch nicht!, das ist nicht seine *Verbündete* gewesen, nicht *seine* Verbündete, sonst hätte sie auch nicht plötzlich Angst haben müssen, und die hatte sie, er hat es gesehen, als er sagte: Ich schlucke nicht nur Tabletten, sondern sogar mehr, leise und eiskalt. Schnell hat sie da wieder alles zudecken wollen, nachgerannt ist sie ihm, steht da und redet herum, während er frische Kleider anzieht, er komme ihr nur so seltsam vor, *nur!*, *seltsam!*, so habe sie ihn eben noch nie gesehen, ein besorgtes Gesicht, aber damit kann sie ihn nicht mehr täuschen: der eine Moment hat genügt, als sie die Maske lüftete und er *sah*, was dahinter war: ein Feind. Und da hat *er* sich verborgen, hat sie noch nie einen Menschen gesehen, sagt er, der sich freut?, hat sie ihm denn nicht zugehört?, sie soll Kölz anrufen, wenn sie ihm nicht glaubt, Kölz, Wolfgang, wen sie will, aber wenn du natürlich gemeint hast, das kleine bißchen Zell ist alles?!, nein, nicht: Stefan; Zell!, aber lächelnd, freundlich, und ganz ruhig auch: er müsse noch einmal nach Hause und zur Bank, könne sie also leider nicht ins Geschäft bringen. So sicher in ihrem Versteck muß sie sich da schon wieder gefühlt haben, daß sie sagen konnte: Hast du eigentlich gestern mit Kölz *geredet?* Soll sie sich nur sicher fühlen, soll sie glauben, er hat *alles* vergessen, erkennt nichts wieder, dabei kann er den Film ablaufen lassen in jedem Moment, so oft er will, sitzt er allein auf dem Balkon, an die Wand gelehnt, hell wird es langsam, und er spürt, wie da die Welt neu entsteht, wie das wächst, endlich, endlich spürt er auch wieder, was er sieht, hat längst geglaubt, das wird nie mehr, so verschlossen war ihm alles in all den Jahren, gestern noch, alles nur Hitze und Lärm und Durcheinander und sie, Lina, quengelnd wie ein Kind neben ihm, rennt einem Pulli nach, weil sie sich einbildet, hier, in Ravenna, muß es den irgendwo geben, und um so schöner jetzt die kühle Glätte des Steinbodens, und die Türme, die in den Himmel stehen, strecken sich langsam zur Erde, und dann steht sie auf einmal hinter ihm, sie muß gehört haben, daß er nicht schlafen konnte und aufgestanden war, schau, flüstert er, schau, wie die Welt erschaffen wird, und als er sie ansieht: dieser Blick!, wieder genau dieser, und sofort ist sie so außer sich, daß er nur starren kann, wenn das jetzt wieder losgeht, Stefan, halte ich das nicht aus, noch

einmal halte ich das nicht aus, mit beiden Händen muß er seinen Brustkorb umklammern, um sie nicht zu erwürgen, zudrücken und zudrücken, bis ihr die Zunge aus dem Maul hängt, darf denn nichts mehr schön sein für mich, schreit er, nie wieder, darf ich überhaupt nichts mehr?!, aber es schreit nur in ihm, und er bezwingt sich, steht ruhig auf und sagt, was ist denn los mit dir, was hast du denn?, und sie, beruhigt von seiner Nüchternheit: jetzt habe ich schon geglaubt, sie spricht es nicht aus, aber er weiß jetzt, das ist das Ende, wenn er leben will, muß Schluß sein. Hat sie geglaubt, das hat er vergessen? Geglaubt, das streicht ein Mensch jemals?, das kann er? Wenn er nicht wüßte, daß Lina noch nicht zurück war: Sag, nimmst du eigentlich deine Tabletten, Stefan?, dieser Satz könnte von ihr sein, überhaupt könnte sie es gewesen sein, dieser Blick: mit einem schönen Gruß vom Alten. Aber Lina oder Hanna: ist ein und dasselbe, mit Kerosin müßte man sie übergießen, damit sie brennen, sonst brennt in denen nichts mehr. Da flackert bloß Angst. Und die ist nicht heiß, die wärmt nicht. Nicht einmal ihre eigenen Knochen. Die müssen aus Blei sein, so unbeweglich wie sie sind, und so schwer hängen sie an einem, daß man nur ja nicht hochkommt. Er drückte auf den Klingelknopf der Gegensprechanlage beim Haustor: Ich an deiner Stelle würde den Regenschirm nicht vergessen, sagte er, da braut sich was zusammen. It's a hard rain's a-gonna fall. Er hörte ihre durch den Lautsprecher zu einem Quaken verzerrte Stimme noch, als er wegging, reckte sich, zuckte die Achseln: Das zählt nicht mehr. Mir wirst du keine Kandare mehr ins Maul würgen, Lina. Jetzt wird ihn niemand mehr unten halten. Ballast wird abgeworfen. Was bremst, wird abgehängt. Forget it.
Als er die Bank betrat, hatte er das vage Gefühl, man würde ihm sofort geben, was immer er verlangt, einfach indem er sagt, er braucht es. Viele Leute waren da, und es war ihm lästig, sich anstellen zu müssen. Gerade als er nach dem Bankdirektor fragen wollte, merkte er, wo er sich befand: in genau der Filiale, an deren Detailentwürfen Willi beteiligt

gewesen war! Er hatte die Pläne gesehen, aber die Wirklichkeit war wieder einmal noch viel schlimmer. Er würde das anders machen, ganz anders. Einfach indem er den Kopf drehte, begann er umzubauen: ein bißchen barock vielleicht, und überhaupt statt der Bahnhofshalle mehrschiffig, und statt der Fahrkartenschalter geschnitzte Beichtstühle, die Leute standen ohnedies davor wie Schüler, die man vor den hohen Feiertagen klassenweise zum Beichten trieb. Und niemals diese Pseudo-Cafeteria-Atmosphäre bei den Privat-Krediten mit weichen Stühlen und Grünpflanzen, sondern Betschemel, ungepolstert. Realistischer einfach. Und die Angestellten würde er in Meßgewänder stecken, diese Nüchternheit hier, schien ihm, war ja eigentlich die größte Verlogenheit. Bei jedem abgeschlossenen Geschäft würde es zur Wandlung läuten. Er sah es deutlich vor sich: Das wucherte nur so, es war phantastisch. Andererseits konnte er sich sehr gut einen Selbstbedienungsladen mit Wühltischen vorstellen, für Leute, die es eilig hatten wie er. Liquidieren, sagte er betont, als er sein Sparbuch über den Schalter schob. Ja, und in einem solchen Fall würde ein Erschießungskommando aufziehen, würden nicht bloß mit einem Handlocher Konfetti aus dem Sparbuch gestanzt werden, um es ungültig zu machen. Ungefähr die Hälfte des Geldes wechselte er für die Triumph Tiger in Dollars um. Beim Hinausgehen bekreuzigte er sich demonstrativ nicht, aber ein Weihwasserbecken müßte natürlich trotzdem her. Das auf *jeden* Fall.

Draußen fiel ihm sofort wieder auf, wie dicht das Licht der Sonne auf allem lag. Er stand und schaute mit angehaltenem Atem. Es war ihm, als müsse man jedes Ding erst zerstören, um das Licht von ihm ablösen, es von ihm wegreißen zu können.

Sieben nach zehn war es bereits, als er im Büro ankam. Schon im Auto hatte er das Gefühl, daß man vor ihm absichtlich nicht schneller fuhr. Und er wußte genau, wie ungeduldig sie schon auf seinen Anruf wartete! Er stürmte zu Kölz hinein und bat ihn, sich zu beeilen, es gehe auf Leben und Tod.

Obwohl er dazu grinste, begriff Kölz offenbar doch, denn gleich darauf war die Leitung frei. Sie mußte wirklich neben dem Telefon gewartet haben, so schnell hob sie ab, Karin, sagte sie nur. Stefan, antwortete er, und es war für ihn wie ein Geheimcode zwischen ihnen, eine vereinbarte Parole, und es machte einfach Klick: so genau rastete das ein. Es störte ihn nicht im geringsten, daß die anderen zuhören konnten, und daß dann auch Kölz unter einem Vorwand herauskam und die Ohren spitzte. An ihren Kommentaren merkte er deutlich, daß sie überhaupt nicht verstehen konnten, was er *in Wirklichkeit* sagte. Er sagte ihr alles. Und sie verstand ihn sofort. Eigentlich, wußte er, müßten sie sich das gar nicht sagen, aber es war schön. Am liebsten, spürte er, würde sie ihn auf der Stelle sehen, er schlug ihr vor, sie abzuholen, aber daß sie vorher noch gerne zum Friseur wollte, leuchtete ihm gleich ein: Es war ja für ihn. Sie lachten viel, und er merkte, wie sehr die Strichmännchen auf dem unterbelichteten Hintergrund seiner Umgebung ihn beneideten, auch dafür, wie unangestrengt er über Gott und die Welt plauderte, locker von einem zu anderen sprang und scheinbar weit Auseinanderliegendes mit einem kleinen Gedankenschlenker zu einer neuen, erhellenden Einsicht zu verbinden wußte. Die Beine lang von sich gestreckt auf dem Drehstuhl schaukelnd, spürte er, wie nicht nur ihre Stimme, sondern auch ihre Hand herübergriff und auf seinem Gesicht lag. Als sie ihn fragte, wie es Hanna gehe, war das ganz nebenbei und so, als frage sie nach etwas, von dem auch sie wußte, daß es für ihn lange zurücklag. Ich nehme an, sagte er, sie will den Möbeln, die sie verkauft, immer ähnlicher werden. Dann vereinbarten sie, daß er sie um halb zwei Uhr nachts vom Lokal abholen würde, in dem sie arbeitete. Es hieß »Bikini-Atoll«, sei, wie sie sagte, dementsprechend, er werde sie also evakuieren, meinte er, und daß es weit weg von dem Viertel lag, in dem er mit Wolfgang unterwegs war, das wußte er schon letzte Nacht.

Er machte sich gar nicht erst an die Arbeit, dazu war er nicht hergekommen, blätterte nur die Entwürfe vom Vortag ein wenig durch: Tatsächlich, das war gut. Wirklich sehr gut. Aber jetzt hatte er nicht die geringste Lust, sich mit einem solchen Schmarren wie einer Schule weiter abzugeben. Das lag hinter ihm. Für etwas *so* Unwichtiges hatte er keine Zeit mehr. Damit konnten die anderen sich verzetteln, bei denen war es egal, so läppisch kam ihm ihr Gerede vor, daß er es nicht verstand, wie er auf den Gedanken hatte kommen können, auch hier herzukommen und denen zu zeigen, was Größe war. Daß sie sich all den Schwachsinn überhaupt zu sagen getrauten, wenn er dabei war! Für die hatte die Preludynamo umsonst geschossen. Über Architektur reden! Sollten doch auf ihre Reißbretter schauen und ihn ansehen! Mitten in eine Blödelei warf er ihnen ein paar Sätze hinein, daß ihnen das Grinsen so leer im Gesicht stehenblieb, wie es wohl in ihren Köpfen war. Warum sie sich denn einbildeten, daß Architektur heute anders aussehen solle? In dieser Zeit? In dieser Welt? Und wenn sie von Renaissance redeten: wie hätten denn die Menschen, die nicht in den Palästen wohnten, gehaust? Er selber sei in einer Baracke aufgewachsen. Und Architekten seien seit je Lakaien gewesen, ja auch er, aber nun nicht mehr. Lakaien, deren Geschmack sich Macht und Geld immer schon gekauft hätten. Daß der Macht dabei oft die Wahrheit gesagt würde, siehe Postmoderne, sei inbegriffen. Nichts habe die Macht lieber, als die Wahrheit über sich zu hören, von jemandem, der ihr nichts tun könne, der im Gegenteil die Wahrheit in eine Sprache hineinverstecken müsse, die die Ohnmächtigen, die allein in der Lage wären, der Macht die kaiserlichen Kleider auszuziehen, nicht verstehen könnten. Also? Sie schienen sich sehr über ihn zu wundern. Der Prophet, dachte er, im eigenen Vaterland. Aber selbst Fiedler witzelte offenbar nur mehr aus Verlegenheit. Und jetzt werde ich euch etwas ganz Wichtiges erzählen, sagte Zell und ließ absichtlich einen der banalsten Architektenwitze los, von dem er wußte, daß jeder ihn kannte. Er lachte selber, aber über sie. Dann zog er einen seiner Hundert-Dollar-Scheine aus der Hosentasche, hielt ihn Achim hin, du willst ja Kunst machen, sagte er, nicht wahr?, also er habe da einen Vorschlag: Achim solle damit zur Bank gehen und dafür inländische Währung verlangen; wenn man ihm das Geld hingeblättert hätte, solle er es wieder hinüberschieben und Dollars verlangen, nein, nicht die hundert Dollar zurück, die bekomme er sowieso nicht mehr, das sei leider schon über den Computer gelaufen, würde er da nur hören, sondern einfach für das Geld nach offiziellem Verkaufskurs Dollars, muß ihm eben etwas einfallen, was er sagen soll, und dann wieder einheimische Währung, wieder Dollars und so fort, ganz normales Geschäft, kaufen, verkaufen. Lange, meinte Mück, spielst du das aber nicht. Sicher, sagte Zell, irgendwann, wenn du dich nicht davon abhalten läßt, dieses ganz normale Bankgeschäft abzuwickeln, wird die Polizei auftauchen, als wolltest *du die Bank* ausrauben. Man lachte und fing zu debattieren an, wie lange man das Spiel theoretisch spielen könnte, bis man auf Null wäre, wie lange man es tatsächlich durchhalten könnte und welche Argumente es gäbe, um es gegen alle Widerstände fortzusetzen. Zell sah ihnen mitleidig lächelnd zu: Mit Ausnahme von Achim hatte offenbar keiner etwas begriffen. Wenn du es gut machst, sagte er zu ihm, wirst du dich über Publikum nicht beklagen können. Du meinst, Achim sah ihn unsicher an, ich soll das *wirklich* machen? Zell nahm ihm den Geldschein wieder weg, du hast recht, sagte er, Architektur ist ja wirklich auch nicht schlecht als Weltveränderung. Er setzte sich zu Kölz hinein, der Film, der heute hier gedreht werde, sagte er, sei hundsmiserabel, da wirke offenbar die alte Filmfirma noch nach, überhaupt nachdem ihr Schild noch im Lift sei. Jedenfalls habe er heute nicht die geringste Lust, Detailentwürfe für eine Schule herauszulassen, dazu sei die Beleuchtung *draußen* viel zu gut, und eilig sei es damit sowieso nicht. Dann redete er mit ihm über Architektur, Kölz lachte sehr, und Zell wunderte sich, daß so ein Mensch, der nichts verstand, der einfach *bauen* wollte, überhaupt sehen hatte können, daß seine gestrigen Entwürfe Spitze waren. Er schlug ihm ein paar

Projekte vor, bei denen Holografie eine nicht unbedeutende Rolle spielte, die man einsetzen könnte, um den Fremdenverkehr noch attraktiver zu gestalten. Daß Kölz sich ihm gegenüber längst nicht mehr als Chef fühlte, war nicht zu übersehen. Als er schon im Gehen war, rief man ihn zurück, Hanna war am Telefon. Obwohl sie das, worum es ihr wirklich ging, sehr gut hinter unauffälligen Sätzen zu verstecken wußte, merkte er sofort, was das für ein Verhör war. Kannte er auch gut. Am liebsten hätte er ihr gesagt, sie solle das lassen, denn er durchschaue alles. Er bemühte sich, sehr langweilig zu wirken. Ob er abends mitkomme, wenn sie mit Christopher essen gehe? Kaum. Ich hätte dich aber gerne dabei, sagte sie. Ja, sicher, aber es wird sich kaum machen lassen, erklärte er, Arbeit, Arbeit, Arbeit. Hinter ihm kicherten sie. Was war das nur für ein Büro von Gartenzwergen! Wenn er hier zu tief einatmet, bersten die Wände. Bei jedem Gedanken stößt er mit dem Kopf gegen die Decke. Es war einfach zu klein für ihn. Ich marschiere jetzt zur Bank, sagte er zu Achim und fächelte mit dem Dollarschein, als er endgültig ging. Daß da Bewunderung und auch ein bißchen Neid gegen seinen Rükken stießen, kostete ihn nur ein Achselzucken: Warum blieben sie auch alle auf ihren Ärschen hocken und machten sich klein: kleiner noch als sie waren. Vorzeigen konnte er ihnen, was getan werden mußte, aber schauen mußten sie schon selber.

Die Straße war sein Platz. Hier konnte er sich dehnen. Allein das Gehen war ein wunderbares Gefühl, von der Sonne in den Schatten, wieder ins Grelle, nie war der Boden so fest und sicher. Er genoß es, wie selbstverständlich man ihm auswich; die Fußgängerzone, auf der es von Menschen wimmelte, ging er schnurgerade hinunter, selbst die Touristenrudel teilten sich vor ihm wie das Rote Meer. Und keine Frau gab es, die er ansah und die das nicht gemerkt hätte: Keiner gelang das beiläufige Durch-einen-hindurch-sehen, dafür vielen ein Lächeln. Er hätte sich verhundertfachen können: so viele Chancen. Und überhaupt: was da war, stand heute nicht

einfach herum, sondern war da, weil es zusammengehörte. Genau so, wie die Camel *ohne* Filter, die er seit dem Morgen wieder rauchte, zu ihm gehörten. Die heiße Luft der Filterzigaretten, Lina, kannst du deiner Polizistenvorhaut einreden, mir nicht mehr. Allein die Packung! Etwas anderes kam ja jetzt nicht mehr in Frage: Alles Unnötige, alles, was seine *wahre Gestalt* verdeckte, mußte abgestoßen werden, das würde er von sich geben, wegschenken. Er brauchte nicht viel. Und was er braucht, hat er: Camel ohne, sein Zippo, die Triumph Tiger. Ein magisches Dreieck war das, mit ihm als Zentrum: Die ganze übrige Welt ließ sich daraus rekonstruieren, wenn man nicht blind war. Er hat sein erstes Zippo auf der Wiese »gefunden«, wo die Amis Rauchpause gemacht haben, hat vom Rand des Kornfeldes aus, in dem er verborgen lag, gesehen, wie da einem etwas Silbernes aus der Tasche rutschte, hingestarrt hat er und inständig gehofft, daß es liegenbleibt. Jetzt fehlte ihm nur noch ein Sheriffstern. Er kaufte zwei, ließ die dazugehörigen Cowboyausrüstungen im Spielwarenladen zurück: man möge die Hausdetektive damit verkleiden. Dann fuhr er zu Wolfgang ins Büro, hauchte den Stern an und polierte ihn mit dem Jackenärmel, ehe er eintrat, aber Wolfgang war nicht da. Bei der Baupolizei, hieß es. Da hätte er den Stern schon gut gebrauchen können. Obwohl er es durchaus für möglich hielt, daß Wolfgang sich bereits selber einen gekauft hatte, steckte er ihm den Stern in die Schreibtischplatte: eine andere Nachricht mußte er da nicht hinterlassen. Er redete noch ein paar Worte mit einigen Leuten, die er flüchtig kannte, aber die waren alle: im Streß, im Streß, so in ihre lächerlichen Liniererereien verbissen, daß sie überhaupt nicht merkten, mit wem sie es zu tun hatten. Er sah ein bißchen bei ihrer Arbeit zu, sah nur *überflüssige Bewegungen,* so als versuchten sie unentwegt zusammenzukratzen, was die Angst ständig von ihnen rund um sie verstreute. Und daraus werden Häuser, dachte er, und in denen wird dann das Glück wohnen. Es war wirklich höchste Zeit.
Um die Mittagszeit saß er an einer großen Kreuzung in einem

Straßencafé, am Rande einer mit grünem Kunstrasen ausgelegten und mit Kübelpflanzen umzäunten Fläche, Touristen seitlich, Touristen im Rücken. Daß sein Tisch in der prallen Sonne stand, störte ihn ebensowenig wie die Benzinschwaden, die herumtrieben: das war ja der gleiche Geruch wie der seines Zippos. Und hier am Rande konnte er von den Menschen besser gesehen werden: Wer über die Straße kam, hatte ihn sofort im Blick; er war kein Statist, der sich im Hintergrund herumdrängte. Mit dem Kellner allerdings sprach er Englisch, um unerkannt zu bleiben. Nur keine Verwechslungen aus Oberflächlichkeit, wenn ich bitten darf, aus Gewohnheit, wie ihm das heute immer wieder bei den Leuten passiert war, die sich einbildeten, ihn zu kennen. Zurückgelehnt saß er da, ließ seinen Stern blitzen: Wie schön das war, da sein zu können! Einfach da sein; in der Welt: genauso umstandslos, wie er am Morgen in seinen eigenen Körper hineinerwacht war. Und auf einmal fiel ihm auf, daß er den Blick kaum abwenden konnte von dem, was da vor ihm ablief. Würde jemand vorbeikommen, den er nicht übersehen durfte?: Sie? Ohne die Augen scharf zu stellen auf die Menschen, die da liefen und in Autos, in Straßenbahnen vorbeifuhren, versuchte er sie herauszuspüren, aber dann merkte er, daß der Zwang, da hinzuschauen, etwas ganz anderes war: Dieser ganze Platz hier, diese *Kreuzung* war das Wichtige: nichts durfte er übersehen, gar nichts, nicht das geringste Detail: wie die Stuckgesichter in den Fenstergiebeln des Hauses neben ihm vom Schatten mitten entzweigeschnitten wurden, welchen Bogen die Straßenbahngeleise in der Kurve beschrieben und wie sie dort blitzten, als fließe Quecksilber: eine völlig andere Welt vor ihm auf einmal, weil er *alles* zu sehen versuchte: eine so ungeheure Welt, daß ihm für Momente schien, sie gehe gar nicht in seinen Kopf. *Nichts* Verzichtbares gab es da: die Menschen nicht wichtiger als die Linie, die die Kante eines Hauses hinauflief, das Dach entlang und sich in einem wunderbaren Schwung einer Kuppel anschmiegte und dann jäh eine Glaswand hinunter ins Laub

eines Baumes stürzte; und das über die ganze Straßenbreite spürbare Lächeln einer Frau, die das Papier von einem Eis riß, nicht wichtiger als die kurzen, gedrungenen Schatten, die sich unter den Menschen über das Hell-Dunkel der Fußgängerstreifen schoben. Alles war wichtig, alles. Wenn man nur irgend etwas davon wegnähme, schien ihm, fiele augenblicklich die *ganze* Welt auseinander. Und auf einmal sah er auch, wieviel Zeit auf diesem Platz versammelt war: Häuser, Geschäftsportale, Ladenschilder, Plakate aus den verschiedensten Zeiten, ein gußeiserner, verschnörkelter Lampenmast direkt neben dem grellgelben M von McDonald's auf dem roten Plastikgrund. An jedem Punkt, dachte er, konnte man die Geschichte der Welt zu erzählen anfangen, jedes Auto, jeden Bordstein konnte man zum Ausgangspunkt nehmen. Und dann dachte er, daß ja rundum noch die ganze Stadt lag, vieltausendmal größer als dieser Platz, als diese Kreuzung da vor ihm. Und überall die gleiche vielfältige, ungeheure Welt! Es riß ihn auf: Nichts, absolut nichts hatte er noch von ihr gesehen!
Kreuz und quer fuhr er durch die Stadt, stand, lief herum, fuhr wieder. Augen wie Scheunentore. Ihm war, als müsse er *alles* anschauen, um es zu bewahren. Nichts davon würde er je vergessen, und so würde es unverlierbar sein. Und er ging und fuhr nicht nur einfach: Es war schon mehr als eine Ahnung, daß er eine Spur hinterließ; noch war sie dünn, aber ein Anfang war sie. Wie zufällig fand er sich dann plötzlich auf genau der Ausfallstraße, die er nehmen mußte, um in das Dorf zu kommen, in dem Bernis Bauernhof war. Er hatte nicht daran gedacht, und trotzdem hatte es funktioniert: das wunderte ihn nicht. Er sah die Triumph vor sich, hörte ihren Klang, und in den Kurven, in die er sich hineinlegte, spürte er, wie sie unter ihm brüllte und ihn wegtrug.
Berni war nicht da. Kein Fenster offen. Das verschlossene Hoftor wie eine Wand, die erst vor Sekunden zugewachsen ist. Die Heftigkeit seiner Bewegung prallt davon ab wie von den Wänden einer Gummizelle. Er rüttelte, klopfte; aber so

hinfällig das Tor aussah, so fest hielt es zu. Anschreien möchte er es. Für Momente das Gefühl, aus *allem* herauszufallen. Daß nichts mehr stimmt. Irgendwo da drinnen steht die Triumph, steht da, wartet auf ihn, und er kann nicht zu ihr. Da drinnen ist sie gefangen. Seine Ankunft wäre auch für sie die Befreiung: Endlich könnte sie ihre Bestimmung erfüllen. Irgend etwas mußte geschehen sein, daß Berni noch nicht da war. Nur jetzt nichts Schlimmes denken, sonst geschah es vielleicht gerade in diesem Moment. Aber was Berni auch aufhalten mochte, abhalten würde es ihn letztendlich nicht: Berni wußte, worum es ging: was auf dem Spiel stand. Trotzdem: Warten! Wie denn jetzt warten?! Wenn die Unruhe der Tiger an ihm zerrt. Er setzte sich ins Auto, spielte die Stones die Dorfstraße hinunter. Heiß war es, der Himmel mit einem leichten Schleier bezogen, dünne Schatten, die Straße ohne Bewegung. Seit er das letzte Mal hier war, Jahre her, war man nicht untätig gewesen. So weit er sehen konnte: Umbauten, Neubauten, Verschönerungen: als Vorbild schien die spanische Fremdenverkehrsarchitektur zu dienen. Er stellte ein paar Palmen dazu, Souvenirläden, Sonnenschirme, Lokale mit Stierhörnern über den Eingängen, an Ketten baumelnde Holzschilder: Steak-House, Snack-Bar. Eine Gartenmauer mit eingemauerten Wagenrädern gab es schon. Die Touristen dörren alle am Strand. Und in den eben noch frisierten Vorgärtchen mit ihren Bauwelt-Ziersträuchern fängt Unkraut zu wuchern an, krüppelige Apfelbäume mit schuppigen Stämmen stehen in kniehohem Gras, Brennesseln und glänzende Krenblätter wachsen aus den Gräben, büschelige Grasflächen kriechen in die Straße hinein, an deren Rändern der Sand glatt und fein wie Staub unter den Fußsohlen ist, wenn man die Straße hinunterläuft, bei der Kapelle einbiegt in den Feldweg, ein Buschwäldchen rechterhand, das sich einen Hang hinaufzieht, aus dem sogar im Hochsommer Nässe sickert, und wenn das Korn hoch steht, sieht man nur die Dächer der Barackensiedlung, aber man kann sie hören: das Geräusch der Gattersäge des Sägewerks liegt immer über ihr, ein Auto

von hinten, es ist nicht Berni, und schräg gegenüber der schneeweiße Bau mit seinen Bogenfenstern und Säulen und dem Löwen am Fuß der Treppe, und da weiß er plötzlich, was die Straße in Wirklichkeit ist: das Freilichtmuseum eines zerstörten Dorfes. Es war großartig. Bernis Jahrhundertprojekt, von dem er gestern geredet hatte.
Er steckte seinen Stern ans Tor und ging die Straße hinunter, wo er beim Herfahren ein Wirtshausschild gesehen hatte. Den Film, den er hier dreht, müßten alle Menschen sehen können: nichts ginge mehr weiter wie bisher. Drinnen in der Gaststube nicht alles Plastik wie erwartet, bloß die Tischplatten, sonst altersdunkle Holzpaneele, ein alter Schanktisch, aber schon der Gang, in den ihn der Wirt zum Telefon wies, um und um mit Sonnenblumen verfliest, und ein kleiner Saal, in den er sehen konnte, vollständig zugeklebt mit Fototapeten: herbstlicher Buchenwald, besoffen könnte man sich verirren darin wie Hänsel und Gretel. Bei Berni wieder nur das Tonband. Wenn Sie eine Nachricht hinterlassen wollen, bitte sprechen Sie – jetzt. Ja, hier spricht auch eine Maschine, sagte Zell in abgehackten Silben, näselnd, die des Jüngsten Gerichts: brrrrrrnnnn, warf er die Triumph an, ließ sie Vollgas brüllen, schaltete mit Zwischengas hoch und plötzlich vom vierten in den ersten Gang, daß der Motor aufheulte, und dann würgte er ihn jäh ab und legte den Hörer auf. Wenn Berni nicht bald auftauchte, würde er nur mehr zusehen können, wie die Trümmer seines Hauses schwelen. Auch dazu war ein Zippo tauglich. Er bestellte ein Cola, blieb beim Schanktisch stehen, ein paar Tische weiter saßen zwei ältere Männer in Arbeitskleidern, Bauern vielleicht, ab und zu fiel ein Satz, dann war es wieder still. Zell sah sie an, und auf einmal spürte er, wie es ihn da hinzog, er mußte mit diesen Menschen reden, unbedingt, ein Plakat hing an den Haken der Garderobe, das ein Feuerwehrfest ankündigte, Zell deutete hin, er sei auch einmal bei der Feuerwehr gewesen, sagte er, Freiwillige Feuerwehr, ob er bei ihnen Platz nehmen dürfe?, sie sollten nicht glauben, redete er sofort weiter, daß

er auch bloß irgend so ein Städter sei, nur hergekommen, um ihnen ihr Dorf zu zerstören, auf dem Land sei er aufgewachsen, unlöschbar sei das in ihm, noch heute könne er spüren, wie das sei, barfuß auf einem Stoppelfeld, die schlüpfrigen Kiesel im Bach und wie das Laub reglos wird vor dem Gewitter und wie die Mücken tanzen, wenn es schon kühl aus dem Gras zu steigen beginnt, er habe das nicht vergessen, wisse es wie sie. Sie starrten ihn an, und obwohl sie sich keinen Millimeter bewegten, schien ihm, als rückten sie weg, hastig redet er weiter, muß ihnen doch sagen, daß er die Natur genau wie sie versteht, daß er sie ebenso fühlt, nichts ist ihm verlorengegangen, warum glotzen sie bloß so?, glauben sie ihm nicht?, verstehen sie ihn denn nicht, kann er sich nicht verständlich machen?, und hier im Dorf, sagt er, sei er vor etlichen Jahren schon einmal gewesen, gefallen habe es ihm damals zwar nicht, aber heute: unglaublich! Oder? Das Mindeste: Aluminiumtore. Einer der beiden Männer nickte ein wenig, jaja, wenn man zurückdenkt, sagte er, da ist schon einiges geschehen, aber es liegt halt am Geld, langsam gehe eben alles. Aber daß die Gemeinde nichts geleistet hat, sagte der Wirt von hinten, kannst du nicht behaupten. Nun nickten beide, Zell starrte sie an, machten sie sich lustig über ihn, oder merkten sie wirklich nicht, was hier geschah?, klapperten sie einfach als Marionetten, ohne zu begreifen, daß da jemand die Fäden zog und das Geld einsackte? Ob er die neue Teichanlage mit dem Promenadenweg drumherum gesehen habe, wollte der Wirt wissen, vor zwei Jahren sei man dort drunten noch im Dreck versunken. Zell hatte beim Herfahren keine Augen für so etwas gehabt, Schwäne auch drauf, fragte er, ein Springbrunnen in der Mitte? Enten tun es auch, erklärte der Wirt. Zell stand plötzlich auf, ja, sagte er, aus Plastik, in Matrosenkleidern und heißen Donald, Tick, Trick und Track, er rannte hinaus, die Straße hinauf: Irgendwie mußte man diesen Menschen helfen, er mußte ihnen helfen, unbedingt. Er riß seinen Stern vom Hoftor, stürzte ins Auto und raste davon. Berni kam nicht mehr, dessen war er gewiß: Man hat

verhindert, daß er herkommt und ihm die Triumph gibt. Es wird auch ohne gehen, es muß! Und verhindern wollte man, daß Berni ihm zeigt, was hier geschieht, aber er hat es trotzdem gesehen und verstanden, was Berni möchte: den Irrsinn mit einem Freilichtmuseum auf die Spitze treiben, vor dem keiner mehr die Augen zumachen kann. Warum nur hatte er sich nie darum gekümmert, was auf dem Land, was mit den Dörfern geschah? Nur die Stadt hat ihn interessiert: dort, hat er gemeint, passiert es. Aber das Land war noch viel schutzloser als die Städte: eine Handvoll Dollar – und schon war ein Dorf verschwunden. Drei Touristenbusse pro Tag: aus! So kroch die Pest über die Welt. Der Wermutstern. Deren Zentrum Fort Knox ist. Er sah das deutlich vor sich, spürte den Würgegriff. Keine Zeit zu verlieren. Alle Kräfte sammeln und dagegenstellen. Der Strich durch die Rechnung wird gemacht: dick und rot. Daß er gelingen würde, merkte er schon daran, daß mit der Geschwindigkeit seines Autos die Festigkeit seines Körpers zunahm, und wie es die Straße vor ihm, die das Land schnurgerade in zwei Teile zerschnitt, wegfraß.
Die Stadt saugte ihn so in sich hinein, daß ihm schien, er könnte den Motor abstellen, ohne an Geschwindigkeit zu verlieren. Ja, sie war sein Platz. Von hier mußte er ausgehen. Es war ein wunderbares Gefühl, wie neben seinen Schultern die Häuser wieder hochwuchsen, wie sich alles bewegte, ihm entgegen, neben ihm, Autos, Menschen, in entschlüsselbaren Mustern. Nur die Verkehrsampeln irritierten ihn ein wenig: das Warten davor. Man mußte die Phasen verlängert haben, so endlos dauerte es, bis eine rote Ampel endlich gelb und nach einer halben Ewigkeit grün wurde. Und wie langsam all die Autofahrer reagierten! Als der Verkehr und die Stockungen immer mehr zunahmen, ließ er das Auto stehen und nahm ein Taxi. Aber damit schien alles noch viel langsamer zu gehen. Er versuchte mit dem Fahrer darüber zu reden, was da draußen alles zu sehen war, was er auf dem Land gesehen hatte und wie das ineinandergriff. Der Mann verstand ihn

nicht, und als er sich dann noch unwirsch umwandte: also wo wollen Sie jetzt eigentlich hin?, ließ Zell ihn auf der Stelle halten. Ich würde Ihnen noch gute Fahrt wünschen, sagte er lächelnd, nur weiß ich, das wird Ihnen leider heute gar nichts nützen. Er lief die Straße hinunter, nahm wieder ein Taxi, ein Ausländer als Fahrer, aus dem Iran, zehn Jahre schon hier im Land, mit spannender Lebensgeschichte, und der verstand ihn sofort, als er auch nur leise andeutete, welche Seuche über die Welt kroch. Zell bat ihn um Verzeihung für alles, was diesen Ländern angetan wurde von den goldenen Städten, aber das werde jetzt alles gestoppt, er legte ihm die Hand auf die Schulter, bevor er in der Nähe des Zentrums ausstieg, ich weiß es, sagte er, Sie können jetzt bald nach Haus.
Noch wußte er nicht genau, wohin er sollte. Er ließ sich treiben. Achtete genau auf Hinweise. Es trieb ihn sehr herum. Der größte Umweg zwischen zwei Punkten, war ihm klar, war für die Menschen ohnedies die Gerade.
Die Straßen voller Gerenne, Hitze, Licht, Farbe, Leben. Alles so dicht. Und voller abgeschaffter Büstenhalter. Auch im ärgsten Durcheinander war das keine Bedrängung, nur manchmal alles plötzlich von einer solchen Fremdheit, als wäre er auf einem anderen Stern. Überhaupt wenn er manche Menschen genauer ansah: Wie sie da liefen, waren sie überhaupt nicht da. Vielleicht schon dort, wohin sie rannten, aber hier im Moment: als fehlten sie in Wirklichkeit. Und so allein kamen sie ihm vor. Trotzdem: jeder einer, mit dem man Kontakt aufnehmen könnte.
Aber nicht nur Menschen verwunderten ihn. Plötzlich kam es ihm so absurd vor, was man da überall kaufen konnte. Und noch absurder: *daß* man alles kaufen konnte. Daß es überhaupt nur da war, damit jemand es kaufte. Es war, als gehöre das in eine ganz andere Welt als in die, die in Wirklichkeit da war.
Er starrte das Plakat in einer Auslage eines Computershops an: Welche Diskette bringt Ihnen am schnellsten die richtigen Informationen. Am schnellsten! Und überhaupt: die richti-

gen! Und als Beweis für die Schnelligkeit der Elektronik lief ein Gepard, ein Tier! über das Plakat. Grinsend ließ Zell sich weitertreiben, immer wieder trafen ihn die Augen von Frauen, und er wußte, daß auch sie wußten, sie müßten nicht aneinander vorübergehen. Und daß sie es doch taten, hieß nicht, daß der günstige Zufall der Begegnung ein für allemal vertan war.

Jemand, der vorbeiging, sagte zu einem anderen: Mit Schrekken habe ich mir gestern um zehn Uhr abends gedacht. Zell konnte nicht mehr hören, was der Mann gedacht hatte, aber daß er genau den Zeitpunkt seines Schreckens wußte!

Auf den Planken einer Baustellenabsperrung war in langer Reihe das bärtige Gesicht eines jungen Mannes plakatiert, der Hanussenaugen machte und ein riesiges Medaillon mit einem Drudenfuß trug: Die Außerirdischen haben mich auf ihren Planeten mitgenommen. Im Kongreßhaus. Unkostenbeitrag. Gegenüber eine Riesenfläche, auf der ein Paar in *fröhlichen* Farben lachend neben der Botschaft einer Bank herumsprang: Das *junge* Konto. Soso. Was man nicht alles noch schnell versuchte! Oder ahnten sie gar nicht, daß die Tage der klingelnden Lügen und Kassen längst gezählt waren und die Menschen bald nur mehr schallend darüber lachen würden? Dabei war schon plakatiert, daß es soweit war, wändelang: Es ist soweit: Coca Cola light. Was allein dieses Plakat ausplauderte! Das letzte, was an diesem Zeug echt war: ein paar Kalorien, wurde auch noch entzogen! Blieb ja fast nur mehr die reine Amerika-Abstraktion. Darauf mußte er sofort umsteigen, es als Zeichen benützen, das schon mehr als schreit. Es wunderte ihn nur, daß die Menschen nicht scharenweise vor dem Plakat standen.

Vor einer Parfümerie putzte ein junges, wunderschönes Mädchen an einem Drehgestell, auf dem Sonnenbrillen aufgereiht waren, einen Spiegel: so hingebungsvoll, als streichle sie ihren Geliebten, oder wolle die Scheibe, hinter der sein Gesicht war, so blankwischen, daß er *ihr* Bild wird. Ein grotesker Gedanke: Und das tut sie nur für Geld. Für Geld! Er rannte

weiter, ungeheuer viel war noch zu tun, allen Menschen müßte man diesen Irrsinn zeigen, damit er für immer zu Ende wäre.
Er trank ein Bier an einem Würstelstand, Coca Cola light gab es da nicht, und plötzlich sah er, wie der Mann, der neben ihm gegessen hatte, sich vor dem Weggehen eine Zigarette anzündete: eine Camel ohne Filter! Zell atmete tief ein, reckte sich und seufzte auf vor Glück: Es hatte also angefangen, lief schon. Man begann seinem Vorbild nachzueifern. Die Jünger und Gleichgesinnten formierten sich bereits, die Wissenden, unauffällig noch, und so, als wüßte keiner vom anderen. Aber das war nur Tarnung – und so sprach er den Mann auch nicht an. Wie eine Kettenreaktion würde das weitergehen. Voll Freude sah er die Straße hinunter und merkte, daß das, was da war, ihm nicht einfach gegenüber, sondern daß er einbezogen war: Die von vorne zu sehende, heranrollende Straßenbahn kam nicht bloß auf die Haltestelle zu, sondern er selber fuhr als Straßenbahn auf sich zu!, hier war er und dort, er und etwas ganz anderes, wurde im Näherkommen größer, hielt, und in *seinem* Rücken spürte er, wie die Menschen aus ihm als dem Waggon ausstiegen! Und als er das Haltestellenschild ansah, stand *er* dort drüben aufrecht, reckte sich hinauf, verbreiterte sich oben zu einem ovalen Schild und die Füße wuchsen im Asphalt fest. Er konnte alles sein. Auch jeder, der da ging, jeder, der in einem Auto vorbeifuhr. Wenn er wollte, konnte er das. Es war ganz leicht. So leicht, wie im nächsten Moment wieder fest in sich selber drinnen zu sein.
Abrupt blieb er vor dem Schaufenster einer Buchhandlung stehen, las den Titel noch einmal, der ihm in die Augen sprang: Freude durch Streß, das stand tatsächlich da. Freude durch Streß. Sein Blick ruckte weiter von Buch zu Buch, er las die Titel, ungläubig: Überlebenstraining. Die Krise erkennen und in ihr reifen. Psycho-Fahrplan: Die wichtigsten Methoden zur Überwindung psychologischer Probleme. Leben kann Freude sein. Werde Nr. 1: Du bist Dir selbst der Nächste. Schaffe Dir ein persönliches Image. Das große Buch vom

Überleben. So schafft man mehr in weniger Zeit. Das gab es. Ein halbes Schaufenster voll. Es war, als springe ihn die Angst der Menschen an, die in solchen Ausgeburten der Hölle Rettung erhofften. Was für eine ungeheure Angst mußte es unter den Menschen geben, daß sie ein Geschäft werden konnte. Und plötzlich wußte er, daß sein Blick in die Auslage ein Blick in die Zukunft war: aber in eine, die nur käme, wenn er nicht aufgewacht und am Werk wäre. Und er wußte: Da drinnen in dieser Buchhandlung gab es jemanden, der genauso wie Berni mit seinem Freilichtmuseum den Menschen zeigen wollte, wohin alles liefe, wenn man es laufen ließ. Da drinnen, wußte er, gab es also auch schon einen Verbündeten. Und so würde es weitergehen. Unaufhaltsam. Seine Anwesenheit hier war gar nicht mehr nötig. Hier hatte er den Stein bereits ins Rollen gebracht. Er mußte anderswo hin, von Stadt zu Stadt, durch die Länder.

Er lief zu Fuß zu seinem Auto, obwohl es weit bis dahin war, aber so konnte er sich noch vielen Menschen zeigen, Kontakt aufnehmen mit einem Lächeln, einem Blick, einer schönen Bewegung. Als er den Motor startete, war ihm klar, wohin er jetzt mußte: dorthin, wo es am schwersten war: in die Stadt, wo er aufgewachsen war und man sich einbilden konnte, ihn zu kennen, und wo man ungläubig sein würde und verstockt, wie es geschrieben stand.

Ehe er zur Autobahn hinauffuhr, hielt er an einem Kiosk und kaufte zwei Dosen Bier. Auch hier war es noch nicht soweit. Zum Wagen zurückgehend, sah er in den Himmel, grellweiße, wattige Wolken zogen darüber hin, ihre ruhige Bewegung war im Koordinatensystem, das die Straßenbahnoberleitung bildete, gut zu verfolgen, und im Weiterfahren dachte er, was für ein ungeheures Netz von Drähten über der Stadt lag, wie viele Leitungen, und Kabel eingegraben in der Erde, die Häuser durchziehend, die Wände, dazu noch das stählerne Netz der Straßenbahnschienen, was für ein Geflecht von Metall, dachte er, ein gigantisches Muster, das sich über die Ränder der Stadt hinaus fortsetzte als Eisenbahnschienen, als Starkstromleitungen, und das Land, die ganze Welt verknüpfte, Tiefseekabel zwischen den Kontinenten, noch nie, schien ihm, hatte er das so deutlich gesehen, so klar, ein Wunder, von Menschen geschaffen, wie Nervenfasern vernetzt zu einem Gehirn, einem GEHIRN!, zischt jäh blendendweißes Licht auf, leuchtet die Welt aus: das Netz!, das ist das Netz!, ein Gedankengewitter, das mit grellen Schlägen den Kopf zudröhnt, ihn sprengen will, die Knochennähte hört er knacken: Befehlsnetz!, alles aus Metall!, Fernsteuerung!, Lithium!, er merkt nicht einmal, daß sein Fuß hart auf die Bremse tritt, kreischende Reifen hinter ihm, ein gellendes Horn reißen ihm die Augen auf, er gibt Vollgas, rammt fast den vor ihm Fahrenden, schneidet in eine Lücke nach links hinüber, Hupen hinter ihm, vor und neben ihm dahinrasende Autos, krampfhaft hält er sich am Lenkrad fest, um in der Spur zu bleiben, Abstand zu halten, dieses Netz aus Metall!: damit steuern sie alles, hat man ihn gesteuert, Lithium ist ja ein Metall, sein ganzer Körper voll damit, sie hatten ihn unter Kontrolle, und da draußen überall Drähte, *Leitungen,* neben ihm *Leit*schienen!, mit aller Kraft versucht er festzuhalten, was da ausgeleuchtet wird, auseinanderzudenken, was seinen Kopf verrammelt hat, all die Zusammenhänge *auf einmal,* und weg hier, muß er, weg, er rast dahin und möchte den Schädel zusammenpressen, damit kein Gedanke herauskann, keiner verlorengeht und die Verbindungen nicht durcheinanderstürzen, kann doch kein Kopf fassen, was er gesehen hat, weg hier, nur weg, noch immer Schauder durch den Körper: was er bis vor kurzem gedacht hat, waren nicht *seine* Gedanken, das hat man ihn denken lassen!, wenn er die Lithiumtabletten nicht abgesetzt hätte *gegen ihren Willen,* er hätte nichts gesehen, er wüßte von nichts, wüßte das alles nicht, Illich, Hanna, Lina, alle im Spiel, und immer noch wäre er ihnen ausgeliefert, und die Blutkontrolle, die Kontrolle des Lithiumpegels nichts anderes als die Überprüfung, ob man ihn noch sicher unter Kontrolle hat, aber wieviel ist noch immer in meinem Blut?, hat sich festgesetzt in meinem

Gehirn und nimmt die Impulse auf?, mit Lithium steuern sie die, die das Netz gesehen haben, irgendwann, und sich wehren, jede Lichtleitung, jedes Telefonkabel, jede Straßenbahnschiene ist ihre Verbindung, jeder Fernsehapparat sendet IHRE Impulse: zwischen den Bildern, zwischen den Bildpunkten, die auf die Mattscheibe geschrieben werden, laufen die geheimen Impulse, die sichtbaren Bilder sind nur Täuschung, das ist das Trägermaterial, und überall war er angeklemmt, ahnungslos, willenlos, so, wie man versucht hatte, einen Roboter aus ihm zu machen, eine unzerstörbare Mordmaschine, die Knochen durch Metall zu ersetzen und das Fleisch und die Haut, und ins Gehirn einen Empfänger, einen Befehlsempfänger einzusetzen, während er in der Narkose lag, ihn Stück für Stück umzubauen, ohne daß er es merkt, weil er ja noch menschlich *ausschaut,* ihm *ihr Programm* einzuspeichern über die Elektroden der E-Schock-Maschine, und ihn dann loszulassen, ferngesteuert von IHM und dem Primar und der ganzen Naziverschwörung, dieser SS- und NAPOLA-Elite, die ihn ausersehen hat zu ihrem Werkzeug, zu ihrer unzerstörbaren Zerstörungsmaschine, um sich die Welt nach ihrem verlorenen Krieg doch noch zu unterwerfen, ein satanisches Instrument, gegen das keine Panzer und Bomben genützt hätten, kein Giftgas, kein Napalm, nicht die ganzen Leiber des Menschensturmes der Roten Armee, nicht alle Flieger der Amis, er atmet auf, als nach der Autobahnabfahrt zumindest keine Leitschienen mehr da sind, aber der ganze Himmel ist voller Drähte, überhaupt in den Ortschaften, natürlich, da sind ja Menschen, die sie steuern müssen, und damals ist ihr Plan nur deshalb nicht geglückt, weil er getan hat, als merke er das nicht, und zwischen den E-Schocks immer den Menschen hat nachwachsen lassen, und als sie sahen, mit ihm geht es nicht, haben sie ihn stürzen lassen, aber selbst sein Sturz war noch ein Beweis seiner Stärke, und er war ja auch jetzt stärker als diese neue, viel raffiniertere Methode, die heute angewandt wird, und mit der SIE alles viel besser beherrschen als diese steinzeitlichen Nazis mit all dem

Blut: So, daß kaum einer es merkt, jeder sich frei glaubt, every man, every man for himself, während er in ihrem Netz zappelt, und die alten Methoden, Folter, Lager, Mord nur mehr dann, wenn die Menschen es nicht freiwillig glauben und den Namen der Macht ihr ins Gesicht schreien. Immer noch Drähte, Leitungen, obwohl er bereits auf eine schmale Landstraße abgebogen ist, harmlos scheinende, ihm immer so harmlos erschienene Telegrafendrähte laufen neben ihm her, aber er fühlt sie, ganz leicht nur, aber doch, tun kann ihm das freilich nichts, aber er muß *ganz* sicher sein, daß seine Gedanken wirklich seine eigenen sind, einen Feldweg fährt er hinein, läßt das Auto, als es nicht weitergeht, in einer Wiese stehen, läuft einen zugewachsenen Pfad entlang auf einen Wald zu, bis nirgends mehr Leitungen sind: der Himmel endlich nur Himmel. Er legt sich ins Gras, streckt sich aus, fährt wieder hoch: seine Uhr!, er hat sie einmal von innen gesehen: keine Zahnräder mehr, sondern irgendeine Elektronik, wer kann wirklich noch sagen, was die kann?, ein Empfänger für Funksignale kann das sein, für ihre Steuerungsimpulse. Und wer hat ihm die Uhr geschenkt? Hanna! Er nimmt sie ab, wirft sie in weitem Bogen auf ein Kornfeld zu, sieht sie aufblitzen, und ihm ist, als sei sie zu diesem Funken zerstoben, gar nicht zur Erde gefallen. Er lacht, breitet die Arme aus, dreht sich im Kreis, was er umfaßt hält, ist nicht IHR Bereich, das ist seiner, er wirbelt herum, nichts kann man ihm mehr tun, niemand, die ganze Welt müßte man in Trümmer legen, um ihn zu treffen, mitten in der Bewegung erstarrt er: sieht, wie der Silo aufgesprengt wird und die Rakete herauswächst, sich hochschiebt zu einem Turm, der auf Feuer steht und als glühender Schweif wegbrüllt: die Bombe! Die Bombe. Er reißt die Augen zum Himmel, steht krampfig stocksteif, einen ewigen Augenblick, diese Wolke, die da oben zieht, wird das Letzte sein, das gesehen wird!, und dieser Gedanke der letzte!, und dann setzt rundum wieder das Grillenzirpen ein, er taumelt ein wenig, und dann brüllt Gelächter aus ihm: das gibt es ja alles gar nicht!, das gibt es alles gar nicht!, ein Film im Fernsehen war das!, alles!, alles nur Film!, alle Nachrichten erfunden!, er springt herum, biegt sich, alles Lüge!, Lüge!, hin und her stößt ihn das Gelächter, schleudert ihn ins Gras, er wälzt sich herum, lacht und lacht: alles erfunden, alles erfunden, Raketen, Bomben, Satelliten, eine ungeheure Lüge, bloß im Fernsehen uns vorgespielt!, und die Mondlandung! hat es nie gegeben! Walt Disney-Productions, die ganzen Bombenarsenale ein gigantischer Schwindel, alles den Menschen nur vorgespielt, keiner hat das jemals *wirklich* gesehen, immer nur Fernsehen, immer nur Nachrichten, IHRE Nachrichten!, das Gleichgewicht des Schreckens ein Schwindel, das ganze Spiel Ost-West!, er setzt sich auf, immer noch schüttelt ihn das Lachen, daß keiner das je bemerkt hat!, perfekt inszeniert, um den Menschen zu zeigen, was die Macht alles kann. Und plötzlich weiß er, daß er das schon einmal gewußt hat. Mit den E-Schocks muß man ihm das weggelöscht haben!: Da steht er, mit dem Helm, den schwarzen Stern vorne, läßt alles Gefühl seines Körpers, alle Kraft heraufsteigen in den Kopf und durch den Stern und die Antenne, die Verstärker sind, nach außen treten: scharf gebündelte Energiestrahlen, die alles durchdringen, er dreht sich langsam im Kreis, und die Strahlen streichen hin über die Welt, knistern hört er es, wie der Mechanismus der Bomben verschmort, das ganze Arsenal nuklearen Schreckens, und in den Panzerschränken zerfallen die Baupläne zu Asche, verzischen die Mikrofilmdatenbanken, die Speicher der Computer sind gelöscht, alles Wissen um die Bombe: das hat er getan – und vergessen!, und SIE haben weitergespielt, als existiere die Bedrohung immer noch, damit die Angst nicht aus der Welt verschwindet, die die Haut porös und rissig und die Menschen biegsam macht und duckt, noch und noch haben sie diese Angst verbreitet, über die ganze Welt ist sie gespannt, diese räudige Haut haben sie über die Erde gezogen, diesen Schimmel, der wuchert und schon so eingewachsen ist in die Menschen, zu einem Teil ihres Körpers geworden, der mit ihnen geht und steht und in der Sonne liegt und Regen spürt

und Wein trinkt und an morgen glaubt: diese Angst vor dem Knopfdruck, der *alle* Siegel aufbricht. Was für ein Jubel um die Welt, wenn die Menschen jetzt die Wahrheit erfahren! Diese frohe Botschaft muß er ihnen bringen: Fürchtet euch nicht! Fürchtet euch *nicht mehr!* Keiner braucht mehr Angst zu haben! Nie mehr! Diesen monströsen Schwindel muß er aufdecken: Mitten entzwei wird der Vorhang im Tempel reißen, und die Macht wird dastehen: hilflos, jämmerlich und bloß! Und man wird sie steinigen: mit Gelächter. Daß sie alles tun werden, um ihn daran zu hindern, ist ihm klar. Kann er ihnen nicht einmal verdenken. Das Geheimnis der Macht auszuplaudern, ist tödlich. Und sie halten ja auch alle Kanäle besetzt, Fernsehen, Radio, Presse, alles in ihrer Hand. Und einfach unter die Menschen zu gehen und predigen? Auch das würden sie verhindern: Wie sie das erledigen, ist seit zweitausend Jahren bekannt: hängt zum Anschauen in jedem Klassenzimmer. Er wird das anders machen: mit seiner Methode: Telepathie! Was wissen denn die, wie er schon wieder ausstrahlt! Ein noch viel feineres Gespinst wird IHR Netz durchdringen, eines, das nicht aus Fäden der Angst gezwirnt ist, sondern sicherer verbindet: die Herzen der Menschen. Aber Vorsicht: es kann Spitzel geben. Und die Silberlinge liegen gestapelt in den Tresoren. Ahnungslos müssen sie bleiben. Und erst wenn die Zeit gekommen ist, wird er sagen: Jetzt. Auf allen Bildschirmen der Welt wird er erscheinen und die Wahrheit verkünden. Von mir aus dann die Internationale: I can get now satisfaction. Aber er selber darf sich nicht zu früh in IHREN Bereich wagen: Erst wenn es ganz gewiß ist, daß ihre Macht abprallt an seinem Chrom. Noch einmal fangen läßt er sich nicht: wie zuletzt an dieser Ampel. In eine so läppische Falle tappt er ihnen nicht mehr. Daß er nicht bemerkt hatte, was das war! Leichtgläubig ist er gewesen, hat noch zu wenig durchschaut. War noch nicht *ganz* über der Grenze und sein Spiegel nicht blank.
Er fuhr kreuz und quer, konnte aber den richtigen Platz nicht finden. Oft sah er von weitem die riesigen Trägermasten der

Überlandleitungen, Menschenfiguren mit ausgebreiteten Armen, manchmal ganz in der Nähe, aber nie gab es einen Weg, um mit dem Auto hinzufahren. Und da wußte er: Es wäre auch nicht *der* Platz. Im Grunde, war ihm die ganze Zeit klar, gab es nur einen dafür: Er hatte ihn gesehen, als er zuletzt mit Evi in der Gegend herumfuhr, an die sie sich nicht erinnern wollte: genau dort, wo die Baracken standen, war ein Umspannwerk: das war der Platz.
Die tiefstehende Sonne auf der Autobahn blendete, lange ließ er sie genau über dem blinkenden Band stehen, um mitten in sie hineinfahren zu können. Nie hatte er etwas Schöneres gesehen. Und als sie dann weit rechts von ihm stand und ihr Licht durch die vorbeiwischenden Bäume flatterte, dachte er das wieder. Und wieder.
Im Laden der Raststation gab es Cola light. Er nahm zwei Dosen aus dem Regal, aber mehr als einen Witz, den er mit seiner Vergangenheit machte. Vor der Kasse standen ein paar Leute an, vor ihm eine Frau, nichts besonders an ihr, keinen zweiten Blick wert, aber der Schwung ihrer Nackenlinie, den das hochgesteckte Haar freiließ, elektrisierte ihn plötzlich, er trat ein wenig zurück, um sie ganz sehen zu können, und da fing sie auf einmal an sich zu verändern, und er wußte, daß *er* das machte, er konnte es wieder!, mit jedem Gedankenrucken verwandelte sich etwas an ihr, ihr Körper streckte sich, Hüften und Beine schwangen in wunderbaren Linien, er probierte ihr verschiedene Kleider an, bis sie schöner und vollkommener nicht zu denken war. Draußen sah er, wie sie in ein Auto stieg, wo ein Mann wartete, und er spürte das Glück in sich, das den jetzt erfüllte.
Im Fahren merkte er dann, wie die Zeit immer mehr ruckte und die Grenze durchlässig zu werden begann: So sehr fuhr er durch die Jahre. Und er sah, daß Entfernung nicht etwas war, das außerhalb von ihm gemessen werden konnte: Für die zweihundert Kilometer konnte er kaum mehr als zehn Minuten gebraucht haben.
Den Platz fand er ohne Umweg. Er blieb mit dem Auto genau

unter der Hochspannungsleitung stehen, die vom Umspannwerk wegführte, öffnete die Tür, vorsichtig und bei laufendem Motor, aber nichts geschah. Er stieg aus, sah hinauf zu den im Abendlicht blinkenden, zum nächsten Träger sich hinschwingenden Drähten, hörte ihr Sirren: genau in IHREM Magnetfeld stand er: und spürte nichts!, nichts, nichts als sich!, er zog sein T-shirt aus, stand da mit nacktem Oberkörper, reckte ihn hinauf, nun?, nun?, also!, aber es sirrte nur weiter, IHRE Befehle liefen, dichter und stärker als sonst irgendwo auf der Welt: aber ihn erreichten sie nicht mehr. Aus. Er setzte sich ins Auto, öffnete alle Türen und drehte die Rolling Stones auf volle Lautstärke: Why don't we sing this song all together?, open our heads, let the pictures come, and if we close all our eyes together, then we will see where we all come from, das schickt er ihnen jetzt hinüber, das speist er ihnen hinein, und in der Kommandozentrale setzt ein wildes Blinken auf den Schalttafeln ein, auf den Monitoren zucken Wellen im Rhythmus der Stones, grinsend saß er da, sang spottend mit, dann drehte er plötzlich ab, legte die Hände als Schalltrichter um den Mund, mich könnt ihr alle ein bißchen am Arsch lecken, schrie er zu den Drähten hinauf, mit hoher verstellter Stimme, okay?, er lachte, dann zuckte er die Achseln, wäre eigentlich gar nicht mehr nötig gewesen, ganz anderes könnte er, mit einem Blick den Mast da drüben knicken, die Drähte sich in Luft auflösen lassen, oder, wenn Lina jetzt da wäre, sie fragen, wie man Pulswärmer daraus strickt. Nur: auch das ist nicht mehr nötig. Einfach alles stehen lassen, wie es steht, denn: das zählt *alles* nicht mehr.
Er läßt die Türen des Autos offen, auch den Schlüssel stecken. Die kühle Luft, die aus den Büschen steigt, streicht über seine gespannte, nackte Haut, als wolle sie sich an ihm wärmen. Alles haben sie hier so verändert, daß es kaum wiederzuerkennen ist. Aber wenn er langsam den Kopf dreht, merkt er, wie in den Augenwinkeln, an den Bildrändern genau das entsteht, was eigentlich hier herum sein müßte. Offenbar ist es immer noch da: in ihm ist es, das ist nicht tilgbar: dagegen

sind alle machtlos. Er weiß, wo dieser schmale Weg den Hang hinaufführt, nur ist jetzt alles mit Gestrüpp verwachsen, der Eingang verschlossen worden. Obwohl er ganz sicher ist, läuft er ein Stück weiter die Straße entlang. Ein breiter Güterweg zweigt ab: Er glaubt es nicht ganz, aber auch das könnte aus dem Weg geworden sein, den er meint. Nach ein paar Schritten hört der Asphalt auf, und er denkt, daß das so ausschaut, wie wenn plötzlich ein Interesse nachläßt. Er zieht die Schuhe aus, läßt sie am Wegrand stehen, schiebt die Hosenbeine hoch, stellt sich fest auf die Erde, läuft weiter. Der Boden ist hartgetrocknet, scharfkantige Traktorspuren darin, Steine, aber es tut überhaupt nicht weh. Absichtlich geht er über den Schotter, mit dem der Weg ausgebessert ist, nimmt einfach sein Körpergewicht etwas mehr nach oben, so könnte er über Glas gehen. Als der Weg plötzlich nach rechts biegt, weiß er, daß es der falsche ist: der führt in eine *ganz andere Zeit.* Niemals in seine. Er läuft zurück und zwängt sich dort, wo der Weg sein muß, ins Gestrüpp, durch Büsche, im Dämmerlicht des wildverwachsenen Wäldchens ist der Grund kaum zu sehen, mehr als ein Fußpfad war da ja nie, aber nach ein paar Metern ertastet er schon die sich weiterziehende Rille im Boden: seine Fußsohlen haben nichts vergessen. In einem leichten Bogen bewegt er sich den gestuften Hang hinauf, schaut kaum, könnte überhaupt die Augen schließen, läßt sich einfach laufen: Was den Weg sucht und findet, ist etwas ganz anderes als der Pythagoräische Lehrsatz. Auch wenn genau da Bäume stehen, wo der Weg sein müßte, kann ihn das nicht beirren: nach ein paar Schritten hat er ihn wieder. Und daß Äste über seine Haut hinschrammen, Dornen sich festhaken: ihm kann das nichts tun: Im allerletzten Augenblick, wenn er ohne Zögern hinein, einfach darauf los geht, weicht alles zurück. Das gibt einfach *ihm* den Weg frei: einer Gewalt würden sie nicht weichen. Als er oben auf dem Hang aus dem Buschwerk tritt, heraus auf die grasbewachsene Kuppe, ins Freie, da stockt seine Bewegung auf einmal, sein Körper pendelt noch ein bißchen in der nachschiebenden Kraft, dann steht er da, einen sich dehnenden Augenblick lang, in dem sein Atem die Lungen füllt und füllt: so liegt das Land vor ihm, so atmet er es ein. So offen die Welt, so offen für ihn: So geht sie auf, reckt sich hinaus, wächst seitlich mit Hügeln hoch, streckt sich, fließt aus, hebt sich wieder, die Sonne ist schon hinter den Hügeln verschwunden, aber der Himmel noch hell, tiefblau im Zenit, und alles greift nach ihm, schiebt sich her, zieht ihn hinaus, hin über die Felder, die nach einem Abbruch querliegen und in Wiesen auslaufen, die im Dunst stehen, auf dem er hinschwimmt, die Wellen des Bodens fühlt und sich auflöst in diesem Schwerelosen, und hochstreicht über die Allee und sich mit ihr auf den Wald zuwindet, der dunkel das Ausgebleichte abriegelt, darüber gerade verlaufende gezackte Baumkämme, blasser von Stufe zu Stufe, über die es ihn hinaufhebt, und er schwingt zurück, steht fest da, alles jetzt *in* sich, er steht, der helle Saum über den Hügeln wird stärker, und im Osten steigt, so unendlich langsam wie er den Kopf in den Nacken legt, die Dunkelheit aus der Erde auf, einen Frosch hört er, und es ist die gleiche Stimme wie das Gelb der Blumen, die ganz hell sind, während das Rot der Beerenbüschel drüben, die gerade noch sauer in seinem Mund Speichel zogen, im Laub verschwunden sind, ein Hund bellt, und plötzlich färbt sich der Himmel stärker, das Orange und Gelb wird zu leuchtendem Lila und die Erde dumpf und flach, nur seine Brust und seine Arme leuchten im Widerschein, sein Gesicht glüht, und der Himmel spiegelt das zurück, und dann sieht er, daß sich von hinten über seinem Kopf ein weißer Strich nach vorne schiebt, hoch über ihm, irgendwann müßte das aus dem Himmel fallen, was die Flugzeuge hinter sich herziehen, irgendwo als Silber auf der Erde liegen, *die* Hoffnung, weiß er wieder, war das: die Silberstreifen finden, lautlos schneidet der weiße, auch im Weiterschreiben nie länger werdende Strich den Himmel, ein blinkender Stern an der Spitze, von der Sonne, die hinter den Hügeln vergangen ist, angestrahlt, und sofort ist er da oben, er ist das, zieht hin mit ausgebreiteten Armen, unter ihm donnert seine Kraft durch die Triebwerke, seine silberne Haut dröhnt, und die nietenübersäten Tragflächen flattern in den Luftlöchern, sind tonnenschwer und brechen trotzdem nicht!, von nichts anderem zusammengehalten als von dem Glücksgefühl, was für ein metallgewordenes Wunder er ist, hoch über der Erde, immer im Licht, während herunten alles düster geworden ist, grauvernebelt die Senke und das Gras schwarz, nur in nächster Nähe glänzen die Spitzen silbern die Kuppe herauf, und dann strahlt der Himmel jäh auf, grellrosa Finger zieht er aus den schwarzen Hügeln, einen breiten Kranz von Strahlenbüscheln, zwischen denen es grellblau zittert, er schaut hinein, und er weiß jetzt, daß er alle Geheimnisse der Welt weiß, er *sieht* sie!, schaut mitten hinein, ist da und dort drüben, und was da leuchtet, ist er, aus ihm wächst *alles* heraus, und dann ist mit einem Lidschlag rundum greller Tag, und das Feuchte unter seinen Füßen weicher, schmiegsamer Lehm, hochstehendes Korn überall, schwingende gelbe Halme, die Ähren hoch über ihm, das Gras kitzelt an seinen Oberschenkeln unter seiner kurzen Hose, und über allem ein leuchtender, flimmernder Himmel, von einem Rand zum anderen, von Ohr zu Ohr, eine weiche Luft, und so flüssig, daß er in ihr herumhüpfen, sich tragen lassen und gleiten und dahinglitschen kann, eine Katze, ein Vogel, ein Heupferdchen. Die Welt nichts Äußeres: er selber die Stelle, an der sie sich fühlt. Und dann ein Summen, das jäh anschwillt, Sand unter seinen Sohlen, eine gewaltige Bewegung, die die Straße füllt, den Kopf und die Welt einnimmt und die gerade noch dagewesene weglöscht wie nichts und alles Nacheinander in einen stokkenden, staunenden Herzschlag zusammendrängt und ausdehnt zu einer Ewigkeit, sie explodieren läßt in ein ungeheures Jetzt, in dem es dröhnt und rollt, sich auftürmt und wegschiebt, näherbrummt zu einem Getöse und vorbeidreht und wegdonnert und herankommt und wandhoch und ins Ungeheure emporwächst, mit rollenden, stoßenden, riesigen Rädern, menschengroß, Planken darüber und Gebogenes und Ecken und Kanten, die zusammenfließen in ein Ineinander von Beweglichem und wegragenden und schwingend ins Ganze zurückwachsenden Teilen, mit riesigen schwarzen Augenflecken und Mundhöhlen, die sich verwandeln in Lächeln und als Wind an ihm zerren, und oben, hinten, unter der halb zurückgerollten Plane Menschen, Gesichter, ein schwarzes Gesicht!, schwarze neben den anderen, grelle Zähne und Lachen!, wie nie Lachen noch, und das Weiß der Augen im Schwarz, Uniformen, Helme, und der nächste Lastwagen, außer diesem Augen- und Zähneweiß alles in der gleichen unwirklich fahlen Farbe, die als Straßenstaub und Benzindunst hinter dem Militärkonvoi in der Luft hängenbleibt, langsam in den Augen zu kratzen beginnt und zwischen den Zähnen knirscht, ganz leise. Er weiß, es ist dieser Sommertag. Immer dieser eine. Oft und oft aufgeblitzt, nie festzuhalten. Das war. Nur: jetzt nicht vorbei wie immer: Wer er *war*, das *ist* er jetzt, und er weiß gleichzeitig, daß es dieser Tag war, der sein Herz in zwei Teile schnitt, warum Motoren für ihn wie Leben sind, warum der Porsche 505 Spider, warum die Triumph, wenn er es irgendwo dröhnen hört, rennt er, hat keine Angst, weiß die Namen, Sherman, Jeep, Dodge, GMC, auch wenn er sie noch nicht gut aussprechen kann, auch das Losungswort nicht: Chewing gum?, das hat die Sonne gelöscht und die Regenbogen: Jetzt ist es wieder zusammengewachsen: alles da, nichts ist vergangen, nur weggeschlossen war es, nun liegt es offen. Überall kann er hin. Was ihn davon trennt, ist immer nur: ein Gedanke. Er ist ja *herüben.* Damals-dann-morgen-später: ein *einziges* Wort von drüben: Tod. Er dreht ein wenig den Kopf, der Himmel ist am Erlöschen, die Baumgruppe links von ihm den Hügel herunter schiebt sich im Eindunkeln immer mehr auf ihn zu: ein riesiges Tier, das herankriecht, aber so sanft, als suche es seine Nähe, wolle sich an ihn schmiegen. Hinter ihm rascheln Blätter im Wind, atmen: nicht anders als er. Mich gibt es, und Blätter gibt es, dachte er. Ein so ungeheurer Gedanke, daß er kaum Platz hat im Kopf. Und dann dachte er: Die Blätter gibt es, und mich gibt es auch noch, oder: mich gibt es und die Blätter auch noch? Im Moment weiß er nicht einmal die Reihenfolge. Er atmet das schon die Konturen Verlierende vor sich ein, Terrassen sind da drüben, Wein wird darauf gebaut, oder Oliven?, und wo das Milchige sich ausbreitet, schiebt sich Dunst übers Wasser, ein Stern blinkt, und die leuchtenden Punkte in der Ferne scheinen die Lampen der Fischer zu sein, leise zischt das Wasser den Strand herauf, Zikaden zirpen, und der Wind, der um ihn streicht, ist durch die Pinien gekommen, und er möchte jetzt nichts mehr, als daß sie neben ihm sitzt, er müßte sie gar nicht berühren, nur die Wärme ihres Körpers herüberspüren, und sie würde wissen, was er sieht, und er, was sie sieht, sie würden es fühlen, und es wäre gar nicht mehr nötig, irgendwo hinzuzeigen und zu sagen: Schau! Er hob den Kopf, drehte ihn ein wenig, dann hielt er inne: Er wußte genau die Richtung, in der sie war. Und er wußte: Jetzt. Die Scheinwerfer erschaffen das Land, die Häuser, die Straße vor ihm, Leitschienen, Bodenmarkierungen, Autos: Führe er hier nicht, es würde wegsacken, verschwunden sein, verloren. Alle Bewegung ist er. Das Rauschen des Fahrtwinds: das seines Blutes und seiner Gedanken durch die Zeit, durch die Räume, die herüben nur ein Augenblick sind. Auch wenn er nur mehr *ein* Ziel hat: er fährt hier nicht, um hinzukommen, sondern weil seine Bewegung alles in Fluß hält. Die Scheinwerfer zeigen immer voraus, nie zurück. Wenn er sie abstellt, wird da ein Schriftzug leuchten: Bikini-Atoll. Und sich ihr zu zeigen, wird sein: daß jemand ja sagt zu seiner Geburt. Längst weiß er, daß nicht er es ist, der sie abholen kommt. Sondern daß sie gekommen ist, um ihn zu erinnern. Immer wieder. So oft er zurückfiel über die Grenze. Sie hat ihn gefunden an allen Orten. Bloß sein zaghafter Blick hat sie nie gleich erkannt. Von drüben sah sie jedesmal anders aus. Herüben nur wie sie. Auch wenn man ihn wegschloß, hat sie sich Zugang verschafft: dunkelbraun und mit Weißhaarperücke auf dem Bauch liegend, verkleidet, damit niemand sie erkennt als er, rekelt sie sich in den Kissen

und sieht ihn an über die Schulter mit blitzenden Augen: Die ganze Zeit war sie bei ihm, nur für sie hat er gelebt, für sie alles ertragen, auch das Schlimmste: daß ihn keiner mehr verstand, und die Metalltransplantationen in den E-Schocks, und als er aus der Narkose erwachte, war sein erster Gedanke: sie!, hat man sie ihm genommen?!, aber dann spürte er die Seite aus dem Playboy-Magazin, auf der sie abgebildet war und für die sie sich fotografieren ließ, um ihm wenigstens so nahe sein zu können, er wußte das Blatt unter seinem Kopfpolster und alles war gut.
Daß er über der Grenze war, würde sie sehen: sofort. Und daß er hier bleiben würde, ewig.
Er fuhr sehr schnell, niemand überholte. Immer weniger Verkehr. Hinter ihm klappte zu beiden Seiten das Land hoch, als fahre er in einer schwarzgläsernen Schlucht, deren Wände sich über ihm sanft aneinanderlehnen, wie ein Falter die Flügel zusammenlegt. Und dann vor ihm die lichtperlende Stadt. Die Ungeheuerlichkeit *eines* Augenblicks: daß der in *einen* Kopf ging. Ein anderer Sonnenuntergang. Aber mit so vielen Menschen. Nein, auch jetzt nicht hinzeigen wollen, aber teilen. Julia, dachte er. Er dachte es so klein und leise wie möglich. Ja?, sagte sie.